K

Knaur.

Knaur.

Über den Autor:
»Joseph Gelinek« ist das Pseudonym eines spanischen Musikwissenschaftlers und Beethoven-Experten, der mit *Die 10. Symphonie* seinen ersten Roman vorlegt. Der Thriller stürmte gleich nach Erscheinen die spanischen Bestsellerlisten und wurde in zahlreiche Sprachen übersetzt.
Der »echte« Joseph Gelinek (1758-1825) stammte aus Böhmen und war zu Mozarts und Beethovens Zeit ein begehrter Klavierlehrer und Hauspianist des Wiener Adels, der sich auch an eigenen Kompositionen versuchte.

Joseph Gelinek

Die 10. Symphonie

Thriller

Aus dem Spanischen von
Johanna Wais

Knaur Taschenbuch Verlag

Die spanische Originalausgabe erschien 2008 unter dem Titel
»La Décima Sinfonía« bei Plaza y Janés, Barcelona.

Besuchen Sie uns im Internet:
www.knaur.de

Vollständige Taschenbuchausgabe September 2010
Knaur Taschenbuch

Ein Unternehmen der Droemerschen Verlagsanstalt
Th. Knaur Nachf. GmbH & Co. KG, München

Umschlaggestaltung: ZERO Werbeagentur, München
Umschlagabbildung: FinePic®, München
Private Collection / Index / The Bridgeman Art Library Berlin
Satz: Adobe InDesign im Verlag
Druck und Bindung: CPI – Clausen & Bosse, Leck
Printed in Germany
ISBN 978-3-426-50229-7

2 4 5 3 1

Plaudite, amici, comedia finita est.
(Applaus, meine Freunde,
die Komödie ist vorbei.)
Ludwig van Beethoven
auf dem Sterbebett, 1827

Die Musik ist eine unbewusste mathematische Übung,
in welcher der Geist nicht weiß, dass er rechnet.
Gottfried Wilhelm Leibniz

Anmerkung des Autors

Noch heute wird debattiert, ob Beethoven eine zehnte Symphonie vollendet hat oder nicht. Nachgewiesen ist jedoch, dass er, nach dem grandiosen Erfolg der Neunten, zumindest die Absicht hatte, sie zu komponieren. In der noch erhaltenen Korrespondenz des Musikers gibt es mehrere Anspielungen auf die Zehnte, und wie es scheint, erwog er eine Weile, die Neunte gänzlich instrumental zu halten, aus der *Ode an die Freude* eine unabhängige Kantate zu machen und ein völlig anderes Vokalstück an den Schluss der Zehnten zu setzen.

Auch die Rekonstruktion des ersten Satzes der Symphonie nach einer Handvoll Skizzen, die der Komponist hinterließ, ist keine literarische Erfindung – es gibt sogar eine Aufnahme davon im Handel.

Die Spanische Hofreitschule in Wien besteht seit dem 16. Jahrhundert. Ihr heutiger Sitz ist in einem der Flügel der Hofburg, der erst zwischen 1729 und 1735 von dem Barockarchitekten Joseph Emanuel Fischer von Erlach errichtet wurde.

Die Überwachung Beethovens durch die Polizei Metternichs wegen seiner Kritik an der Herrschaft und der Person des Kaisers ist ebenfalls erwiesen.

I

Almería, Sommer 1980

Schon seit zehn Minuten stand ein weißer Mercedes 450 SL vor dem Hauptgebäude der Banco de Andalucía von Mojácar mit laufendem Motor in zweiter Reihe. Am Steuer saß eine blonde Frau mit Sonnenbrille in einem leichten, ärmellosen Leinenkleid in Grün, das im Gegenlicht ein wenig durchscheinend wurde. Sie sah so sehr nach Hollywoodstar aus, dass sie schon einige Dorfbewohner, die sich ihr mit der Bitte um ein Autogramm genähert hatten, enttäuschen und ihnen versichern musste, dass sie nicht nur nicht Jane Fonda war – auch nicht Farrah Fawcett, die andere Diva, mit der man sie verwechselt hatte –, sondern dass sie sich überhaupt nicht der siebten Kunst widmete. Ihr glamouröses Aussehen verdankte sie vor allem ihrer katzenähnlichen Pose und dem Nichts von einem Kleid, das wie angegossen saß und aus dem majestätisch ihr langer weißer Schwanenhals ragte. Die Frau vertrieb sich die Wartezeit damit, *Take Five* von Dave Brubeck zu hören, das Stück mit dem legendären Thema, in dem Paul Desmond am Altsaxofon die eingängige, verschlungene Melodie mit einer solchen Eleganz spielt, dass der Zuhörer den Eindruck hat, ihm werde eine Art wohlklingender Martini serviert.

Die Hitze auf der Straße war so drückend, dass sich einige Fußgänger auf der Höhe des Mercedes entschlossen, unter dem einzigen Sonnendach in der Nähe Zuflucht zu suchen. Teils, um wieder zu Atem zu kommen, teils, um die Möglichkeit zu haben, aus dem Schatten heraus ausführlich das auffällige Bild zu betrachten, das die unerhörte Blondine und das imposante Auto abgaben.

Die Frau schaute nach vorne und klopfte mit der rechten Hand auf dem Lenkrad den Takt der Musik, völlig unbeeindruckt von der erstickenden Hitze Almerías, die einige der Leute unter dem Sonnendach dazu brachte, wie erhitzte Hunde mit heraushängender Zunge zu hecheln. Nur einmal erlaubte sie sich einen verstohlenen Blick in Richtung des Bankinstituts, aus dem ihr Begleiter schon vor geraumer Zeit hätte herauskommen sollen. Nach weiteren fünf Minuten öffnete sich endlich die Tür, und ein großer, gutaussehender, britisch wirkender Mann steckte den Kopf heraus. Er trug eine helle Hose und ein helles Jackett, und seine Haut war so weiß, dass nicht einmal der hohe Lichtschutzfaktor der Sonnencreme, mit der er sich zu schützen pflegte, hatte verhindern können, dass er an den empfindlichsten Stellen bereits Sonnenbrand entwickelte. Das Licht auf der Straße blendete ihn und ließ ihn die Augen zusammenkneifen, so dass er in einer halb komischen, halb finsteren Grimasse wie ein Skelett sein glänzendes Gebiss zeigte. Die rechte Hand als Schirm nutzend, entdeckte er schließlich die Frau im Kabriolett, und nachdem er sich durch einen Pfiff ihre Aufmerksamkeit verschafft hatte, bedeutete er ihr mit der Hand, sie solle warten.

Augenblicklich drehte sie die Musik leiser, damit Joe Morello, der Schlagzeuger des Quartetts, mit seinem Solo die Kommunikation nicht störte, beugte sich durch das Beifahrerfenster und fragte: »Was ist los?«

Der Mann improvisierte mit den Händen ein Megaphon, damit sie ihn über den Verkehr hinweg hören konnte. »Gib mir noch fünf Minuten!«

Die blonde Schönheit – die bei der Aussicht auf eine weitere endlose Wartezeit unter dieser gnadenlosen Sonne Grund genug gehabt hätte, die Nerven zu verlieren – reagierte mit einem umwerfenden Lächeln in Richtung des Publikums, zog den Schlüssel ab und stieg aus dem Auto. Für einen Augenblick waren in dem Licht, das durch den fast gazeartigen Leinenstoff schien, ihre wohlgeformten Beine zu erraten. Einer der Jugendlichen, der sie aus dem Schatten des Daches heraus wie verzaubert beobachtet hatte, musste schlucken. Der Mann im Jackett lief zum Wagen, um zu verhindern, dass die Frau das Stück gehen musste, das sie von ihm trennte, und als er bei ihr angelangt war, flüsterte er ihr einige Worte ins Ohr, die keiner der Dorfbewohner von seinem Beobachtungsposten aus verstehen konnte.

Klein, mit Schnurrbart, in Hemdsärmeln und mit verschwitzten Achseln erschien plötzlich ein Angestellter in der Tür der Bank wie ein U-Boot-Kapitän aus seinem Kommandoturm und beobachtete von seinem kleinen Ausguck aus misstrauisch das Paar.

Die Frau nickte leicht mit dem Kopf, um ihren Begleiter darauf aufmerksam zu machen, und der Mann im Jackett grüßte mit einem gezwungenen Lächeln und einer leichten Handbewegung.

»Das ist der Kassierer. Ich habe ihm gesagt, er solle sich beeilen, weil meine Frau auf mich wartet.«

»Deine Frau? Aber wir …«

»Ich weiß, ich weiß, aber ich erspare mir einen Haufen Fragen, wenn ich ihm einfach sage, dass wir verheiratet

sind«, unterbrach sie der Mann mit zusammengepressten Zähnen, damit ihm das künstliche Lächeln nicht entglitt.
»Was ist das Problem?«, fragte sie.
»Der Bankautomat. Er hat meine Karte geschluckt. Dieser Mann sagt, er kann sie herausholen, wenn ich ihm noch etwas Zeit gebe.«
»Aber wieso? Was hast du gemacht?«.
Der Mann schwieg einige Augenblicke und versuchte, aus dem Stegreif eine überzeugende Lüge zu erfinden, doch da ihm keine einfiel, sagte er lieber die Wahrheit:
»Ich habe die Geheimzahl falsch eingegeben. Dreimal.«
»Dreimal?«
Die Frau lachte auf, was dem unter dem Dach zusammengepferchten Publikum ein Lächeln voller Sympathie entlockte. Dann sagte sie:
»Vielleicht denkst du besser mal darüber nach, deine Geheimzahl irgendwo in deiner Brieftasche aufzubewahren. Das ist jetzt schon das zweite Mal, seit ich dich kenne, dass dir das passiert. Und wir sind erst seit drei Monaten zusammen.«
»Ich habe sie auf irgendeinen Zettel geschrieben, aber ich fürchte, den habe ich im Hotel gelassen.«
»Wenn das so ist, musst du sie dir eintätowieren lassen. An welcher Stelle Ihres Körpers hätten Sie es denn gerne, mein Herr?«, sagte sie, als ob sie mit einem Unbekannten flirtete.
»Was sollen wir tun?«, antwortete der Mann, die verführerischen Spötteleien der Frau ignorierend. »Warten wir die paar Minuten, bis er die Karte aus dem Automaten geholt hat?«
»Wie du willst, aber ich sterbe vor Hunger, und wir haben für zwei Uhr eine Paella bestellt.«

Der Mann fand, dass dies ausreichte, um eine Entscheidung zu treffen, ging zur Bank zurück und redete kurz mit dem Angestellten. Schließlich schüttelte das Männlein feierlich die Hand des Kunden und wurde wieder von der Glastür der Bank verschluckt.
Der Mann im Jackett kehrte zum Mercedes zurück und setzte sich auf den Beifahrersitz. »Wir können fahren.«
Die Blondine bewegte den Zündschlüssel, und der Mercedes rollte langsam vom Bürgersteig. Dabei schnurrte er wie ein riesiger zahmer mechanischer Tiger.

Drei Stunden später, nach einer köstlichen Paella in einem Imbiss 25 Kilometer von Mojácar, war der weiße Mercedes auf der Rückfahrt zu dem Hotel, in dem seine Insassen wohnten.
»Lass mich ans Steuer«, bat die Frau. »Ich kann mich des Eindrucks nicht erwehren, dass du ein wenig zu viel Sangria hattest.«
»Um dieses Auto zu fahren, braucht man keine Reflexe«, sagte der Mann, ließ das Lenkrad los und ergriff es erst wieder, als der Mercedes gefährlich von der Spur abkam und auf den Randstreifen der kurvigen, holprigen Straße zufuhr. »Siehst du? Man muss fast gar nichts machen. Er lenkt sich praktisch selbst.«
»Ich bitte dich, tu das nicht«, antwortete sie, und zum ersten Mal schien sie die Kontrolle zu verlieren, die sie sonst über ihre kleinste Regung hatte.
»Was kann uns in einem Mercedes schon passieren?«
Einen Augenblick später, bei dem Versuch, einem Traktor auszuweichen, der hinter einer Kurve aufgetaucht war, geriet der weiße Sportwagen dröhnend ins Schleudern, durchbrach eine wackelige Leitplanke, die nicht den ge-

ringsten Widerstand bot, und rutschte einen mit Felsen gespickten steilen Abhang hinunter. Der Mann fürchtete instinktiv, dass sich der Wagen bei einem abrupten Bremsmanöver nach vorne überschlagen würde, dachte nur noch an sein Überleben und riss die Seitentür auf, um zu springen. Dabei prallte die Tür gegen einen Felsblock aus Granit, schlug mit aller Kraft zurück und quetschte das linke Bein des Mannes ein, das er schon hinausgestreckt hatte. Sein Schmerzensschrei verband sich mit dem wilden metallischen Knirschen der Karosserie, als die Tür von einem zweiten Felsen, noch größer als der erste, mit Stumpf und Stiel herausgerissen wurde. Der Wagen war inzwischen den Hang hinab in derart rasende Fahrt gekommen, dass an Hinausspringen nicht mehr zu denken war; der Mann versuchte also zu bremsen und der Schwerkraft zu trotzen, indem er das Auto gegen den Steilhang lenkte. Der Mercedes kippte dabei zur Seite und rutschte einige Meter wie ein Schlitten über das verdörrte Unkraut des Brachlandes. Dann setzte er seinen Sturzflug in den Abgrund fort und überschlug sich wieder und wieder.

Das Glas der Windschutzscheibe zerbarst nach innen, unzählige Splitter schossen in den Innenraum wie Schrapnellkugeln. Sie verursachten schwere Verletzungen im Gesicht der Frau, die, schon halb bewusstlos von dem schrecklichen Aufprall, unfähig war, sich mit den Armen zu schützen. Das rechte Hinterrad löste sich aus der Achse, erreichte eine höllische Geschwindigkeit den Abhang hinunter und verschwand innerhalb weniger Sekunden aus dem Blickfeld.

Noch schützte das solide Fahrgestell des Wagens die beiden Insassen, doch bei jeder Erschütterung brüllte es wild wie ein verletztes Tier. Als der Wagen schließlich in dem

Bachbett, in das der Abhang auslief, zum Halten kam, nahm der Fahrer, der noch nicht wie die Frau blindlings ausgestiegen war, einen starken Rauchgeruch wahr, der sich mit dem Gestank verbrannten Öls mischte. Dieser Gestank war so intensiv, dass er auf der Stelle vom Geruchssinn auf den Geschmackssinn übersprang, und plötzlich schien der Mund des Mannes wie von einer ekelerregenden Substanz erfüllt, heiß und klebrig, die ihm die Kehle verbrannte und die Augen reizte, die sofort zu tränen begannen. Einige Augenblicke lief der Motor noch und verlor dann an Kraft, bis er schließlich erstarb. In der darauffolgenden plötzlichen Stille vernahm der Mann nur noch die fernen Stimmen der zwei Schäfer, die den Unfall verfolgt hatten und nun eilig herbeiliefen, um zu helfen. Dann verlor er das Bewusstsein.

2

Wien, Frühjahr 2007

Eine Gruppe von ungefähr dreißig englisch sprechenden Touristen ging zügigen Schrittes durch die Nebengebäude der Spanischen Hofreitschule, voran ein blinder Führer. Eine halbe Stunde zuvor, als er sich ihnen zu Beginn des Rundgangs mit dunkler Brille und weißem Stock vorgestellt hatte, dachten die Touristen noch, sie seien Opfer irgendeines Fernsehprogramms mit einer versteckten Kamera geworden; einige von ihnen zogen es sogar vor, fünfzehn Minuten auf die nächste Gruppe zu warten und dort mitzugehen. Diejenigen aber, die sich dem blinden Führer anschlossen, bereuten es nicht, im Gegenteil, sie genossen den Rundgang außerordentlich, denn der Mann verband eine genaue Kenntnis der Institution, die er ihnen zeigte, mit einem beträchtlichen Sinn für Humor.

Zunächst einmal hielt er seinen Stock hoch über den Kopf, wie um auf eine große Sehenswürdigkeit zu weisen, und erklärte: »Wenn Sie nach oben schauen, können Sie das berühmte Hilfsmittel bewundern, das James Briggs 1921 erfand. Er war ein Fotograf aus Bristol, der, durch einen Unfall erblindet, seinen Spazierstock weiß anmalte, damit man ihn auf der Straße besser sehen konnte.«

Als ein Kind aus der Gruppe sah, wie mühelos sich der Blinde fortan durch die Gänge der Hofreitschule bewegte,

sagte es zu seinem Vater: »Papa, ich glaube, der sieht doch was und macht sich nur lustig über uns.«
Während des Besuchs der Ställe erzählte der Führer, wie gegen Ende des Zweiten Weltkriegs die Lipizzanerpferde, die in die Hände des sowjetischen Heeres gefallen waren, eigens von General Patton gerettet und wieder nach Wien gebracht worden waren. Dieser war vor dem Krieg olympischer Reiter gewesen und ein großer Bewunderer dieser Vollblüter.
»Wenn General Patton nicht gewesen wäre«, klärte er sie auf, »wären die Lipizzaner wahrscheinlich auf dem Schlachthof gelandet und hätten den hungrigen Soldaten Stalins als Verpflegung gedient.«
Die Gruppe ging nun zur großen Reithalle der Schule, die sich in einem der Flügel der kaiserlichen Hofburg befand. Dort fanden nicht nur jeden Abend bei Musik die phantastischen Vorführungen der Lipizzaner statt, sondern auch die unerlässlichen, aber etwas langweiligeren morgendlichen Trainings.
Einer der Touristen hob die Hand, um die Aufmerksamkeit des Führers zu erlangen. Dieser bewegte sich nämlich so geschickt, dass alle seine Behinderung vergessen hatten. Als er sich seines Irrtums bewusst wurde, schmunzelte der weißhaarige, etwa sechzigjährige Mann in sich hinein und sagte dann mit starkem australischen Akzent:
»Entschuldigen Sie, wohin führt diese Tür hier?«
»Die grüne Tür? Sie führt nirgendwohin«, antwortete der Führer und drehte den Kopf in die entsprechende Richtung, als ob er sie sehen könnte. »Ich meine, dahinter befindet sich nichts Interessantes. Dort wohnt der Chefveterinär der Schule. Er lebt hier, um jederzeit eingreifen zu können, wenn es bei den Lipizzanern einen gesundheit-

lichen Zwischenfall gibt. Diese Pferde sind sehr empfindlich und müssen perfekt in Form sein, um täglich die schwierigen Dressuraufgaben zu bewältigen. Wenn es keine weiteren Fragen gibt, gehen wir jetzt diese Treppe hinauf, um uns die große Reithalle vom höchsten Punkt der Schule aus anzusehen.«

Die Gruppe der Touristen folgte dem blinden Führer wie ein Mann. Der Weißhaarige jedoch gab vor, sich den Schuh binden zu müssen. Er kniete sich hin und blieb absichtlich hinter der Gruppe zurück, die sich wie eine menschliche Herde entfernte. Als er sicher war, dass niemand ihn sehen konnte, stand er auf und öffnete heimlich die grüne Tür, nach der er sich soeben erkundigt hatte.

3

Madrid, September 2007

Das Institut für Musikwissenschaft der Universität Carlos IV. ist in einem alten restaurierten Gebäude aus der Habsburgerzeit untergebracht, das sich die Professoren leider mit den Kollegen von Dramaturgie und Theater teilen müssen. Der Sitz befindet sich ein paar Minuten entfernt von der Plaza de la Cebada, dem Gerstenplatz, der so heißt, weil dort früher die Gerste für die Pferde des Königs von derjenigen für die Pferde des Regiments getrennt wurde. Außerdem brachten die Bauern aus der Umgebung Madrids ihr Getreide dorthin, um es zu verkaufen. Im 17. Jahrhundert fanden dort die Jahrmärkte von Madrid statt und im 19. Jahrhundert die Exekutionen: General Riego wurde 1824 auf diesem Platz gehenkt und dreizehn Jahre später der legendäre Bandit Luis Candelas mit der Garrotte getötet, da María Cristina de Borbón ihm, obwohl er niemals Gewaltverbrechen begangen hatte, die Gnade verweigerte.

Daniel Paniagua, fünfunddreißig Jahre alt, sportliche Statur, Professor für historische Musikwissenschaft in besagtem Institut, joggte beinahe täglich in einem großen Park in der Nähe; doch da ihn Jacobo Durán, der Leiter des Fachbereichs, heute dringend in sein Büro bestellt hatte, um eine mysteriöse Angelegenheit zu besprechen – ein Was-auch-Immer, das nicht bis zum nächsten Tag warten

konnte –, zog er es vor, heute auf seinen Auslauf zu verzichten. Er wollte nicht vollkommen rot und verschwitzt bei dem Treffen erscheinen, von dem er ahnte, dass es wichtig sein würde.
Stattdessen und um sich die Zeit bis zu dem Termin zu vertreiben, beschloss er, seinen besten Freund Humberto zu besuchen. Der hatte ihn schon vor Wochen gebeten, ihm eine CD mit Hochzeitsmusik zu brennen, da er in Kürze seine Kindergartenliebe heiraten würde. Daniel, für den es wirklich eine Ehre war, sich um die Musik für die Hochzeit seines besten Freundes zu kümmern, hatte den Auftrag dennoch nach wenigen Stunden vergessen und nicht eine Sekunde mehr an die Angelegenheit gedacht. Das passierte ihm häufig, vor allem seit er die vor zwei Jahren unterbrochene Arbeit an einer ehrgeizigen Abhandlung über Beethoven wieder aufgenommen hatte, die ihn nun vollkommen in Anspruch nahm. Bis am vorigen Tag Humberto angerufen hatte: »Verdammter Mistkerl, dir ist schon klar, dass ich in ungefähr einem Monat heirate, oder?«
»Natürlich«, log Daniel. »Deine CD ist schon fertig. Morgen bringe ich sie dir, ganz sicher.«
Also verbrachte er die ganze Nacht und einen Gutteil des folgenden Morgens damit, die Musik für den Freund zusammenzustellen. Er machte sich jedoch das Leben nicht allzu schwer: das *Ave-Maria* von Schubert, das von Gounod, die G-Dur-Arie von Bach, die zwei bekanntesten Hochzeitsmärsche, von Mendelssohn und von Wagner, sowie zehn weitere für solche Gelegenheiten typische Stücke, mit denen man kaum danebenliegen konnte.
»Du hast dir nicht übermäßig den Kopf zerbrochen, oder?«, war der Kommentar seines Freundes, als er die

CD schließlich begutachtete. »Ich hatte dich nicht um das Übliche, sondern um eine persönliche Auswahl gebeten. Du bist ja nicht umsonst derjenige, der sich im ganzen Land am besten mit Musik auskennt.«

»Glaub mir, Humberto, das letzte Mal, als ich einem Freund eine Hochzeits-CD nach meinem persönlichen Geschmack gebrannt habe, hätte mich seine Frau beinahe umgebracht. Das war für Óscar, den kennst du ja. Mit diesen Stücken hier werden wir bei Cristina Punkte machen, und sie ist es schließlich, die das Sagen hat und für die die Hochzeit gefeiert wird.«

»Glaubst du etwa, ich freue mich nicht darauf, zu heiraten?«, fragte Humberto.

»Ich weiß nicht – auf jeden Fall habe ich dir noch eine andere CD gebrannt. Die solltest du bis zum Vorabend des Festes Tag und Nacht hören.«

Daniel gab ihm einen geheimnisvollen roten Umschlag, auf dem nur stand: *Der B.-Effekt.*

»Wer ist B.?«, fragte sein Freund, den Geheimniskrämerei immer nervös machte. »Und weshalb soll ich das Tag und Nacht hören?«

»B. ist natürlich Beethoven. Hast du schon mal vom Mozart-Effekt gehört?«

»Nein. Was ist das?«

»1997 publizierte ein amerikanischer Musikwissenschaftler namens Campbell – wie die Suppe – ein umstrittenes Buch über den ›Mozart-Effekt‹, in dem er die Theorie verbreitete, dass Musik von Mozart, besonders die Klavierkonzerte, vorübergehend den Intelligenzquotienten hebt. Da Beethoven Mozart hoch drei ist, behaupte ich, dass Musik von Beethoven demnach dreifachen Einfluss hat.«

»Aber Einfluss worauf?«

»Auf wichtige Entscheidungen im Leben jedes Einzelnen, wie eben die, zu heiraten.«

»Willst du damit andeuten, dass ich, wenn ich einige Tage lang Beethoven höre, schlauer werde und daraufhin die Hochzeit absage?«

»Ich weiß es nicht.« Daniel legte seine Hand auf Humbertos Schulter, wie um seine Worte noch ernsthafter klingen zu lassen. »Aber ich bin dein Freund, und ich will alles versuchen, damit du nicht nachher sagst, ›Schuft, warum bist du mir nicht zu Hilfe geeilt?‹.«

Humberto öffnete die Hülle und betrachtete die CD so misstrauisch, als sei sie das Gebräu eines Alchimisten.

»Und was macht dieses ... dieses Ding mit mir, wenn ich es in die Anlage lege?«

»Es wird dieselbe Wirkung auf dich haben wie bestimmte Medikamente, die zurzeit gegen Alzheimer eingesetzt werden. Sie haben die Eigenschaft, die zerebralen Neurotransmitter zu stimulieren. Du wirst feststellen, dass die Musik deinen Gemütszustand ändert und sich deine ›raum-zeitliche Wahrnehmung‹, wie Psychologen es nennen, verbessert. Das ist die Fähigkeit, in Bildern zu denken – eine Fähigkeit, die unerlässlich ist, wenn es darum geht, Lösungen für komplexe Probleme zu finden, wie etwa in der Mathematik, der Kunst oder in Strategiespielen wie Schach.«

»Verstehe«, sagte Humberto, dessen Argwohn gegenüber der CD nach und nach echter Neugier wich.

»Leg sie ruhig schon einmal auf, wenn du magst«, sagte Daniel. »Dann siehst du, dass es sich nicht um Gehirnwäsche handelt und dass ich dir nicht mit der Absicht, deine Hochzeit zu sabotieren, verborgene Botschaften hineingemogelt habe. Es ist nur Musik ... von Beethoven.«

Humberto legte die CD in seinen Player. Kaum hatte er die ersten Töne gehört, legte sich ein Lächeln über sein Gesicht. »Es gefällt mir«, sagte er und machte es sich auf dem Sofa bequem. »Was ist das für ein Stück?«

»Die Sonate in f-Moll op. 2, No. 1, eines der Empfehlungsstücke Beethovens, als er nach Wien kam. Es ist eine deutliche Hommage an Mozart, so deutlich, dass jeder Laie jener Zeit augenblicklich erraten hätte, dass sie inspiriert war von dessen Symphonie in g-Moll KV 183. Auch wenn es sich um ein Jugendwerk handelt – Beethoven war vierundzwanzig, als er es komponierte, und sein unverschämtes Talent war damals noch nicht ganz entwickelt –, begeistert mich diese Sonate, denn sie ist sehr charakteristisch für seine arrogante und zugleich fesselnde Persönlichkeit. Beethoven präsentierte sich in der Residenz des Prinzen Lichnowsky, seines großen Mäzens, mit einer Musik, die den Zuhörern sagt: ›Ich kann komponieren wie Mozart, aber ich gehe weiter, denn ich bin Ludwig van Beethoven.‹«

»Ich wusste gar nicht, dass Beethoven so ein Angeber war«, sagte Humberto trocken, doch wie immer erstaunt über die profunden musikalischen Kenntnisse seines Freundes.

»Tja, das war er wohl tatsächlich. Aber Beethoven wuchs an diesen symbolischen Duellen mit Mozart und Haydn, in denen er für gewöhnlich glänzend abschnitt. Brahms dagegen, dessen erste Symphonie so eng an den Stil Beethovens angelehnt war, dass man häufig von ihr als ›der Zehnten‹ sprach, brauchte vierzehn Jahre, um sie zu vollenden, da die panische Angst vor einem Vergleich mit dem tauben Genie ein ums andere Mal seine kreativen Energien blockierte. Hörst du mir überhaupt zu?«

Offensichtlich nicht. Humberto war in eine Art musikalische Trance verfallen, aus der ihn aufzuwecken zwar nicht gefährlich, aber doch unangebracht gewesen wäre. Deshalb entschloss sich Daniel, das Haus auf Zehenspitzen zu verlassen. Bevor er die Tür hinter sich zuzog, sagte er mehr zu sich als zu Humberto: »Und dass das klar ist: Ich habe Cristina schon immer für eine famose Frau gehalten.«

Haben Chefs die Wahl, so beziehen sie ein Büro ganz oben im Gebäude. So auch Durán. Von dem seinen aus konnte man den benachbarten Park überblicken. Es hatte keinen direkten Zugang, sondern war nur durch das angrenzende Sekretariat zu erreichen. Doch nun, zur Mittagszeit, waren die Türen nur angelehnt, und das Verwaltungspersonal glänzte durch Abwesenheit. Wer würde schon auf die Idee kommen, im Institut mit dem geringsten Etat der ganzen Universität etwas zu stehlen?

Bevor Daniel vorstellig wurde, suchte er die nächste Toilette auf, um sich frisch zu machen. Dieser Termin und vor allem die Tatsache, dass Durán ihm am Telefon bewusst verschwiegen hatte, worum es sich handelte, riefen bei ihm die beiden Angstsymptome hervor, die er am meisten hasste: Schwitzen und Herzrasen. In letzter Zeit hatte er nur noch an seiner Abhandlung über Beethoven gearbeitet, sogar während der Vorlesungszeit, und dabei hemmungslos von allen Mitteln des Instituts Gebrauch gemacht, abgesehen von den finanziellen. Er befürchtete, dass Durán ihm nun die Leviten lesen oder ihn gar vollständig vom Dienst suspendieren und sein Gehalt einfrieren würde. Und natürlich konnte man auch das Schlimmste nicht ausschließen: dass das heruntergekommene Institut wegen einer Etatkürzung geschlossen werden musste.

Nachdem er sich ein wenig beruhigt hatte, ging er ohne anzuklopfen durch die halboffene Tür in Duráns Büro. Dieser telefonierte gerade. Jedes Mal wieder sprangen Daniel an ihm zwei Dinge ins Auge: Unabhängig vom Wetter zog Durán niemals die Jacke oder den Mantel aus. Dadurch erweckte er immer den absurden Eindruck, in seinem eigenen Büro nur Besucher zu sein. Und er besaß erstaunliche Ähnlichkeit mit Silvio Berlusconi. Doch Daniel war sicher, sollte Durán jemals eine Glatze bekommen wie der italienische Politiker, er würde sich nie einer Haartransplantation unterziehen. Zum Glück besaß Durán einen dichten, kaum ergrauten Schopf und ein Gespür für Lächerlichkeit. Von seinem Doppelgänger unterschied ihn auch seine unzweifelhafte Rechtschaffenheit. Ob diese aus der Moral geboren war oder aus der Tatsache, dass es schier unmöglich war, in einem finanziell so schlecht ausgestatteten Institut Geld für krumme Zwecke abzuzweigen, blieb jedoch offen.

Mit einem »Geht doch zum Teufel, du und das ganze Erziehungsministerium« beendete Durán das Telefongespräch und erhob sich, um seinem Mitarbeiter die Hand zu geben.

»Guten Tag, Daniel Paniagua.«

Er sprach ihn immer mit Vor- und Nachnamen an. Wie die Ehefrauen in amerikanischen Fernsehfilmen, wenn sie mit ihren wie gemeißelt aussehenden Männern schimpfen: »John McBride, ich will, dass du augenblicklich dieses Whiskyglas wegstellst und mir zuhörst.«

»Mach nicht so ein verschrecktes Gesicht. Wovor hast du Angst?«

»Ich habe keine Angst.«

Eine glatte Lüge. Auch wenn Duráns Satz und sein Lä-

cheln ihn beruhigen sollten, schlug Daniel das Herz immer noch bis zum Hals.
»Ich möchte dich um einen Gefallen bitten«, sagte der Institutschef und schaute Daniel so streng an, als wolle er ein Disziplinarverfahren gegen ihn eröffnen. Doch dieser Blick konnte Daniel nichts mehr anhaben, denn Duráns Bitte und vor allem der Tonfall, in dem sie vorgetragen wurde, hatten auf ihn einen ähnlich beruhigenden Effekt wie eine ganze Packung Betablocker.
»Einen Gefallen? Selbstverständlich, alles, was in meiner Macht steht. Worum handelt es sich?«
»Du sollst ein Konzert besuchen.«
Durán öffnete die größte Schublade seines Schreibtisches und fischte ein Konzertprogramm heraus, das Daniel eilig zu entziffern versuchte. Sein Chef gab es ihm jedoch nicht sogleich, sondern behielt es in der Hand, um die Neugier, die in Daniels Gesicht glühte, noch zu schüren.
Dieser versuchte den Zettel zu ignorieren und ein gleichgültiges Gesicht aufzusetzen. »Ein Konzert soll ich also besuchen? Kann ich dir noch mehr solcher Gefallen tun?«
»Dieses Konzert besuchst du nicht nur, um Musik zu hören. Vor allem sollst du dort für mich spionieren.«
»Aha. Was wird denn da gespielt?«
»Beethoven. Über ihn schreibst du doch bekanntlich gerade«, schmunzelte Durán. Nach einer kurzen Pause fuhr er fort: »Vergangene Woche habe ich übrigens gelesen, dass Beethoven spanische Wurzeln hatte.«
»Er wurde der Schwarzspanier genannt, weil er sehr dunkle Haut hatte. Manche behaupten sogar, er habe spanische Vorfahren gehabt.«
»Schreib das in dein Buch. Ehre, wem Ehre gebührt. Jetzt nimm schon und wirf einen Blick darauf.«

Endlich reichte ihm Durán das Programm, und Daniel riss es ihm fast aus der Hand. Er zuckte zusammen, als er den Namen neben dem Beethovens las, und rief aus: »Ronald Thomas! Ist dir klar, wer das ist?«

»Er ist mir nicht gänzlich unbekannt.«

»Ein Hurrikan wirbelt gerade die ganze moderne Musikwissenschaft auf, und mittendrin befindet sich dieser Mann. Innerhalb der Beethoven-Forschung ist er der Papst der Päpste. Alle halten ihn für einen faszinierenden Forscher, doch er ist außerordentlich umstritten. Manche bewundern ihn und spenden noch der geringsten seiner Schriften Beifall, andere hassen ihn und würden ihn lieber heute als morgen aus dem Weg räumen.«

»Aus dem Weg räumen ... soll das heißen, ihn umbringen?«

»Nein, ach was. Widerlegen, abqualifizieren, wissenschaftlich ins Aus befördern.«

»Und du? Auf welcher Seite stehst du?«

»Hundertprozentig auf Thomas' Seite. Seit Jahren verfolge ich seine Arbeit. Es wundert mich – er ist in Spanien, und ich habe es nicht mitbekommen.«

»Vermutlich will er es geheim halten. Wie du siehst, wird er hier ein sehr, sehr besonderes Konzert geben.«

Daniel las weiter in dem Programm. Verblüfft schüttelte er den Kopf. »Die zehnte Symphonie Beethovens! Unglaublich!«

»Du sagst es: unglaublich. Behauptet er denn jetzt wohl, er habe sie entdeckt?«

»Das hat Thomas eigentlich nie behauptet. Er hat sie bloß auf der Grundlage einiger Entwürfe aus Beethovens verstreutem Nachlass rekonstruiert und damit die Konservativen unter den Musikwissenschaftlern schier wahnsinnig gemacht. Was laut Programm morgen Abend aufgeführt wird, sind ungefähr 250 Takte des ersten von vier Sätzen.«

»Du wirst bemerkt haben«, sagte Durán, der die Aufregung ungemein genoss, die er bei Daniel verursacht hatte, »dass man das Konzert beinahe vollständig geheim hält. Es wurde nirgendwo angekündigt. Zudem wird es in keinem offiziellen Saal stattfinden, sondern vor ein paar handverlesenen Zuhörern in der privaten Residenz von Jesús Marañón.«

»Es ist ganz gleich, wie viele kommen. Einige seiner Konkurrenten sind sehr kampflustig, und wenn die morgen geladen sind, könnte das ausarten.«

»Ausarten? Was meinst du?«

»Buhrufe, Fußgetrampel, Pfiffe. Zwar wird von kaum jemandem bezweifelt, dass Beethoven die Absicht hatte, nach der Neunten eine zehnte Symphonie zu komponieren – aber niemand vermag zu sagen, ob die Fragmente, die Thomas zusammengefügt hat, alle für denselben Satz bestimmt waren.«

»Das heißt, wir haben es möglicherweise mit einem musikalischen Monstrum zu tun.«

»Alles hängt davon ab, wie Thomas die wenigen Fragmente ›vernäht‹ hat, die Beethoven komponierte. Im Prinzip erwarte ich, morgen ein Andante in b-Moll zu hören, dann ein Allegro in c-Moll. Dass er so etwas plant, ist zumindest in der Fachpresse durchgesickert. Doch ich bin gespannt, wie Thomas das Ganze instrumentiert hat, denn abgesehen davon, dass es nur sehr wenig Noten gibt, weiß man auch nicht, von welchen Instrumenten sie gespielt werden sollten.«

»Kann man das nicht anhand der damaligen Gebräuche herausfinden?«

»Ja und nein. Auch bei der Instrumentierung brach Beethoven mit den Konventionen. Er war zum Beispiel der Erste, der Piccoloflöte und Posaunen in einer Symphonie eingesetzt hat. Möglicherweise hat Thomas eine Phrase den Hörnern zugeschrieben, die Beethoven für die Klarinetten gedacht hatte, oder umgekehrt ... Warum willst du eigentlich nicht mitkommen?«

»Ich kann nicht. Marañón, der Gastgeber, wollte seinerzeit unbedingt, dass eine seiner Töchter in einem Bob-van-Asperen-Konzert hier im Konzertsaal eine Bach-Arie singt. Ich habe ihm die Bitte verwehrt und bin seitdem in seinem Haus nicht mehr willkommen.«

»Van Asperen! Ein ziemliches Wagnis, eine Debütantin mit einem so großen Cembalisten zusammenbringen zu wollen. Hat Marañón dich wirklich darum gebeten?«

»Nicht gebeten, er hat es gefordert. Obwohl – seine Tochter hat mittlerweile beträchtliche Fortschritte gemacht. Vor zwei Jahren, als van Asperen da war, jaulte die Arme noch wie das Mädchen aus *Der Exorzist*.«

»Gut, dass du nicht nachgegeben hast. Für wen hält der sich?«

»Für den, der er ist: Gott der Allmächtige. Lach du nur. Dank seiner Intrigenspiele hat Marañón immerhin erreicht, dass uns der Institutsetat für die kommenden zwei Jahre eingefroren wurde. Und er tut alles, um mich in der Öffentlichkeit in Verruf zu bringen.«

»Aber wie ist diese Einladung in deine Hände geraten?«

»Nun, es gibt Mittel und Wege.«

»Morgen um Punkt acht also. Ich werde da sein. Nein, Moment!«

»Was ist los? Sag jetzt nicht, du hast irgendeine unumgängliche Verpflichtung und kannst nicht hingehen!«

»Das Konzert ist morgen Abend. Ich habe Alicia versprochen, sie vom Flughafen abzuholen.«
»Dann vergiss es. Ich will keine Beziehungskrise auslösen.«
»Auf keinen Fall. Das kann ich sicher regeln. Ich schicke ihr ein Taxi oder bitte irgendeinen Freund, sie abzuholen. Nicht einmal eine Atombombe könnte mich davon abhalten, dieses Konzert zu besuchen.«
»Wenn sich herausstellt, dass Thomas ein Hochstapler ist, werden wir ihn auseinandernehmen, hörst du? Geh in das Konzert und sei mein Ohr, mein Auge, all meine Sinne. Dass dir nicht das geringste Detail entgeht. Es ist mir egal, was der Typ bisher gemacht hat: Wenn seine Komposition eine Ausgeburt seiner Phantasie ist, werden wir ihn und seinen Mäzen Jesús Marañón in Grund und Boden stampfen.«
Einige Augenblicke verharrte Daniel nachdenklich und starrte aus dem großen Fenster im Rücken Duráns.
»Woran denkst du?«
»Ach, an nichts. Mir ist bloß eingefallen, dass es Forscher gibt, die behaupten, an irgendeinem Ort in Europa liege verborgen das vollständige Manuskript der zehnten Symphonie Beethovens und warte nur darauf, entdeckt zu werden …«
Durán erwiderte nichts. Er beschränkte sich auf das feine Lächeln sehr routinierter oder sehr korrupter Politiker, das sie dann hervorholen, wenn sie offensichtlich etwas verbergen möchten.

4

Am selben Nachmittag landete Louis-Pierre-Toussaint-Baptiste Bonaparte, französischer Thronerbe und Nachkomme Napoleon Bonapartes, mit einem Flugzeug der Air France aus Paris-Orly in Madrid-Barajas. Der etwa fünfundfünfzig Jahre alte Prinz, klein und nervös wie sein berühmter Vorfahre, war in Wirklichkeit bloß der Urururenkel von Napoleons kleinem Bruder Jérôme. Der hatte es bis zum König von Westfalen gebracht: Zwischen 1807 und 1813 regierte er den vom Kaiser geschaffenen Marionettenstaat im Nordwesten Deutschlands.
Louis-Pierre reiste in Begleitung seiner Frau. Er war von der Stiftung der Freunde Napoleons, deren Sitz sich unweit des französischen Konsulats befand, eingeladen worden, einen Vortrag über seinen berühmten Ahnherrn zu halten. Da die Möglichkeit, irgendwann einmal den Thron Frankreichs zu besteigen, eine reine Chimäre war – sein Land war schließlich die Republik schlechthin, außerdem gab es noch andere Anwärter auf den Thron, Orleanisten und Bourbonen –, beschränkte der Prinz sein Streben nach Höherem auf die Pflege des familiären Ansehens und die Lokalpolitik. In der korsischen Hauptstadt Ajaccio, Wiege der Bonapartes, war Louis-Pierre eine Berühmtheit, und er hatte Aussichten, bei den nächsten Bürgermeisterwahlen die größte Mehrheit in der turbulenten Geschichte der Insel überhaupt zu erhalten.

Momentan jedoch war seine Haupteinnahmequelle die Tätigkeit rund um seinen illustren Vorfahren, der immer noch überall auf der Welt Leidenschaften weckte. Louis-Pierre verlangte für seine Seminare und Vorträge nie weniger als 6000 Euro. Hinzu kamen natürlich die Bücher über Napoleon. Eines von ihnen, *Die Hölle von St. Helena,* hatte wochenlang auf der Bestsellerliste des *Figaro Littéraire* gestanden.
Obwohl weder der Prinz noch seine Gemahlin besondere Musikliebhaber waren, wollten sie dennoch den Aufenthalt in Spanien nutzen, um einer Einladung ihrer engen Freundin Sophie Luciani, Ronald Thomas' Tochter aus einer früheren Ehe, zu folgen: Ihr Vater würde am nächsten Tag im Hause Jesús Marañóns vor einer Handvoll Eingeweihter ein einzigartiges Konzert geben.
Als sie die Kontrolle passiert und das Gepäck geholt hatten, sahen Louis-Pierre und seine Frau, dass die Stiftung jemanden geschickt hatte, um sie abzuholen. Der Mann hielt ein Schild in der Hand mit der Aufschrift MR. BONAPARTE. Die beiden machten ihm ein Zeichen, und eilfertig näherte er sich, um ihnen mit den Koffern zu helfen.
»Hatten Sie einen angenehmen Flug?«
»Nun ja, abgesehen von der Verspätung …«, antwortete der Prinz. »Fahren wir zum Hotel?«
»Ich fürchte, gerade wegen dieser Verspätung müssen wir direkt zur Stiftung fahren«, sagte der Assistent zögerlich, während er mit dem Gepäckwagen den Weg in Richtung Parkplatz einschlug.
»Merde!«, entfuhr es der Prinzessin. »Vor dem Vortrag meines Mannes muss ich wenigstens noch duschen. Außerdem möchte ich Sophie sehen.«
»Wir machen es so«, schlug der Prinz vor: »Sie setzen mei-

ne Frau im Hotel ab und fahren mich dann direkt weiter zum Veranstaltungssaal. Meine Frau kennt den Vortrag ohnehin schon in- und auswendig.«

Drei Stunden später war alles vorbei. Der Moderator hatte die Fragerunde eröffnet, an der sich die Anwesenden zur Abwechslung einmal lebhaft beteiligten. Ein junger Mann wollte wissen, ob es einen eindeutigen Beweis dafür gebe, dass der Kaiser auf St. Helena ermordet wurde.

»Natürlich keinen gerichtsmedizinischen«, antwortete der Prinz. »Sie müssen bedenken, dass der Onkel meines Urgroßvaters 1821 starb. Erst 1836 entwickelte der Chemiker James Marsh einen Test, mit Hilfe dessen man noch Jahre nach dem Tod die kleinste Spur Arsen an einer Leiche nachweisen kann.«

»Vergiftet ... Aber von wem denn?«, fragte eine ältere Frau. »Wen verdächtigen Sie?«

»Den Gouverneur der Insel natürlich. Obwohl er ein Mann war. Ich betone das, weil meistens ja eher die Frauen als Giftmischerinnen gelten.«

Ein paar der Anwesenden lachten.

»Wobei die Erwähnung eigentlich überflüssig ist«, fuhr er fort. »Selbst heute fällt es schwer, sich eine Frau an der Spitze einer Militärgarnison vorzustellen, doch damals war es undenkbar.«

»Von den Engländern vergiftet! Haben Sie irgendeinen Beweis dafür?«, fragte ein Herr mit großen Ohren und einem unverkennbar britischen Akzent.

»Nein. Doch als der Kaiser auf diese elende Insel kam, wo er von den Engländern gefangen gehalten wurde, war er siebenundvierzig Jahre alt und bei bester Gesundheit. Innerhalb weniger Monate schwollen jedoch seine Beine an, und er litt auch unter anderen Unpässlichkeiten: Kopfschmerzen, Durchfall, Schlaflosigkeit. Dieser plötzlich verschlechterte Gesundheitszustand änderte sich über sechs Jahre nicht. In den Wochen vor seinem Tod erbrach er mehrmals am Tag. Er selbst deutete an, dass er vergiftet werde. Und mir erscheint dies nicht an den Haaren herbeigezogen, wenn man bedenkt, dass einer seiner Kameraden und zwei Diener vor ihm auf der Insel gestorben waren.«

»Können Sie uns etwas mehr über den vermeintlichen Giftmörder erzählen?«, bat der Moderator. »Welche Gründe hatte er, Ihren Vorfahren zu beseitigen?«

»Mit großer Wahrscheinlichkeit war der Mörder Sir Hudson Lowe, der Gouverneur der Insel. Er war ein harter, unnachgiebiger Kerl, der die Sicherheitsrichtlinien des Ministers penibelst einhielt. Er wollte auf keinen Fall riskieren, dass Napoleon ihn lächerlich machte, indem er ein zweites Mal floh, wie es ihm 1815 von Elba gelungen war. Er demütigte den Kaiser mit absurden Verboten. Wann immer er ein Pferd bestieg, folgte ihm eine Eskorte. Dabei besaß St. Helena nicht einmal einen Hafen, die Boote mussten in der Bucht ankern. Die Steilklippen ragten 300 Meter in die Höhe. Wohin hätte mein armer Vorfahr fliehen sollen? Es war absurd! Der Gouverneur nannte Napoleon auch nicht ›Majestät‹, wie es dessen Wunsch war. Er musste sich mit der Anrede ›General Bonaparte‹ zufriedengeben.«

»Das ist wirklich unerhört«, bemerkte der englische Zuhörer ironisch. »Ich hätte eine solche Demütigung wahrhaftig nicht überleben können. Doch von dem, was Sie erzählen, bis zum Vorwurf des Mordes ist es ein ganzes Stück. Verzeihen Sie, aber ich habe irgendwo gelesen, dass man in letzter Zeit eher zu der Annahme neigt, Napoleon sei an Magenkrebs oder einem Leberschaden gestorben.«

Prinz Bonaparte warf dem Engländer einen vernichtenden Blick zu und erwiderte, ohne seinen Ärger verbergen zu können: »Unsinn! Wie Sie wissen, wurde Napoleon auf St. Helena begraben. In meinem Vortrag habe ich aber auch erwähnt, dass 1840 seine sterblichen Überreste exhumiert und nach Paris gebracht wurden. Sie waren sehr gut erhalten. Über hundert Jahre später, Anfang der sechziger Jahre, analysierte ein Untersuchungsteam, in dem auch ein Dentist und ein Experte für Toxikologie waren, die Symptome, über die Napoleon klagte. Und sie fanden heraus, dass sie denen einer schleichenden Vergiftung mit Arsen glichen. Das Team gelangte auch an einige Haare des Kaisers, die ihm allem Anschein nach am Tag nach seinem Tod abgeschnitten wurden.«
Der Prinz schien zu bemerken, dass er sich über die Maßen erregte, und hielt einen Moment inne, um einen Schluck aus dem Wasserglas zu trinken, das er bis dahin nicht angerührt hatte. Dann fuhr er fort:
»Diese Haarproben wurden in hochentwickelten Verfahren analysiert. Sie wiesen Arsen in weit höherer Konzentration auf als normal. Glauben Sie mir, mein Vorfahre wurde ermordet, und die einzige Person mit einem plausiblen Motiv war sein Erzfeind auf der Insel, Gouverneur Lowe. Napoleons Tod befreite ihn von der Sorge, vom berühmtesten Gefangenen der Geschichte blamiert zu werden.«
Eine blonde Frau, die zu spät gekommen war und keinen Sitzplatz mehr gefunden hatte, fragte von hinten aus dem Saal: »Und was ist mit Beethoven?«
Die Frage wurde in einem so frechen Ton gestellt, dass es fast wie Blasphemie erschien. Ein gutes Dutzend Teilnehmer wandte den Kopf, um herauszufinden, wer das gesagt

hatte. Die Frau aber verbarg ihr Gesicht mit einer Kappe aus braunem Stoff und einer dunklen Brille.
Ein paar Sekunden lang durchwogte aufgeregtes Geflüster den Saal, als wäre mitten in einer Hochzeit ein zweiter Bewerber erschienen. Der Moderator und der Prinz diskutierten eiligst, ob die Frage zugelassen werden sollte oder nicht. Als deutlich wurde, dass der Prinz ihr nicht ausweichen würde, verstummten die Zuhörer von einer Sekunde auf die andere, um sich nicht das geringste Detail seiner Reaktion entgehen zu lassen.
»Beethoven?«, fragte er. »Es tut mir leid, aber ich weiß nicht, worauf Sie hinauswollen.«
»Beethoven hasste Napoleon. Als ihm klarwurde, dass Ihr Vorfahr die Ideale der Französischen Revolution verraten hatte, indem er sich selbst zum Kaiser krönte, zog er sogar die Widmung seiner dritten Symphonie, der *Eroica*, zurück.«
Der Prinz lachte ungläubig.
»Und mir wirft man vor, an Verschwörungstheorien zu glauben! Sie deuten ernsthaft an, Beethoven könnte etwas mit Napoleons Vergiftung zu tun gehabt haben?«
»Beethoven, verehrter Herr, war eng verbunden mit der abscheulichsten aller Geheimgesellschaften jener Zeit, dem Illuminatenorden. Vielleicht wissen Sie, dass seine *Kantate auf den Tod Kaiser Josephs II.* von dieser Sekte finanziert wurde.«
»Die Illuminaten sympathisierten mit dem österreichischen Kaiser«, antwortete Bonaparte ein wenig nervös. »Und weiter?«
»Österreich, mein lieber Prinz, war ein Todfeind Napoleons.«

5

Am Tag des Konzertes war Daniel unruhig und zerstreut. Morgens rief er als Erstes Humberto an, um ihn zu bitten, Alicia vom Flughafen abzuholen und zu seiner Wohnung zu bringen, für die er ihm außerdem noch die Schlüssel geben musste.

Die Stimme seines Freundes klang kühl und distanziert.

»Was ist los mit dir?«, fragte Daniel, der die musikalische Hypnose des Vortages schon wieder vergessen hatte.

»Diese Musik, die du mir gegeben hast, hatte verheerende Auswirkungen.«

Daniel fühlte sich sofort schuldig. »Meinst du das ernst? Hast du etwa beschlossen, nicht zu heiraten?«

»Nein, das zwar nicht, Daniel. Aber abends ist mir der Einfall gekommen, mit Cristina darüber zu reden, ob wir die Hochzeit nicht vielleicht verschieben könnten. Du kannst dir nicht vorstellen, wie sie sich aufgeregt hat.«

»Bist du verrückt? Wie kannst du einen Monat vor der Hochzeit vorschlagen, sie zu verschieben?«

»Es war nicht der beste Zeitpunkt, mit dieser Teufelsmusik anzukommen.«

»Mach jetzt nicht mich verantwortlich für eure Beziehungsprobleme. Du kannst allenfalls Beethoven die Schuld geben.«

»Ich weiß nicht, was ich tun soll. Nicht einmal traurig bin

ich. Ich kann selber kaum glauben, was mir gerade passiert.«

Daniel schwieg ein paar Sekunden und dachte darüber nach, wie er seinem Freund am besten helfen konnte. Schließlich fuhr er fort: »Soll ich Cristina anrufen?«

»Und was willst du ihr sagen? Dass eine CD an der ganzen Misere schuld ist?«

»Dann ruf du sie an und bitte sie um Verzeihung. Sag ihr, du warst gestern Abend betrunken, oder was weiß ich, irgendeine Ausrede. Aber du musst um sie kämpfen!«

»Das kannst du ihr selber sagen, sie steht nämlich hier, neben mir, Schwachkopf.«

»Verdammter Mistkerl! Du hast mich zum Narren gehalten? Ich bring dich um!«

»Nein«, sagte Cristina, die den Hörer an sich genommen hatte, »ich bringe dich um, weil du versucht hast, meinen Verlobten kurz vor der Hochzeit einer Gehirnwäsche zu unterziehen!«

Ihre Stimme klang vergnügt und spöttisch, und Daniel wurde klar, dass sich die beiden auf seine Kosten amüsiert hatten.

»Ihr seid ziemlich gemein. Ich hätte beinahe einen Herzinfarkt bekommen.«

»Also«, sagte Cristina, »was, außer uns die Hochzeit zu verderben, treibt dich dazu, uns anzurufen?«

»Kann einer von euch Alicia vom Flughafen abholen, zu mir nach Hause bringen und ihr die Wohnungsschlüssel geben? Wenn nicht, steht sie auf der Straße.«

»Ihr habt euch seit Wochen nicht gesehen, und du holst sie nicht ab? Wenn hier einer nicht heiratet, dann bist du es.«

»Heute Abend ist ein Konzert, zu dem ich unbedingt hinmuss.«

»Ein Konzert? Überleg dir eine überzeugendere Entschuldigung. Mit dieser vermasselst du es dir auf jeden Fall.«
»Ich habe jetzt keine Zeit, das zu erklären, aber es ist ein sehr besonderes Konzert.«
Daniel hörte, wie die beiden im Hintergrund mit den vielen Terminen jonglierten, die sie an diesem Tag hatten. Dann kam Humberto ans Telefon:
»Ich rufe dich im Laufe des Vormittags an und sage Bescheid, ob es klappt.«

Nachdem Daniel seine Seminare abgehalten hatte, korrigierte er im Büro ein paar Klausuren. Dann fuhr er nach Hause, um sich umzuziehen. Weil es für die Spätsommerzeit ungewöhnlich heiß war, zog er sich nicht gleich an, sondern blieb eine Weile in Boxershorts. Er servierte sich eine Cola mit viel Eis, stellte den Ventilator an und recherchierte im Internet auf Thomas' Website, ob dort irgendwo die Reise nach Spanien erwähnt wurde. Oder ob es sonst irgendeine aktuelle Nachricht im Zusammenhang mit dem außergewöhnlichen Musikstück gab, das er gleich in der Residenz Jesús Marañóns hören würde: die Rekonstruktion des ersten Satzes von Beethovens zehnter Symphonie.
Wäre es Daniel in diesem Moment eingefallen, seine Mailbox abzuhören, hätte er darauf zwei Nachrichten vorgefunden: Die erste vom Direktor seiner Bankfiliale, der ihm mitteilte, wenn er nicht nach den nächsten Rechnungen in die roten Zahlen geraten wolle, müsse er dringend etwas auf sein Konto einzahlen. Die andere von Humberto: Wegen der aufwendigen Vorbereitungen für die Hochzeit hätten leider weder er noch Cristina Zeit, Alicia vom Flughafen abzuholen.

Daniel aber war in Gedanken so sehr bei Ronald Thomas' einmaligem musikalischen Experiment, dass er einfach davon ausging, dass sein Freund das kleine logistische Problem mit Alicia für ihn lösen würde.
Auf Thomas' Website wurden das Konzert und die Reise nach Spanien mit keinem Wort erwähnt, was noch einmal bestätigte, wie sehr beides der Geheimhaltung unterlag. Einen Artikel ließ Daniel links liegen, weil er nichts Neues hergab. Darin ging es um einen Freund Beethovens, Karl Holz, der in Briefen aus jener Zeit damit prahlte, er habe gehört, wie der Komponist am Klavier den ersten Satz der Zehnten spielte. Damit schien das Gerücht, der Musiker habe sich nie an eine zehnte Symphonie gewagt – in die Welt gesetzt vermutlich von Anton Schindler, dem intrigantesten Freund Beethovens –, widerlegt. Auf einer weiteren Seite wurde auf jenes andere Gerücht angespielt, das Daniel Durán gegenüber erwähnt hatte: dass möglicherweise ein vollständiges Manuskript des Werkes existierte, das noch niemand entd… Peng!
Der Bildschirm wurde schwarz. Im ganzen Viertel brannte plötzlich keine einzige Lampe mehr. Das Stromnetz war überlastet; die vielen Klimaanlagen, die in der Stadt auf Hochtouren liefen, forderten ihren Tribut.
Daniel zog an, was er im Konzert tragen wollte – eine frische Jeans, ein blaues kurzärmeliges Hemd und Bootsschuhe –, und weil er nun nichts anderes mehr zu tun hatte, ging er hinaus, um sich in der Kneipe an der Ecke einen Hotdog zu Gemüte zu führen. Er wusste, wenn Alicia wieder da war, würde er sein heißgeliebtes Fast Food nicht mehr essen können, ja, nicht einmal erwähnen durfte er es dann noch. Daher musste er seine vorläufig letzten Stunden als Junggeselle nutzen.

Verdammt. Das Hotdog-Gerät war dem Stromausfall zum Opfer gefallen. Also schwang er sich auf seine Buell Streetfighter und fuhr zu dem Park, in dem er für gewöhnlich joggte, um seinen Hotdog dort an einem Imbissstand zu essen. Er liebte das Essen von diesem Stand, der nach dem Modell amerikanischer Filme gebaut war. Es war der einzige seiner Art in der ganzen Stadt. Von dort aus war es nicht weit zu Marañóns Haus. So konnte er zuerst das Motorrad in der Garage des Instituts abstellen – die Buell war ein begehrtes Objekt für Diebe, so dass er sie nie auf der Straße stehen ließ – und dann in aller Ruhe zu Fuß weitergehen.
Der Mann vom Hotdog-Stand lächelte, als er ihn erblickte.
»Ich habe Sie heute schon vermisst!«
»Da bin ich. Aber nehmen Sie diesmal nicht so viel Senf und Ketchup, dass es womöglich tropft.«
Daniel war, als blitze in den Augen des Verkäufers ein Funke Ärger auf, als hätte er mit seiner Bemerkung dessen Professionalität angezweifelt.
»Sie sind Musiker, oder?«
»Musikwissenschaftler. Warum?«
»Ach, ich sehe Sie nur immer in diesem Gebäude da ein und aus gehen. Hier haben Sie Ihren Hotdog.«
Der Verkäufer langweilte sich und versuchte, Daniel in eine halbwegs tiefsinnige Plauderei zu verwickeln, so wie Taxifahrer, die schon länger keine Fahrt mehr gemacht haben.
»Spielen tun Sie also nicht so richtig?«
»Ich spiele etwas Klavier, aber damit könnte ich keinen Blumentopf gewinnen. Wir Musikwissenschaftler forschen hauptsächlich. Über Partituren und solche Dinge.

Man könnte fast sagen, der Unterschied zwischen einem Musikwissenschaftler und einem Musiker ist so groß wie der zwischen Wirt und Virtuose.«
»Haha, sehr gut. Dann bin ich wohl der Wirt eines Virtuosen: Mein Sohn spielt Gitarre wie ein junger Gott. Aber ich ermuntere ihn nicht allzu sehr, schließlich nagen die Musiker alle am Hungertuch.«
»Na ja, wenn einer sehr gut ist, nicht. Als Musikwissenschaftler dagegen schwimmt man wirklich nicht gerade in Geld, das kann ich Ihnen versichern.«
»Wer tut das schon? Solange man nicht im Lotto gewinnt …«
»Ich spiele kein Lotto. Um nicht mehr dauernd abgebrannt zu sein, müsste ich eine Bank überfallen. Oder ich müsste einen Glückstreffer landen und eine wertvolle Partitur entdecken. Ja, mit einem unveröffentlichten Manuskript würde ich ein Heidengeld machen.«
Der Hotdog-Verkäufer grinste ihn an, beinahe komplizenhaft und nicht ohne eine gewisse Gier.
»Von was für Summen sprechen wir?«
»Unglaublich hohen. Für eine vollständige Partitur der neunten Symphonie Beethovens … Kennen Sie die?«
»Taaa, ta, ta, ta, ta, ta, ta, ta …«, schmetterte der Verkäufer los, und das gar nicht mal so schlecht. »Natürlich kenne ich die.«
»Genau das meine ich. Die *Ode an die Freude* ist allerdings nur ein Teil davon. Für die ganze Symphonie, ein Manuskript von über fünfhundert Seiten, wurden vor ein paar Jahren bei einer Versteigerung in London 2 133 000 Pfund Sterling bezahlt – über drei Millionen Euro.«
»Das ist ja ein Ding!«, sagte der Verkäufer, der sich offenbar eine weit niedrigere Summe vorgestellt hatte.

»Obendrein geht es hier um eine Partitur, die nicht von Beethovens Hand geschrieben wurde. Sie ist zwar voller Randnotizen von ihm, aber es ist nur die Abschrift eines Kopisten.«

»Und wer kann es sich leisten, so ein Vermögen für ein paar Blatt Papier auszugeben? Irgendein Museum oder etwas in der Art?«

»Ein privater Sammler, der bei der Versteigerung nicht einmal im Saal war. Er bot per Telefon. Das sind die Verrücktesten.«

»Na, der hat jedenfalls ausgesorgt. Suchen Sie eine dieser Partituren, und dann ist Schluss mit dem Klimpergeld. Und wenn Sie eine finden, denken Sie an Ihren alten Freund Antonio. Oh, ich habe mich Ihnen noch gar nie vorgestellt: Antonio Peñalver, zu Ihren Diensten.«

Daniel reichte ihm etwas ungeschickt den kleinen Finger seiner mit Ketchup bekleckerten Hand. Er hatte außerdem gerade den halben Hotdog im Mund, so dass er nicht mehr als »Mh hmhm« und Kaugeräusche herausbrachte.

»Herrje, essen Sie nur in Ruhe. So viel Zeit muss sein.«

Es dauerte fast eine Minute, bis Daniel den Brot-und-Würstchen-Klumpen in seinem Mund heruntergeschluckt hatte. Das Konzert machte ihn nervös.

»Ich heiße Daniel Paniagua, wollte ich sagen.«

Der Verkäufer schien ganz weit weg zu sein, versunken in seine Kalkulationen. »Drei Millionen Euro! Den Wagen hier würde ich zum Teufel jagen.«

»So viel wird für eine bereits bekannte Partitur bezahlt. Jetzt stellen Sie sich einmal vor, man würde eine vollkommen unbekannte Partitur aufspüren. Das wäre, als entdeckte man einen neuen Picasso!«

»Ich ahne, was jetzt kommt.«

»Nehmen wir einmal an, man würde eine neue Symphonie von Beethoven finden. Die Zehnte. In einem von ihm handgeschriebenen Manuskript. Geniale Musik, die niemand jemals gehört hat, weil sie noch nie aufgeführt wurde.«
»Da könnte man, nach dem, was Sie gesagt haben, ohne weiteres auf sechs Millionen Euro kommen.«
»Oder dreißig Millionen, wer weiß? Vor kurzem stand doch in der Zeitung, dass für ein Bild von Klimt 135 Millionen Dollar gezahlt wurden. Und Klimt ist ein großer Maler, aber er ist kein Goya oder Velázquez.«
»Klimt kenne ich nicht. Oder meinen Sie Klimt Eastwood?«
»Worauf ich hinauswill: Die neunte Symphonie Beethovens wird als eine der größten künstlerischen Errungenschaften der Menschheit betrachtet, vergleichbar mit Shakespeares *Hamlet* oder Cervantes' *Don Quijote*. Und da Beethoven sich von Symphonie zu Symphonie selbst übertraf, könnte die Zehnte noch größere musikalische Schätze bergen als ihre kleine Schwester.«
»Gibt es denn irgendeinen Hinweis darauf, wo die sich befindet? Ich meine nur ... Mein Schwager ist Taxifahrer, und er würde Sie sicher dort hinfahren.«
»Man weiß nicht einmal, ob sie überhaupt existiert.«
Der Mann vom Imbissstand wirkte nachdenklich, beinahe besorgt. Offensichtlich lag ihm eine Frage auf dem Herzen, mit der er nicht so recht herausrücken wollte. Vielleicht erschien sie ihm zu dumm, oder er befürchtete, sie würde verraten, wie wenig Ahnung er vom Thema hatte.
»Und wenn man nun diese Symphonie entdeckt, und es stellt sich heraus, dass ...«
»Dass sie eine Fälschung ist?«
»Nein, keine Fälschung. Dass sie totaler Mist ist.«

»Wie meinen Sie das?«
»Beethoven war doch taub. Wie konnte er wissen, ob das, was er geschrieben hatte, gut oder schlecht klang?«
»Beethoven war nicht taub, er ist taub geworden, das ist ein großer Unterschied. Und er wurde auch nicht plötzlich taub. Es war ein schleichender Prozess.«
»Na gut, aber am Ende war er stocktaub, nicht wahr? Sie müssen verstehen, für jemanden, der sich damit nicht auskennt, ist ein tauber Musiker wie ein blinder Maler. Eine absurde Vorstellung.«
»Noch absurder wird es Ihnen vorkommen, dass manche Leute behaupten, er habe, gerade weil er taub war, umso besser komponiert.«
»Ach was, erzählen Sie mir doch nichts. Wollen Sie noch einen Hotdog?«
»Nein, vielen Dank. Ich gehe gleich noch in ein Konzert, das mit dem Thema zu tun hat, und danach gibt es bestimmt einen Imbiss vom Feinsten. Für den möchte ich noch Platz lassen.«
»Also, einen tauben Musiker ... nee, das kann ich mir nicht vorstellen. Es kommt mir fast pervers vor.«
»Und wenn das ganz Besondere an Beethoven genau daher rührte, dass er nichts hören konnte? Wenn man die Musik anderer Komponisten hört, beeinflusst und prägt das immer die eigene Art zu komponieren, auch wenn es nur unterbewusst geschieht. Selbst wenn man nicht kopiert. Aber wenn man nichts davon hört, müssen die Ideen zwangsläufig aus dem eigenen Köpfchen kommen, und nirgendwo anders her.«
»Tja, dann wollen wir mal sehen.« Der Mann kratzte sich am Kopf. »Vielleicht haben Sie Glück und finden diese Symphonie.«

Eine Gruppe Schüler näherte sich. Sie versprachen ein gutes Geschäft, also wurde das Gespräch schnell beendet. Daniel verabschiedete sich und überließ das Feld der weiteren Kundschaft.

Bevor er sich zu dem Konzert aufmachte, vergewisserte er sich, ob er die Einladung, die Durán ihm gegeben hatte, bei sich trug. Er betrachtete sie und dachte dabei an berühmte Musikskandale wie die Premiere von Strawinskys *Le sacre du printemps* in Paris, bei der es zu Prügeleien zwischen Befürwortern und Gegnern des Stücks gekommen war. Oder die Premiere von Verdis *Traviata* in Venedig: Die Sopranistin war so rund und gesund gewesen, dass das Publikum in Gelächter ausbrach, als der Arzt sang: »Die Schwindsucht gewährt ihr nur noch ein paar Stunden.«

Doch das waren Werke, die es tatsächlich gab. Dies war das erste Mal, dass eine nicht existierende Symphonie möglicherweise einen Skandal auslösen würde.

6

Nicht weit entfernt, in der luxuriösen Suite von Thomas' Tochter Sophie Luciani, läutete schon seit einer Minute das Telefon, und niemand nahm den Hörer ab. Dann endlich öffnete sich die Badezimmertür, und eine attraktive, ungefähr dreißig Jahre alte Frau trat heraus, das nasse Haar in ein großes Handtuch mit den Initialen des Hotels gewickelt. Sie ging ans Telefon und badete dabei den Hörer in Schaum.

»Ja?«

»Wo warst du?«, fragte Prinzessin Bonaparte. »Ich versuche schon seit zehn Minuten, dich zu erreichen.«

»In der Badewanne. Ich habe das Telefon nicht gehört, ich nehme doch immer meinen iPod mit hinein.«

»Ist das nicht gefährlich, meine Liebe? Schließlich ist es ein elektrisches Gerät. Wenn er dir eines Tages ins Wasser fällt ... du würdest uns großen Kummer bereiten, Sophie.«

»Zuerst ja wohl mir, oder? Aber macht euch keine Gedanken, das Gerät läuft mit einer lächerlich kleinen Batterie. Wenn der iPod in die Wanne fällt, ist nur Lucio Dalla hinüber, denn fast alle CDs von ihm sind darauf gespeichert. Gibt es etwas Bestimmtes?«

»Louis-Pierre geht es nicht so gut. Macht es dir etwas aus, wenn wir nicht mit ins Konzert gehen?«

»Überhaupt nicht. Ich kann ja Olivier anrufen und mit ihm hingehen. Was hat dein Göttergatte denn?«
»Er sagt, er habe gestern Abend etwas Falsches gegessen. Ich glaube eher, er hat nicht ganz verdaut, dass ihm gestern ein Herr nach dem Vortrag einige unverschämte Fragen gestellt hat.«
»Soll ich nicht auch hierbleiben?«
»Nein, Sophie, so ein Unsinn. Das ist ein Konzert deines Vaters. Er wäre sicher enttäuscht, wenn du nicht kämst. Geh ruhig hin, genieße Beethoven, und wir sehen uns dann morgen.«
Sophie legte auf, griff nach ihrer Tasche, die auf einem niedrigen Tischchen neben dem Kamin lag, und zog schließlich zwei Dinge heraus: ein brandneues Handy und eine seltsame kleine Holzscheibe – vielmehr zwei konzentrische Scheiben, beide voller Buchstaben und Zahlen, die man in beide Richtungen gegeneinander drehen konnte. Sie fingerte ein paar Sekunden daran herum, dann schickte sie eine SMS an eine in ihrem Telefonbuch gespeicherte Nummer:

Weißt du den Code noch? UTILZ RX DOZ

7

Jesús Marañón wollte nicht, dass seine Freunde von seinem grandiosen Wohnsitz als einer Luxusvilla sprachen. »Luxus«, das war ein Übermaß an Zierrat, Pomp und Wohlleben. Seine Villa dagegen erweckte nicht, wie die der Neureichen, den Eindruck, mit überflüssigem Kram überladen zu sein. Es sei denn, man betrachtete die Brancusi-Skulpturen im Garten als solchen. Doch auch wenn »Luxus« bedeutete, eine Fülle an nicht unbedingt Notwendigem zu besitzen, konnte man Jesús Marañóns Residenz in der Villensiedlung La Cruz del Monte nicht als »luxuriös« bezeichnen. Um mit sich selbst im Reinen zu sein, benötigte er schließlich jedes einzelne der Dinge, die ihn tagtäglich umgaben. Die drahtlosen Überwachungskameras zum Beispiel, die das gesamte Anwesen säumten. Sie waren der letzte Schrei japanischer Sicherheitstechnologie. Aus rein ästhetischen Gründen hatte sie der Designer Issey Miyake außerdem in runde, tiefschwarze Gehäuse eingelassen, bei deren Anblick selbst Bang & Olufsen vor Neid erblasst wären.

Nach Glucks *Iphigénie en Tauride*, der Lieblingsoper von Marañóns Frau, war die Villa *La Iphigénie* benannt, aber bekannter war sie unter dem Spitznamen *Kleiner Prado*. Die vielen wertvollen Gemälde, die sie beherbergte, darunter zwei Zurbaráns und ein Velázquez, waren von

einem solchen Kaliber, dass sie ihrem Spitznamen auch alle Ehre machte.
Als Daniel dort ankam, musste er nicht einmal die Einladung vorzeigen. Marañón selbst, der im Garten in der Nähe des Eingangs stand, um seine Gäste zu begrüßen, winkte ihn durch. Kurz schien es Daniel, als fühle sich der Türsteher gekränkt, weil er ihn nicht durchsuchen durfte, bevor er ihn hereinließ.
»Sie sind einer von Duráns Leuten, oder?«, fragte Marañón und streckte die Hand aus. In der anderen hielt er ein Glas Champagner – 95er Clos du Mesnil.
Er war ein korpulenter Typ, ungefähr sechzig Jahre alt, mit äußerst breiten Schultern und einer massiven, auffälligen Nase, die Daniel an einen Tomahawk erinnerte. Seine Bräune war makellos, und seine Augen schimmerten ab und zu grünlich golden wie bei einer Katze in der Nacht. Das, obwohl die Umgebung hell erleuchtet war.
»Ich arbeite an seinem Institut«, differenzierte Daniel die Aussage seines Gastgebers.
»Und Sie heißen wie?«
»Paniagua. Daniel Paniagua.«
«Willkommen in meinem bescheidenen Haus, Daniel. Ich habe Sie erkannt, eben weil ich nicht wusste, wer Sie sind. Ich dachte mir schon, dass Durán einen Spion schicken würde – ein Witz, ist nicht so gemeint –, und sagte mir: Der, den ich nicht kenne, der muss es sein. Sie müssen wissen, Jacobos Freunde sind auch meine Freunde. Wahrscheinlich hat er bei Ihnen die alte Leier abgespult, dass ich mich gegen ihn gestellt habe, und so weiter. Glauben Sie ihm kein Wort. Er sieht sich gerne in der Opferrolle, Sie wissen ja, wie diese Stammtischpolitiker sind. Wenn er heute nicht zu diesem Konzert gekommen ist, dann nur,

weil er keine Lust hatte. Möchten Sie ein Gläschen Champagner?«

»Ja, gerne.«

Wie aus dem Nichts tauchte ein Kellner mit einem Tablett voller Gläser auf. Mühelos wie ein Magier eine Taube hatte Marañón ihn mit einem beinahe unmerklichen Kopfnicken herbeigezaubert.

»Links, das ist der, den ich gerade trinke. Er ist zwar der teuerste und exquisiteste der Welt, trotzdem würde ich ihn für den Anfang nicht empfehlen. Probieren Sie diesen, den 97er Bollinger. Der wird Sie überraschen. Er wird aus Pinot-Noir-Reben gewonnen, und den gibt es auch nicht gerade für lau.«

Daniel nahm das Glas, das ihm sein Gastgeber reichte, und brachte einen dem Anlass entsprechenden Toast aus:

»Auf Beethoven!«

Daraufhin tat Marañón etwas, das Daniel verwirrte und zugleich amüsierte: Er rezitierte einige merkwürdige Verse:

So glühet fröhlich heute, seid recht von Herzen eins!
Auf, trinkt erneuter Freude dies Glas des echten Weins!

und stieß dreimal mit ihm an, bevor er den ersten Schluck nahm.

Dann versuchte er geschlagene zehn Minuten lang, Daniel zu erklären, wie der Vorfall mit seiner Tochter und van Asperen sich wirklich zugetragen hatte. Letzteren nannte er Bob, um seine Vertrautheit mit ihm zu demonstrieren. Daniel wollte nicht den Eindruck erwecken, dass ihn die Darlegung seines Gastgebers nicht interessierte, daher sandte er nicht mehr als flüchtige Blicke zu einer Frau mit gebräunter Haut, einer spektakulären Mähne und Kreolen, die auch als Hula-Hoop-Reifen ihren Zweck erfüllt hätten. Sie trug ein schwarzes, tief ausgeschnittenes Abendkleid mit schmalen Trägern und einem schrägen Saum, der eines ihrer Knie freiließ. Daniel stellte sich vor, sie wäre Italienerin. Silvana konnte ihr Name sein. Sie aber schaute nicht ein einziges Mal in seine Richtung.

»... Jacobo wusste, dass meine Tochter Claudia ihr barockes Repertoire besonders liebt, also sagte er, als Bob sein Konzert gab, zu mir, er werde ihn bitten, sie am Ende nach vorne zu holen, um sie in der Zugabe ein paar Arien singen zu lassen. Durán hat schon immer gerne versucht, bei mir Eindruck zu schinden, und dieses Angebot war seine Art, mir zu sagen, er besitze zwar keinen Cent, doch alle Künstler der Welt fräßen ihm aus der Hand. Sogar über die Arien hatte man sich schon geeinigt: Claudia sollte aus der Bach-Kantate BWV 208 die Arie *Schafe können sicher weiden* singen, von Bob am Cembalo begleitet.«

»Ah, die Jagdkantate«, sagte Daniel.

»Eben die. Die andere war *Komm, komm, mein Herze steht dir offen,* BWV 159, glaube ich.«

»74«, korrigierte Daniel, der die einwandfreie deutsche Aussprache seines Gesprächspartners bewunderte.

»In Wahrheit hatte sich Bob kurz vorher beschwert, dass er und Claudia nicht genug miteinander proben konnten, und wollte die Aktion lieber verschieben. Jacobo wurde sehr wütend. Allerdings nicht auf Bob, der sich sträubte, sondern auf mich, den überhaupt keine Schuld traf. Er beschuldigte mich, Claudias Proben sabotiert zu haben. Dabei habe ich nur gesagt, einer ihrer zwei Probentage müsse umgelegt werden, weil meine Nichte Patricia in Barcelona heiratete und meine Tochter dort nicht fehlen konnte. Durán muss sich sehr unfähig oder nutzlos gefühlt haben, weil er so etwas Einfaches wie die Abstimmung unserer Termine nicht hinbekam. Um nicht vor sich selbst dumm dazustehen, spann er sich dann wohl zurecht, dass ich derjenige gewesen sei, der den Auftritt meiner Tochter erzwingen wollte. Und was ist mit Ihnen?«

Daniel nahm einfach mal an, dass sie immer noch über van Asperen redeten.

»Ach, ich blicke bei der ganzen Geschichte nicht so recht durch. Als van Asperen da war, war ich leider krank.«

Daniels Antwort ließ Marañón spöttisch lächeln. Geschickt griff er sich von einem Tablett ein weiteres Glas Clos du Mesnil, das beinahe einem Dicken mit Hosenträgern in die Hände gefallen wäre, und sagte:

»Ich bitte Sie nicht, Partei zu ergreifen. Ich wollte nur wissen, was Sie so machen.«

»Ach so, ja. Ich gebe musikhistorische Seminare. Und solange sie mich nicht hinauswerfen …«

»Na, dann hoffen wir mal, dass das so bleibt. War mir ein Vergnügen, Sie kennenzulernen, Daniel. Jetzt entschuldigen Sie mich aber bitte, die anderen Gäste warten.« Und er ging davon, um sich seiner Klientel zu widmen.

Daniel streifte ziellos durch den Garten. Einige Zeit wechselte er kein Wort mit irgendjemandem. Obwohl ihm manche Gesichter bekannt vorkamen, kannte er doch niemanden wirklich, und auch ihn kannte niemand. Er hatte das Gefühl, inmitten dieser Menge von fast hundertfünfzig Leuten völlig einsam und isoliert zu sein. In der Hoffnung, irgendein Grüppchen würde ihn aufnehmen, lächelte er gezwungen, wenn sein Blick sich mit dem eines anderen Gastes kreuzte. Er betete, dass der Gastgeber, wenn er merkte, in was für einer Lage er war, sich seiner erbarmen und ihn jemandem vorstellen würde – und sei es nur dem Verantwortlichen für das Catering. Die Einzigen, die ihn nicht wie einen Aussätzigen behandelten, waren die Kellner. Unaufhörlich kamen sie an, um ihn mit allerlei Leckereien in Versuchung zu führen. Gastronomische Köstlichkeiten, die Daniel vermutlich nie wieder in seinem Leben vorgesetzt bekommen würde.

»Der Herr vielleicht noch ein Lauchkanapee mit Thunfischtatar und Feigenchutney?«

»Gerne, vielen Dank.«

Und er verzog sich wie ein hungriger streunender Hund in eine Ecke, um es zu verschlingen, beschämt, weil er der Einzige war, der mit niemandem sprach, dafür aber aß und aß und aß.

Seine Qual hatte ein Ende, als Jesús Marañón sich oben auf die Steintreppe stellte, die in seine eindrucksvolle Residenz führte, und um Aufmerksamkeit bat. An seiner Seite, etwas hinter ihm, stand ein Mann mit kurzen weißen Haaren, einer griechisch geschnittenen Nase und einer runden Brille mit Metallgestell. Es war Ronald Thomas, der Mann, der die Kühnheit besessen hatte, Beethoven zu rekonstruieren. Er schaute zufrieden von oben auf die Anwesenden, grüßte gelegentlich irgendeinen Gast oder zwinkerte einem zu. *Er* schien jeden zu kennen.

Nachdem Marañón sich vergewissert hatte, dass alle ihm Gehör schenkten, begann er mit großer Feierlichkeit:

»Ich möchte euch danken, dass ihr trotz der so kurzfristig verschickten Einladungen den Weg hierhergefunden habt. Wegen Ronald Thomas' zahlreicher internationaler Verpflichtungen war es lange Zeit in der Schwebe, ob dieses Ereignis überhaupt stattfinden würde. Es erschien mir zu gewagt, eure Anwesenheit zu erbitten, bevor dieser geniale Musiker nicht mit an Sicherheit grenzender Wahrscheinlichkeit verfügbar war, wie man so sagt. Schlussendlich konnten wir das Wunder vollbringen und werden nun in wenigen Minuten Zeugen eines nie dagewesenen künstlerischen Ereignisses sein. Erlaubt mir, euch den Anlass in Erinnerung zu rufen, aus dem wir hier versammelt sind: Wir haben das Privileg, zum ersten Mal in der Geschichte und dank der außergewöhnlichen Beharrlichkeit und des Talents dieses Mannes hier den ersten Satz von Beethovens zehnter Symphonie zu hören. Ja, Ronald?«

Der mit den Lobreden seines Mäzens sichtlich zufriedene Thomas hatte ihm mit der Hand ein Zeichen gegeben. Als Marañón ihn ansprach, trat er zwei Schritte näher an ihn heran und flüsterte ihm etwas ins Ohr.

»Ronald möchte seine Gastgeber der südlichen Hemisphäre nicht vor den Kopf stoßen und bittet mich klarzustellen, dass dies nicht das erste, sondern bereits das zweite Mal in der Geschichte ist, dass die Zehnte öffentlich gespielt wird. Das erste Mal fand vor einem knappen Monat im Konzertsaal des Musikinstituts der Universität von Otago statt, wo er, wie ihr alle wisst, seine Meisterkurse gibt. Nun, liebe Musikfreundinnen und -freunde, möchte ich jedoch auch nicht unerwähnt lassen, dass jene vermeintliche Weltpremiere der zehnten Symphonie erstens in Neuseeland stattfand, das am anderen Ende der Welt liegt, fast 20000 Kilometer von hier entfernt, und somit für uns gar nicht wirklich existiert. Und zweitens, was noch wichtiger ist, spielte Thomas dort eine bloße Bearbeitung der Symphonie für Klavier, die Musiker sagen Klavier*auszug*. Obendrein war das Klavier verstimmt, wie man mir erzählte!«

Thomas nickte bestätigend mit dem Kopf, als Marañón fortfuhr:
»Und heute Abend werden wir also von diesem in Neuseeland lebenden, aber aus Großbritannien stammenden Meister eine *orchestrierte* Fassung des ersten Satzes der Symphonie hören. Das Fragment ist nicht viel länger als fünfzehn Minuten. Danach könnt ihr entscheiden, ob ihr die Veranstaltung damit enden lassen möchtet – was könnte nach Beethoven noch kommen? – oder ob ihr euch weiter hier im Garten vergnügen wollt, mit einer ganz anderen Art der Unterhaltung – unendlich viel leichter, aber genauso respektabel wie jene erste.«
Marañón zeigte dorthin, wo eine Salsa-Band ihre Mikrophone und Instrumente für die Tanzveranstaltung aufbaute, die auf das Konzert folgen würde.
»Macht euch keine Sorgen wegen der Hitze. Drinnen haben wir eine topmoderne Klimaanlage, wir werden uns also fühlen wie im Himmel. Ach ja, eine letzte, aber sehr wichtige Sache noch: Diejenigen, die sich hier auskennen, wissen, dass die *Iphigénie* zwar keine Hütte, aber auch keine Konzerthalle ist; hier bekomme ich keine achtzig Musiker hinein. Aber auch die Salons des Fürsten Lobkowitz, eines von Beethovens Mäzenen, wo zum Beispiel die *Eroica* zum ersten Mal aufgeführt wurde, fassten nicht so viele Musiker. Zu jener Zeit passte man die Größe des Orchesters an die des Konzertsaals an oder an die Anzahl der verfügbaren Musiker. Genauso wird es heute Abend sein. Bei den Streichern haben wir zum Beispiel nur drei erste und drei zweite Geigen, zwei Bratschen, zwei Celli und drei Kontrabässe. Das ist nicht das, was Beethoven gewünscht hätte. In anderer Hinsicht konnten wir dem Genie jedoch sehr wohl gerecht werden: Alle Instrumente,

die heute Abend hier erklingen werden, sind Originale aus der Zeit, oder vielmehr absolut originalgetreue Nachbauten. Das Orchester wird also nicht den Umfang haben, den Beethoven sich vermutlich vorgestellt hat. Aber sein Klang, die Farbe der Musik, könnte man sagen, wird dem sehr nahekommen, was die Zeitgenossen des Komponisten genießen durften.«
Die Gäste lauschten ihrem Gastgeber in ehrerbietigem Schweigen. Er hatte sie kurzzeitig in das kaiserliche Wien Ende des 18. oder Anfang des 19. Jahrhunderts versetzt. Die Erwartungen konnten höher nicht sein.
»Und wenn ihr nun bitte hereinkommen wollt. Wir werden die vom Schicksal auserwählten Zeugen eines epochalen Ereignisses sein: der Welturaufführung des ersten Satzes von Beethovens zehnter Symphonie.«
Marañóns letzte Worte gingen unter in dem großen Applaus, der nun aufbrandete. Sogleich erschienen zwei Bedienstete, um die großen Türen des Hauses zu öffnen, und die Gäste strömten hinein.
»*Hurry up,* sonst entweicht die kühle Luft«, sagte Thomas, als er sah, dass sich einige noch in dem verzweifelten Versuch, ein allerletztes Glas zu erwischen und schnell zu leeren, im Garten herumdrückten.
Man mochte es kaum glauben, aber selbst in diesem erlauchten Kreis gab es Reibereien unter einigen Zuschauern, die sich die besten Plätze sichern wollten. Einige Herren hatten schon einen über den Durst getrunken und waren kurz davor, im Streit um einen Stuhl, auf dem niemand sitzen wollte, weil sein Bein halb durchgebrochen war, mit Fäusten aufeinander loszugehen. Daniel schämte sich bei Auseinandersetzungen dieser Art immer in Grund und Boden. Er setzte sich ans entgegengesetzte Ende des

Salons, möglichst weit weg von den beiden Streithähnen, die, angefeuert von ihren erbitterten Ehefrauen, nicht aufhörten zu zetern.
Das Glück war auf seiner Seite: Die attraktive junge Frau, die er eben noch im Garten mit den Augen verschlungen hatte, setzte sich neben ihn. Ihr Begleiter war ein kräftiger, glatzköpfiger Mann. Er mochte ein Chauffeur sein oder ein Bodyguard, oder beides. Die Frau duftete nach einem orientalischen Parfüm. Es war der durchdringende, amberähnliche Duft von Diors *Poison*. Er würde Daniel das ganze Konzert über die Sinne benebeln. Der Kahlkopf und die Frau unterhielten sich angeregt. So bekam Daniel mit, dass die geheimnisvolle Schöne nicht Italienerin, sondern Französin war und ihr Name nicht Silvana, sondern Sophie.
Der von Marañón hergerichtete Konzertsaal mit Holzfußboden erinnerte tatsächlich an einen jener romantischen Salons aus dem frühen 19. Jahrhundert, in denen Beethoven seine neuen Musikstücke spielen ließ. Die erwähnte, zunächst Napoleon Bonaparte gewidmete *Eroica* zum Beispiel war im Palast des Fürsten Lobkowitz nicht nur uraufgeführt, sondern auch noch mehrmals in privatem Rahmen gespielt worden. Beethoven nutzte diese Probekonzerte, um ein paar letzte Anpassungen und Veränderungen in der Partitur vorzunehmen, bevor die Symphonie schließlich am 7. April 1805 offiziell vor großem Publikum im Theater an der Wien Premiere hatte.
Jesús Marañón hatte auf elektrische Beleuchtung verzichtet und stattdessen, um der Premiere mehr Atmosphäre zu verleihen, entlang der mit Fresken aus dem 19. Jahrhundert dekorierten Wände Dutzende Kerzenleuchter aus jener Zeit aufstellen lassen. Sie gaben dem Ort den An-

schein einer Filmkulisse. Die Spannung im Saal war hoch. Teils wegen der Wichtigkeit des Werkes, teils, weil zwar die Notenpulte schon aufgebaut waren und einige Instrumente im Bühnenraum lagen, die Musiker aber noch auf sich warten ließen.

Als das Publikum schon unruhig zu werden begann, traten die Instrumentalisten endlich ein, herausgeputzt mit Perücke und Livree. Ihr Erscheinen wurde mit großem Beifall begrüßt. Nachdem sie ihre Instrumente gestimmt hatten, trat Ronald Thomas auf. Er hatte sich ebenfalls umgezogen, was offenbar die Verspätung verursacht hatte, und trug nun einen beethovenschen Gehrock aus braunem Samt. Auch ihn empfing ein großer Applaus. Er verbeugte sich vor dem Publikum, wandte sich dann aber rasch dem Orchester zu.

Doch die Musik begann nicht.

Thomas hob mehrmals die Arme, hielt sie einige Sekunden in der Luft und senkte sie dann wieder, ohne sich dazu durchringen zu können, den Einsatz für den ersten Takt tatsächlich zu geben. Daniel dachte schon, der Musiker fühle sich plötzlich unpässlich und das Konzert müsse abgesagt werden. Oder hinderte ein Anfall von Lampenfieber Thomas daran, anzufangen? Manche Künstler überfällt eine derartige Nervosität, wenn sie einem Publikum gegenübertreten, dass sie alles tun würden, um diesem schwierigen Moment aus dem Weg zu gehen. Daniel war kurz davor, Durán anzurufen und ihm live zu berichten, was gerade vor sich ging. Nach zwei oder drei gescheiterten Versuchen, die eine dramatische, fast musikalische Stille erzeugten, gab Thomas jedoch endlich den Einsatz, und die ersten Takte des ersten Satzes von Beethovens Zehnter erklangen.

Der Anfang erinnerte Daniel an den unvergesslichen Beginn der fünften Symphonie, nur dass das Schicksal diesmal nicht mit vier, sondern mit zwei Akkorden an die Tür klopfte. Sie wiederholten sich dreimal: TAMTAM, TAMTAM, TAMTAM. Dann geleitete ein zartes, weibliches Thema in den Bläsern die Zuhörer in Beethovens Welt der Freiheit, Gleichheit und Brüderlichkeit, die der Komponist schon so oft in anderen Werken heraufbeschworen hatte. Für Daniel klang in diesem Andante unwillkürlich John Lennons *Imagine* an. Fast fünf Minuten lang wiegte die Musik das Publikum in einer Stimmung großer Innigkeit und Zartheit und erschütterte es dann *attacca*, übergangslos, mit aller Vehemenz und Wildheit, die ein Allegro agitato Beethovens entfalten kann. Mit diesem abrupten Wechsel schien der Komponist sagen zu wollen: »Ich habe euch die Welt gezeigt, wie sie sein könnte. Nun seht ihr, wie sie wirklich ist – grausam, voller Neid, Tod, Zerstörung, Einsamkeit und Tragik.« Dies war Beethoven pur. Nicht einmal die geübten Ohren Paniaguas konnten die Originalfragmente von dem unterscheiden, was Thomas als Übergänge zwischen den verschiedenen Episoden komponiert hatte.
Als die Musik endete und mit stürmischem Beifall honoriert wurde – nicht, wie Daniel zuvor befürchtet hatte, mit Pfiffen und Buhrufen –, hatte er feuchte Augen und einen Kloß im Hals. Wenn ihn in diesem Augenblick jemand nach der Uhrzeit gefragt hätte, wäre es ihm unmöglich gewesen, die Frage zu beantworten.
Daniel war von der Erhabenheit dieser Musik so bewegt, dass er einige Minuten lang nicht von seinem Sitz aufstehen konnte. Er verharrte so unbeweglich, dass einer der beiden Bediensteten, die mit dem Einsammeln der Stühle

beschäftigt waren, sich ihm besorgt näherte und fragte, ob alles in Ordnung sei. Daniel verstand, dass der Mann eigentlich nur feststellen wollte, ob er noch atmete, und beruhigte ihn. In die Welt der Lebenden zurückgekehrt, fragte er nach Thomas' Garderobe. Er wollte nur eines: ihm zu dem Konzert gratulieren.
»Selbst wenn ich Ihnen erklären würde, wie Sie dort hingelangen«, sagte der Bedienstete, »würden Sie sich verirren. Dieses Haus ist sehr, sehr unübersichtlich. Wenn Sie so freundlich wären und mir folgen würden. Ich führe Sie zu dem Zimmer, das Herrn Thomas als Garderobe dient.«
Er hatte nicht übertrieben. Das Haus war ein Labyrinth aus Treppenstücken und Rampen, die so plötzlich hinauf- wie hinabführten, scheinbar willkürlich. Dadurch entstanden viele kleine Anhöhen und Absätze, deren Funktion sich Daniel nicht erklären konnte.
Sein Führer konnte anscheinend Gedanken lesen, denn unversehens sagte er: »Don Jesús mag es, wenn Häuser einen sichtbaren Rhythmus haben.«
Nach einigen verschlungenen Wegen standen sie endlich vor der Tür der improvisierten Garderobe. Der Bedienstete wollte sich zurückziehen, da er seine Aufgabe erfüllt hatte.
»Warten Sie!«, rief Daniel. »Gehen Sie nicht weg. Wie finde ich denn sonst hinterher wieder heraus?«
»Keine Sorge, mein Herr. Ich werde Sie im Auge behalten.«
Er wies auf eine bestimmte Stelle an der Decke des langen Gangs, in dem sie sich befanden. Daniel glaubte, dort das beunruhigende Auge einer Infrarotkamera ausmachen zu können.

Er klopfte zweimal an die Tür. Sie wurde so jäh geöffnet, dass er zurückschrak. Es war, als habe jemand hinter der Tür gestanden und mit der Hand am Türknauf darauf gewartet, dass einer kam. Dieser Jemand war kein anderer als Ronald Thomas.
Der Musiker trug noch den Gehrock aus dem 19. Jahrhundert, den er während des Konzerts angehabt hatte.
»Hallo«, sagte Daniel, streckte Thomas die Hand hin (die dieser jedoch nicht ergriff), stellte sich vor und gratulierte.
»Vielen Dank«, erwiderte Thomas in einem Tonfall, der keine Gefühlsregung verriet. Sein Verhalten war meilenweit entfernt von seiner ungezwungenen Jovialität vor dem Konzert. Er machte nicht die geringsten Anstalten, Daniel hereinzulassen, also musste dieser sich damit begnügen, vom Gang aus mit dem Künstler zu sprechen.
Thomas verdeckte zwar mit seinem Körper die Sicht ins Zimmer, dennoch bemerkte Daniel, dass außer ihm niemand darin war. Das erstaunte ihn. Für gewöhnlich war es bei solchen Gelegenheiten schwieriger, sich durch die Menge der Bewunderer zu schlagen, als ohne Machete durch den Dschungel – erst recht nach einem so außergewöhnlichen Konzert.
»Verzeihen Sie, dass ich Sie nicht hereinbitte«, sagte Thomas, der mit seinen Gedanken völlig woanders zu sein schien. »Es ist gerade etwas ungünstig.«
Seit er die Tür geöffnet hatte, rieb der Musiker unablässig mit der Hand an seinem Hals, als ob ihm etwas die Kehle zuschnürte.
»Ist alles in Ordnung mit Ihnen?«, fragte Daniel. Thomas' Zaudern auf dem Podium fiel ihm wieder ein.
»Ja, ja, alles in Ordnung. Ich habe nur eine etwas trockene

Kehle. Das ist bei mir immer so an Konzerttagen. Ich hätte darum bitten sollen, dass man hier ein paar Pflanzen aufstellt. Das mildert es immer ein wenig.«
Voller Freude, seine Kenntnisse vor einer solchen Persönlichkeit ausbreiten zu können, sagte Daniel: »Deshalb heißt Garderobe in Ihrer Sprache ja auch *green room*. Seit Shakespeares Zeiten war es üblich, die Gemächer im Theater voller Pflanzen zu haben. Ihre Feuchtigkeit war wohltuend für die Stimme.«
»Ein andermal würde ich gerne mit Ihnen über das elisabethanische Theater plaudern«, erwiderte Thomas. Seine Geistesabwesenheit war offener Gereiztheit gewichen. »Doch nun müssen Sie mich entschuldigen.«
Da tat Daniel etwas, was er noch nie getan hatte und auch nie wieder tun würde: Um Thomas daran zu hindern, ihm die Tür vor der Nase zuzuschlagen, stellte er den Fuß zwischen Tür und Rahmen. Bevor Thomas protestieren konnte, beharrte Daniel: »Geben Sie mir doch nur fünf Minuten, um mit Ihnen über die Symphonie zu sprechen!«
Voller Wut blickte Thomas auf Daniels Fuß. Daniel befürchtete, er werde versuchen, ihn mit einem Stoß loszuwerden. Umso größer war seine Überraschung, als der Musiker nachgab: »Also gut. Fünf Minuten.«
Doch in dem Moment, als Thomas beiseitetrat, um Daniel einzulassen, klingelte sein Handy. Er nahm es aus einer Tasche des Gehrocks und meldete sich. Daniel gelang es nicht, auch nur einen Fetzen des Gesprächs mitzubekommen, denn Thomas hatte sich ans andere Ende der Garderobe zurückgezogen und sprach im Flüsterton, um auch ja nicht verstanden zu werden. Und außerdem hatte Daniel das Pech, dass Thomas seine Meinung bezüglich ihrer Unterhaltung nun schlagartig änderte:

»Ich bedaure, aber jetzt kann ich Ihnen nicht einmal mehr fünf Minuten gewähren. Ich werde dringend woanders verlangt«, entschuldigte er sich und schob Daniel sanft zurück auf den Flur.

Für ihn war diese Begegnung erledigt.

8

Als Daniel Jesús Marañóns Residenz verließ, regnete es in Strömen. Er entschied sich dagegen, mit dem Motorrad nach Hause zu fahren, und versuchte stattdessen, ein Taxi anzuhalten. Doch diese waren wegen des Regens gerade äußerst begehrt, so dass er sich gezwungen sah, auf eine komplizierte Kombination aus Metro und Bus auszuweichen. Er kam erst nach Mitternacht zu Hause an, nass bis auf die Knochen.

Als er gerade den Schlüssel ins Schloss stecken wollte, bemerkte er vor dem Eingang einen Koffer. Schlagartig kam die Erkenntnis zurück, dass es noch mehr auf der Welt gab als Beethoven. Voller Schuldbewusstsein blickte er in beide Richtungen den Bürgersteig hinunter. Da war niemand. Mehrere Male rief er Alicias Namen. Sie hatte sich sicher bei irgendeinem Geschäft in der Nähe untergestellt, von wo aus sie ihn hören konnte. Doch nach dem vierten oder fünften »Alicia!« gingen irgendwo im zweiten Stock jäh die Rollläden hoch, und ein Mann, der aussah wie ein Spediteur, lehnte sich aus dem Fenster und rief verärgert: »Wir wollen schlafen!«

Daniel holte sein Handy hervor. Mit Entsetzen stellte er fest, dass es nicht an war. Vor dem Konzert hatte er es ausgeschaltet und danach, ergriffen, wie er war, vergessen, es wieder anzumachen. Ihm waren acht Anrufe seiner Freundin entgangen. Gerade wollte er ihre Nummer wählen, als unmittelbar vor dem Hauseingang ein roter VW Käfer ein spektakuläres Bremsmanöver hinlegte – wie ein an einem Tatort vorfahrender Polizeiwagen. Heraus sprang Humberto.

»Wo ist Alicia?«, fragte er besorgt. »Sie hat mich vor einer halben Stunde angerufen, sie stünde allein und ohne Schlüssel auf der Straße.«

»Habt ihr sie denn nicht abgeholt?«, rief Daniel, kurz davor, in Panik zu geraten.

»Ich habe eine Nachricht auf deiner Mailbox hinterlassen, dass weder Cristina noch ich sie abholen können.«

»Die habe ich nicht gehört! Sie wird mich umbringen!«

Auf einmal erblickte Daniel eine weibliche Gestalt auf dem Bürgersteig gegenüber, die auf ihn zukam. Trotz der Dunkelheit brauchte er keine zwei Sekunden, um das lange, lockige Haar seiner Freundin zu erkennen.

»O nein, wo kommst du denn jetzt her?«, seufzte Daniel zerknirscht, als Alicia die Straße überquert hatte, und versuchte, ihr mit einer innigen Umarmung den Wind aus den Segeln zu nehmen.

»Ich war auf der Suche nach einer Telefonzelle. Du ahnst ja nicht, wie oft ich dich heute Abend angerufen habe. Am Ende war mein Akku leer. Was war da los?«, zischte sie und schob ihn brüsk von sich.

»Es war ein Missverständnis«, vermittelte Humberto. »Daniel dachte, ich würde dich vom Flughafen abholen.«

»Wieso lässt du den Koffer hier im Eingang stehen?«, fragte Daniel, um die Aufmerksamkeit von sich abzulenken. Er wollte nicht zugeben müssen, dass er die Ankunft seiner Freundin, ja gar ihre Existenz, über mehrere Stunden vergessen hatte.

»Was hätte ich denn tun sollen? Hätte ich das zentnerschwere Ding auf der Suche nach Wechselgeld acht Häuserblöcke weit hinter mir herziehen sollen? Warum hast du mich nicht abgeholt?«
Humberto hielt es plötzlich für das Vernünftigste, sich aus dem Staub zu machen.
»Also gut, ihr beiden«, sagte er und stieg in seinen VW. »Wir telefonieren morgen.«
Nun, da sie mit Daniel allein war, machte Alicia ihrem Ärger ausgiebig Luft: »Wenn nicht mindestens ein Verwandter von dir gestorben ist, kannst du jede Entschuldigung vergessen.«
»Niemand ist gestorben, Alicia. Ich wurde zu einem sehr wichtigen Konzert eingeladen, da musste ich unbedingt hin. Beethovens zehnte Symphonie …«
Alicia ließ ihn nicht ausreden, sondern unterbrach ihn mit den Worten: »Darüber reden wir später. Das Einzige, was nun für dich von Interesse sein kann, ist etwas tausendmal Wichtigeres als der vermaledeite Beethoven und all seine Symphonien auf einmal.«
»Ich verstehe nicht. Was in aller Welt könnte wichtiger sein als Beethoven?«
»Ich bin schwanger.«

9

Wien, einen Tag nach dem Konzert

Jake Malinak, der einzige blinde Touristenführer an der Spanischen Hofreitschule und vermutlich in ganz Wien, vermittelte gerade einer seiner Besuchergruppen die wichtigsten Informationen über die Schule:

»Diese Reitschule ist die älteste der Welt, 1572 gegründet. Die ersten Pferde waren Andalusier, die besten in ganz Europa. Hier wird die klassische Dressur in ihrer reinsten Form praktiziert – seit der Renaissance hat sie sich kaum verändert.«

Einer der Touristen unterbrach ihn und fragte:

»Verzeihen Sie, stimmt es, dass die Pferde schwarz zur Welt kommen und erst später weiß werden?«

Malinak lächelte. Diese Frage schien jeden zu beschäftigen.

»So ist es, mein Herr. Wer von Ihnen hat den Film *Crimson Tide – In tiefster Gefahr* gesehen? Das ist der, in dem Gene Hackman und Denzel Washington sich an Bord eines mit nuklearen Waffen beladenen U-Boots in den Haaren liegen.«

Mehrere Menschen aus der Gruppe hoben die Hand.

»Auch wenn ich Sie nicht sehen kann, bin ich sicher, dass sich nun viele melden, immerhin läuft dieser Film ständig im Fernsehen. Nehmen Sie die Hände ruhig herunter, meine Damen und Herren. Sie werden sich daran erinnern, dass Denzel Washington, der schwarz war, als ich ihn noch sehen konnte, Gene Hackman unter die Nase reibt, dass die Lipizzaner zwar weiß sind, aber schwarz wie die Nacht geboren werden. Es dauert acht lange Jahre, bis ihr Fell jenes Grauweiß der Pferde hier an unserer Schule hat. Um die Wahrheit zu sagen, werden auch viele als Falbe geboren, oder als Fuchs. Denzel Washington hätte den Kapitän also auch provozieren können, wenn er Indianer gewesen wäre.«

Der Tourist, der die Frage gestellt hatte, fühlte sich offenbar schon als Wortführer der Gruppe, denn er schaltete sich erneut ein. »Gene Hackman verliert in dem Film auch eine Wette, weil er behauptet, die Lipizzaner stammten aus Portugal.«

»Tatsächlich stammen sie nicht einmal aus Spanien, sondern aus Arabien. Die andalusischen Pferde waren ursprünglich Araber. Die Habsburger, die viele Jahre in Spanien herrschten, verliebten sich in diese Tiere und brachten sie nach Wien. Dort kreuzten sie sie mit Karstpferden, einer Rasse, die seit Jahrhunderten für ihre Widerstandsfähigkeit und Robustheit bekannt war. Das kleine Juwel – klein, weil die Widerristhöhe der Lipizzaner im Durchschnitt nur ungefähr 1,60 Meter beträgt – ist also eine Kreuzung aus einem Aristokraten, dem Andalusier, und einem Bauern, dem Karstpferd.«

Eine Japanerin wandte sich kurz ab, um ein paar Fotos des großen Vorführsaals zu schießen. Das Geräusch beim Öffnen der Blende entging Malinak nicht.

»Bedaure, aber fotografieren und filmen ist hier nicht erlaubt. Ich erkläre Ihnen jedoch gerne alles, was Sie über diesen Ort wissen wollen. Wir nennen diese Halle ›Winterreitschule‹, weil sie vollkommen überdacht ist. Bis 1920 war dies eine private Reitbahn für den Wiener Adel. Erst danach gab es öffentliche Vorstellungen. Abgesehen von den Reitvorführungen, fanden unter dieser kunstvoll verzierten Decke große historische Ereignisse statt: Die wichtigsten Werke sowohl Georg Friedrich Händels als auch Beethovens wurden hier uraufgeführt.«

»Beethoven? Heißt es nicht, er habe Pferde gehasst?«, mischte sich ein etwa fünfundfünfzigjähriger, stattlicher und sympathisch wirkender Mann ein, der sich unbemerkt der Touristengruppe angeschlossen hatte.

»Hallo, Otto«, wandte sich Malinak mit großer Vertrautheit an ihn. »Darf ich vorstellen? Herr Otto Werner, der stellvertretende Direktor und Chefveterinär der Schule. Er seinerseits hasst Beethoven, denn im Gegensatz zu dem Komponisten liebt er diese Tiere. Was verschafft uns die Ehre, Otto?«

Doktor Werner nahm den Blinden am Arm und führte ihn weg von der Gruppe, um ungestört mit ihm reden zu können. »Um wie viel Uhr machst du Schluss?«

»Ich habe noch eine Gruppe um eins. Danach bin ich hier schon fertig. Ich hatte allerdings vor, nach dem Essen nach Baden zu fahren. Alfred Brendel spielt im ›Haus der Neunten‹ in der Rathausgasse. Wieso fragst du?«

»Ich würde gerne mit dir über eine Angelegenheit sprechen, die mir Sorgen bereitet.«

»Wenn es sehr dringend ist, kann ich auch auf das Konzert verzichten.«

»Nein, das brauchst du nicht. Es ist nur so, dass ich morgen nach Piber zu einem kranken Hengst fahren muss, die andere Sache aber auch nicht zu lange aufschieben will.«

»Kannst du mir nicht schon einmal andeuten, worum es geht?«

»Ich würde das lieber in Ruhe in meinem Büro mit dir besprechen, nicht hier vor den Touristen. Wir machen es so: Ich erkundige mich über deinen Arbeitsplan und komme zu dir, wenn ich ganz sicher weiß, dass du gerade nicht mit einer Gruppe beschäftigt bist.«
Malinak hörte, wie Doktor Werner fortging, wandte sich daraufhin wieder an die Besuchergruppe und fragte:
»Wo waren wir stehengeblieben?«
»Sie sagten, dass einige von Beethovens Werken hier uraufgeführt wurden.«
»Ja, richtig, Beethoven. Wussten Sie, dass er 1814, schon fast vollständig taub, in diesem Saal ein gigantisches Konzert mit über siebenhundert Musikern dirigierte?«

10

Ja, bitte?«

»Daniel Paniagua, ich versuche schon seit geraumer Zeit, dich zu erreichen. Warum gehst du nicht ans Telefon?«

Daniel war noch ganz schlaftrunken, dennoch erkannte er Duráns Stimme sofort. Er konnte sich nicht erinnern, wann ihn der Direktor des Instituts das letzte Mal zu Hause angerufen hatte. Daher schrillten bei ihm sämtliche Alarmglocken in unheilvollem Unisono.

»Alicia und ich haben gestern Abend noch sehr lange geredet. Ich bin erst um drei Uhr ins Bett gegangen. Wie spät ist es, und weshalb rufst du an?«

»Zehn Uhr morgens. Du hast wahrscheinlich noch nicht Radio gehört, oder? Es kam gerade in den Nachrichten. Heute Nacht wurde dieser Musiker ermordet.«

»Wer? Welcher Musiker?«, fragte Daniel so leise wie möglich, um Alicia nicht aufzuwecken, doch die schlief so tief, dass es fast den Anschein erweckte, als läge sie im Koma.

»Welcher Musiker wohl? Thomas!«

»Du machst Witze, oder? Vor ein paar Stunden habe ich doch noch mit ihm gesprochen!«

»Worüber habt ihr gesprochen? Und wann?«

»Nach dem Konzert. Vor wenigen Stunden.«

»Nun, er wurde umgebracht. Oder, wie du vorgestern in meinem Büro gesagt hast: aus dem Weg geräumt.«

»Weiß man, wer es war?«
»Dafür ist es noch zu früh. Thomas' Leiche ist heute Morgen im Stadtpark aufgetaucht. Mitten auf dem Casa-de-Campo-Gelände, ohne Kopf. Man hat ihm den Kopf abgeschlagen.«
»Wie grauenhaft! War es ein Sexualverbrechen?«
»Im Augenblick weiß man nicht mehr als das, was ich dir erzähle. Die Leiche wurde vor drei Stunden gefunden. Hast du heute Seminare?«
»Ja, das erste um elf. Ich wollte mich aber vertreten lassen, wegen Alicia.«
»Was ist los? Ist sie krank?«
»Nicht wirklich.«
»Ist sie jetzt bei dir?«
»Ja, aber sie schläft.«
»Schreib ihr einen Zettel, was passiert ist, und komm in einer Viertelstunde in mein Büro.«
»Nein, warte. Alicia weiß doch nicht einmal, wer Thomas ist! Gib mir noch eine Weile. Wir haben uns sehr lange nicht gesehen.«
In der darauffolgenden kurzen Stille konnte Daniel hören, wie es in Duráns Gehirn arbeitete, während er sich seine Antwort überlegte. Schließlich sagte er:
»Jemand wurde ermordet. Begreifst du nicht, was das bedeutet? Das ist kein Unfall, auch kein Selbstmord, sondern ein monströses Verbrechen, in der Nacht und mit Hinterlist verübt, ein entsetzlicher Mord, von dem jetzt schon alle Welt spricht. Und nach dem, was du erzählst, könntest du einer der Letzten gewesen sein, die Thomas vor seinem Tod gesehen haben. Willst du also wirklich mit deiner Freundin im Bett liegenbleiben?«
»Du hast recht«, räumte Daniel ein und strich Alicia, die

immer noch kein Lebenszeichen von sich gab, zärtlich über den Kopf. »Ich brauche nur noch ein paar Minuten, um jemanden zu finden, der mich vertritt.«

»Ich sage Villafañe, er soll das Seminar für dich übernehmen. Wir sehen uns in einer Viertelstunde in meinem Büro.«

»In einer halben, eher geht es nicht. Mein Motorrad steht noch im Institut. Und außerdem, Villafañe hat doch keinen blassen Schimmer von Musikgeschichte!«

»Umso besser. So vermissen dich deine Studenten wenigstens.«

Bevor er aus dem Haus ging, beugte sich Daniel zu Alicia hinunter und gab ihr einen Abschiedskuss. Wie Durán vorgeschlagen hatte, schrieb er ihr eine erklärende Notiz und legte den Zettel so hin, dass sie ihn sicher finden würde.

Er konnte ihr Gesicht, das zur anderen Seite gewandt war, nicht sehen. Deshalb bemerkte Daniel nicht, dass Alicia, obwohl sie sich nicht rührte, die Augen offen hatte.

Nach vierzig Minuten und fünfzig Euro für das Taxi stand Daniel Paniagua vor dem Schreibtisch von Duráns Sekretärin.

»Guten Tag, Blanca. Kann ich hineingehen?«

Blanca Sierpes war die rechte Hand des Direktors und die mütterlichste Frau, der Daniel in den letzten Jahren begegnet war. Sie roch nach frisch gebügelter Wäsche und hatte eine besondere Schwäche für Daniel. Über was sie auch redeten, immer sprach sie in einem Tonfall mit ihm, der eindeutig verriet: »Du bist mein Lieblingsdozent.« Daniel war überzeugt, wenn sie dreißig oder vierzig Jahre jünger gewesen wäre, hätte er diese Frau geheiratet.

»Durán erwartet dich. Hast du die Fotos gesehen?«

Daniel schüttelte den Kopf, und Blanca drehte den Monitor ihres PCs so, dass er daraufblicken konnte. Mit zwei Mausklicks öffnete sich auf dem Bildschirm ein schauerliches Foto von Thomas' enthauptetem Körper. Der Kopf war verschwunden, und die Haut wies keine Verletzungen oder Blutergüsse auf. Doch irgendwie – vielleicht durch die Bemühungen, die Leiche zu verstecken – waren der Körper und all seine Gliedmaßen so deformiert, dass sie an einen Bonsai erinnerten, den man den Qualen des Beschneidens, Verpflanzens, Drahtens und Pinzierens unterzogen hatte – Methoden, die Daniel immer schon wie mittelalterliche Folter vorgekommen waren, eigentlich undenkbar für Liebhaber der Gärtnerei. Nur dem Umstand, dass er eilig und ohne Zeit für ein Frühstück aus dem Haus gegangen war, verdankte er es, dass er trotz der Übelkeit, die ihm dieser enthauptete, verdrehte und verstümmelte Körper verursachte, nicht erbrechen musste.
»Du Armer«, sagte Blanca Sierpes voller Mitgefühl. »Selbst wenn man weiß, dass er tot ist, sieht es so aus, als ob er sich immer noch aufbäumen würde. Man muss sehr, sehr krank im Kopf sein, um einem Menschen so etwas anzutun.«
Die Tür zu Duráns Büro ging plötzlich auf, und man hörte ein Räuspern.
»Bitte, Blanca, halte ihn nicht auf. Los, Daniel, komm herein und erzähl mir alles haarklein.«
Durán wollte die Tür schließen, besann sich dann aber eines Besseren und sagte mit einem boshaften Lächeln:
»Ich lasse angelehnt, Blanca, dann kannst du nachher leichter tratschen.«
Die Sekretärin erhob sich, schnaubte und zog energisch an der Klinke.

»Sie versteht einfach keinen Spaß«, sagte Durán. »Aber sie ist ein Goldstück.«

»Das Konzert war außergewöhnlich«, kam Daniel sofort zur Sache. »Wirklich eine Schande, dass du ….«

»Gott steckt im Detail, hat Mies van der Rohe gesagt. Du sollst hier nicht mit Plattitüden wie ›Es war grandios!‹ oder ›Ergreifend!‹ um dich werfen, sondern mir genau erzählen, was du gesehen und gehört hast, von deiner Ankunft bis zu dem Moment, als du gegangen bist.«

Also lieferte ihm Daniel einen minutiösen Bericht, der auch seine seltsame Begegnung mit Thomas in dessen Garderobe einschloss.

»Gute Arbeit«, lobte Durán ihn zufrieden. »Und nun bringe ich dich auf den Stand der Dinge: Eben habe ich mit Marañón gesprochen.«

»Du? Seid ihr nicht zerstritten?«

»Manchmal muss man eben über seinen Schatten springen. Schließlich bin ich vor Neugier fast gestorben. Er war freundlich wie noch nie: Wie schade, dass ich nicht hätte kommen können, bla, bla, bla. Aber vor allem hat er mir Dinge über das Verbrechen erzählt, die im Radio nicht erwähnt wurden. Du weißt ja, er hat einen heißen Draht zum Innenministerium. Anscheinend hat man Thomas den Kopf mit einem einzigen Hieb abgeschlagen. Der Schnitt ist so sauber, dass die Polizei annimmt, er sei guillotiniert worden.«

»Guillotiniert? Wie in der Französischen Revolution? Wie Marie Antoinette?«

»Genau. Und noch etwas. Das Ganze geschah nicht auf dem Parkgelände. In der Gegend gab es zwar Blutspuren, aber nicht genügend. Wenn man dir den Kopf abschlägt, spritzt dir das Blut aus dem Halsstumpf, als wärst du ein

Rasensprenger. Die Polizei glaubt, dass man ihn woanders geköpft und die Leiche hinterher in die Casa de Campo gebracht hat.«

»Und der Kopf?«

»Ist noch nicht aufgetaucht. Die Polizei durchsucht die Gegend mit Hunden, aber bislang gibt es nicht die geringste Spur von ihm.«

»Makaber. Entsetzlich. Wurde er gefoltert?«

»Das Einzige sind Abdrücke von Handschellen, sonst ist kaum etwas zu sehen. Man geht davon aus, dass es ein sehr rascher Tod war. Als ob der Mörder seinem Opfer Leid ersparen wollte.«

»Na ja, ich habe gerade ein Foto von der Leiche gesehen und hatte einen etwas anderen Eindruck. Du sagst, er sei nicht misshandelt worden?«

»Zumindest nicht bei lebendigem Leib.«

»Also war es eine Art menschenfreundlicher Psychopath?«

»Möglicherweise. Das ist ein sehr guter Anhaltspunkt für den Untersuchungsrichter. Normalerweise enthaupten diese Geistesgestörten ihr Opfer erst, wenn sie es zerkleinern wollen. Vorher töten sie es mit Messerstichen oder indem sie es erwürgen. Es ist nämlich offenbar nicht besonders einfach, einem lebendigen Menschen den Kopf abzuschneiden, selbst wenn der Kopf auf einem Holzstamm fixiert ist. Sogar erfahrene Henker benötigen mehrere Schläge, bis der Kopf vom Körper abgetrennt ist. Daher hat man auch die Guillotine erfunden, und die Enthauptungen wurden ›humaner‹. Vermutlich wollte man den Verurteilten auch das Trinkgeld ersparen.«

»Welches Trinkgeld?«

»Man musste dem Henker welches geben, damit er sein

Beil vorher schliff und einen mit einem sicheren Schlag tötete. Marañón sagte, bei einer Guillotine sei der Schnitt dagegen so sauber, dass dein Kopf noch einige Sekunden bei Bewusstsein bleibt. Der bekannteste Fall ist der von Charlotte Corday.«

»Wenn es sehr schaurig ist, will ich es nicht hören. Mir ist eben schon speiübel geworden …«

»Als man diese Dame während der Französischen Revolution guillotinierte, weil sie Marat umgebracht hatte«, fuhr Durán genüsslich fort, Daniels Einwand ignorierend, »nahm der Henker ihren Kopf aus dem Korb, hielt ihn vor dem Publikum hoch und gab ihm zwei Ohrfeigen. Diejenigen, die ganz vorne standen, sahen deutlich den entrüsteten Ausdruck der Corday, als sie die Schläge bekam. Die Arme muss gehört haben, wie das Publikum lachte und über sie spottete.«

Duráns taktlose Schilderung trug nicht unbedingt zu Daniels Wohlbefinden bei.

11

Inspector Mateos vom Morddezernat VI, zuständig für die polizeilichen Ermittlungen im Mordfall Ronald Thomas, las schon seit einer Weile in seinem Büro denselben todlangweiligen Absatz aus dem *Lehrbuch Handelsrecht* für das vierte Studienjahr, ohne auch nur ein Wort davon aufzunehmen.

Kommissionsgeschäfte, oder solche, die mit anderen Handelsgeschäften verbunden sind
Die Theorie des Kommissionsgeschäfts umfasst nicht nur die oben besprochenen Geschäfte, die, wie wir gesehen haben, die Existenz eines Kaufmanns kraft Gewerbebetriebs voraussetzen, von der sie jedoch nicht zwingend abhängig sind …

Es war nicht so, dass Mateos intellektuell nicht in der Lage gewesen wäre, zu begreifen, was er da las, doch eine vermutlich durch Schlafmangel bedingte Konzentrationsschwäche ließ ihn nur Buchstaben entziffern, diese aber nicht mit Inhalt füllen.
Er hatte sich an der Fernuniversität eingeschrieben, weil er versuchen wollte, ein nach drei Jahren abgebrochenes Studium zu beenden. Um den Unterhaltszahlungen für ein ungeplantes Kind nachzukommen, war er damals gezwun-

gen gewesen, sich bei der Polizei zu bewerben. Handelsrecht, ein Grundlagenfach, würde ihm zehn Credit-Points an der Fernuniversität einbringen, doch wenn er in dem Tempo vorankam, brauchte Mateos sich gar nicht erst für die Prüfungen anzumelden. Das Schlimmste war, dass er im Büro nur bei geschlossener Tür und mit heruntergelassenen Jalousien lernen konnte – seit er in diesem Dezernat arbeitete, hatte er nämlich aus beruflicher Eitelkeit vor allen Kollegen so getan, als besäße er ein abgeschlossenes Jurastudium. Weil er sich, wenn nicht viel zu tun war, stundenlang in seinem »Aquarium« einschloss, hielten ihn ein paar Böswillige für einen großen Fan von Erotikchats. Nichts war weiter von der Wahrheit entfernt als das.

Zwar war der Inspector durchaus ein Frauenheld, doch er hatte es immer vorgezogen, seine Eroberungen live an Ort und Stelle zu machen. Er kannte einige Bars in der Stadt, die sich ab zwei Uhr morgens mit geschiedenen Frauen füllten. Mit dem Aussehen eines altmodischen Hollywoodgalans – Errol Flynn-Schnurrbart inklusive – und vor allem seiner tiefen, wohltönenden Stimme, die ihm eine alternative Karriere als Synchronsprecher erlaubt hätte, war es ihm ein Leichtes, nach nur einem Gin Tonic mit der schönsten von ihnen anzubändeln.

Nach dem zehnten Versuch gab der Inspector es auf und schloss das Lehrbuch.

Er fragte sich schon seit einigen Wochen, weshalb er sich darauf versteift hatte, das Jurastudium zu beenden, wo er doch einen Abschluss in Soziologie hatte. Und immer kam er zu dem Schluss, dass er das Opfer seiner eigenen Schwindelei geworden war. Er hatte jeden glauben gemacht, dass er den Abschluss in der Tasche habe, also musste er ihn nun um jeden Preis erlangen, denn er war überzeugt, dass irgendein Rivale im Dezernat es früher oder später aufdecken würde – Lügen haben kurze Beine. Und außerdem waren da noch die ständigen Auseinandersetzungen mit den Untersuchungsrichtern, die ihm den Spitznamen »Dirty Harry« eingetragen hatten. Mateos war sicher, dass eine genauere Kenntnis des Rechts seine Schwierigkeiten mit dem Richterstand einebnen würde. Im Gegensatz zu dem berühmten von Clint Eastwood gespielten Polizisten war Mateos zwar nicht gewalttätig und handelte auch nicht nach dem Gesetz der Vergeltung. Doch bei Ermittlungen folgte er durchaus seinen eigenen Regeln, und manchmal machte er die Herrschaften von der Justiz wahnsinnig mit seinen merkwürdigen Gesuchen und unangemessenen Widerreden.

Seine Lernstunde war also beendet, und Mateos erhob sich, um die Jalousien und die Tür zu öffnen. In diesem Moment trat ein junger, schlaksiger Subinspector ins Büro, der ihm bei den Ermittlungen für den Fall zur Seite stand.

»Was bringst du Schönes, Aguilar?«, fragte der Inspector.

Der Subinspector gab ihm ein paar zusammengeheftete Blätter mit einer Reihe von Namen.

»Das sind die Gäste, die gestern Abend das Konzert bei Marañón besucht haben«, antwortete er. »Vermutlich willst du, dass wir sie alle befragen.«

»Das Wichtigste ist, dass wir so bald wie möglich mit der Tochter sprechen.«

»Ich habe sie für heute um fünf bestellt.«

»Hierhin, aufs Dezernat?«

»Das erschien mir zu hart, sie ist ja nicht verdächtigt … jedenfalls noch nicht.«

»Hast du nach den Bändern von den Überwachungskameras draußen gefragt, damit wir herausfinden können, mit wem Thomas die Feier verlassen hat?«

»Ja. Ich bekomme sie heute Nachmittag.«

»Gut, dass man dort mit uns zusammenarbeitet. Wenn wir einen Durchsuchungsbefehl für Marañóns Haus besorgen müssten, hätten wir ein Problem.«

»Weshalb, Chef?«

»Na ja, er ist eine sehr mächtige Person mit besten Beziehungen nach ganz oben.«

»Er ist ein Freund des Ministers, oder?«

»Wenn es nur das wäre. Wirf mal einen Blick darauf, was dieser Kerl schon alles erreicht hat.«

Subinspector Aguilar blätterte durch ein inoffizielles Dossier über Jesús Marañón, das ihm Mateos gegeben hatte.

»Stimmt das alles? Ich meine, hat er wirklich …«

»Meine Informanten sind verlässlich«, unterbrach ihn der Inspector verärgert. Er mochte es nicht, wenn man ihm nicht glaubte.

»Nehmen wir an, nur als Arbeitshypothese, dass Marañón Thomas getötet hat. Was für ein Motiv hätte er?«

Als Ergebnis eines für ihn typischen Gedankenganges erklärte Mateos dem verblüfften Subinspector: »Das Motiv ist klar: Was der Mörder wollte, war der Kopf des Opfers.«

12

Als Paniagua nach seiner blutrünstigen Unterhaltung mit Durán ins Seminar kam, stellte er fest, dass Villafañe seine Studenten mit einem Vortrag über »Die Schüttelidiophone in den präkolumbianischen Kulturen südlich des Amazonas« quälte. Selbst er als Musikwissenschaftler hatte Mühe, sich daran zu erinnern, was Idiophone waren: sogenannte »Selbstklinger«, die wie die Glocke, also ohne Saiten oder Membranen, Klang erzeugten. Außer Sotelo, dem Besserwisser des Seminars, der umso begeisterter mitzumachen pflegte, je abstruser der Unterricht war, dämmerten alle Studenten halbkomatös vor sich hin.

So staubtrocken das Thema auch sein mochte – Paniagua freute sich doch, dass Villafañe wenigstens eins gewählt hatte, von dem er etwas verstand. Das letzte Mal, als er ihn vertreten hatte, war er auf ein musiktheoretisches Thema eingegangen, und Paniagua hatte einen ganzen Monat gebraucht, seinen Studenten den Unsinn auszutreiben, den Villafañe ihnen in nur fünfzig Minuten beigebracht hatte. Er bedankte sich bei seinem Kollegen und beschloss, die halbe Stunde bis zum Ende des Seminars zu nutzen, um einige Gedanken auszuführen, die er in der vorherigen Stunde bereits angesprochen hatte.

Die Anstrengung, die es ihn kostete, sich auf seine Erklärungen zu konzentrieren, empfand Daniel allerdings als fast übermenschlich. Schon eines der beiden Dinge, die ihm im Kopf herumspukten, hätte eigentlich gereicht: Da war zum einen Thomas und dessen grausiges Ende, zum anderen Alicias unerwartete Schwangerschaft. Sie war noch ganz am Anfang, deshalb hatten sie sich einige Tage Zeit geben können, um zu entscheiden, was nun das Beste war. Daniel war derjenige von ihnen, der eher dazu neigte, das Kind haben zu wollen.

Doch wenn die Unsicherheiten und Grübeleien über seine Vaterschaft schon einen großen Teil seiner Energien in Anspruch nahmen, so verlangten der Mord an Thomas und dessen merkwürdiges Verhalten in den Stunden zuvor noch mehr Aufmerksamkeit. Im Rückblick erschienen immer wieder einzelne Details aus ihrer Unterhaltung vor Daniels innerem Auge: Thomas, wie er sich unbewusst in einer unheimlichen Vorwegnahme seines Schicksals den Hals reibt; seine Weigerung, Daniel in die Garderobe eintreten zu lassen, obwohl dort doch keine Menschenseele war; der seltsame Telefonanruf, der – nun für immer und ewig – verhindert hatte, dass er ihm ein paar Schlüsselfragen über die zehnte Symphonie stellen konnte. Und vor allem die schreckliche Fotografie des enthaupteten Musikers, dessen Körper sich noch nach dem Tod in heftigem Schmerz zu winden schien.

Daniel hielt es nicht für ratsam, seinen Unterricht damit zu beginnen, von dem Konzert und dem Verbrechen zu erzählen. Es war anzunehmen, dass dies den Rest der Zeit mehr als füllen würde. Doch er war mit den Gedanken nicht bei der Sache und musste seine Studenten bitten, ihm zu helfen:

»Wo waren wir gerade stehengeblieben?«

»Sie haben über die *Abegg-Variationen* von Schumann gesprochen«, sagte Sotelo.
»Ah ja, jetzt habe ich es wieder«, antwortet Paniagua. »Die Buchstaben sind Noten und die Noten Buchstaben. Auf Deutsch lauten die Notennamen nicht *do, re, mi, fa, sol,* wie hier in Spanien, sondern jeder Note entspricht ein Buchstabe: *La* ist A, *si* ist H, *do* ist C, und so weiter.«
Daniel war an die Tafel gegangen und schrieb die Noten in der Reihenfolge des Alphabets an, während er sprach:

A = la; B = si bemol; C = do; D = re;
E = mi; F = fa; G = sol

»Schumann las und schrieb sehr gerne. Häufig entwickelte er seine Kompositionen ausgehend von literarischen Ideen. Diese Leidenschaft für den gedruckten Buchstaben spiegelte sich auch darin, wie er die Damen hofierte, die er verführen wollte. Er machte es sich zunutze, dass in seiner Sprache die Notennamen Buchstaben waren, und erdachte verschiedene Kompositionen, die sowohl einen musikalischen als auch einen buchstäblichen Sinn hatten. So wie eben die *Abegg-Variationen*: Sie kreisen um ein Thema aus den Noten A, B, E, G, G, die, als Buchstaben gelesen, den Nachnamen einer jungen Pianistin ergeben, die Schumann in Mannheim kennengelernt hatte – Meta Abegg. Bei einer anderen Gelegenheit nutzte Schumann dieses Mittel, um Ernestine von Fricken, eine junge Frau aus dem böhmischen Asch, zu betören. Diesmal war das Thema aus den Noten A, Es, C und H zusammengesetzt. Da es keine dem Buchstaben S entsprechende Note gibt, hat er dafür das Es, also ein um einen Halbton erniedrigtes E verwendet, weil beide gleich ausgesprochen werden.«

Paniagua fragte sich plötzlich, weshalb wohl der dauerverliebte Beethoven nicht auch darauf gekommen war, diese Technik anzuwenden, um seine unzähligen Geliebten zu verführen.

13

Alicia Ríos, Daniels Freundin, war eine athletische und mit ihrer üppigen schwarzen Lockenpracht sehr spanisch wirkende Frau. Die Augen dagegen, grün und leicht mandelförmig, gaben ihr den exotischen Touch, der ihren Freund so bezauberte. Sie verdiente ihren Lebensunterhalt als Systemingenieurin. Ein wenig bekannter Beruf, in dem man die Strukturen eines Systems und seiner Subsysteme auswertet, um deren Arbeitsweise zu optimieren. Vor sechs Monaten hatte sie das großzügige Angebot eines internationalen IT-Konzerns angenommen, was mit sich brachte, dass sie mindestens zwei Jahre in Frankreich, in Grenoble, leben würde. Sie hatte die Entscheidung getroffen, ohne darüber mit Daniel zu sprechen. Dies hatte zu Unstimmigkeiten zwischen ihnen geführt, die noch nicht ganz überwunden waren. Sie hatten festgelegt, dass sie sich strikt mit den Besuchen abwechseln würden. In der Praxis war es jedoch Alicia, die den physischen und finanziellen Aufwand der Reisen nach Madrid betrieb, da ihr Einkommen das von Daniel um ein Vielfaches überstieg.

Die Schwangerschaft, in der Nacht zuvor so unvermittelt verkündet, war nicht geplant gewesen. Überzeugt, dass Alicia gerade nicht ihre fruchtbaren Tage hatte, waren sie bei Daniels letztem Besuch in Grenoble so unvorsichtig gewesen, kein Kondom zu benutzen.

Jetzt erneut mit Alicia zu schlafen half Daniel langsam aus dem Schockzustand heraus, in den ihn Thomas' Tod versetzt hatte. Er bat sie, ihm etwas auf Französisch ins Ohr zu flüstern, und sie brachte ihm bei, dass sein bestes Stück in der Sprache Balzacs *zizi* hieß.

Noch im Bett schalteten sie den Fernseher an, um das Neueste über den vor weniger als vierundzwanzig Stunden verübten Mord zu erfahren.

Die Enthauptung des Musikers war nicht nur in den wichtigsten Nachrichtensendungen das Thema des Tages; natürlich hatten sich auch die weniger seriösen Programme mit Verve auf das Thema gestürzt. Und sogar die Sendungen, die sich nicht direkt damit beschäftigten, schienen von dessen Grausamkeit inspiriert. Bei den Filmen etwa gab es in dieser Woche auf allen Kanälen Programmänderungen, und die Ersatzfilme waren anscheinend nur nach einem einzigen Kriterium ausgewählt worden – dass sie von einem Verbrechen handelten, das dem soeben begangenen ähnelte. Man zeigte *Aguirre, der Zorn Gottes* (einer der Figuren wird der Kopf mit einem Schwert abgetrennt, dieser landet ein Stück vom Körper entfernt auf dem Boden und beendet den zuvor begonnenen Satz), *Demolition Man* (der gefrorene Kopf von Wesley Snipes fliegt nach einem Tritt Sylvester Stallones wie ein Fußball durch die Lüfte), *Kill Bill* (Lucy Liu macht das Mitglied einer japanischen Yakuza mit einem Katana einen Kopf kürzer), *Der Patriot* (ein amerikanischer Soldat wird durch eine Kanonenkugel enthauptet), *Johnny Mnemonic* (der Böse wird mit seiner eigenen Peitsche, scharf wie ein Rasiermesser, geköpft). Doch die Krönung war die Sendung *Salomes Talk*, in der ein Kriminologe auftrat, der den Zuschauern mit Hilfe einer Wassermelone und einer echten Guillotine erklärte, wie dieser makabre Apparat funktionierte. Dann erläuterte der Experte: »Die Leute halten die Guillotine für eine Erfindung der Französischen Revolution, doch bereits im 14. Jahrhundert gab es in Irland ein ähnliches Gerät, und im 16. Jahrhundert wurde in Italien und im Süden Frankreichs die Mannaia verwendet, die der Guillotine sehr ähnelt, aber dem Adel vorbehalten war.«

Alicia war empört. Sie band sich die Haare mit einem Zopfgummi zusammen und ging in die Küche, von wo aus sie Daniel zurief: »Das spanische Fernsehen ist unglaublich! Jemand ist gestorben, und die reden darüber, als wäre es eine Jahrmarktsattraktion.«

Sie öffnete die Kühlschranktür und ereiferte sich weiter: »In diesem Kühlschrank ist kein Obst, kein Joghurt, gar nichts!«

»Ich wollte heute Morgen etwas einkaufen, aber durch den Anruf von Durán hatte ich keine Zeit dazu«, log Daniel, der seit zwei Monaten keinen Supermarkt mehr betreten hatte. »Hast du Lust, essen zu gehen?«

»Ja, okay, später«, antwortete Alicia und kam zurück ins Schlafzimmer. Sie war in Unterwäsche, und Daniel bewunderte wieder einmal ihren Körper.

»Schalt um, ich will diesen Mist nicht sehen. Gibt es denn keine richtige Nachrichtensendung?«, zeterte sie.

Sie war in diesen Tagen dauerhaft gereizt; die ständige Frage Kind oder nicht Kind zerrte an ihren Nerven, und Daniel bestand weiterhin hartnäckig darauf, Vater werden zu wollen.

»Ich dachte, du wärst ganz gierig auf diesen Müll.«

»Dachte ich auch. Aber jetzt hängt es mir schon wieder zum Hals heraus.«

Daniel nahm die Fernbedienung und zappte durch die

Kanäle. Nach ein paar Sekunden hatte er ein seriöses Magazin gefunden. Der Sprecher sagte: »Die Musikwelt ist immer noch erschüttert über den brutalen Mord, der gestern Nacht in Madrid an dem Musikwissenschaftler und Dirigenten Ronald Thomas verübt wurde. Die Polizei geht davon aus, dass sie den Kopf des Opfers innerhalb weniger Stunden in der Umgebung des Leichenfundorts bergen wird.«

»Warum nur hat man ihn wohl umgebracht?«, fragte sich Alicia, die unter Daniels rechtem Arm Zuflucht gesucht hatte.

»Ich weiß es nicht. Aber etwas an dem Konzert gestern Abend war sehr merkwürdig.«

»Was meinst du?«

»Die Musik, die ich da gehört habe, hatte ja theoretisch Thomas komponiert, und Beethoven nur die Themen. Doch sie war so erhaben, dass ich mich frage, ob ...«

Alicia setzte sich auf und sah ihn an. »Sprich es aus. Was wolltest du sagen?«

»Ich frage mich, ob diese Musik nicht in Wirklichkeit vollständig von Beethoven war.«

»Ich weiß nicht, worauf du hinauswillst.«

»Thomas wurde umgebracht. Und da das Motiv nicht bekannt ist, versuche ich, mir eins auszudenken. Wäre es nicht möglich, dass Thomas das Manuskript der Zehnten, oder zumindest den ganzen ersten Satz, entdeckt hat und dass der Mörder ihn tötete, um es ihm zu stehlen? Weißt du, welch ein Vermögen so ein Manuskript wert sein kann?«

»Nein, aber ich kann es mir vorstellen. Dann war das Stück gar keine Rekonstruktion und das Konzert gestern Abend nur eine Farce?«

»Das ist zumindest möglich. Thomas hatte den ersten Satz vielleicht bereits in seinem Besitz und präsentierte ihn als sein eigenes Werk, wahrscheinlich aus Eitelkeit. Wenn ich daran denke, dass ich beinahe mit ihm über die Symphonie gesprochen hätte … und dann ist er mir im letzten Moment entwischt!«

»Und weshalb hat man ihm wohl den Kopf abgeschlagen?«

»Keine Ahnung. Vielleicht, um den Raub der Partitur zu verschleiern und alles als die Tat eines Psychopathen erscheinen zu lassen? Du darfst nicht vergessen, dass man den Kopf nicht nur abgetrennt hat, sondern dass er auch verschwunden ist. Es erscheint mir nicht unwahrscheinlich, dass der Mörder die Polizei auf eine falsche Fährte lenken will. Der Mörder will, dass man ihn für geistesgestört hält, dabei ist er in Wahrheit von machiavellistischer Durchtriebenheit, vollkommen klar im Kopf, und plant eiskalt jeden Schritt, angetrieben von seiner Gewinnsucht. Würdest du nicht auch für dreißig Millionen Euro töten?«

Alicia sah ihn an. Es fehlte nur noch, dass in ihren Augen wie im Comic Dollarzeichen blinkten.

»Schon für weitaus weniger«, grinste sie.

»Das ist wahrscheinlich kein satanistisches Verbrechen oder so was, das Motiv ist sicher Geldgier. Der Mörder weiß, dass Thomas ein sehr wertvolles Manuskript besitzt, und da dieser ihm nicht verrät, wo es ist, bringt er ihn um.«

»Das ist unlogisch. Wenn er ihn tötet, kann er überhaupt nicht mehr damit rechnen, je herauszufinden, wo es ist. Wenn wir wirklich den Mord mit der Zehnten in Verbindung bringen wollen, ist das Gegenteil wahrscheinlicher.

Der Mörder bekommt aus Thomas heraus, wo sich die Zehnte befindet, und damit der es niemand anderem verraten oder zur Polizei gehen und sagen kann, er werde erpresst, legt er ihn um.«

Daniel schüttelte nachdenklich den Kopf.

»Jetzt gehen wir vielleicht etwas zu weit. Und all das, weil ich dir erzählt habe, dass die Musik von gestern Abend mir zu sehr nach Beethoven klang ... Dabei kann alles möglich sein: Selbst die Vermutung, es handle sich doch um ein satanisches oder triebgesteuertes Verbrechen, schließt die Existenz eines Manuskripts der Zehnten nicht aus.«

»Wie meinst du das?«

»Hör dir das mal an.«

Daniel stand auf und suchte in seiner umfangreichen Sammlung eine kuriose CD, die er im September 2001, genau eine Woche vor den Anschlägen auf das World Trade Center, in New York gekauft hatte. Die CD hieß *Beethoven's Last Night*, und es war eine Rockoper, gespielt vom Trans-Siberian Orchestra. Darin wurde die unglückselige Nacht des 26. März 1827 heraufbeschworen, in der das Bonner Genie in die Ewigkeit einging. Auch wenn ihn die Ausführung mit Schlagzeug und elektronischen Instrumenten nicht überzeugt hatte – das Libretto, dem er damals kaum Aufmerksamkeit geschenkt hatte, faszinierte ihn nun:

»Mephisto erscheint dem todgeweihten Genie just in dem Moment, als dieses die geheimnisumwitterte zehnte Symphonie vollendet hat. Er bietet Beethoven an, auf seine Seele zu verzichten, wenn er ihm im Tausch zugestehe, jede Spur seiner Kompositionen aus dem Gedächtnis der Menschheit zu tilgen. Beethoven zögert, und der Teufel gibt ihm eine Stunde, um es sich zu überlegen. Daraufhin steht der Komponist einer anderen Figur aus der Rockoper gegenüber, dem Schicksal, und bittet dieses und dessen missratenen, launenhaften Sohn, ihm einen Rückblick auf sein Leben zu erlauben, weil er herausfinden möchte, welche seiner Taten die Verdammung seiner Seele bewirkt haben. Bei der Betrachtung seines Lebens wirft er dem Schicksal vor, ihn schwer gestraft zu haben: mit einem alkoholkranken Vater, der ihn misshandelte und beinahe seiner musikalischen Berufung ein Ende gesetzt hätte, mit schönen Frauen, in die er sich hoffnungslos verliebte, die ihm jedoch allesamt ihre Gunst verweigerten, und mit der fortschreitenden Taubheit, dem schlimmsten Unglück, das einen Musiker heimsuchen kann. Das Schicksal fühlt sich schuldig angesichts der Vorwürfe des Genies und bietet ihm an, die schmerzhaftesten Geschehnisse aus seinem Leben zu streichen. Doch da wird Beethoven bewusst, dass seine Musik ohne diese Momente voll Kummer und großen Leids nicht dieselbe wäre, und er schlägt das Angebot aus.

Als Mephisto nach einer Stunde wieder vor dem Komponisten erscheint, sagt ihm dieser, dass sein Werk für das Erbe der Menschheit unentbehrlich sei und dass er lieber seine Seele hingebe, als seine Musik zerstören zu lassen. Voll Zorn bietet der Teufel ihm einen anderen Pakt an: Er könne seine Seele retten, wenn er ihm das Manuskript der eben vollendeten zehnten Symphonie überlasse. Beethoven beratschlagt sich mit dem Geist Mozarts, der ihn dazu bringt, das Manuskript nicht preiszugeben. Nach einem weiteren frustrierten Versuch des Teufels, die Symphonie zu vernichten, geht dem Publikum plötzlich auf, dass der Teufel die ganze Zeit ein falsches Spiel mit dem Musiker

getrieben hat: Seine Seele ist gar nicht wirklich dazu verdammt, in der Hölle zu schmoren, sondern dazu bestimmt, direkt in den Himmel aufzufahren. Sie muss nicht einmal durch das Fegefeuer hindurch. Beethoven gibt seine Seele also schließlich in Gottes Hand, versöhnt durch diese wunderbare Wendung, und der Sturm, der während jener Nacht in Wien gewütet hat, flaut ab. Doch der aufmüpfige Sohn des Schicksals schleicht sich zurück in das Zimmer, in dem der leblose Körper Beethovens ruht, bemächtigt sich des Manuskripts der zehnten Symphonie, versteckt es hinter einer Wand. Es bereitet ihm ein teuflisches Vergnügen, zu beobachten, wie Männer und Frauen sich über Generationen vergeblich bemühen, die letzte Komposition des Genies aufzuspüren.«
Die ersten Akkorde der Ouvertüre von *Beethoven's Last Night* erklangen, und Alicia und Daniel erschauderten bei dem Gedanken daran, dass hinter der schrecklichen Enthauptung in der vorigen Nacht eine satanistische Sekte stecken mochte.

14

Als das Telefon klingelte, bellten Duráns Labradore wie besessen. Murphy, der aufsässigere der beiden, schien es nicht zu ertragen, dass sein Herrchen, noch in der Dusche, den Hörer nicht abnahm. Er stellte sich auf die Hinterläufe und stieß mit der Schnauze gegen den Apparat, der auf einem kleinen Sideboard stand, bis dieser scheppernd zu Boden fiel.

Der Hörer lag nun auf dem Teppich, und die beiden Hunde antworteten hechelnd auf eine empörte Frauenstimme, die immer wieder rief: »Hallo? Hallo? Ist da jemand?«

Alarmiert durch das Bellkonzert seiner Tiere, kam Durán in Windeseile aus der Dusche, hob das Telefon, das voller Hundespeichel war, vom Boden auf und meldete sich eine Sekunde, bevor der andere auflegte.

Die Frau beruhigte sich endlich und fragte im Tonfall einer Rezeptionistin: »Sind Sie Don Jacobo Durán?«

»Ich bin nicht sicher, ob der Herr im Haus ist. Wer möchte ihn sprechen?«

Durán hatte genug vom Telemarketing, mit dem er in letzter Zeit ständig belästigt wurde. Wenn er nicht wusste, wer der Anrufer war, gab er sich als sein eigener Bediensteter aus.

»Don Jesús Marañón ist am Apparat.«

»Señor«, sagte Durán mit der Stimme seines fiktiven Be-

diensteten. »Ein Anruf für Sie auf Leitung zwei. Don Jesús Marañón.«
»Stell ihn sofort durch, Sebastián«, antwortete Durán sich selbst mit seiner echten Stimme.
Nach ein paar Sekunden hörte er die leutselige, joviale Stimme Marañóns.
»Jacobo, entschuldige, wenn ich dir auf den Wecker falle.«
»Unsinn, Jesús, das tust du nicht.«
»Ich rufe dich an wegen der Ermittlungen im Fall Thomas. Eine Freundin von mir, Susana Rodríguez Lanchas, leitet sie. Habe ich sie dir schon mal vorgestellt?«
»Nein, aber ich weiß trotzdem, um wen es sich handelt. Leitet sie nicht auch das Ermittlungsverfahren gegen diesen galizischen Drogenbaron?«
»Genau. Sie wird in letzter Zeit häufiger in der Presse zitiert. Ich kenne sie, weil sie mit dem Neffen meiner Frau befreundet ist. Neulich rief sie mich an, und … das ist vertraulich, Jacobo, bei allem, was dir heilig ist, ja?«
»Meine Lippen sind versiegelt.«
»In den letzten Stunden ist bei den Ermittlungen etwas aufgetreten, das die Richterin mit einem Experten besprechen möchte.«
»Mit einem Experten? Was für einem?«
Als Marañón Durán erklärte, worum genau es ging, gab ihm dieser, ohne zu zögern, die Handynummer von Daniel Paniagua.

15

Das Amtsgericht Nr. 51, zuständig für den Fall Thomas, setzte sich über das Sekretariat der verantwortlichen Richterin, Doña Susana Rodríguez, mit Daniel in Verbindung. Frau Richterin wünsche ein Gespräch mit ihm – wenn möglich, am nächsten Tag. Es handele sich jedoch um ein informelles Treffen, weswegen ihm kein Ladungsschreiben zugehen werde. Daniel könne die Bitte der Richterin sogar abschlagen, sofern er das wünsche.
Der aber erklärte sich einverstanden und fragte, um was es ging. Die Sekretärin zögerte einen Moment, bevor sie antwortete: »Doña Susana zieht es vor, Ihnen das persönlich zu erklären.«
Das Café, in dem sie verabredet waren, befand sich unweit des alten Bürogebäudes, in dem das Gericht seinen Sitz hatte. Die Sekretärin hatte Daniel gesagt, Doña Susana werde eine sperrige lederne Aktentasche dabeihaben und diese als Erkennungszeichen vor sich auf den Tisch legen.
Er erblickte sie gleich, als er eintrat. Sie las Zeitung und trank Tee. Nachdem sie ihn begrüßt und ihm für sein Kommen gedankt hatte, fragte sie sofort: »Möchten Sie etwas trinken?«
»Eine Cola mit viel Eis, bitte.«
Die Juristin war Mitte fünfzig. Sie trug einen blonden, geglätteten Bob, ihre Gesten waren außerordentlich elegant und ihr Benehmen sehr kultiviert. Sie wäre trotz ihres

Alters eine sehr attraktive Erscheinung gewesen, hätte sie nicht diesen starren Zug um den Mund gehabt, der ihr Lächeln unnatürlich erscheinen ließ. Daniel nahm an, dass er von einer Lähmung herrührte.
Sie bestellte das Getränk bei einem Kellner, den sie mit Namen ansprach, und erklärte: »Das Gericht ist ganz in der Nähe. Dies hier ist mein Stammcafé, hier frühstücke ich immer, wenn ich es zu Hause nicht geschafft habe.«
Sie nahm einen Schluck Kamillentee mit Zitrone. Als sie anhob weiterzureden, unterbrach Daniel sie.
»Sagt man Frau Richter oder Richterin?«
»Sagt man Herr Staatsanwältin oder Staatsanwalt?«, parierte sie und lächelte mit der nicht gelähmten Seite ihres Mundes.
»Dann nenne ich Sie also Frau Richterin.«
»Wie Sie wollen, aber lassen Sie uns doch bitte zum Du übergehen. So alt bin ich noch nicht – und überhaupt werden wir wohl viel miteinander zu tun kriegen in nächster Zeit.«
»Dann nenne ich dich Frau Richterin«, korrigierte Daniel sich. Doch er ahnte, wie schwer es ihm fallen würde, die Juristin nicht mit ihrem Titel anzusprechen.
»Was die Gleichbehandlung von Männern und Frauen in der Arbeitswelt angeht«, fuhr diese jetzt fort, »haben wir schon den Gipfel des Lächerlichen erreicht, in die eine wie die andere Richtung. Ich habe gehört, wie man darüber diskutierte, ob männliche Geburtshelfer nicht ›Hebamm‹ heißen müssten.«
»Hebamm?«
Daniel lächelte unsicher – vielleicht wollte die Richterin seinen Humor testen und ihm gleich mal einen Bären aufbinden.

»Du bist mir von Jesús Marañón empfohlen worden«, kam Doña Susana jedoch sofort zur Sache. »Ich möchte mit dir sprechen, weil ich einen Experten brauche, der mir ein paar Fragen über Musik beantworten kann. Es hat mit dem Mord an Thomas zu tun, wie du dir denken kannst. Von der Polizei weiß ich, dass du auf der Gästeliste für sein letztes Konzert gestanden hast.«

»Ja, das stimmt. Stehe ich unter Verdacht? Werde ich nun festgenommen?«

»Das hängt davon ab, wie du dich benimmst«, scherzte Doña Susana. Dann sagte sie, wieder vollkommen ernst: »Heute Nacht hat die Polizei Thomas' Kopf gefunden.«

»Heilige Mutter Gottes! Davon habe ich ja gar nichts mitbekommen. Das war noch nicht in der Presse, oder?«

»Das wird es auch nicht sein, zumindest solange wir es verhindern können. Wenn du den Kopf siehst, weißt du, warum.«

Daniel versuchte zu schlucken, aber es gelang ihm nicht.

»Den ... Kopf ... sehen?«

»Er wurde ins kriminaltechnische Labor gebracht. Im Augenblick entnehmen die Kollegen ein paar Proben, aber heute Nachmittag haben wir ihn für uns allein. Ich begleite dich. Kannst du um sieben?«

»Ja, ich glaube schon.«

»Wir werden nicht publik machen, dass wir den Kopf haben. Unter anderem, weil uns das vor falschen Geständnissen bewahrt. Bei solch medienwirksamen Morden taucht immer irgendein Verrückter auf, der behauptet, er sei es gewesen, nur damit er ins Fernsehen kommt.«

»Und wenn er dann nicht weiß, wo der Kopf ist«, spann Daniel den Gedanken zu Ende, »kann er nicht der Mörder sein, klar.«

Er trank einen Schluck, um sich die Kehle zu befeuchten, und erklärte: »Ich bin gerne bereit, bei den Ermittlungen behilflich zu sein, aber muss ich dazu wirklich den Kopf sehen?«

»Wenn du ihn vor dir hast, wirst du verstehen, weshalb ich dich darum bitte. Aber wenn dir das zu viel ist …«

»Nein, nein, wenn du meinst, dass es notwendig ist, komme ich. Hoffentlich stehe ich das durch.«

»Mal nicht so zaghaft. Weißt du, was ein Sachverständiger ist?«

Daniel nickte, doch sie sprach weiter, als ob er verneint hätte.

»Das ist ein Experte, der vor Gericht als Gutachter auftritt, wenn wissenschaftliche oder sonst irgendwelche Kenntnisse nötig sind, um das Verfahren betreffende Umstände zu bewerten. Du bist Musikwissenschaftler, nicht wahr?«

»Ja. Meine Doktorarbeit habe ich über Cherubini geschrieben, einen Komponisten, den Beethoven sehr bewunderte.«

»Ich habe dich aus einem einfachen Grund nicht über das Gericht bestellen lassen: Wir haben dort einen Maulwurf, der alles an die Presse ausplaudert. Es muss irgendein Angestellter sein. Bisher haben wir ihn allerdings noch nicht erwischt. Ich bin umgeben von schlechtbezahlten Beamten. Ein paar lassen sich immer bestechen und geben dafür Informationen über die abartigsten Fälle weiter.«

»Verstehe«, sagte Daniel, dem in diesem Moment aufging, wie die Presse so genaue Kenntnisse über einen jüngst geschehenen Misshandlungsfall erlangen konnte, bei dem ein paar Angehörige der königlichen Familie in den Schmutz gezogen wurden.

»Für das, was ich dir heute Abend zeigen werde, brauche ich einen Sachverständigen. Aber die Presse darf nicht erfahren, dass die Richterin, die den Fall leitet, sich an einen Experten für Musik gewandt hat.«

»Wieso nicht?«

Daniel fürchtete, die Richterin werde ihn mit einem »Weil ich es sage« abfertigen, aber sie tat es nicht.

»Mir ist es lieber, wenn der Mörder glaubt, wir würden mit der Hypothese eines rituellen Verbrechens arbeiten.«

»Und das ist nicht so?«

»Nein. Aufgrund der Tatsache, dass der Körper keinerlei Anzeichen von Misshandlung aufweist, können wir den klassischen Psychopathen ausschließen, den man so oft in Filmen sieht.«

»Buffalo Bill war es also nicht.« Daniel half der verwirrten Juristin auf die Sprünge. »Das ist der Mörder aus *Das Schweigen der Lämmer.*«

»Aha. Den Film habe ich nicht gesehen.«

Sofort sank die Richterin in Daniels Ansehen.

»Serienmörder«, fuhr diese jedoch ungerührt fort, »verspüren einen unwiderstehlichen Drang, ihren Opfern Schmerzen zu bereiten und sie zu demütigen. Auf diese Weise rächen sie sich für die Verletzungen, die ihnen die Gesellschaft ihrer Ansicht nach zugefügt hat. Es sind Personen, die, meist während ihrer Kindheit, Zeugen ähnlicher Gewaltakte und Herabsetzungen waren oder diese sogar am eigenen Leib erfahren mussten. Sie töten völlig beliebig, als Vergeltungsmaßnahme und um ihr Selbstwertgefühl zu steigern, daher sind sie im Allgemeinen sehr gut in ihrer unseligen ›Arbeit‹. Thomas' Mörder gehört nicht zu ihnen. Also suchen wir nach einem anderen Motiv.«

Die Richterin hatte den Satz kaum beendet, da klingelte ihr Telefon. Beide lächelten. Sie schaute auf das Display, um zu sehen, wer der Anrufer war, und drückte ihn weg. Daniel fühlte sich sehr wichtig.
»Dieses Fragment von Beethoven, das bei Marañón am Abend des Mordes gespielt wurde, was ist das genau?«
Daniel klärte sie auf und fügte hinzu: »Es ist merkwürdig, aber ich habe immer mehr das Gefühl, dass das, was Thomas in jener Nacht gespielt hat, keine Rekonstruktion auf der Grundlage der von Beethoven hinterlassenen Motive war. Ich glaube eher, dass Thomas Zugang zum eigentlichen Manuskript der Zehnten hatte, oder zumindest zum ersten Satz, und dass keine einzige Idee, nicht einmal die Orchestrierung, seiner Feder entstammt. Das klang einfach alles zu sehr nach Beethoven.«
»Aber was für ein Interesse hätte er daran haben können …?«
»Zunächst einmal: Autorenrechte«, fiel ihr Daniel ins Wort. »Stell dir vor, Thomas' Werk findet bei Orchestern überall auf der Welt Anklang, und es wird Mode, den ersten Satz der zehnten Symphonie von Beethoven/Thomas aufzuführen, als wären die beiden das Lennon/McCartney-Duo der klassischen Musik.«
»Kommt so etwas vor? Ich meine, dass ein unvollendetes Stück ins Repertoire aufgenommen wird?«
»Das geschieht durchaus. Kennst du Schuberts *Unvollendete?*«
»Mit Musik habe ich nichts am Hut. Ich fürchte, ich bin ziemlich unmusikalisch.«
Daniel hatte die Leute immer bedauert, die glaubten, keinen Sinn für Musik zu haben, und sich deshalb um das Vergnügen brachten, welche zu hören. Die Erfahrung

hatte ihn gelehrt, dass die meisten dieser Menschen mit ein wenig Vorbereitung nicht nur ein gutes Konzert genießen konnten, sondern sogar in der Lage waren, ein Musikinstrument auf einem annehmbaren Niveau zu spielen.
»Die *Unvollendete* wird sehr häufig gespielt, auch wenn sie, wie der Name sagt, Fragment geblieben ist. Es gibt nur ein Allegro und ein Andante.«
»Dieser Schumann starb sehr früh, nicht?«
»Schubert. Schumann war etwas später. Aber du hast recht. Doch es ist anders als bei Beethoven. Ihn hat wahrscheinlich wirklich der Tod daran gehindert, die Zehnte zu vollenden. Schubert dagegen gab die Achte mittendrin auf und fing an, die Neunte zu komponieren, die er dann auch zu Ende brachte.«
Die Richterin bestellte noch einen Kamillentee, und Daniel folgte ihrem Beispiel. Er hatte, wie es für ihn typisch war, über seinen Ausführungen zu Schubert den Faden völlig verloren, doch Doña Susana lenkte das Gespräch zurück in eine für die Ermittlungen erhellendere Richtung.
»Nehmen wir an, dein Gespür ist richtig: Aus welchen Gründen hätte Thomas mutmaßlich noch verheimlichen wollen, dass die Partitur vollständig von Beethoven war?«
»Eitelkeit, natürlich«, antwortete Daniel.
»Aber eben hast du gesagt, dass die Motive des Konzertes gestern Abend von Beethoven waren. Das sind doch die Melodien, wenn ich das mit meinem Laienverstand so sagen darf – oder? Sind sie nicht das Wichtigste?«
»Im Fall von Beethoven, nein. Das Geniale bei ihm ist, dass er, ausgehend von sehr kleinen musikalischen Blöcken, die man sich vorstellen kann wie Legosteine, beeindruckende musikalische Gerüste errichten kann. Denk

nur an die fünfte Symphonie, zum Beispiel: Der erste Satz ist die berühmteste Klangkathedrale aller Zeiten, und die basiert auf einem Motiv aus nur vier Noten! Thomas hatte vielleicht die Motive bei der Hand, aber wenn nicht ein Genie wie Beethoven etwas aus ihnen macht, sind sie nichts. Wenn ich ganz ehrlich bin, sind sie banal, jeder könnte sie sich ausdenken. Und es gibt natürlich noch einen dritten Grund. Vielleicht hat Thomas nicht zugegeben, dass er das Manuskript hatte, weil er es nicht *durfte*.«

»Weil es gestohlen war?«

»Du sagst es. Wenn ich in deinem Haus einen Schatz finde und ihn mitnehmen will, wirst du mit Recht sagen: ›Entschuldige mal, aber der Schatz gehört mir.‹«

»Angenommen, dieser Schatz, das vollständige Manuskript der Zehnten, existiert, und Thomas hatte Zugang dazu; oder wenigstens zu einem Teil davon. Was wäre sein Marktwert?«

»Darauf könnte kein Experte mit Bestimmtheit antworten. Aber er läge sicher bei vielen Millionen Euro.«

»Mehr als zehn?«

»Sehr wahrscheinlich ja. Ein Lied von den Beatles, *All You Need Is Love* …«

«Das kenne ich – das einzige, was ich singen kann. Es ist doch der Song, der mit der Marseillaise anfängt, oder?«

»Ja, genau. Letztes Jahr hat ein Beatlesfan John Lennons Manuskript für eine Million Dollar ersteigert. Und es ist und bleibt ein einfacher Popsong, den jeder bereits kennt. Die Zehnte, falls es sie gibt, wäre ein unveröffentlichtes Beethoven-Manuskript und vermutlich das wichtigste künstlerische Fundstück der letzten Jahrhunderte. Außerdem würde sein Auftauchen dem ›Fluch der Neunten‹ ein

Ende bereiten«, schloss Daniel und klang dabei wie ein Finsterling aus Transsylvanien.

»Was für ein Fluch ist das?«

Die Juristin versuchte, Gleichgültigkeit vorzutäuschen, aber Daniel bemerkte eine gewisse Beklemmung in ihrem Tonfall. Vielleicht war sie auch schlicht und einfach neugierig. Das Wort »Fluch«, das Daniel plötzlich albern vorkam, schien die übliche Wirkung zu entfalten, und er bereute schon, das Thema angeschnitten zu haben, weil es letztlich wie ein Ammenmärchen klang. Er versuchte abzulenken.

»Das ist bloß dummes Geschwätz. Großstadtlegenden. Also, der künstlerische Wert der Zehnten …«

»Davon kannst du später erzählen. Jetzt sag mir erst einmal, was der Fluch der Neunten ist.«

»Das ist ein Aberglaube, der seit Beethoven unter Musikern herrscht: Alle Komponisten von Symphonien sterben, nachdem sie ihre neunte Symphonie vollendet haben. Mahler zum Beispiel glaubte offenbar an den Fluch und versuchte, ihn zu umgehen. Nachdem er die Achte fertiggestellt hatte, machte er sich nicht daran, die Neunte zu komponieren, sondern schrieb *Das Lied von der Erde*. Das war eigentlich eine Symphonie für Tenor, Alt und Orchester, doch er glaubte, sich von dem Fluch befreien zu können, wenn er sie nicht mit ›Neunte Symphonie‹ betitelte. Danach schrieb er doch noch eine neunte Symphonie und starb kurz darauf. Genau wie Beethoven.«

»Gibt es noch mehr solcher Fälle?«

»Viel mehr: Bruckner, Schnittke, Vaughan Williams, Egon Wellesz. Und ein russischer Komponist, Alexander Glasunov, legte seine neunte Symphonie beiseite, nachdem er den ersten Satz geschrieben hatte, und widmete sich ihr nie wieder. So umging er den Fluch und lebte noch weitere sechsundzwanzig Jahre.«

»Glaubst du daran?«

»Nein, aber ich bedaure es oft, so ein Skeptiker zu sein. Die Welt wäre viel aufregender, wenn es solche übersinnlichen Phänomene gäbe.«

Die Richterin gestand ihm daraufhin etwas, das er lieber nicht gehört hätte.

»Bei mir ist es genau andersherum: Ich wäre gerne weniger abergläubisch, aber ich kann nicht anders. In meinem Beruf habe ich zu viel Schreckliches gesehen, um nicht an übernatürliche und böse Kräfte zu glauben, die regelmäßig in unser Leben eingreifen. Ich habe gewissermaßen den berühmten Ausspruch von Joseph Conrad ins Gegenteil verkehrt, der ungefähr so lautet: ›Der Glaube an einen übernatürlichen Ursprung des Bösen ist nicht notwendig; die Menschen sind von sich aus zu jeder Gemeinheit durchaus fähig.‹ Im Übrigen wurde ich an einem 13. geboren, heiratete am 13., und meine Tochter kam am 13. zur Welt. Die 13 verfolgt mich.«

»Das stimmt so lange, bis sich die nächste große Sache in deinem Leben an einem 14. ereignet.«

»In meinem Alter können keine großen Sachen mehr geschehen. Außer dass der Sensenmann zur Tür hereinspaziert, natürlich.«

»Oder dass du Thomas' Mörder schnappst, nicht?«

»Ich glaube nicht, dass wir ihn erwischen werden. Meiner Erfahrung nach werden Mordfälle sofort gelöst oder nie. Und wir haben nicht die leiseste Ahnung, wer es gewesen sein könnte.«

»Aber in einem Punkt können wir sicher sein: Wenn die Zehnte existiert, hat sie einen künstlerischen Wert wie kaum etwas anderes in der Welt der Musik. Ein Komponist ersten Ranges, Arnold Schönberg, hat einmal gesagt: ›Es scheint, als ob die Neunte die Grenze wäre. Derjenige, der sie überschreiten will, ist dazu verurteilt, zu sterben. Es ist, als berge die Zehnte etwas, das wir nicht erfahren dürfen, weil wir noch nicht bereit dazu sind.‹«

»Noch einer also, der daran glaubte. Es klingt unheimlich. Eine verbotene Schwelle, wie die Türen in König Blaubarts Schloss.«

»Ich finde es auch unheimlich. So wie Schönberg es ausdrückt, kann man geradezu froh sein, dass der Herr Beethoven zu sich gerufen hat, bevor dieser seine Zehnte beenden konnte. Sie zu hören, scheint Schönberg sagen zu wollen, könnte uns möglicherweise so erschrecken, wie es Oscar Wildes Dorian Gray beim Anblick seines entsetzlichen, fratzenhaften Abbilds widerfahren ist. Zehnte Symphonien sind vielleicht dazu bestimmt, uns derart wilde und monströse Facetten der menschlichen Seele zu offenbaren, dass Gott uns dieses schreckliche Wissen bisher lieber erspart hat.«

»Bist du denn gläubig?«, fragte die Richterin, die sich die Lippen am gerade servierten Kamillentee verbrannt hatte.

»Da geht es mir wie mit dem Aberglauben: Zu meinem Bedauern bin ich Agnostiker.«

»Trotzdem hast du gerade gesagt, dass Gott uns schont. Erkennst du damit nicht seine Existenz an?«

Daniel schüttelte den Kopf und lächelte. »Ich kann nicht an einen Gott glauben, der uns wie Kleinkinder behandelt. Und ich will nicht an ihn glauben, wenn er Beethovens Lebenslicht löscht, weil dieser kurz davor ist, mit Hilfe der Musik Wissen über die menschliche Seele zu vermitteln, von dem er glaubt, wir könnten es nicht verkraften. Lieber

Gott, lass *mich* entscheiden, was ich verkraften kann und was nicht!«

Eine Zigeunerin war in das Café geschlichen gekommen und näherte sich ihnen, um Lose zu verkaufen. Daniel und die Richterin lehnten ab, doch sie ließ nicht locker, bis der Kellner sie schließlich bemerkte und sie fest am Arm packte, um sie hinauszuwerfen. Die Zigeunerin entwand sich jedoch wütend seinem Griff, baute sich vor ihm und den beiden anderen auf und stieß finsterste Verwünschungen aus:

»Verflucht seien eure Körper. Gebe Gott, dass ihr in Henkershände fallt und wie Schlangen kriechen müsst. Mögt ihr Hungers sterben, mögen böse Krähen euch die Augen aushacken und die Hunde euch verschlingen. Möge unser Herr Jesus Christus eine hartnäckige Räude über euch kommen lassen und tausend Teufel euch mit Leib und Seele in die Hölle holen!«

Daniel reagierte besonnen: »Na gut, dann geben Sie mir eben ein Los, wenn Sie sich so aufregen.«

Doch die Zigeunerin hatte schon kehrtgemacht und hörte seine Worte nicht mehr.

»Solange es Frauen wie diese gibt, braucht keiner den Fluch der Neunten«, seufzte Doña Susana.

Doch Daniel merkte ihr an, dass sie das Gehörte kein bisschen lustig fand. Sie schaute auf die Uhr und stellte fest, dass sie sich viel länger als geplant aufgehalten hatte.

»In einer knappen Stunde habe ich eine Verhandlung. Aber sag mir eben noch, wie du den künstlerischen Wert der Zehnten nun genau einschätzt.«

»Wenn ich nach dem einen Satz gehe, den ich an dem Abend gehört habe, glaube ich, dass die Zehnte noch avantgardistischer und revolutionärer wäre als ihre Vorgängerin. Sie könnte das radikalste Werk des großartigsten Komponisten der Geschichte sein. Ein gewaltiger Vorläufer der Atonalität, ein wilder, verzweifelter Aufruf, mit allen bisher hochgehaltenen künstlerischen Konventionen zu brechen.«

Die Richterin hob die Brauen. »Hm. Starke Worte, über die ich nachdenken werde. Jetzt jedenfalls muss ich gehen. Später ruft Pilar, unsere Sekretärin, dich an und sagt dir, wann genau du im Labor erscheinen sollst, um den Kopf zu begutachten.«

Als die Richterin gegangen war und ihn mit seinem Kamillentee allein gelassen hatte, bemerkte Daniel auf einmal, dass sein Handy verschwunden war.

16

Zur selben Zeit lief Doktor Otto Werner, Chefveterinär der Spanischen Hofreitschule und stellvertretender Direktor dieser ehrwürdigen Institution, dem blinden Touristenführer Jake Malinak über den Weg und fragte ohne Umschweife: »Jake, wie war das Brendel-Konzert letzte Woche?«

Der Angesprochene erkannte Doktor Werners Stimme sofort – schließlich war er einer derjenigen gewesen, die seine Anstellung an der Schule von Anfang an unterstützt hatten. »Beeindruckend. Du weißt schon, sehr schwer, sehr verkopft das Ganze. Aber so gefällt mir Beethoven.«

»Vor ein paar Tagen wollte ich dich sprechen, aber du bist mir entschlüpft wie ein Aal. Hast du gerade eine Minute Zeit?«

»Um Viertel nach zwölf habe ich eine Gruppe von dreißig Mann, aber jetzt habe ich nichts Besonderes zu tun. Ich hatte sowieso vor, in der Cafeteria einen Kleinen Braunen zu trinken …«

»In der Cafeteria? Bist du lebensmüde? Komm mit in mein Büro, da mache ich uns einen richtig guten Cappuccino.«

Malinak faltete seinen weißen Blindenstock dreimal, legte seine Hand auf Doktor Werners Arm und sagte: »Ich begebe mich in deine Hände.«

Die beiden Männer liefen schweigend durch die Gebäude der Hofreitschule, bis sie die grüne Tür erreicht hatten, durch die sie in Werners Büro und Wohnung eintraten. Als dieser Malinak seinen Kaffee serviert hatte, begann er:

»Diese Geschichte über Patton und die Lipizzaner, die du den Touristen immer erzählst, ist die wahr?«

Auch wenn Malinak das Gesicht seines Gesprächspartners nicht sehen konnte, sagten ihm der Tonfall und die Art, wie die Frage gestellt worden war, dass dahinter mehr als schlichtes historisches Interesse steckte.

»Ja, ja, sie ist wahr. Ist irgendetwas, Otto?«

»Die Russen wollten die Pferde töten?«

»Im Zweiten Weltkrieg verfrachteten die Nazis die Lipizzanerzucht von Piber, hier in Österreich, nach Hostau in Böhmen. Ein paar deutschen Offizieren in sowjetischer Gefangenschaft gelang es, Patton den Hinweis zukommen zu lassen, dass die Pferde den Soldaten als Verpflegung dienen sollten. Patton startete daraufhin eine Rettungsexpedition hinter die sowjetischen Linien und rettete auf diese Weise zweihundertfünfzig Pferde. Wieso zweifelst du daran?«

»Ich zweifle nicht daran. Aber meine Frau ist Russin.«

Malinak schwieg für einen Augenblick und sagte dann betreten: »Oh. Das wusste ich nicht.«

»Ich habe ihr die Geschichte erzählt, weil sie mir selbst neu war, und du glaubst nicht, wie sie sich aufgeregt hat: Wie ich als stellvertretender Direktor es zulassen könne, dass tagtäglich Leute, nachdem sie hier waren, denken, die Russen seien ein Haufen Pferdeschlächter.«

»Wenn du willst, werde ich die Geschichte nicht mehr erzählen.«

»Das ist nicht nötig, aber vielleicht kannst du sie ein wenig abmildern. Sag einfach, dass sich die Russen nicht mit der gebührenden Sorgfalt um die Pferde gekümmert hätten und Patton der Sache Einhalt geboten habe.«

Malinak schmunzelte über diese neue Version.

»Einverstanden, kein Problem. Vor allem, weil du es bist, der mich darum bittet. Schließlich verdanke ich dir meinen Arbeitsplatz.«

Die beiden Männer genossen noch eine Weile ihren Cappuccino, bis Doktor Werner sich erhob und seufzte: »Weißt du, was? Erzähl, was du möchtest. Lieber belüge ich meine Frau als die Besucher. Ich werde Olga sagen, dass du diese Dinge nicht mehr erzählst, und ihr wird nichts anderes übrigbleiben, als mir zu glauben.«

Froh über diese Wendung, stand Malinak ebenfalls auf und klappte mit den Worten: »Du brauchst mich nicht zu begleiten, Otto. Ich finde mich hiermit gut zurecht« seinen weißen Stock auseinander.

Er ging genau drei Schritte in Richtung Tür, stolperte über etwas und fiel hin.

»Hast du dir weh getan?« Doktor Werner fuhr erschrocken hoch und half ihm auf.

Malinak tastete den Holzfußboden ab und stieß auf eine lockere Diele, die er ohne die geringste Mühe vom Boden lösen konnte.

»Merkwürdig«, sagte Werner. »Ich hätte schwören können, dass diese Diele nie lose war.«

Als er zwischen den Dielen und dem Boden einen geräumigen Hohlraum ertastete, fragte der Blinde: »Was versteckst du da, Otto? Eine Leiche?«

17

Aguilar hatte Sophie Luciani, Ronald Thomas' Tochter, für fünf Uhr nachmittags in die Cafeteria des kriminaltechnischen Labors bestellt. Zwei Stunden später würde Daniel in Begleitung der Richterin Rodríguez Lanchas den Kopf des Ermordeten untersuchen. Mateos hatte ein hinreißendes Foto von Sophie gesehen und beschlossen, die Vernehmung persönlich durchzuführen. Sein Plan war, ihr so viel wie möglich über das Opfer und das mögliche Tatmotiv zu entlocken und ihr danach in dem bitteren Moment beizustehen, in dem sie den Kopf ihres Vaters identifizieren musste.

Mateos und sein Assistent waren ein paar Minuten vor Thomas' Tochter am vereinbarten Treffpunkt. Sie zeigten dem Chef der Cafeteria ihre Erkennungsmarke und baten ihn, die beiden Tische neben dem ihren ganz hinten im Lokal räumen zu lassen, damit niemand etwas von dem Gespräch mitbekam.

Die meisten Gäste, die dort saßen, waren Mitarbeiter des Laborzentrums. Sie erhoben sich unwillig und mit demonstrativem Murren und verzogen sich an die Bar.

»Warum so schlechte Laune, Chef?«, fragte Aguilar, als sie sich gesetzt und beide einen schwarzen Kaffee bestellt hatten. »Normalerweise ist es das reinste Vergnügen, dir bei der Vernehmung einer solchen Schönheit zuzusehen. Ich erinnere mich an diesen Nachtklub letzten Monat …«

»Lass mich die Fragen stellen«, unterbrach Mateos ihn und ignorierte seine Bemerkung vollkommen. Er schätzte Aguilars detektivische Fähigkeiten, betrachtete ihn jedoch nicht als qualifizierten Gesprächspartner für einen Austausch über das weibliche Geschlecht.
»Wenn ich dich vorstelle, keine Luftküsse. Du gibst ihr die Hand, und fertig.«
»Und wenn sie diejenige ist, die damit anfängt? Soll ich sie in die Luft schmatzen lassen wie einen Fisch auf dem Trockenen?«
»Aguilar, ich bin heute nicht in der Laune für so einen Quatsch.«
»Was ist los, Chef?«
»Ist dir noch nie aufgefallen, dass wir im Vergleich mit den Richtern unter wesentlich ungünstigeren Bedingungen arbeiten? Man müsste die Strafprozessordnung ändern und uns die gleichen Vorrechte einräumen wie den Herrschaften von der Justiz. Diese Frau könnte für die Aufklärung der Tatsachen entscheidend sein. Wenn sie ihre Aussage vor einem Untersuchungsrichter machen würde, wäre sie eine Zeugin und müsste schwören, dass sie die Wahrheit sagt. Andernfalls würde sie sich der Falschaussage schuldig machen.«
»Uns dagegen könnte sie das Blaue vom Himmel herunterlügen, weil das Gesetz sie nicht dazu verpflichtet, vor der Polizei ehrlich zu sein«, ergänzte Aguilar. »Aber weshalb sollte sie uns täuschen wollen? Sie ist die Tochter des Opfers. Es wäre doch normal, wenn sie den Mörder so schnell wie möglich hinter Gittern sehen wollte. Außer natürlich …«, fügte Aguilar nach einer kurzen Pause hinzu, in der man den Groschen förmlich fallen sah, »du verdächtigst sie.«

Auch auf diese Bemerkung seines Assistenten reagierte Mateos nicht. Diesmal allerdings nicht, weil er sie für überflüssig hielt, sondern weil in diesem Augenblick Sophie Luciani zur Tür hereinkam – in weißer Bluse und dunklem Nadelstreifenkostüm und eskortiert von einem Zivilpolizisten. Sie verbarg ihr Gesicht hinter einer Sonnenbrille.

»Warten Sie draußen«, befahl Mateos dem Beamten. Er stellte sich und seinen Assistenten vor und begann ohne Umschweife.

»Señorita Luciani«, sagte er. »Wir können nachvollziehen, dass Sie eine schwere Zeit durchleben. Würden Sie bitte dennoch die Sonnenbrille absetzen, wenn Sie mit uns reden?«

Sophie kam der Aufforderung des Polizisten nach, und die beiden Inspektoren stellten ein wenig verwundert fest, dass ihre großen, runden honigfarbenen Augen keinerlei Spuren von stundenlangem Weinen oder durchwachten Nächten trugen.

»Vielen Dank, dass Sie kooperieren«, sagte Mateos. »Waren Sie schon einmal in ein polizeiliches Ermittlungsverfahren involviert?«

»Nein, nie.«

»Ich frage Sie das, weil in den meisten Fällen die Mörder aus dem persönlichen Umfeld des Opfers stammen: Freunde, Familie, Liebhaber.«

Unruhig wand sich die Frau auf ihrem Stuhl. Sie zog es jedoch vor, den Inspector nicht zu unterbrechen, bevor nicht ein wenig klarer war, worauf er hinauswollte.

»Was ich sagen will: Für uns ist das Wichtigste, dass Sie uns die Namen derjenigen nennen, die zum engsten Umfeld Ihres Vaters gehörten.«

Widerstrebend, als ob er sie gebeten hätte, eine Gruppe politischer Aktivisten zu denunzieren, nannte Luciani ihm ein halbes Dutzend Namen.

»Ist unter diesen Personen nach Ihrem Dafürhalten ...«

»Verzeihung, was sagten Sie?«

»Nach Ihrem Dafürhalten. Tut mir leid, Juristenjargon, eine Berufskrankheit, äh ... Ich weiß nicht, wie es auf Französisch heißt.«

»A votre sens«, fiel ihm Aguilar ins Wort, obgleich er sich im Klaren darüber war, dass er für diese Zurschaustellung seines sprachlichen Wissens einen vernichtenden Blick seines Chefs ernten würde – und so war es auch.

»Ist unter diesen Personen jemand, der, *à votre sens,* Ihrem Vater feindlich gesonnen war?«

»Nein, niemand.«

»Wie war Ihr Verhältnis zu ihm?«

»Wir haben uns selten gesehen, aber er liebte mich sehr. Ich war schließlich seine einzige Tochter.«

»Sie sagten, ›er liebte mich sehr‹. Sie ihn auch?«

»Weniger. Als meine Eltern sich scheiden ließen, war ich noch ein Kind. Unbewusst ergriff ich Partei für meine Mutter. Ich respektiere und bewundere zwar die Arbeit meines Vaters aus professioneller Sicht, doch ich habe nie aufhören können, ihn als den Mann zu sehen, der uns verlassen hat.«

»Haben Sie sein letztes Konzert besucht?«

»Ja, selbstverständlich.«

»Allein?«

»Ich bin mit einem Freund meines Vaters hingegangen, Señor Delorme, den ich Ihnen vorhin auch genannt habe ...«

»Haben Sie vor oder nach dem Konzert mit Ihrem Vater gesprochen?«

»Ich bin vorher zu ihm in die Garderobe gegangen, weil ich ihm Glück wünschen wollte.«
»Und Sie sind danach nicht noch einmal dorthin gegangen, um ihm zu gratulieren?«
»Normalerweise drängen sich nach einem Konzert die Fans in der Garderobe. Ich leide unter Platzangst, deshalb vermeide ich diese Situation, wenn möglich. Außerdem hatte mein Vater gesagt, er werde sich nach dem Umziehen zu den Gästen gesellen.«
»Doch das tat er nicht, oder?«
»Nein. Nach dem Konzert habe ich ihn nicht mehr gesehen. Weder ich noch sonst irgendeiner der Gäste.«
»Woher wissen Sie das? Sie sind doch recht früh gegangen.«
»Ich sehe, Sie sind gut informiert. Ich bin tatsächlich ungefähr eine Stunde nach dem Konzert aufgebrochen. Das Fest hatte gerade erst begonnen.«
»Sind Sie direkt ins Hotel gegangen?«
»Ja. Sie können den Portier fragen, wenn Sie wollen.«
»Und danach haben Sie Ihr Zimmer nicht mehr verlassen.«
»Nein. Das heißt, doch. Das Zimmer schon, aber nicht das Hotel. Ich habe Freunde in ihrem Zimmer besucht, um ihnen vom Konzert zu erzählen.«
»Können Sie mir die Namen dieser Freunde sagen?«
»Prinz und Prinzessin Bonaparte. Sie wohnen auch in dem Hotel.«
Die beiden Polizisten wechselten einen erstaunten Blick.
»Moment mal«, unterbrach Mateos sie. »Sagten Sie ›Bonaparte‹? Gibt es da irgendeine Verbindung …?«
»Natürlich. Sie sind Nachfahren seines kleinen Bruders Jérôme.«

Mateos hätte gerne erfahren, wie Thomas' Tochter mit diesen Adligen in Kontakt gekommen war, doch er fürchtete, die Vernehmung werde zu sehr auf Abwege geraten. Besser, er konzentrierte sich auf die fragliche Nacht.

»Zurück zum Konzert. Haben Sie irgendeine Idee, wohin Ihr Vater ging, als er fertig war?«

»Nein.«

»Und Sie waren nicht beunruhigt, dass er sich entgegen seiner Ankündigung nicht zu Ihnen gesellte?«

»Doch, ein wenig. Als er nicht erschien, rief ich ihn auf dem Handy an, aber er befand sich wohl in einem Funkloch. Irgendwann teilte uns ein Bediensteter mit, dass mein Vater kurz fortgehen müsse, später aber zurückkehren werde.«

»Haben Sie während des Konzerts irgendetwas Auffälliges im Verhalten Ihres Vaters bemerkt? Gab es irgendeine Geste, die Ihre Aufmerksamkeit erregt hat, oder irgendein Anzeichen für Nervosität?«

»Im Gegenteil. Er war es, der die Zuschauer nervös gemacht hat.«

»Was meinen Sie?«

»Mein Vater ist sehr theatralisch. Ich meine, er war sehr theatralisch. Sein Vater, also mein Großvater, war *répétiteur* an der Royal Opera in Covent Garden, und mein Vater hat die Opernatmosphäre gewissermaßen mit der Muttermilch aufgesogen.«

»Répétiteur?«

»Das ist …«

»Danke, Aguilar. Ich denke, das kann sie uns selbst erklären.«

»Ein *répétiteur* oder Korrepetitor ist jemand, der an der Oper die Proben der Sänger am Klavier begleitet. Es wäre unglaublich teuer, wenn jedes Mal das ganze Orchester erscheinen müsste.«

»Verstehe. Und was hat das mit dem Konzert zu tun?«

»Mein Vater liebte es, einen Augenblick großer dramatischer Spannung hervorzurufen, bevor die Musik erklang. Er stieg aufs Podium und zählte bis dreißig, ehe er den ersten Einsatz gab. Das war so etwas wie sein Markenzeichen. Es macht die Zuhörer immer sehr nervös. Sie glauben, dass etwas Schlimmes geschieht – dass der Dirigent einen Blackout hat oder so. Andere bekommen ein schlechtes Gewissen, weil sie denken, dem Dirigenten ist es noch nicht ruhig genug, um die Musik beginnen zu lassen. Das schafft eine Stille, die so intensiv ist, dass man sie beinahe anfassen kann. Und wenn es dann fast nicht mehr auszuhalten ist, werden die Zuhörer durch die Musik meines Vaters erlöst.«

Sophie Lucianis Gesichtsausdruck verriet Mateos und Aguilar, wie sehr sie Ronald Thomas als Musiker bewundert hatte.

Der Inspector sagte: »Leider bin ich gezwungen, nun ein sehr heikles Thema anzusprechen. Sie wissen, dass wir den Kopf Ihres Vaters gefunden haben.«

Sophie Luciani zeigte nicht die geringste Gefühlsregung, als sie antwortete: »Ja, das weiß ich. Deshalb bin ich hier. Wo wurde er gefunden?«

»Fast einen Kilometer vom Fundort des Körpers entfernt. Daher hatten die Spürhunde keine Chance. Zu bestimmten Zeiten in der Nacht ist die Casa de Campo, wo der Körper Ihres Vaters zurückgelassen wurde, kein empfehlenswerter Ort. Möglicherweise hat irgendeine skrupellose Person den Kopf gefunden und ihn aus reiner Zerstörungswut woandershin gebracht. Vielleicht war es auch ein streunender Hund. Das überprüfen wir noch.«

»Man hat mit dem Kopf meines Vaters ... herumgespielt?«
»Er hat einige Blutergüsse und Brüche, aber die wurden ihm nach dem Tod zugefügt, das kann ich Ihnen versichern. Sehr wahrscheinlich stammen diese Verletzungen nicht vom Mörder, sondern wurden im Nachhinein verursacht, als er mutwillig vom Leichenfundort fortbewegt wurde.«
»Ich will ihn sehen«, verlangte Sophie Luciani plötzlich und stand auf. Obgleich Mateos ein Mann von nicht geringer Statur war, reichte ihm Sophie fast bis zur Nase.
»Sind Sie sicher?«, fragte der Inspector. »Wir können die Identität auch über Zahnproben nachweisen, wenn Sie möchten, und Ihnen einen schwierigen Moment ersparen. Wobei das natürlich mehr Zeit in Anspruch nehmen würde, und Schnelligkeit ist das Wichtigste, wenn wir den Mörder fassen wollen.«
»Nein, nein, ich bin mir sicher. Führen Sie mich zu den sterblichen Überresten meines Vaters. Unverzüglich.«
Mateos und Aguilar begleiteten Thomas' Tochter ins Kellergeschoss, wo sie das Opfer ohne Zögern als ihren Vater identifizierte. Während der kurzen Zeit, die sie vor dem abgetrennten Kopf ihres Vaters stand, bewies Sophie Luciani enorme Beherrschung. Eine Minute später jedoch, sie hatte das Laborgebäude noch nicht verlassen, wurde ihr auf einmal übel, und sie erlitt einen Zusammenbruch.

18

Das Kriminallabor des Instituts für Rechtsmedizin war aus Platzgründen nicht vollständig dort untergebracht, wo der Oberste Gerichtshof seinen Sitz hatte; vielmehr hatten einige Abteilungen provisorisch in den Keller des alten Marienhospitals verlegt werden müssen, bis das Gebäude vergrößert werden würde. Dort befanden sich nun die Abteilungen Daktyloskopie und Kryptographie, Gerichtsmedizin und Toxikologische Analyse. Die technische Ausstattung, über die sie verfügten, war so topmodern, wie es sich ein solches Zentrum nur wünschen konnte. Das Problem war, so erklärte man Daniel später, dass es nicht genügend Gerichtsmediziner gab und die von den Richtern geforderten Tests daher meist spät, schlecht oder nie durchgeführt wurden.

»Ich habe keine Ahnung, wofür dieses ganze teure Spielzeug angeschafft wurde, wenn wir niemanden haben, der damit umgehen kann«, sagte ihm einer der vier Mitarbeiter des Zentrums.

Als Daniel die Treppen zum Eingang des Krankenhauses hochstieg, vor denen eine Stunde zuvor Sophie Luciani mit einem Rettungswagen abgeholt und in ihr Hotel gebracht worden war, kam ihm eine junge Frau entgegen. Sie war nicht älter als zwanzig Jahre und hatte im Gesicht üble Verbrennungen von Zigarettenstummeln. Wahrscheinlich war sie misshandelt worden und kam nun von einer gerichtsmedizinischen Untersuchung. Der Ort ließ Daniel erschaudern, und er war drauf und dran, auf dem Absatz kehrtzumachen. Doch da hatte ihn die Richterin schon von der Eingangshalle aus gesehen und ihn herangewunken. Er konnte nicht mehr zurück.

»Schön, dass du pünktlich bist«, sagte sie und gab ihm die Hand. Sie wollte lächeln, unterdrückte es aber wie immer, um ihre Gesichtslähmung nicht noch auffälliger zu machen. Sie wurde von einem gutgekleideten Mann begleitet. Er stellte sich vor, ohne darauf zu warten, dass Doña Susana – deren Gericht er unterstellt war – es tat.

»Mein Name ist Felipe Pontones, ich arbeite mit Susana zusammen. Ich bin der Gerichtsmediziner, der die äußere Leichenschau in diesem Fall durchgeführt hat. Und nun bin ich natürlich auch zuständig für die Obduktion.«

Er schien ein recht herzlicher, angenehmer Mann zu sein, doch irgendwie irritierten Daniel seine zu eng stehenden Augen und sein von einer auffälligen weißen Strähne durchzogenes Haar, das ihm das unvorteilhafte Aussehen eines Stinktiers verlieh.

»Der Kopf ist unten«, sagte die Richterin. »Wir könnten mit dem Aufzug fahren, aber es sind bloß zwei Treppen.«

Sie waren keine zwei Schritte weit gekommen, da schlug ihnen ein starker Fäkalgeruch entgegen. In einem der Säle wurde gerade eine vollständige Autopsie durchgeführt.

Daniel blieb stehen und las die lateinische Inschrift im Gang:

Hic locus est ubi mors gaudet sucurrere vitae.

»Das bedeutet: ›An diesem Ort ist es dem Tod eine Freude, dem Leben helfen zu können‹«, erklärte Pontones, während er sich ein Paar hellblaue Latexhandschuhe überzog. »Hier unten herrschen Neugier, wissenschaftliches Interesse und nicht zuletzt der Wille, die Wahrheit herauszufinden und der Justiz zu helfen. So sollte es zumindest sein. Das ist der Sinn dieser Inschrift. Man findet sie in vielen Autopsiesälen, und wie du merkst, kann das ein wenig davon ablenken, dass es hier immerzu erbärmlich stinkt.«

»Können wir jetzt den Kopf sehen?«, fragte die Richterin ungeduldig und warf angeekelt einen flüchtigen Blick in den Saal, wo die Obduktion durchgeführt wurde. Gedämpfte Stimmen und die Geräusche von Sägen und elektrischen Skalpellen drangen daraus hervor.

»Hier liegt er«, sagte der Gerichtsmediziner und deutete auf den Metalltisch in einem weiteren Obduktionssaal. »Er weist einige Quetschungen und sonstige Blessuren auf, aber wir haben ihn im Kühlraum gelagert – es gibt also sonst keinen Grund, sich zu fürchten.«

Er ließ den Bund eines Gummihandschuhs ein paarmal gegen sein Handgelenk schnappen.

»Haben Sie schon mal eine Leiche gesehen, Daniel?«

»Ja, einmal, von weitem in einem Straßengraben. Ein Unfallopfer.«

»Ich frage nur – kann ja sein, dass Sie sehr empfindlich sind. Nehmen Sie auf jeden Fall etwas hiervon.«

Der Gerichtsmediziner holte aus der Tasche seines Jacketts ein rundes Döschen mit Erkältungssalbe und gab es Daniel. Der wusste nicht, was er damit anfangen sollte, und blickte hilflos zur Richterin.

Doña Susana ließ sich das Döschen geben und schmierte

etwas von der Salbe unter ihre Nasenlöcher. Daniel tat es ihr nach. Pontones steckte das Döschen schließlich wieder in die Tasche, ohne sich bedient zu haben.

»Gewohnheitssache«, sagte er etwas großspurig.

Sie betraten einen kleinen, cremefarben gestrichenen Raum. In der Mitte stand ein respekteinflößender Metalltisch, der viel Platz beanspruchte. Außerdem waren da noch ein großer Mülleimer, ausgeschlagen mit einer grünen Plastiktüte – »Zum Glück leer«, dachte Daniel –, eine Wanduhr, ein Schrank mit Glastüren, in dem alle möglichen Behälter waren, an der Wand eine Vitrine mit dem Instrumentarium und ein mit schwarzem Wachstuch bezogener Stuhl, auf dem eine Polaroidkamera lag. Der Obduktionstisch hatte an den Längsseiten Rillen, in denen die Körperflüssigkeiten ablaufen konnten. Mitten auf dem Tisch lag ein recht flaches Etwas, bedeckt mit einem kleinen Leichentuch, das der Gerichtsmediziner nun so lässig wegzog wie ein Kellner eine schmutzige Tischdecke.

»Aber das ist nicht Thomas!«, rief Daniel perplex, als er den Kopf erblickte.

»Dass es Thomas ist, steht außer Frage«, antwortete die Richterin. »Seine eigene Tochter hat ihn heute Nachmittag identifiziert. Der Schädel ist bloß glatt rasiert wie eine Billardkugel.«

Vorne am Kopf, der schon eine grün-bläuliche Farbe anzunehmen begann, waren zahlreiche Abschürfungen und Blutergüsse. Nur die Augen schienen noch unversehrt. Sie waren halb geöffnet und gaben dem Gesicht den Ausdruck eines Menschen im Betäubungsschlaf. Nase und Mund waren verschrammt und eingerissen. Laut Pontones das Werk von streunenden Hunden. Doch das Verblüffendste entdeckte Daniel am rasierten Hinterkopf: ein sorgfältig

eintätowiertes korrektes Notensystem mit ein paar deutlich lesbaren Noten.
»Was soll das denn?«, fragte Daniel entsetzt. »Hat man ihn misshandelt?«
»Das ist nicht das Werk des Mörders«, antwortete der Gerichtsmediziner. »Wir haben die Haut genauestens untersucht und können sicher sagen, dass die Tätowierung einige Monate alt ist.«
»Wir nehmen an, dass es eine Art Code oder Geheimnachricht ist, die Thomas absichtlich unter seinem Haar verborgen hat«, sagte die Richterin. Sie wollte sich eine Zigarette anzünden, besann sich aber eines Besseren, als sie den strafenden Blick des Gerichtsmediziners bemerkte.
»Eine Nachricht? Aber für wen denn?«, fragte Daniel, der sich hinuntergebeugt hatte, um die Noten besser lesen zu können.
»Das haben wir noch nicht herausbekommen«, erwiderte die Richterin. »Aber wie du bemerkt hast, kennt sich Felipe im klassischen Altertum aus, und er sagt, dies sei ein seit der frühesten Antike genutztes Nachrichtensystem.«
»Herodot von Halikarnassos erwähnt es in seinen *Historien*. Der berühmte griechische Tyrann Histiaios ließ seinem treuesten Sklaven eine Nachricht in den rasierten Kopf tätowieren, die einen Verbündeten dazu anstacheln sollte, sich gegen die Perser zu erheben. Bevor er seinen Boten losschickte, wartete er, bis dessen Haar wieder gewachsen war und den Text verbarg. Um ihn zu lesen, musste der Empfänger dem Sklaven den Kopf rasieren. In unserem Fall überschneiden sich zwei Bereiche: Kryptographie und Steganographie.«
Pontones machte eine Pause, um eine Nachfrage Daniels zu provozieren, die auch prompt kam:

»Was Kryptographie ist, weiß ich, glaube ich. Und Steganographie hat irgendetwas mit Schnellschreiben zu tun, oder?«
»Nein, Sie meinen Stenographie, auch Tachygraphie genannt. Hier geht es aber um Kryptographie und Steganographie. Die erste Disziplin bringt Nachrichten in eine andere Ordnung und codiert sie, um sie für einen nichteingeweihten Empfänger unverständlich zu machen. Die zweite beschränkt sich darauf, den Text so zu tarnen, dass eine Verschlüsselung nicht mehr nötig ist. Hier hat man sich jedoch nicht damit begnügt, die Information unter dem Haar zu verstecken, sondern sie wurde zusätzlich als Notentext chiffriert. Das ist zumindest meine bescheidene Meinung. Offensichtlich ist die Nachricht sehr wichtig, wenn ihr Sender sich solche Mühe gegeben hat, dass niemand außer dem Empfänger sie lesen kann. Die Frau Richterin sagte mir, Sie seien ihr Sachverständiger für Musik. Also, schießen Sie los: Was sind das für Noten?«
Daniel bot sich folgender Anblick auf Thomas' Kopf:

»Wie seltsam«, sagte er. »Das Thema kommt mir irgendwie bekannt vor, aber auf die Schnelle fällt mir nicht ein, was es sein könnte.«
»Ist es möglich, dass es sich um eine Komposition von Thomas handelt?«, fragte die Richterin.
»Ich glaube eher nicht«, antwortete Daniel. Er versuchte

die Melodie zu erkennen, indem er sie mit leiser Stimme vor sich hin sang. »Es ist etwas, das ich kenne, ganz sicher, aber es erscheint mir irgendwie verzerrt. Ah, ich glaube, ich weiß, was los ist: Die Noten und der Rhythmus passen nicht zusammen.«

»Was meinen Sie damit?«

»Jetzt kann ich es zuordnen: Es ist das Hauptthema von Beethovens *Kaiserkonzert,* dem vielleicht berühmtesten Klavierkonzert aller Zeiten. Die Tonart ist Es-Dur, das sieht man an den drei kleinen B, den Vorzeichen. Auch der Takt ist dort angegeben, das sind die zwei kleinen Vieren vor den Noten. Der Rhythmus dieses Stücks ist aber nicht der ursprüngliche, nur die Töne stimmen. Hat jemand Zettel und Stift?«

Die Richterin gab Daniel beides, und er zeichnete ein Liniensystem, in das er folgende Noten schrieb:

Dann sagte er: »Dies ist das Originalthema des *Kaiserkonzerts.* Falls Sie keine Noten lesen können – es klingt ungefähr so.«

Daniel begann zu summen. Die Richterin und der Mediziner lächelten. Sie hatten Beethovens Musik sofort erkannt.

»Wie Sie sehen, stimmt es absolut nicht mit dem überein, was in den Kopf tätowiert wurde, denn das beginnt mit vier Sechzehnteln und einer Achtel, also vier kurzen Noten und einer längeren. Im Originalrhythmus fängt es mit einer langen Note an, einer Halben, an die eine Achtel gebunden ist, dann folgen eine Triole und zwei Achtel.«

»Und weshalb hat man das gemacht?«, fragte die Richterin, die Daniels Erklärungen nur noch mehr verwirrten.
»Vielleicht, um die Nachricht noch besser zu tarnen. Man wollte verhindern, dass es allzu leicht als das *Kaiserkonzert* identifiziert werden konnte.«
»Aber Sie haben es ohne Mühe erkannt«, sagte die Richterin.
»Na ja, Beethoven ist ja auch seit Jahren mein Spezialgebiet«, antwortete Daniel mit einem Hauch von Bildungsstolz in der Stimme.
Sie wurden durch zwei Gerichtsmediziner unterbrochen, die im Saal nebenan die Obduktion durchgeführt hatten und deren Arbeitstag nun zu Ende war. Ihren spöttischen Blicken war zu entnehmen, dass sie mit Pontones in einer Art beruflichem Wettstreit lagen und ihm gerne einen bissigen Kommentar aufgedrückt hätten. Doch die Anwesenheit der Richterin und auch Daniels hinderte sie daran, großes Geschütz aufzufahren.
»Also, Felipe, wir gehen. Wenn du noch bleiben möchtest – wir hätten hier noch einen.«
»Sehr witzig«, antwortete Pontones. »Aber wenn ich euch nachher beim Sudoku helfen soll, steht ihr wieder auf der Matte.«
Die beiden Männer gingen, und Pontones sagte zur Entschuldigung: »Sie machen ständig dumme Bemerkungen. Das ist ihre Art, den Stress zu bewältigen.«
Die Richterin steckte die Noten, die Daniel gezeichnet hatte, in ihre Handtasche und fragte: »Irgendeine Idee, was die Tätowierung bedeuten könnte?«
»Das Notensystem muss eine Art Code sein«, vermutete Daniel. »Doch es gibt so viele Möglichkeiten, eine Nachricht mit Hilfe von Noten zu verschlüsseln, dass ich lieber

keine Theorie aufstelle, bis ich die Noten gründlicher studiert habe.«

»Ein Code, sagst du? Wie die Kombination eines Tresors zum Beispiel?«, fragte die Richterin.

»Es könnte auch ein Text sein. Ein Gedicht, zum Beispiel. Ich stelle besser keine Vermutungen an, bevor ich nicht eine vollständigere Analyse vorgenommen habe.«

Der Gerichtsmediziner machte einige Polaroidaufnahmen von der Tätowierung, prüfte die Schnappschüsse auf Überbelichtung und gab sie dem Musikwissenschaftler.

Als sie auf die Straße traten, waren alle drei gedrückter Stimmung. Sie verabschiedeten sich rasch und ohne große Worte. Daniel musste sein Hemd zweimal in die Waschmaschine stecken, bevor der Übelkeit erregende Geruch verschwand, den es im Obduktionssaal angenommen hatte.

19

Am Abend nach der schaurigen Begutachtung von Thomas' Kopf lud Daniel Alicia zum Abendessen in die Trattoria Corleone ein, seit Jahren ihr Lieblingsitaliener – trotz der in letzter Zeit unverschämt gestiegenen Preise.
Enzo, der Oberkellner, geleitete sie zu dem Tisch, an dem sie immer saßen. Mit den Speisekarten brachte er ihnen Parmesanwürfel und Grissini zum Knabbern.
»Wann geht dein Flugzeug morgen?«, fragte Daniel, während er völlig unnötigerweise in die Karte schaute, da er ohnehin jedes Mal das Gleiche bestellte: *Lumaconi rigati al tartufo.*
»Um sieben. Ich muss um sechs Uhr am Flughafen sein.«
»Das heißt, ich muss früh aufstehen.«
»Du brauchst mich nicht zu bringen. Ich kann mit dem Taxi fahren.«
»Mit dem Taxi? Ich bitte dich. Glaubst du, ich lasse die Mutter meines Kindes mit dem Taxi zum Flughafen fahren?«
»Fang nicht schon wieder an.«
Daniels eben noch so charmanter Tonfall wich plötzlich einem härteren.
»Was heißt das: ›Fang nicht schon wieder an‹? Du bist schwanger, und ich finde das wunderbar. Wieso machen

wir jetzt ein Drama aus etwas, das für uns beide ein Quell unendlicher Freude sein könnte?«

»Seit wann willst du denn unbedingt ein Kind? Wie lange sind wir jetzt zusammen? Drei Jahre? Wir reden zum ersten Mal überhaupt darüber, Kinder in die Welt zu setzen.«

»Es ist nicht so, dass ich theoretisch Kinder will, ich will genau dieses eine Kind, mit genau dieser einen Frau, und das bist du. Stimmt schon, dass ich mich nicht damit beschäftigt habe, bis du gesagt hast, du seiest schwanger. Aber das heißt nicht, dass mein Wunsch bloß eine Laune ist. Ich fände es phantastisch, ein Kind mit dir zu haben.«

Enzo kam mit Kugelschreiber und Notizblock in der Hand an den Tisch. »Haben Sie schon gewählt?«

»Ich nehme die *Lumaconi.*«

Der Oberkellner schmunzelte. »Wir haben zehn weitere Sorten Pasta auf der Karte. Außerdem gibt es Pizza aus dem *forno di legna*.«

»Ich weiß. Aber ich habe Lust auf *Lumaconi.*«

»Dann erlauben Sie mir wenigstens, Ihnen eine andere Soße vorzuschlagen: Wie wäre es mit Pecorino statt Trüffeln?«

»Also gut. Aber wenn es mir nicht schmeckt, lass ich es zurückgehen, und Sie bringen mir die Nudeln mit Trüffelsoße!«

»Und was darf ich der Signorina bringen?«, fragte der Oberkellner.

»Ich nehme das Gleiche.«

»Das Gleiche? Bestell doch lieber etwas anderes, dann können wir uns beides teilen.«

»Entscheidest du jetzt etwa auch, was ich zu essen habe?«

»Nein, Alicia, das tue ich nicht. Also gut, Enzo, es bleibt dabei: zweimal *Lumaconi al Pecorino*.«

Enzo, der merkte, dass hier ein Unwetter heraufzog, entfernte sich eilig vom Tisch. Daniel und Alicia schwiegen eine Weile. Keiner der beiden wollte ihr Abschiedsessen mit einem Streit verderben, doch ihre Nerven waren gespannt. Daniel war es, der schließlich das Schweigen brach:
»Schau, wenn du es nicht bekommen willst …«
»Ich habe nicht gesagt, dass ich es nicht bekommen will. Aber du gehst so sorglos, so leichtfertig mit diesem Thema um, dass es mir Angst macht. Als ob du dir der Verantwortung überhaupt nicht bewusst wärst, die so ein Kind mit sich bringt.«
»Finanzielle Sorgen werden wir nicht haben. Bei dir läuft es doch fabelhaft.«
Er hatte recht. Das ausgezeichnete Gehaltsangebot, das Alicia von ihrer Firma erhalten hatte, war der Hauptgrund, dass sie eingewilligt hatte, für eine ganze Weile nach Frankreich ins berufliche ›Exil‹ zu gehen. Hinzu war aber auch die unbestreitbare, von beiden anerkannte Tatsache gekommen, dass sie ein wenig Abstand benötigten, damit sich das wunderschöne Gefühl gegenseitiger Sehnsucht wieder einmal einstellen konnte.
»Hast du vergessen, dass ich noch anderthalb Jahre in Grenoble bleiben muss? Das habe ich unterschrieben, ich kann nicht mehr zurück. Das Kind würde in Frankreich geboren.«
»Das ist nicht das Problem, Alicia. Das Entscheidende, das Einzige, was zählt, ist doch, was wir beide wollen, was uns als Paar wichtig ist. Wenn wir das Kind haben wollen, sollte es doch kein Hindernis sein, dass es deinem Arbeitgeber vielleicht nicht in den Kram passt, dir sechzehn Wochen Mutterschaftsurlaub geben zu müssen.«
»Was uns als Paar wichtig ist? Wo das Einzige, was dich

interessiert, doch anscheinend deine Abhandlung über Beethoven ist – und jetzt auch noch dieses schauderhafte Verbrechen! Und du mich auf dem Flughafen sitzenlässt, weil du ein Konzert nicht verpassen willst!«

Ein paar Tische weiter saß eine Familie, die sich nun, als der Streit lauter wurde, neugierig zu ihnen umwandte.

»Wenn wir nicht ins Fernsehen wollen, sollten wir uns etwas beruhigen«, sagte Daniel.

»Ich brauche das Gefühl, geliebt zu werden, und ich will, dass du dich ein wenig mehr um mich bemühst.«

»Du hast ja recht. Aber ich muss mich gerade wirklich ins Zeug legen, um das Buch zu beenden, sonst wird das nie etwas.«

»Warum ist das denn so wichtig für dich?«

»Ich bin es meinem Vater schuldig. Von ihm habe ich die zwei wichtigsten Dinge fürs Leben gelernt. Erstens: Wenn es ein Problem gibt, sollte man als Erstes die naheliegendsten Dinge überprüfen. Sei es, dass eine Tür nicht aufgeht, ein Elektrogerät nicht funktioniert, das Auto nicht anspringt oder dass zwei sich streiten – man rechne immer zuerst mit dem Einfachsten. In neunzig Prozent der Fälle ist ein Kabel locker, das Gerät nicht angeschaltet, oder jemand, der dich verletzt hat, wollte eigentlich etwas ganz anderes sagen.«

»Haha, sehr passend. Und was ist das Zweite?«

»Die Liebe zu Beethoven. Es ist ein Wunder, dass ich seine Musik nicht verabscheue, so oft wie mein Vater sie zu Hause aufgelegt hat. Wenn es ihm nicht gutging, ist er ins Hinterzimmer gegangen und hörte stundenlang im Dunkeln Beethoven. Einmal habe ich ihn überrascht, wie er weinte. Das hat mir damals einen ganz schönen Schrecken eingejagt. Ich dachte, er habe sich mit meiner Mutter gestritten oder sei entlassen worden. Doch er lächelte mich an, strich mir über den Kopf und sagte: ›Es ist nichts passiert, Daniel. Es ist nicht weiter schlimm, zu weinen. Viel schlimmer ist es, nicht weinen zu können. Immer wenn du traurig bist und die Tränen nicht fließen wollen, hör dir das Adagio aus der neunten Symphonie an.‹«

Alicia seufzte, schon halb versöhnt.

»Jetzt kann mein Vater das Buch zwar nicht mehr lesen, aber ich weiß, er hätte sich sehr darüber gefreut. Als ich mit der Arbeit begonnen habe, lebte er noch.«

»Und worüber schreibst du gerade?«

»Über Beethovens Arbeitsweise. Um seine Ideen nicht zu vergessen, pflegte er sie in ein Notizbuch einzutragen, das er immer mit sich führte. Doch diese Skizzen waren keine einfachen Gedächtnisstützen. Über Dutzende Seiten hat er einen anfänglich schlichten Geistesblitz ausgearbeitet und entwickelte ihn weiter, indem er ihn mit anderen Ideen verband. Ich möchte dem Leser nicht nur zeigen, wie ein Genie sein kreatives Material ausformt, sondern auch, weshalb das Endergebnis musikalisch gesehen besser ist als die Ausgangsidee. Das funktioniert nur bei Beethoven. Erinnerst du dich an den Film *Amadeus?*«

»Ja, sehr gut.«

»Salieri ist vollkommen baff und natürlich grün vor Neid, als Constanze ihm Mozarts handgeschriebene Manuskripte bringt und er sieht, dass darin nichts durchgestrichen oder korrigiert ist. Salieri sagt wörtlich: *›He had simply written down music already finished in his head. Page after page of it, as if he were just taking dictation.‹*«*

* »Er hat einfach Musik niedergeschrieben, die in seinem Kopf schon fertig war. Seite um Seite, als hätte sie ihm jemand diktiert.«

»Du kennst die Originaldialoge auswendig?«
»Was soll ich machen? Ich habe den Film mindestens zwanzigmal auf DVD gesehen, da ist der Text hängengeblieben. Nun, auf jeden Fall ist dies keine Erfindung des Drehbuchautors. Mozart komponierte mit einer erstaunlichen Leichtigkeit. Das kann man von Beethoven nicht behaupten: Ihm bereitete die Ausarbeitung seiner Werke große Mühe. Es waren langwierige, oft sehr schmerzhafte Geburten.«
»Womit wir wieder beim Thema wären, nicht wahr?«
In diesem Moment kam Enzo mit zwei Nudeltellern. Unter seinem erwartungsvollen Blick probierte Daniel schnell von der neuen Pecorino-Soße. Er kostete sie wie ein Weintester, mit eindeutigem Ergebnis: »Die Trüffelsoße mag ich lieber.«
»Soll ich es wieder mitnehmen?«
»Nein, geben wir der Sache eine Chance.«
Zufrieden zog Enzo sich zurück, und Alicia fragte: »Gut, und was hast du bezüglich dieser rätselhaften Noten herausgefunden?«
»Ein bisschen mehr Zeit musst du mir schon lassen. Weißt du, wie viele verschiedene Möglichkeiten es gibt, eine Nachricht mit Hilfe von Noten zu verschlüsseln?«
»Welche zum Beispiel? Sag mir eine.«
»Die Noten können Buchstaben entsprechen. In der deutschen Notation …«
»Ich weiß, das hast du mir alles schon mal erzählt«, unterbrach ihn Alicia. »Also gut, nehmen wir an, die Noten sind Buchstaben. Was für einen Sinn hätten sie in diesem Fall?«
Daniel nahm einen Zettel aus der Hosentasche, auf dem eine Reihe Buchstaben unter den Noten stand, und zeigte ihn Alicia.

»Das sind insgesamt vierzig Buchstaben«, sagte Daniel. »Ich habe sie aus dem Notensystem herausgenommen und Tausende Kombinationen ausprobiert. Zum Beispiel habe ich sie in ein Quadrat geschrieben, weil ich dachte, dass darin vielleicht wie in einem Wortsuchrätsel versteckte Wörter enthalten sein könnten. Aber ich habe kein einziges gefunden.«

E F E D E F G E C H
H E F E D E F G E C
H H D E F G A F E E
F E D E F G E C H H

»Vielleicht ist es kein Wortsuchrätsel, sondern ein Anagramm, und man kann aus diesen ganzen Buchstaben einen sinnvollen Satz bilden.«

»Möglich – aber wie? Es ist wirklich zum Haareraufen. Vor allem, wenn man bedenkt, dass es noch jede Menge andere Tricks gibt.«

Daniel nahm die Rückseite des Zettels und schrieb darauf ein Notensystem mit einer Tonleiter.

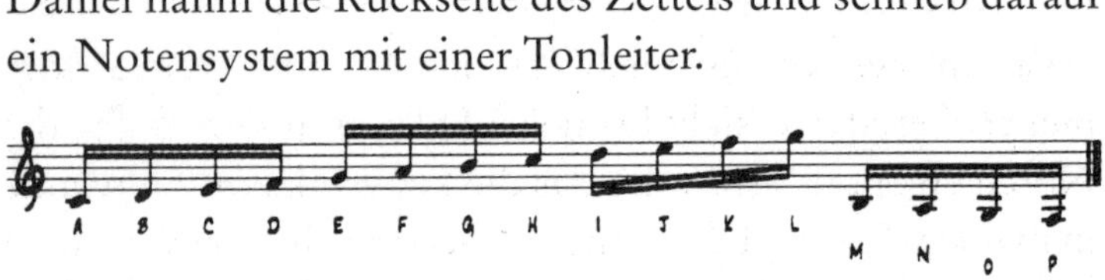

Er erklärte Alicia: »Im 18. Jahrhundert war es eine gängige Praxis, Nachrichten zu verschlüsseln, indem man die ersten zwölf Buchstaben des Alphabets derselben Anzahl aufsteigender Noten gleichsetzte und die anderen zwölf einer Gruppe absteigender Noten. Dein Name, Alicia, würde nach diesem System folgendermaßen aussehen.«

Alicia betrachtete die sechs Noten mit Genugtuung.
»Ich wusste schon immer, dass ich einen sehr musikalischen Namen habe.«
»Die Nachrichten, die mit dieser Methode verschlüsselt werden, haben den Vorteil – in unserem Fall den Haken –, dass sie nur entziffert werden können, wenn der Empfänger den Schlüssel kennt. Der aber ist vollkommen willkürlich. Das heißt, ich habe zum Beispiel den Buchstaben A der Note C zugeordnet, aber wir könnten genauso gut vereinbaren, dass das A einem D entspricht, und so weiter.«
»Himmel, ganz schön verzwickt«, sagte Alicia. »Es wundert mich nicht, dass diese Richterin einen Berater für Musik braucht. Wirst du eigentlich dafür bezahlt?«
»Dazu hat sie noch nichts gesagt.«
»Dann sprich du es an. Nicht dass du der Polizei einen Fall löst und hinterher gar nichts davon hast.«
»Was interessiert es mich, ob ich bezahlt werde oder nicht?«, ereiferte sich Daniel. »Falls es mir gelingt, die Noten zu entziffern, wäre das die kopernikanische Wende in meinem Leben. Ich könnte nicht nur helfen, einen Mord aufzuklären, sondern würde vielleicht sogar den Heiligen Gral der Musik finden: das Manuskript von Beethovens zehnter Symphonie! Mein Name wäre für immer und ewig

in riesigen Lettern in die moderne Musikwissenschaft eingeschrieben!«

»Hm. Themawechsel: Reden wir doch mal über unser nächstes Treffen. Wann kannst du nach Grenoble kommen?«

»Es interessiert dich kein bisschen, was ich erzähle, oder?«

»Wir haben doch schon über alles gesprochen. Das Thema ist erschöpft.«

»Aber du sollst mir beim Nachdenken helfen. Du bist einfach gut darin, die richtigen Schlüsse zu ziehen.«

»Ich bin vor allem Realistin«, seufzte Alicia. »Und als Realistin sage ich dir Folgendes: Wenn Beethoven solch ein Perfektionist war, wie du sagst, und immerzu gestrichen und korrigiert hat, um das vollkommene Werk zu schaffen, ist es doch das Wahrscheinlichste, dass er, sollte er tatsächlich ein vorläufiges erstes Manuskript der zehnten Symphonie fertiggestellt haben, dieses am Ende vernichtete.«

»Wieso glaubst du das?«

»Es wird ja wohl einen Grund dafür geben, dass das Manuskript in all den Jahren noch nicht aufgetaucht ist, oder?«

»Schon, aber Beethoven ist nicht Brahms. Der verbrannte tatsächlich viele seiner Werke aus reiner Eitelkeit. Die Leute sollten nach seinem Tod nicht sehen, wie unvollkommen seine Musik vor ihrer musikalischen Reife war. Die Manuskripte einer fünften und sechsten Symphonie sind nie ans Licht gekommen, und man sagt, er habe sie zerstört. Doch Brahms war ein ganz anderer Mensch als Beethoven. Der war das Selbstvertrauen in Person. Wenn Beethoven die Zehnte vollendet hat, wie ich es annehme, wird er sie ganz sicher nicht zerstört haben.«

»Was ist dann mit ihr geschehen? Weshalb ist sie niemals gefunden worden?«

»Es ist und bleibt ein Rätsel. Von Monteverdi zum Beispiel sind auch viele Opern einfach verschwunden: Die Truppen des österreichischen Kaisers haben Mantua, wo der Komponist Musikdirektor war, schrecklich geplündert. Auch von Bach sind einige Werke verschollen. Der hatte unzählige Kinder, von denen einige die von ihrem Vater geerbten Partituren verscherbelten. Doch im Fall Beethovens kann ich mir den Verlust des Manuskripts nicht erklären.«

Alicia lächelte ein wenig über Daniels gequälten Gesichtsausdruck. »Das Beste wird sein, sich nicht verrückt zu machen. Wenn es auftauchen soll, wird es auftauchen. Und nun mal im Ernst: Wann kommst du nach Grenoble? Ich möchte dich einer Schweizer Freundin von mir vorstellen, Marie-Christine. Sie ist Malerin in ihrer Freizeit, und ich sitze ihr in ihrem Studio Porträt. Ich hab viel von dir erzählt, und sie brennt darauf, dich kennenzulernen. In vierzehn Tagen ist ein langes Wochenende. Wenn du ein Flugticket für Freitagmorgen ergattern kannst …«

»Werden wir das Kind nun bekommen oder nicht?«, unterbrach Daniel sie abrupt.

»Was hat das eine mit dem anderen zu tun?«

»Nichts. Aber ich halte es für wichtiger, das zu klären, bevor wir darüber sprechen, wann wir uns das nächste Mal sehen.«

»Was willst du damit sagen? Dass du mich nicht mehr besuchen wirst, wenn ich finde, dass gerade nicht der richtige Zeitpunkt für ein Kind ist?«

»Alicia, du bist noch gar nicht weg, aber du verplanst mich jetzt schon mit einer Reise nach Grenoble?«

Daniels Worte waren für Alicia wie ein Schlag ins Gesicht.
»Ich dich verplanen? Habe ich dich jemals verplant?«
»Na ja, gerade versuchst du es. Ausgerechnet jetzt, wo ich mitten in der Aufklärung eines Verbrechens stecke.«
Wütend knallte Alicia ihr Besteck auf den Tisch und sprang auf. Das ganze Restaurant verstummte plötzlich. Alle erwarteten gespannt den Ausgang der Szene, die ihre Aufmerksamkeit schon eine ganze Weile fesselte.
»Wohin gehst du?«
»Wohin ich gehe? Ich sag dir, wohin *du* gehst: zum Teufel!«
Mit diesen Worten stürmte sie wie eine Furie aus dem Lokal und ließ Daniel allein – den Blicken und dem Getuschel der anderen Gäste ausgeliefert.

20

Die Bonapartes, die im selben Hotel wohnten wie Sophie Luciani, klopften an deren Zimmertür, obgleich am Türknauf ein BITTE NICHT STÖREN-Schild hing. Als keine Reaktion kam, sagte die Prinzessin zu ihrem Mann: »Sie antwortet nicht. Ihr wird doch nichts passiert sein?«

»Doch. Ihr Vater wurde ermordet.«

»Werd nicht sarkastisch, das ertrage ich nicht«, wies ihn seine Frau zurecht.

Die Prinzessin klopfte noch einige Male mit den Knöcheln an die Tür, doch da sich weiterhin niemand meldete, schlug Bonaparte vor: »Lass sie deine Stimme hören. Wenn du bloß an die Tür hämmerst, denkt sie wahrscheinlich, es sei der Zimmerservice.«

»Sophie! Sophie!«, rief die Prinzessin.

Es vergingen ein paar Sekunden, bis die Tür einen Spaltbreit geöffnet wurde.

Als die Bonapartes sie ganz aufstießen, blickten sie in ein halbdunkles Zimmer. Sophie war sofort in ihr Bett zurückgekehrt und lag dort reglos, die Augen geschlossen, völlig niedergeschmettert von dem Schmerz über den gerade erlittenen Verlust.

»Sophie, wir gehen essen«, sagte die Prinzessin. »Kommst du mit?«

Sophie Luciani schüttelte schwach den Kopf.

Die Prinzessin fragte: »Kann ich das Licht anmachen?«
Ohne die Augen zu öffnen, streckte Sophie selbst die Hand nach der Lampe auf ihrem Nachttisch aus und schaltete sie an. Der im Zimmer herrschenden Unordnung nach zu urteilen, war es schon seit ein paar Tagen nicht mehr gereinigt worden.
»Es wäre gut für dich, mal rauszukommen, Sophie«, mischte sich der Prinz ein. »Du hast dich lange genug hier eingeschlossen. Seit man dich dieser Tortur unterzogen hat, den Kopf deines Vaters anzuschauen, hast du dich nicht bewegt.«
»Es geht mir gut«, versicherte Thomas' Tochter. »Geht ihr nur, ich habe keine Lust.«
Die Prinzessin setzte sich neben Sophie auf das Bett und strich ihr sacht über den Kopf.
Endlich öffnete Sophie die Augen. Sie waren rot und geschwollen.
»Wir hatten es zwar nicht geplant«, ließ sich Bonaparte aus dem Hintergrund vernehmen, »aber wir werden einige Tage länger in Spanien bleiben, um bei dir zu sein.«
»Danke«, murmelte Sophie. »Ich wüsste nicht, was ich ohne euch täte.«
In der folgenden Stille überlegte Bonaparte, ob er die Frage, die ihm im Kopf herumging, jetzt schon stellen sollte. Schließlich rang er sich dazu durch:
»Sophie, hast du mit der Polizei über uns geredet?«
»Ich habe denen nur gesagt, dass ihr im selben Hotel wohnt wie ich. Warum fragst du?«
»Meine Liebe«, antwortete die Prinzessin, »ich glaube, du hast ihnen noch etwas mehr erzählt. Du hast ihnen auch gesagt, dass du uns nach deiner Rückkehr von dem Konzert in unserem Zimmer aufgesucht hast, oder?«

»Wollte die Polizei mit euch sprechen? Belästigt man euch?«
Das Prinzenpaar wechselte einen komplizenhaften Blick. Die Prinzessin antwortete: »Heute Nachmittag war ein Subinspector mit Namen Aguilar hier und hat uns einen Haufen Fragen gestellt: Ob wir deinen Vater gekannt hätten, warum wir nicht zu dem Konzert gegangen seien, wo wir in jener Nacht gewesen seien, und so weiter. Wir haben deine Version bestätigt, doch du hättest uns vorher etwas davon sagen sollen. Außerdem haben wir sie ein wenig ausgeschmückt, damit sie dich nicht weiter behelligen.«
»Mich behelligen? Wieso sollten sie?«
»Den Zeitungen zufolge wurde dein Vater zwischen zwei und drei Uhr nachts ermordet. Als du in unser Zimmer kamst, war es nicht später als zwölf. Also haben wir der Polizei erzählt, dass wir uns bis drei Uhr unterhalten hätten.«
»Aber das stimmt nicht. Ich bin nicht länger als eine halbe Stunde bei euch geblieben.«
»Ich weiß, aber angesichts der Tatsache, dass dein Vater dir als einziger Tochter vermutlich sein gesamtes Vermögen hinterlassen hat, wird die Polizei alles tun, um Beweise gegen dich zu finden. Du bist zurzeit die einzige Person mit einem plausiblen Motiv.«
»Wie kann jemand nur so etwas Grauenvolles denken? Ich soll meinen Vater umgebracht haben?«
»Wenn sie es nicht ohnehin schon annehmen«, fuhr die Prinzessin fort, »werden sie das tun, sobald das Testament eröffnet wird. Wir haben dafür gesorgt, dass du ein perfektes Alibi hast, denn wir werden aussagen, dass du zu der Zeit, als der Mord verübt wurde, in unserem Zimmer warst.«

»Glaubt ihr wirklich, es ist nötig, die Polizei anzulügen? Ich kann beweisen, dass ich nach dem Konzert ins Hotel zurückgekehrt bin. Schließlich hat mir der Portier den Schlüssel gegeben.«
»Du hättest es in der Nacht jederzeit wieder verlassen können, sobald das Personal durch irgendetwas abgelenkt war«, sagte die Prinzessin, die sich in der Rolle der Anwältin des Teufels ausnehmend gefiel.
»Ihr seid sehr liebenswürdig«, antwortete Sophie, »aber ich glaube einfach nicht ...«
»Doch, Sophie, es war notwendig«, gestand Bonaparte nun eher widerwillig ein. »Ich stehe am Beginn meiner politischen Laufbahn und kann es mir auf keinen Fall erlauben, in einen Skandal verwickelt zu werden. Wir sind dein Alibi, aber dadurch bist du nun auch unseres.«
»Wir schaden ja niemandem«, erklärte die Prinzessin. »Wir drei sind unschuldig und möchten den Täter schnellstmöglich hinter Gittern sehen. Nur wollen wir von der Polizei, soweit es geht, in Ruhe gelassen werden. Stell dir nur vor, man würde uns aus irgendeinem Grund kurzfristig ein Ausreiseverbot aus Spanien erteilen. Das würde Louis-Pierre wirklich große Unannehmlichkeiten bereiten! Er soll doch nächste Woche einen Vortrag in Stockholm halten.«
Während Sophie wie betäubt überlegte, wer hier wem schadete oder nützte, fiel der Prinzessin in dem Haufen Gegenstände und Papiere, die sich auf dem Nachttisch türmten, ein kleines Holzrad mit zwei konzentrischen Scheiben voller Buchstaben und Zahlen auf.

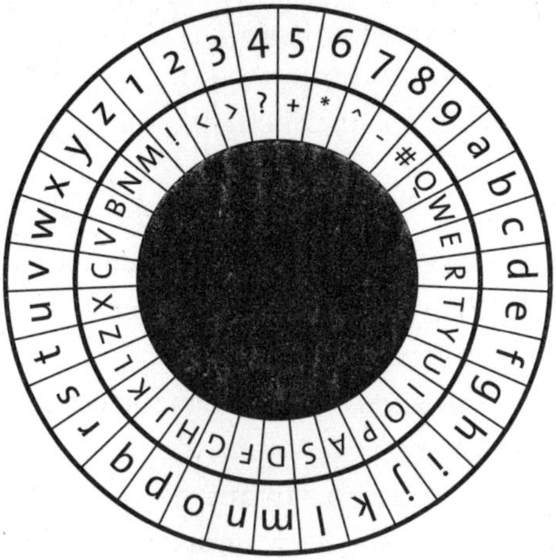

»Was ist das?«, fragte sie und nahm das Rad in die Hand. »So etwas habe ich noch nie im Leben gesehen.«

»Das hat mir mein Vater vor einigen Wochen zum Geburtstag geschenkt. Es ist eine Alberti-Scheibe zum Chiffrieren und Dechiffrieren von Nachrichten.«

21

Wegen der heftigen Auseinandersetzung, die sie im Restaurant gehabt hatten, erlaubte Alicia Daniel nicht, sie zum Flughafen zu bringen. Das mussten nun Humberto und Cristina übernehmen. Nachdem die beiden sich am Terminal von ihr verabschiedet hatten, kamen sie auf Daniels Wunsch in ein Café in der Nähe seiner Wohnung, um gemeinsam zu frühstücken und alles einmal in Ruhe durchzusprechen.

»Mir scheint, diesmal hast du wirklich einen Bock geschossen, Junge«, sagte Humberto, während er sorgfältig und mit Bedacht eine feine Olivenölspur auf dem gerade servierten Toast zog.

»Ich kenne sie. Sie wird sich schon wieder einkriegen.«

»*Sie* wird sich einkriegen?«, fuhr Cristina ihn in einem Ton an, der keinen Zweifel daran ließ, auf wessen Seite sie stand. »Wer drängt sie denn dazu, ein Baby zu bekommen? Es sieht ja schon fast so aus, als sei dir das Kind wichtiger als sie.«

»Nein, das Einzige, was Daniel zurzeit interessiert, ist Beethovens zehnte Symphonie«, sagte Humberto.

»Hat sie euch das etwa auch erzählt?« Daniel schüttelte bedrückt den Kopf. »Na ja, so ganz unrecht hat sie nicht. Wieder und wieder höre ich in meinem Kopf die Musik, die bei Marañón gespielt wurde. Und jedes Mal bin ich überzeugter, dass es die echte Symphonie war und nicht bloß eine Rekonstruktion. Wenn ich es nur beweisen könnte!«

»Das Vernünftigste wäre«, verkündete Cristina und stibitzte Humberto die Hälfte seines Olivenöltoasts, »Beethoven erst einmal zu vergessen. Es ist nicht gut, sich so auf etwas zu versteifen. Lass ein paar Tage verstreichen, bis der Sturm sich gelegt hat, und dann nimmst du ein Flugzeug nach Grenoble und präsentierst dich dort mit einem Blumenstrauß. Deine Liebste will umsorgt und verwöhnt sein, erst recht in einer solchen Situation.«

»Wie könntest du denn versuchen zu beweisen, dass es die echte Symphonie war, die du bei Marañón gehört hast?«, kam Humberto wieder auf Beethoven zurück – nicht ohne Cristina einen finsteren Blick dafür zuzuwerfen, dass sie ihm die Hälfte seines Frühstücks entwendet hatte.

»Mit der Partitur, die Thomas benutzt hat. Sie müsste eine Transkription von Beethovens Originalmanuskript sein. Viele Briefe und andere Zeugnisse aus jener Zeit deuten darauf hin, dass dieses Manuskript existiert. Ich könnte natürlich auch versuchen, an eine Aufnahme des Konzerts zu gelangen, um das Werk in Ruhe zu studieren und systematisch die Elemente darin zu bestimmen, die ihm eindeutig Beethovens Stempel aufdrücken.«

»Gibt es keine Möglichkeit, eins von beiden zu bekommen? Kann doch sein, dass Marañón das Konzert aufgenommen hat.«

»Ja, genau«, schimpfte Cristina. »Gieß du noch Öl ins Feuer. Irgendwann vergisst er, dass er eine Freundin hat und diese ein Baby im Bauch und dass er sich ein wenig um die beiden kümmern sollte.«

»Cristina, reg dich nicht so auf. Diese Sache ist wichtig. Es geht hier irgendwie auch um Daniels Karriere. Alicia hat ja immerhin selbst keinen Augenblick gezögert, für zwei Jahre nach Grenoble zu gehen, nur weil das gut in ihren Lebenslauf passt.«

»Zunächst«, lenkte Daniel von diesem heiklen Thema ab, »muss ich mich darauf konzentrieren, die in Thomas' Hinterkopf eintätowierten Noten zu entziffern. Das ist meine Aufgabe als Sachverständiger.«

»Das eine schließt das andere nicht aus«, sagte Humberto.

»Du hast recht. Ich könnte zusätzlich Marañón um ein Gespräch bitten.«

»Kennt er dich?«

»Vor dem Konzert haben wir ein Weilchen miteinander geplaudert. Er wird sich noch an mich erinnern. Ich weiß allerdings nicht, ob er mich empfängt. Solche Leute haben einen sehr vollen Terminkalender. Aber möglicherweise hat er das Konzert wirklich aufgezeichnet.«

Cristina und Humberto fiel auf, dass Daniel weder seinen Kaffee noch den Orangensaft noch das Sandwich *mixto* angerührt hatte.

»Iss ein wenig«, ermunterte ihn Humberto. »Du siehst nicht gut aus. Der Krach mit Alicia hat dir mehr zugesetzt, als du wahrhaben willst.«

»Das ist es nicht«, behauptete Daniel. »Ich habe einfach keinen Hunger.«

»Und der Mord hat dich sicher auch nicht unberührt gelassen. Hast du den Kopf gesehen?«

»Sei still, erinnere mich nicht daran. Das ist alles sehr, sehr eigenartig, muss ich sagen. Es kommt nicht besonders häufig vor, dass jemand einen Musiker umlegt.«

»Und was ist mit John Lennon?«, warf Cristina ein.

»Er ist der Einzige. Oder weißt du noch einen?«

»Mir fällt gerade keiner ein«, gab sie zu.

»Ich erinnere mich nur an einen weiteren Fall in der Geschichte: Alessandro Stradella, ein Komponist aus dem 17. Jahrhundert. Er hatte dem Edelmann, in dessen Diensten er stand, die Geliebte ausgespannt. Sein Herr schickte ihm zwei Totschläger, die ihn mit Dolchstichen niedermetzelten. Wir Musiker neigen eher zum Selbstmord: David Munrow, Kurt Cobain, Tschaikowsky ...«

»Tschaikowsky?«, riefen Humberto und Cristina wie aus einem Mund.

»Er hat es zumindest versucht. Genau wie Schumann: Den musste man auch mal aus einem Fluss ziehen. Ich frage mich, ob in Thomas' Fall ...«

Daniel konnte den Satz jedoch nicht zu Ende bringen, denn im selben Moment klingelte sein neues Handy, das er sich nach der unseligen Begegnung mit der Zigeunerin gekauft hatte. Das Display zeigte ›Unbekannt‹ an.

»Geh schon dran«, sagte Cristina. »Vielleicht ist es Alicia, die Frieden schließen will.«

»Nein, sie unterdrückt ihre Nummer bei mir nie.«

»Vielleicht das Gericht?«, schlug Humberto vor.

Daniel meldete sich, und eine Sekretärinnenstimme fragte: »Spreche ich mit Daniel Paniagua?«

»Ja. Wer ist dort, bitte?«

»Don Jesús Marañón würde gerne einen persönlichen Gesprächstermin mit Ihnen vereinbaren. Ist Ihnen morgen elf Uhr recht?«

22

Subinspector Aguilar betrat Mateos' Büro mit einem so freudestrahlenden Gesicht, als hätte er gerade im Lotto gewonnen. Dies war sein Trick, wenn er dem Chef schlechte Nachrichten überbringen musste: Er täuschte ausgezeichnete Laune vor. Da sie nun aber schon zwei Jahre als Team zusammenarbeiteten, kannte Inspector Mateos die psychologischen Kniffe seines Untergebenen und wusste, dass der Tag nicht gut anfangen würde.

»Die Telefonüberwachung ist uns nicht genehmigt worden, oder?«, fragte der Inspector, ohne auch nur guten Morgen zu sagen.

Aguilar gab sich überrascht. Doch in Wahrheit wusste er, dass ihn sein Lottogewinner-Gesicht verraten hatte.

»So ist es, Chef. Die Richterin sagt, sie könne keine Maßnahme anordnen, die gegen das Grundgesetz ist. Es sei denn – ich zitiere –, ›dass eine durch den Stand der Ermittlungen ausreichend begründete Wahrscheinlichkeit besteht, dass kriminelles Verhalten zum jetzigen Zeitpunkt vermutet wird oder seine Ausübung unmittelbar bevorsteht‹.«

»Also gut«, fügte sich Mateos in sein Schicksal. »Zähne zusammenbeißen und drauf scheißen.«

»Die Richterin will, dass wir begründen, weshalb wir die aufgeführten Telefone abhören wollen. Insbesondere das von Marañón.«

»Und ich brauche die Ergebnisse der Telefonüberwachung, um herauszufinden, wer verdammt noch mal ein Interesse daran gehabt haben könnte, diesen Musiker umzulegen. Wir drehen uns also im Kreis: Ich bekomme keine Genehmigung zur Überwachung, weil ich keinen eindeutigen Verdächtigen habe, und ich habe keinen Verdächtigen, weil ich keine Telefonüberwachung machen darf. Verfluchter Bürgerrechtsfanatismus in diesem Land!«

»Ich habe ziemlich viel über Thomas' Testament herausgefunden.«

»Das sagst du mir jetzt? Aber warte, etwas viel Wichtigeres musst du mir vorher noch erklären: Woher kannst du Französisch?«

»Fragst du wegen der Sache mit Thomas' Tochter? Das waren doch nur ein, zwei Wörter, nichts weiter, Chef.«

»Das stimmt nicht, sogar deine Aussprache war gut. Wo hast du das gelernt? Den Kurs mache ich auch.«

»Ich habe bis zu meinem zehnten Lebensjahr in Tunis gelebt. Mein Vater war Chauffeur für die spanische Botschaft.«

»Deswegen bist du so braun. Tunis also, ja? Und warum hast du nie was davon gesagt?«

»Chef, wenn du willst, kann ich dir gern zur Abwechslung mal mein Leben erzählen. Also, nachdem wir nach Tunis geschickt wurden …«

»Ein andermal. Was ist nun mit Thomas' Testament? Wissen wir schon, ob die Tochter begünstigt ist?«

»Das Testament befindet sich in Neuseeland. Man müsste die Richterin bitten, ein Rechtshilfeersuchen zu stellen, damit man uns von dort eine beglaubigte Kopie schickt.«

»Phantastisch. Das dauert mindestens drei Monate. Hast du sonst noch etwas über die Tochter herausgefunden?«

»Luciani ist der Nachname ihrer Mutter, einer Korsin. In Korsika sind fast alle Nachnamen italienisch: Casanova, Agostini, Colonna. Die Mutter hat sich direkt nach Sophies Geburt von Thomas getrennt. Sophie ist dreiunddreißig Jahre alt. Sieht man ihr überhaupt nicht an – diese Haare, diese Haut!«

»Deine erotischen Schwärmereien kannst du dir sparen. Was führt sie nach Spanien?«

»Das Konzert ihres Vaters. Sonst lebt sie in Ajaccio, auf Korsika.«

»Was macht sie beruflich?«

»Sie leitet ein Zentrum für Musiktherapie.«

»Hat sie ein Alibi?«

»Ja. Der Portier hat mir gesagt, er habe ihr den Zimmerschlüssel gegen halb zwölf ausgehändigt. Außerdem habe ich mit ihren Freunden, diesen Bonapartes, gesprochen. Sie haben bestätigt, dass Sophie Luciani bis drei Uhr morgens bei ihnen war.«

»Bis drei Uhr? Und was haben sie so lange gemacht?«

»Geplaudert, nehme ich an.«

»Wie praktisch. In der Presse wird veröffentlicht, dass Thomas zwischen zwei und drei Uhr gestorben ist, und schon haben drei Leute ein Alibi für genau diese Zeit.«

»Chef, verdächtigst du etwa die Tochter? Du hast doch gesehen, wie sie zusammengebrochen ist, als sie ihren Vater gesehen hat. Und …« Aguilar schwankte einen Augenblick und zog es dann vor, den Satz unvollendet stehenzulassen, aus Furcht vor der Reaktion seines Chefs.

»Und was?«

»Nichts, eine blöde Idee.«

»In polizeilichen Ermittlungen kann der größte Blödsinn von Nutzen sein. Beende den verdammten Satz.«

»Ich wollte nur sagen, ich glaube, dass Schönheit und Güte oft Hand in Hand gehen.«

»Was willst du damit andeuten? Weil sie eine scharfe Braut ist, kann sie es nicht gewesen sein? Das ist derartig dämlich, da lohnt sich nicht einmal die Mühe, zu widersprechen!«

»Ich habe ja gesagt, eine blöde Idee. Aber du hast darauf bestanden …«

»Nächstes Mal hältst du die Klappe, selbst wenn ich dich auf Knien anflehe. Sonst noch was?«

»Erinnerst du dich daran, dass Sophie uns im Labor gesagt hat, ihr Begleiter bei dem Konzert sei ein Freund ihres Vaters gewesen, ein gewisser Delorme?«

»Ja. Hast du mit ihm gesprochen?«

»Ich treffe ihn später im Hotel. Er wohnt ebenfalls im Palace. Sein Name ist Olivier Delorme, und er ist nicht *ein* Freund von Thomas gewesen, sondern *der* Freund.«

»Mach keine Witze. Thomas war schwul? Woher weißt du das denn?«

»Von den Bonapartes. Die Delorme übrigens nicht einmal von weitem sehen wollen. Das nennt man wohl Homophobie, soweit ich weiß. Sie haben mir gesagt, Thomas' sexuelle Orientierung habe sich nach der Scheidung von seiner Frau, Sophies Mutter, gründlich geändert.«

»Und wieso hat uns Sophie verschwiegen, dass Delorme und ihr Vater ein Paar waren?«

»Vielleicht schämt sie sich, einen homosexuellen Vater gehabt zu haben. Oder sie wusste gar nicht so genau, was zwischen den beiden lief.«

»Oder sie deckt ihn, Aguilar. Schönheit und Güte gehen nicht nur nicht Hand in Hand, sehr oft kleidet sich das Böse auch in das Gewand der Schönheit, um seine Opfer

gefügig zu machen. Denk nur an die Sirenen in der *Odyssee* und ihre wunderbaren Gesänge, die einzig und allein dazu dienten, die Seefahrer anzulocken, damit sie an den Klippen zerschellten.«
»Apropos wunderbare Gesänge, Chef. Das erinnert mich an das einzige Klassikkonzert, in dem ich war. Ein Liederabend. Da gab es richtig Stunk: ›Scht‹-Sager gegen ›Pst‹-Macher. Die hätten sich beinahe umgebracht.«
»Wovon redest du?«
»Als die Sängerin anfangen wollte, gab es immer noch welche, die redeten. Da fing ein allgemeines Gezische an, womit wohl absolute Stille erreicht werden sollte, damit das Konzert beginnen konnte. Doch die ›Scht‹-Sager wurden ihrerseits ausgezischt von anderen, die fanden, es sei schon längst still genug im Saal, und die nun durch ihr ›Pst‹ die Zischer zum Schweigen bringen wollten. Und diese ›Pst‹-Macher gewannen immer mehr Anhänger, so dass die ›Scht‹-Sager sich moralisch im Recht fühlten, ihr Gezische wieder aufzunehmen, diesmal in der Absicht, die ›Pst‹-Macher niederzukämpfen.«
Mateos verdrehte die Augen. »Und auf welcher Seite warst du?«
»Ich war bei der schweigenden dritten Gruppe, den ›Scht-Pst‹-Verweigerern. Die Welt der klassischen Musik ist ganz schön abgedreht.«
Aguilar konzentrierte sich nun wieder aufs Wesentliche und zog ein Passfoto aus der Tasche, das er Mateos vor die Nase hielt. »Wer ist das? Meister Proper?«
»Das ist Delorme, Chef. Sieht ganz schön finster aus, nicht wahr?«
»Auf Passfotos sieht jeder finster aus.«
»Nach der Beschreibung der Bonapartes ist er fast zwei

Meter groß und breit wie ein Schrank. Ich erwähne das nur, weil er bisher der einzige Mensch in diesem Fall ist, der genügend physische Kraft hätte, einen Typen wie Thomas festzuhalten, ihn unter eine Guillotine zu klemmen und ihm den Kopf abzutrennen.«

»Wir tappen doch völlig im Dunkeln, Aguilar. Die eine kann es nicht gewesen sein, weil sie gut aussieht. Der andere ist verdächtig, weil er kräftig ist. Was spielen wir hier? Cluedo? ›Es war der Direktor Grün mit der Axt in der Bibliothek.‹ Und weißt du, weshalb wir nicht weiterkommen? Weil wir das Motiv nicht kennen. Wir wissen nicht, warum dieser Musiker umgebracht wurde. Wenn wir das wüssten, könnten wir vielleicht, aber auch nur vielleicht, darauf kommen, wer es getan hat.«

»Soll ich Delorme nicht vernehmen?«

»Doch, aber achte nicht nur auf das Alibi. Alibis kann man fälschen. Oder man beauftragt jemanden, die Sache zu erledigen. Das Motiv ist der Schlüssel. Konzentrier dich darauf. Finde heraus, ob dieser Glatzkopf einen Grund hatte, seinen Geliebten umzubringen.«

»Wäre es nicht besser, du würdest mitkommen? Vier Augen sehen mehr als zwei.«

»Keine Zeit, ich muss zum Gericht. Was haben die Kryptographen zu dem Tattoo gesagt?«

»Offenbar war die Richterin mit Pontones, dem Gerichtsmediziner, und einem jungen Musikwissenschaftler im Labor. Dieser soll erkannt haben, dass die Noten auf dem Kopf aus dem *Kaiserkonzert* von Beethoven stammen.«

»Wundervoll. Und wann gedachte sie, uns das mitzuteilen?«

»Ich weiß es nicht, Chef. Aber immerhin haben wir schon etwas.«

»Was wir hier haben, sind parallele Ermittlungen. Die Richterin stellt auf eigene Faust Nachforschungen an, weil sie uns vom Morddezernat für einen unfähigen Haufen hält.«

»Wir haben letztes Jahr einen groben Fehler begangen, als uns dieser Kolumbianer durch die Lappen gegangen ist, und das hat sie uns noch nicht verziehen. Sie ist eben sehr nachtragend.«

»Ich möchte mit diesem Musikwissenschaftler reden. Wie heißt er?«

»Daniel Paniagua.«

»Bestell ihn aufs Dezernat. Oder nein, warte, machen wir es ein bisschen zuvorkommender. Sag mir, wo ich ihn finden kann, und dann such ich ihn auf.«

»Da ist noch etwas. In diesem Dossier über Marañón, das du mir gegeben hast, steht, dass er einer Freimaurerloge angehört.«

»Ja, und?«

»Nun, ich habe den Text des Freimaurergelöbnisses im Internet gefunden. Eine der Strafen für Verräter ist, ihnen den Kopf abzuschlagen.«

23

Wenn er aufgeregt war, bekam Daniel immer Fressattacken. Nachdem er das Treffen mit Marañón in dessen Haus für den nächsten Tag vereinbart hatte, verschlang er unter Humbertos und Cristinas ungläubigen Blicken das Frühstück, das er fünf Minuten zuvor nicht einmal hatte probieren wollen. Daniels Freunde, die immer mehr begriffen, wie tief er in den Fall Thomas verwickelt war, empfahlen ihm noch einmal nachdrücklich, sein Privatleben nicht zu vernachlässigen:

»Vertrag dich, so schnell du kannst, mit Alicia, und vergiss vor allem nicht, dass unsere Hochzeit schon bald ist. Wenn du nicht kommst, kündigen wir beide dir die Freundschaft, darauf kannst du dich verlassen. Außerdem schneide ich dir persönlich die Eier ab.«

Auf dem Weg zum Institut schwirrten Daniel immer noch die beiden Fragen im Kopf herum, die zwei verschiedenen Welten anzugehören schienen: Würde seine Freundin die Schwangerschaft womöglich abbrechen, ohne vorher noch einmal mit ihm darüber zu reden? Und: Weshalb sollte ein so mächtiger, einflussreicher Mann wie Marañón ihn sprechen wollen?

Auf Wunsch der Studenten, die von dem Thema ganz begeistert waren, würde es in der ersten Seminarstunde wieder darum gehen, in welcher Weise Komponisten im

Laufe der Geschichte Noten als Buchstaben verwendet hatten.
»Es waren nicht immer Widmungen für eine Frau, wie bei Schumann«, erläuterte Daniel. »Einige Musiker haben die Noten als eine Art Unterschrift benutzt. Das bekannteste Beispiel dafür ist Bach.«
Daniel schrieb die vier Noten, die den Namen des deutschen Komponisten bildeten, an die Spezialtafel mit Notenlinien.
»Und wie klingt das?«, fragte María Gil. Diese Studentin brachte Daniel manchmal dadurch in Bedrängnis, dass sie ungeniert vor dem ganzen Seminar mit ihm flirtete.
»Möchte das jemand vorsingen?«
Als Antwort erntete er das einmütige Schweigen aller fünfzehn Studenten.
»Ich weiß, dass es hier einige gibt, die neben Musikwissenschaft auch Gesang studieren«, sagte Daniel, ging ans Fenster und schaute kurz in den Himmel, als würde er die Wetterlage erforschen. »Es wäre wirklich eine Schande, wenn ich das Motiv singen müsste, wo doch heute ein so schöner Tag ist und wir hier ein paar erstklassige Sänger haben.«
Endlich fühlte sich ein Student angesprochen und sang mit einer glänzenden Baritonstimme die vier Noten des Bach-Motivs. Alle applaudierten, als habe er eine Arie aus der *Matthäuspassion* zum Besten gegeben.
Dann fuhr Daniel fort: »Bach verwendete die seinem Namen entsprechenden Noten in zahlreichen Kompositionen als geheime Unterschrift. Doch die Übereinstimmung zwischen Noten und Buchstaben taugt nur für kurze, sehr einfache Nachrichten, denn die Musiker haben ja nur die ersten Buchstaben des Alphabets zur Verfügung. Der Un-

gar Béla Bartók unterzeichnete zum Beispiel mit seinen Initialen musikalisch eine Partitur. Und dann gibt es Spaßvögel wie den Iren John Field, der im 19. Jahrhundert gelebt hat und einem Gastgeber mit einigen Liedern für ein üppiges Mahl dankte, die auf den Noten B E E F und C A B B A G E S basierten – Rindfleisch und Kohl.«

»Ich hasse englisches Essen«, ließ María verlauten.

»Auch Hass kann man über Noten ausdrücken«, griff Daniel ihren Einwurf auf. »Edward Elgar, der Komponist von *Pomp and Circumstance,* rächte sich an einigen Musikkritikern, die unbarmherzig auf ihn eingeprügelt hatten, indem er deren Initialen in den Chor der Teufel seines Oratoriums *The Dream of Gerontius* einarbeitete.«

Daniel unterbrach sich kurz, damit die respektvoll lauschenden Studenten die Namen und Fakten aufnehmen konnten, und fuhr dann fort: »Da euch offensichtlich die Verbindung zwischen Musik und Nachrichtenverschlüsselung interessiert, kommen wir nun zu Alberti. Wisst ihr, wer das war?«

»Der mit *Der verlorene Hain* und *Matrose auf Landgang?*«, fragte María.

»Vielen Dank, María, aber ich spreche nicht von Rafael Alberti, dem Dichter aus Cádiz, sondern von Leon Battista Alberti. Habt ihr noch nie von ihm gehört? Alberti ist eine Schlüsselfigur, wenn es um die Beziehung zwischen Musik und Kryptographie geht. Sein Leben wurde von Giorgio Vasari in dessen *Vite* beschrieben. Vergesst Leonardo da Vinci und seinen berühmten, Literatur gewordenen Code. Alberti ist weit weniger bekannt als Leonardo, doch er vereinte noch mehr Fähigkeiten und Talente in sich als sein Landsmann: Er war Maler, Dichter, Linguist, Philosoph, Kryptograph, Architekt und, für uns am interessantesten, Musiker. Mitte des 15. Jahrhunderts erfand er eine Scheibe«, Daniel zeichnete sie, so gut er konnte, an die Tafel, »die als Alberti-Scheibe bekannt wurde. Das sind zwei konzentrische Räder, die man nach Belieben drehen kann. Derjenige, der die Nachricht mittels dieses einfachen Ersetzungsverfahrens verschlüsselte, musste den Empfänger nur wissen lassen, in welcher Position die Scheiben sich befinden sollten, damit der den richtigen Text lesen konnte. Wenn ich jetzt in der Position, wie die Scheiben an der Tafel stehen, einem von euch irgendeine geheime Nachricht zukommen lassen wollte, wie zum Beispiel …«

»Ort und Zeit eines Dates«, sagte María schnell.

»In Ordnung. Als Ort sagen wir mal …«

»Hontanares. Ich meine das Café«, schlug María vor.

»Gut. Und die Uhrzeit …«

»Vierzehn Uhr«, sagte sie, und Daniel wurde rot. Er schrieb die Zeichen nach ihrem Vorschlag an die Tafel, chiffriert mit Hilfe der Alberti-Scheibe.

»Aber der Alberti-Code ist ein Buchstabencode«, wandte der Bariton, der eben gesungen hatte, ein. »Was hat das mit verschlüsselten Nachrichten in der Musik zu tun?«

»Um komplexe Nachrichten als Musikstück zu verschlüsseln, könnte man eine spezielle Alberti-Scheibe anfertigen – das ist leicht, man braucht nur zwei Kreise aus Pappe –, bei der die Kästchen in dem kleineren Rad Noten sind. Vielleicht bastle ich selbst heute so eine – ich habe nämlich ein kleines Rätsel zu lösen.«

24

Zur selben Zeit sprach in Wien Jake Malinak, dessen rechte Seite von seinem Sturz auf den Holzfußboden noch erheblich schmerzte, in Otto Werners Büro mit einem Kriminalbeamten der österreichischen Bundespolizei. Doktor Werner selbst war ebenfalls anwesend.
Auf seinem Schreibtisch lag ein Brief, der, Farbe und Beschaffenheit des Papiers nach zu urteilen, mindestens zweihundert Jahre alt sein musste.
Der Text lautete:

Es erscheint mir rathsam,
dass wir uns noch einige Zeit nicht sehen.
In Sehnsucht
Dein Ludwig

»Der Brief wurde im Polizeilabor gründlich untersucht, er ist echt. Die Unterschrift stimmt mit der Ludwig van Beethovens überein«, sagte der Kriminalbeamte.
»Man könnte sagen, dein Sturz war ein echter Glücksfall, Jake«, meinte Doktor Werner. »Du bist über nichts Geringeres gestolpert als einen Brief Beethovens an eine seiner Geliebten!«
»Wie und wo genau haben Sie den Brief gefunden, Herr Malinak?«

»Ich hatte mit Herrn Werner über berufliche Dinge geredet. Nach dem Gespräch stand ich auf und ging Richtung Tür. Dabei stieß ich gegen ein Dielenbrett, dessen Nägel anscheinend gelockert waren, denn ich konnte es ohne Mühe vom Boden lösen.«
Doktor Werner zeigte dem Polizisten die genaue Stelle, auf die sich der blinde Touristenführer bezog, und der Mann kniete sich hin, um den Boden zu inspizieren.
»Als ich mit der Hand unter die Dielen fuhr, um herauszufinden, wie tief der Hohlraum war, fand ich zwischen den Balken, auf denen die Dielen ruhen, diesen Brief.«
»Dieser Fußboden muss vom Beginn des 19. Jahrhunderts sein. Das Gebäude ist noch älter, von 1735«, ergänzte Doktor Werner.
»Wie ich sehe, ist das Dielenbrett immer noch locker«, antwortete der Polizist, löste es vollständig vom Boden und lehnte es an die Wand.
»Wir haben nichts verändert, für den Fall, dass die Polizei einen Blick daraufwerfen will.«
Mit einer Taschenlampe, die er aus seinem Jackett gezogen hatte, untersuchte der Polizist einige Zeit schweigend die Hohlräume zwischen den Stützbalken.
Schließlich sagte er: »Zwei Dinge, Herr Werner. Das erste ist, dass diese Diele absichtlich und erst vor kurzem gelöst wurde. Sehen Sie diese Spuren? Sie müssen entstanden sein, als man eine Zange gegen das Holz gestemmt hat, um die Nägel zu lösen.«
»Ja, sie sind deutlich zu erkennen.«
»Haben Sie irgendeine Vermutung, wer das getan haben könnte?«
»Nein. Aber es würde mich sehr wundern, wenn es jemand von der Schule war.«

»Ist es leicht, Zutritt zu diesen Räumen zu bekommen?«
»Sehr leicht. Da hier auch mein Büro ist, steht die Tür tagsüber immer offen, weil ich ständig hinein- und hinausgehe.«
»Und nachts?«
»Schließe ich sie immer von innen ab.«
»Dann ist also derjenige, der das Brett gelöst hat, höchstwahrscheinlich während der Öffnungszeiten hier hereingekommen. Die Vorführungen finden doch immer nachmittags statt?«
»Ja, aber vormittags können die Touristen beim Training zuschauen und an einer kurzen Führung durch die Schule teilnehmen.«
»Gehen die Führungen denn auch durch die Veterinärsräume?«
»Nein«, antwortete Malinak. »Aber mir fällt gerade ein, dass mich vor einiger Zeit ein Mann aus einer Gruppe gefragt hat, wohin die Eingangstür zu den Büros hier führt.«
»Wissen Sie noch, wie er aussah?«
Erst als er die Frage ausgesprochen hatte, fiel ihm ein, dass er mit einem Blinden redete, und bat um Entschuldigung: »Es tut mir sehr leid, ein Reflex. Vermutlich haben Sie auch bemerkt, dass die Diele, über die Herr Malinak gestolpert ist, markiert ist. In einer Ecke befindet sich eine kleine Einkerbung, die ein B darstellen könnte. Sie ist wesentlich älter als die Zangenspuren.«
»Sie haben eben gesagt, Ihnen seien zwei Dinge aufgefallen. Was ist das zweite?«, fragte Doktor Werner. »Oder meinten Sie damit dieses B?«
»Nein, da ist noch etwas anderes. Wenn Sie einmal näher kommen und sich den Boden anschauen, auf dem die Bal-

ken liegen, sehen Sie dort einen rechteckigen Fleck von der Größe eines Schreibhefts, der heller ist als der Rest.«
»Was, glauben Sie, ist das?«
»Offenbar befand sich außer dem Brief noch ein weiterer Gegenstand unter den Dielen, der jedoch entwendet wurde.«

25

Als Daniel zu seinem mit Spannung erwarteten Treffen bei Marañón kam, öffnete ihm eine brasilianische Haushälterin die Tür. Sie führte ihn nicht, wie erwartet, in ein Empfangszimmer, sondern in den Fitnessraum, wo sich der exzentrische Millionär in Form hielt. Er begrüßte Daniel und trabte dabei weiter auf dem hochmodernen Laufband, das auf eine hohe Geschwindigkeit eingestellt war. Er musste eine ausgezeichnete Kondition haben, denn trotz der beträchtlichen körperlichen Anstrengung hatte er beim Sprechen kaum Atemprobleme.

»Hallo, Daniel. Tut mir leid, dass ich Sie im Fitnessraum empfange, aber heute Morgen hatte ich eine etwas langwierige Diskussion mit meiner Frau. Deswegen habe ich mein Sportprogramm nicht geschafft. Jetzt versuche ich, es nachzuholen. Wie fit sind Sie?«

»Immer wenn ich kann, gehe ich laufen.«

»Lassen Sie sich gratulieren. Wie ich gehört habe, haben Sie herausgefunden, aus welchem Stück die Noten sind, die Thomas sich in den Kopf tätowieren ließ: aus Beethovens *Kaiserkonzert.*«

»Das hat sich ja schnell herumgesprochen.«

»Ich erfahre oft, was geschehen wird, noch bevor es geschieht. Ich möchte mich mit Ihnen unterhalten – zum einen als Musikliebhaber, zum anderen, weil ich Mysteri-

en mag und mich daher die Lösung dieses Rätsels außerordentlich interessiert.«
Das Laufband, das so programmiert war, dass es nach der vorgesehenen Zeit automatisch anhielt, verlangsamte sich unter Marañóns Füßen. Er schwankte kurz, sein Körper musste sich erst wieder an den Ruhezustand gewöhnen. Dann trocknete er sich mit einem Handtuch den Schweiß aus dem Gesicht und gab Daniel auf eine ungewöhnliche Weise die Hand: Er drückte leicht mit dem Daumen auf das unterste Gelenk seines Zeigefingers.
Daniel sagte nichts, aber sein Blick fiel gleichzeitig auf einen Ring mit auffälligem Siegel, den der Millionär an dieser Hand trug.
Marañón bemerkte, dass der Ring Daniels Aufmerksamkeit geweckt hatte, und zog ihn sich vom Finger, damit er ihn aus der Nähe betrachten konnte. »Das ist das Wappen des alten Königreichs Schottland. Im Gegensatz zu Beethoven, über den wir hoffentlich gleich noch ausführlich sprechen, bin ich tatsächlich adeliger Herkunft. Meine Mutter ist eine Stuart. Sehen Sie den Sinnspruch unseres Clans? ›*Nemo me impune lacessit*‹, ›Niemand reizt mich ungestraft‹. Oder, was dasselbe ist: Wie du mir, so ich dir.«
»Wenn das so ist, hoffe ich, Sie nie zum Feind zu haben«, sagte Daniel und verbarg seine Unsicherheit hinter einem Lächeln.
»Ganz im Gegenteil – Sie und ich, wir werden noch richtig gute Freunde. Aber nun kommen Sie mit hinüber zu den Gewichten und erzählen Sie mir etwas über das *Kaiserkonzert*.«
»Mit Vergnügen«, antwortete Daniel. »Ich würde Sie allerdings auch gerne um einen Gefallen bitten.«

»Es gibt wenig, das ich für einen Freund nicht tun würde. Wie kann ich Ihnen helfen?«
»Könnten Sie mir eine Partitur oder eine Aufnahme des Konzerts zur Verfügung stellen, das Thomas hier vor seinem Tod gespielt hat?«
Marañón, der sich nach einem Paar Hanteln gebückt hatte, richtete sich unvermittelt auf und starrte Daniel an, als wollte er dessen Gedanken erraten.
»Aus beruflichem Interesse?«
»Wie meinen Sie das?«
»Durán hat mir erzählt, dass Sie an einer Abhandlung über Beethoven schreiben.«
Daniel war sich nicht sicher, ob er seine Vermutungen über das Konzert offen vor Marañón äußern sollte, daher wich er der Frage aus.
»Thomas' Rekonstruktion ist sehr interessant. Und natürlich sehr mutig, denn er hatte viel weniger Material zur Verfügung als seine Kollegen. Ich spreche von Leuten wie Deryck Cooke, der Mahlers Zehnte fertiggestellt hat, oder Wolfgang Graeser, der Bachs *Kunst der Fuge* bearbeitet hat. Nicht zu vergessen die hervorragende Arbeit von Glasunow, der Borodins Dritte vollendete.«
Marañón hörte ihm schweigend zu und absolvierte sein Training. Doch sein leicht hinterlistiger Gesichtsausdruck sagte Daniel, dass er die Katze noch nicht aus dem Sack gelassen hatte.
»Gleich können wir gerne über die Besonderheiten von Thomas' Werk sprechen«, sagte der Millionär, Spott in der Stimme. »Vorher beantworte ich Ihnen aber noch Ihre Frage: Nein, ich habe keine Partitur des Stücks, und da Thomas mich ausdrücklich gebeten hat, keine Aufnahme zu machen, kann ich auch damit nicht dienen.«

»Das ist schade«, bedauerte Daniel niedergeschlagen. »Also gut, was wollten Sie über das *Kaiserkonzert* wissen?«

Marañón schien die Frage nicht gehört zu haben.»Daniel, ich habe Thomas' Partitur nicht gesehen, aber ich kenne die fünfzig Fragmente von Beethoven, die er als Grundlage für die Rekonstruktion des ersten Satzes verwendet hat. Abgesehen davon, dass es keine Möglichkeit gibt, herauszufinden, ob sie alle für dieselbe Symphonie bestimmt waren, sind manche bloßes Gekritzel, nur karge Notenlinien, in die weder der Notenschlüssel noch die Tonart noch irgendein Rhythmus eingetragen sind.«

»Ich habe ja gesagt, dass mir Thomas' Arbeit eben aus diesem Grund großen Respekt einflößt.«

»Thomas' Arbeit ist eine Mogelpackung!«, widersprach Marañón heftig. »Ein mittelmäßiger Komponist wie er könnte nie mit nur einer Handvoll Entwürfe ein solch erhabenes Werk schaffen, wie wir es an jenem Abend gehört haben.«

Statt die Hanteln sanft auf dem Boden abzusetzen, ließ er sie krachend fallen, als ob ihn plötzlich eine gewaltige Wut gepackt hätte. Dann setzte er sich auf eine Hantelbank.

»Was Thomas an dem Tag gespielt hat, war das Original: der erste Satz von Beethovens zehnter Symphonie.«

»Hat er das offen zugegeben?«

»Natürlich nicht. Er hat bis zum Ende behauptet, der größte Teil der Musik sei allein sein Werk. Aber ich habe Nachforschungen angestellt über Thomas' kompositorische Fehlschläge. Das alles kann mit seinen Erfolgen als Musikwissenschaftler und Dirigent nicht mithalten. Und noch dazu lässt mich mein Gespür selten im Stich. Mein Bauchgefühl sagt mir ganz genauso: Diese Musik war durch und durch Beethovens. Ich gerate nicht so leicht ins Schwärmen, aber dieses Konzert war überwältigend. Es hat uns alle in seinen Bann geschlagen, nicht wahr?«

»Sie haben vollkommen recht. Und ich muss zugeben, dass ich zu demselben Schluss gekommen bin, was den Ursprung des Werks anbelangt.«

»Gerade haben Sie doch noch behauptet, es sei eine bemerkenswerte Rekonstruktion!«

»Das habe ich nur gesagt, weil ich nicht gewagt habe, meine Zweifel auszusprechen. Ich kann nichts beweisen. Um sicher zu sein, bräuchte ich die Partitur oder eine Aufnahme des Konzerts.«

»Wir sind hier *en petit comité,* mein Lieber. Was hat Sie zu der Annahme geführt, die Musik müsse von Beethoven sein?«

»Der große Leonard Bernstein sagte einmal über Beethovens Musik, was sie so außergewöhnlich mache, sei der Eindruck von ›Konsequenz‹. Er meint damit dieses Gefühl, dass auf eine musikalische Phrase nur eine ganz bestimmte andere folgen kann, und dass jede Dissonanz nur mit *einem* Akkord aufgelöst werden kann, nur einem einzigen. Beethoven hat seine Mittel immer sehr sparsam eingesetzt und war ständig damit beschäftigt, jede überflüssige Passage aus seinen Kompositionen zu streichen. Das ist es zweifellos, was der Hörer als ›Konsequenz‹ wahrnimmt – nämlich das Gefühl, dass jedes einzelne Element der Komposition unentbehrlich ist. Nun, und genau so verhält es sich mit dem Fragment aus der zehnten Symphonie.«

»Recht hat der Maestro Bernstein! Aber zurück zu Thomas und seiner Tätowierung. Anders als die Polizei glaube ich nicht, dass es eine Botschaft ist.«

»Sondern?«
»Meiner Meinung nach haben wir hier keinen Fall, wie ihn Herodot erzählt, in dem der tätowierte Sklave ein von Histiaios gesandter Bote war. Thomas hat zwar Herodots Idee übernommen, die Tätowierung unter seinem Haar zu verstecken, aber ich glaube, es handelt sich eher um eine Merkhilfe.«
»Eine Merkhilfe? Wofür?«
»Für die Stelle, an der sich das Manuskript der Zehnten befindet.«
»So eine Art Schatzkarte?«
»Ja, davon gehe ich aus. Sehr wahrscheinlich weisen diese Noten den Weg zu der Partitur. Thomas konnte sich den Luxus erlauben, die Karte mit sich zu führen, weil sie versteckt und verschlüsselt war.«
Marañón wagte sich weit vor, fand Daniel. »Sind das alles nicht einfach nur Vermutungen?«
»Sie haben gerade Bernstein zitiert. Erlauben Sie mir, einen anderen Musiker anzuführen, wenn er auch nur Amateur war: Sherlock Holmes spielte in seiner Freizeit Geige. Er pflegte zu Watson zu sagen: ›Wenn man das Unmögliche ausgeschlossen hat, muss alles, was übrigbleibt, und sei es auch noch so unwahrscheinlich, die Wahrheit sein.‹«
»Das stimmt, aber er hielt es auch für leichtfertig, Hypothesen ohne genügend Beweise aufzustellen!«
»Thomas war sehr zerstreut. Am Konzerttag hat er zum Beispiel seinen Taktstock vergessen. Und es ist naheliegend, dass man sich etwas Wichtiges, das man auf keinen Fall vergessen darf, notiert. Um die Notiz dann immer in Reichweite zu haben. Wissen Sie, wo ich die Kombination meines Tresors aufbewahre? In einem Buch aus meiner Bibliothek – wo sich auch der Tresor befindet!«

»So? Welches Buch ist es denn?«, fragte Daniel scherzhaft.
»Das weiß ich leider nicht mehr«, gab Marañón zurück. »Daran ist dieser Deutsche schuld.«
»Welcher Deutsche?«
»Na, Alzheimer.«
Marañón beendete sein Fitnesstraining und bat Daniel, ihn ein Stockwerk nach oben zu begleiten, wo er ihm einen Kaffee anbieten wollte. Zu dessen Erstaunen fuhren sie diese kurze Strecke mit einem hypermodernen Aufzug.
»Falls ich mir eines Tages auf dem Laufband den Fuß verstauche«, erklärte Marañón wie zur Entschuldigung.
Daniel sah auf die Uhr, und sein Gastgeber reagierte sofort.
»Wenn Sie zu tun haben, können wir uns an einem anderen Tag weiter unterhalten.«
»Nein, ich habe einen Kollegen gebeten, mich zu vertreten. Aber mein Seminar fängt gerade an, deshalb schaue ich wohl um diese Zeit reflexartig auf die Uhr.«
Sie gingen in einen kleinen, sehr behaglichen Salon. Dort sollte Daniel auf Marañón warten.
»Ich dusche eben, in drei Minuten bin ich wieder unten. Gisela bringt Ihnen zu trinken, was Sie wollen.«
Wie aus dem Nichts erschien die brasilianische Haushälterin, als ihr Name fiel, und fragte Daniel nach seinen Wünschen. Er wollte gerade um eine Cola light bitten, da klingelte sein Handy.
»Daniel? Ich bin es, Blanca. Ich weiß nicht, was du verbrochen hast, aber hier ist ein Herr von der Polizei, der mit dir sprechen will.«

26

An jenem Vormittag erschien Olivier Delorme nicht zu dem Treffen mit Subinspector Aguilar. Als der Polizist in das Hotel des Franzosen kam, übergab ihm der Portier eine Nachricht, Delorme habe wegen einer dringenden beruflichen Angelegenheit nach Paris reisen müssen, werde sich jedoch nach seiner Rückkehr am nächsten Tag mit ihm in Verbindung setzen.

Aguilar nutzte die Gelegenheit, noch einmal mit Sophie Luciani zu sprechen. Mittlerweile hatte sie zwar ihre völlige Zurückgezogenheit aufgegeben, verbrachte aber dennoch die meiste Zeit in ihrem Zimmer. Sie stand unter dem Einfluss starker Beruhigungsmittel. Angesichts ihres labilen Zustands beschloss der Subinspector, sie so wenig wie möglich zu belästigen. Er teilte ihr mit, dass nach einer richterlichen Entscheidung Thomas' sterbliche Überreste nicht seinem Wunsch gemäß verbrannt, sondern beerdigt würden – für den Fall, dass man sie erneut untersuchen müsste. Der Polizist zeigte ihr eine Abschrift der Notentätowierung auf Thomas' Hinterkopf. An dem Tag, als sie im Labor war, hatte man dies wegen ihres Nervenzusammenbruchs nicht angesprochen. Sophie Luciani versicherte, dass sie von der Existenz der Tätowierung nichts gewusst habe und ebenso wenig wisse, wie sie zu lesen sei.

Als der Polizist sich verabschiedet hatte, ging Sophie so-

fort hinauf zu den Bonapartes, um ihnen die Neuigkeit zu überbringen.
»Ich nehme an«, sagte der Prinz, nachdem er Sophies Bericht aufmerksam angehört hatte, »die Polizei hat dir nicht nur von den Noten erzählt, sondern dir auch eine Kopie dagelassen, falls dir doch noch ein Weg einfällt, sie zu entschlüsseln.«
Sophie öffnete ihre Handtasche, zog ein Blatt mit den Noten der Tätowierung heraus und reichte es ihm. Misstrauisch nahm er es entgegen, als wäre es ein belastendes Dokument. Er warf einen kurzen Blick darauf und sagte:
»Bedauerlicherweise haben Jeanne und ich keine Ahnung von Musik, so gerne wir sie auch hören. Ich würde mir aber daraufhin einmal diese Alberti-Scheibe näher anschauen, die du uns vor ein paar Tagen gezeigt hast.«
Sophie holte sie für den Prinzen aus ihrem Zimmer, und er untersuchte sie gründlich, drehte die beiden Scheiben in die eine und die andere Richtung und probierte, ob man sie auseinandernehmen konnte, ob darin irgendein Versteck war.
»Es scheint nicht so, als sei eine Feder darin«, schloss er letztendlich. »Hat dein Vater dir gesagt, ob er auch so eine Scheibe besaß?«
»Er besaß eine ganze Menge davon. Einige hatte er selbst angefertigt, andere von Sammlern oder Antiquitätenhändlern erworben. Ihr wisst doch, ihn faszinierte alles, was mit Codes und verschlüsselten Nachrichten zu tun hatte. Jahrelang hat er versucht, hinter das Geheimnis der *Enigma-Variationen* zu kommen.«
»Verzeih, Sophie, aber weder Jeanne noch ich wissen, worauf du dich beziehst.«
»Das ist eines der bekanntesten Werke des britischen

Komponisten Edward Elgar. Ihr wisst schon, der mit *Pomp and Circumstance*. Sie beruhen auf zwei Themen, von denen eines nie in der Partitur auftaucht: Es ist eine Art Geistermelodie. Bisher ist es noch niemandem gelungen, sie zu identifizieren. Mein Vater erzählte mir vor kurzem, er sei nahe dran – eine Entdeckung, die ihm Weltruhm eingebracht hätte.«

»Hast du einmal verschlüsselte Nachrichten mit deinem Vater ausgetauscht?«

»Nein, nie. Nur mit Olivier. Aus reinem Vergnügen. Ihr wisst ja, wie gerne er spielt. Aber das waren keine besonders spannenden Nachrichten.«

»Woher hatte er seine Alberti-Scheibe? Auch von deinem Vater?«

»Nein, Oliviers Scheibe habe ich selbst nach dem Modell von meiner angefertigt. Ich wollte jemanden haben, mit dem ich die Verschlüsselung ausprobieren konnte.«

»Was für Nachrichten waren das genau?«, wollte die Prinzessin wissen.

»Ach, es ging um Alltägliches. Das letzte Mal, dass ich ihm eine Nachricht geschickt habe, war am Abend des Konzerts, als ihr gesagt hattet, dass ihr nicht mitkommen würdet. Ich schrieb ihm einfach: ›Gehst du mit?‹«

»Und du findest es nicht merkwürdig, dass dein Vater dir eine Alberti-Scheibe schenkt, obwohl du überhaupt niemanden hast, mit dem du Nachrichten austauschen könntest?«, fragte der Prinz.

Sophie bat ihn, ihr die Scheibe zurückzugeben, und strich zärtlich mit dem Finger darüber. »Ich bin sicher, mein Vater hat sie mir nur geschenkt, weil sie so schön ist. Seht doch, wie reich das Holz verziert ist. Außerdem scheint sie sehr alt zu sein.«

»Mag schon sein, dass es so ist, wie du sagst«, gab Bonaparte zu. »Aber wenn man die Umstände dieses Todes und den tätowierten Code bedenkt, könnte man doch vermuten, dass er dir die Alberti-Chiffrierung gegeben hat, um dir eine Nachricht übermitteln zu können, wenn es nötig sein sollte.«

»Was willst du damit sagen?«

»Vielleicht ahnte dein Vater schon, dass er in Gefahr war, und sorgte rechtzeitig dafür, dass die Möglichkeit bestand, dir etwas sehr Wichtiges mitzuteilen, das nur du entziffern kannst.«

27

Inzwischen wartete Daniel bei Marañón darauf, dass Blanca, Duráns Sekretärin, den Inspector ans Telefon holte. Es dauerte einige Augenblicke, dann hörte er eine Stimme wie die eines Opernbasses:

»Señor Paniagua? Hier spricht Inspector Mateos vom Morddezernat VI. Leider kann ich Ihnen meine Dienstmarke nicht zeigen, aber ich habe mich bei Ihrer Sekretärin ausgewiesen.«

Im Hintergrund war Blancas Stimme zu vernehmen: »Er ist wirklich von der Polizei, du kannst ihm glauben!«

»Ich bin unangekündigt in Ihr Institut gekommen, weil ich davon ausging, Sie hier anzutreffen«, fuhr der Kriminalbeamte fort. »Señor Durán hatte mir gesagt, Sie wären die meiste Zeit des Tages im Büro zu finden.«

»Das ist auch richtig, aber heute hatte ich einen Termin. Wie kann ich Ihnen helfen?«

»Das würde ich gerne persönlich mit Ihnen besprechen. Wenn Sie nichts dagegen haben, komme ich heute Nachmittag um fünf noch einmal her, ist das in Ordnung?«

»Ja, selbstverständlich.«

Daniel hatte gerade aufgelegt, da hörte er Marañóns Schritte hinter sich. Als er sich umwandte, sah er, dass dieser nun ein sportliches weißes Polohemd und kurze blaue Hosen trug.

»Da bin ich wieder. Na, kommen Sie, stehen Sie nicht so herum, setzen Sie sich hier in den Sessel am Kamin.«
Daniel kam der Aufforderung seines Gastgebers brav nach.
Der allerdings blieb stehen, einen Ellbogen auf den Kaminsims gestützt, und zündete sich einen Zigarillo an, dessen Rauch Daniel widerlich süß entgegenschlug.
»Nun erzählen Sie mir von diesem *Kaiserkonzert*«, verlangte Marañón mit einem Lächeln, um seinen autoritären Ton abzuschwächen.
»Eigentlich wäre es kein Problem gewesen, die Noten zu erkennen, denn sie waren in derselben Tonart wie das Original.«
»Es-Dur, oder? Eine freimaurerische Tonart wegen der drei B.«
Marañón hatte recht. Die freimaurerischen Komponisten, allen voran Mozart, komponierten häufig in Tonarten mit drei Vorzeichen, wenn sie ihre Loge oder ein herausragendes Mitglied ehren wollten – mit der Drei als der magischen Zahl der Freimaurer.
»Es kann sehr gut sein, dass dies ein freimaurerisches Stück ist«, bestätigte Daniel, »aber sicher ist das nicht. Die Freimaurer und ähnliche Geheimbünde, wie zum Beispiel die Illuminaten, wurden in Europa Anfang des 19. Jahrhunderts ja verfolgt. Im Zuge dessen sind alle Dokumente zerstört worden, die Beethovens Mitgliedschaft hätten bestätigen können.«
Daniel verscheuchte mit der Hand den Rauch von Marañóns Zigarillo und kam zum entscheidenden Punkt:
»Bei den Noten auf Thomas' Kopf wurde der Rhythmus verändert, und man hat einige Pausen eingefügt, die es im Original nicht gibt. Als ob man die einzelnen Abschnitte

voneinander trennen wollte. Das hat mich am meisten verwirrt.«

»Was ist mit dem Namen des Konzerts? Wieso heißt es *Kaiserkonzert?*«

»Eigentlich heißt es Klavierkonzert Nr. 5 in Es-Dur, op. 73. Den Beinamen *Kaiserkonzert* hat ihm nicht Beethoven selbst gegeben. Anscheinend hat es nichts mit irgendeinem Kaiser zu tun, auch nicht mit Napoleon, dem Beethoven anfangs seine *Eroica* widmen wollte. Die meisten Historiker nehmen an, dass Johann Baptist Cramer der Urheber dieses Namens ist: ein deutscher Klaviervirtuose, den Beethoven für den größten Pianisten seiner Zeit hielt. Der Maestro muss großen Respekt vor diesem Mann gehabt haben, denn üblicherweise erlaubte er es nicht, dass sich irgendjemand in die Titelgebung seiner Werke einmischte.«

»Aber wieso *Kaiser?*«, fragte Marañón ungeduldig.

»Das ist nicht geklärt. Vielleicht verdankt es diesen Namen Erzherzog Rudolph, dem es gewidmet war. Der war der Sohn von Kaiser Leopold II. und der jüngere Bruder von Kaiser Franz I. Rudolph wurde 1820 Kardinal und protegierte Beethoven mit einem solchen Eifer, dass er ihm zum Dank vierzehn Kompositionen widmete …«

»Er gehörte sicherlich auch irgendeiner Loge an.«

»Ja, er protegierte ihn tatsächlich so, wie es die Freimaurer untereinander tun. 1809 erfuhr der Erzherzog, dass Beethoven kurz davor war, eine Stelle als Kapellmeister in Kassel anzunehmen. Das Angebot kam übrigens von Napoleons jüngerem Bruder Jérôme, der damals König von Westfalen war. Rudolph wollte um jeden Preis verhindern, dass der bewunderte Freund fortging. Mit Fürst Lobkowitz und Fürst Kinsky organisierte er eine Art Beethoven-Lobby. Zusammen sicherten sie ihm eine lebenslange

Leibrente von jährlich viertausend Gulden zu – gegen das Versprechen, dass er bis zu seinem Tod in Wien bleiben würde. Beethoven willigte ein, und der Erzherzog zahlte ihm das Geld, obwohl Kinsky 1812 vom Pferd stürzte und starb und Lobkowitz etwa zur gleichen Zeit bankrottging. Die Sympathie, die Rudolph Beethoven entgegenbrachte, hat sich übrigens nicht auf seinen Bruder, den Kaiser, übertragen. Von ihm heißt es, er habe der Musik im Allgemeinen, nicht nur der von Beethoven, misstraut, denn er glaubte, sie sei im tiefsten Innern immer aufrührerisch.«

»Sind Sie vollkommen sicher, dass das Konzert nichts mit Napoleon zu tun hat?«

»Das habe ich nicht gesagt. Beethoven arbeitete unter schwierigsten Bedingungen an diesem Konzert, nämlich während des Bombardements, mit dem Napoleons Truppen Wien 1809 überzogen. Er hat wohl zeitweilig im Keller seines Bruders Zuflucht gesucht, wo er den ganzen Tag mit einem Kissen auf dem Kopf komponierte, um den Kanonendonner zu dämpfen. Wien ergab sich kurz darauf Napoleons Truppen.«

Marañón schwieg lange, als müsse er die Informationen, die Daniel ihm gegeben hatte, erst verarbeiten. Dann warf er den Zigarillo in den Kamin und sagte:

»Ich will Thomas' Partitur finden, Daniel. Wenn Sie mich auf irgendeine Spur bringen, die mich zu ihr führt, zahle ich Ihnen eine Menge Geld dafür. Wie wäre es mit einer halben Million?«

Daniel blieb keine Zeit, auf dieses ungeheure Angebot zu reagieren, denn sie wurden von einem leichenblassen, sehr umsichtig wirkenden Menschen unterbrochen: dem Privatsekretär des Millionärs.

»Was gibt es, Jaime?«, fragte Marañón.
»Er ist gerade eingetroffen, Don Jesús, und wurde bereits unten aufgebaut.«
»Wunderbar. Ich hatte schon Angst, er wäre verschollen und im Lager irgendeines gottverlassenen Flughafens gelandet. Kommen Sie mit, Daniel. Dann sehen Sie, dass der Mensch nicht von Musik allein lebt.«

Sie stiegen über eine Außentreppe hinab in den geräumigen Keller der Villa. Unversehens fand sich Daniel inmitten einer Sammlung mittelalterlicher Folterinstrumente wieder. Er wusste nicht, wie die dort von dem Millionär ausgestellten Geräte hießen. Er kannte nur die Garrotte, weil sie aus Spanien kam und er sie in dem unvergesslichen Film *El Verdugo, Der Henker,* von Luis García Berlanga gesehen hatte. Marañón verlor keine Zeit damit, ihm die verschiedenen Ausstellungsstücke zu zeigen, die er im Laufe der Jahre gesammelt hatte, sondern ging geradewegs auf seinen Neuerwerb zu: einen Inquisitionsstuhl, für den er bei einer Auktion im italienischen San Gimignano am Telefon geboten hatte. Marañón betrachtete ihn verzückt, als wäre er ein Gemälde von Tizian. Er legte eine Hand auf die Rückenlehne und sagte:
»Wie gefällt er Ihnen?«
»Grauenhaft.«
»Furchterregend, würde ich sagen. Meine Frau findet schon den bloßen Gedanken daran, dass hier unten so ein Kabinett des Grauens lauert, abscheulich. Einmal hat sie mir sogar mit Scheidung gedroht. Sie wissen ja, wie die Frauen sind: Wenn sie einmal anfangen zu fremdeln, erscheint ihnen plötzlich alles abstoßend, was ihnen vorher als liebenswerte Schrulle galt.«

Marañón klopfte mit seinem Ring gegen die Rückenlehne des Inquisitionsstuhls.
»So etwas ist für mich eine Zeitmaschine à la H. G. Wells. Es genügt mir, so ein Ding anzuschauen, und schon vergesse ich, dass ich mich in unserer elenden Zeit befinde, und tauche ganz ins 18. Jahrhundert ein. Sie haben erwartet, ich würde Mittelalter sagen, nicht wahr? Etwas derart Primitives, Brutales verbinden wir automatisch mit einer Epoche des Aberglaubens und der Finsternis. Aber ob Sie es glauben oder nicht, solche Stühle wie diesen hier verwendete man in so aufgeklärten Ländern wie England und Deutschland noch bis zum Ende des 19. Jahrhunderts.«
Der Inquisitionsstuhl war ein großer Holzsitz mit Armlehnen und einer hohen Rückenlehne, der innen mit Tausenden von Nägeln gespickt war. Auf der Höhe der Schienbeine und Unterarme waren Metallfesseln angebracht, verbunden mit einem Schraubgewinde, mit dessen Hilfe man die Gliedmaßen des Beschuldigten so gegen die Metallspitzen pressen konnte, dass diese das Fleisch durchbohrten. In der ebenfalls mit einfachen Eisennägeln übersäten Sitzfläche waren einige Löcher, durch die man dem Opfer mit glühenden Kohlen schwere Verbrennungen zufügen konnte – so dosiert, dass es nicht das Bewusstsein verlor.
»Wie Sie sehen, sind die Nägel nicht besonders spitz, dennoch ist dieses gute Stück ein sehr effizientes Modell. Sie erlauben?«
Marañón schob Daniel beiseite und setzte sich zu dessen Überraschung auf das Folterinstrument. Er zeigte keinerlei Anzeichen von Schmerz oder Unbehagen. Er schob Arme und Beine in die Fesseln und sprach weiter, als ob er sich auf einen Barhocker gesetzt hätte.

»Es sind nicht so sehr die Nägel, die dem Beschuldigten die Schmerzen zufügen, als vielmehr die Aussicht, dass es stetig schlimmer wird. Das Wissen darum, dass die Qualen unendlich viel größer werden, je mehr die Arme und Beine gegen diesen Teppich aus Nägeln gequetscht werden, ist um einiges wirkungsvoller als die eigentliche physische Gewalt. Keine Folter ist grausamer als die der eigenen Vorstellungskraft. Dennoch würde mich interessieren, bis zu welchem Punkt man die Fesseln zusammenschrauben konnte. Wären Sie bitte so freundlich?«
Marañón, dessen Arme und Beine unter den Metallbügeln fixiert waren, deutete mit dem Kopf in Richtung des Gewindes, das sich an einer Seite des Stuhls befand. Als er sah, dass Daniel zögerte, lachte er auf.
»Kommen Sie schon, nur einmal drehen. Sie können mir unmöglich mit nur einer Umdrehung weh tun, sehen Sie doch, wie viel Platz hier ist.«
Daniel stellte fest, dass tatsächlich noch viel Raum zwischen Marañóns Gliedmaßen und dem Nagelteppich war, und beschloss widerstrebend, dem Millionär diese Grille nicht zu verweigern. Als er die Zwinge drehte, hallte das Kreischen des verrosteten Räderwerks von den Steinwänden wider wie die Scharniere eines uralten Verliesgitters.
»Noch etwas fester«, bat Marañón.
»Ich denke, das genügt. Außerdem muss ich mich jetzt auf den Weg machen. In einer halben Stunde fängt das nächste Seminar an.«
Marañón hatte den Kopf zurückgelehnt und genießerisch die Augen geschlossen, als würde ihn dieses Höllending in seinen Armen wiegen. Dann öffnete er plötzlich die Augen und sagte lächelnd: »Ich lasse Sie hinausbringen, warten Sie. Jaime!«

Der Sekretär folgte wie ein gehorsamer Hund und drehte an dem Gewinde, um Marañón zu befreien. Als dieser jedoch bemerkte, dass der Druck der Bügel nachließ, befahl er eisig: »In die andere Richtung.«
Sein Assistent zögerte einen Augenblick, doch dann fackelte er nicht lange und quetschte die Gliedmaßen des »Beschuldigten« ein. Jede Umdrehung des Räderwerks, das sichtbar rostig war, erzeugte ein unangenehmes metallisches Jaulen, als litte der Stuhl selbst Qualen, und nicht etwa der Insasse. Marañón hatte den Kopf wieder zurückgelegt. Sein Gesicht zeigte nicht die geringste Regung, weder Lust noch Schmerz. Dann kam der Moment, in dem der alte Mechanismus streikte und der Sekretär nicht weiterdrehen konnte. Marañón erklärte das Experiment für beendet und wandte sich Daniel zu. Eigentlich waren seine Worte an den Sekretär gerichtet, doch er ließ sich nicht dazu herab, ihn anzuschauen.
»Man muss den kompletten Mechanismus einmal einfetten. In Ordnung, Jaime, du kannst mich jetzt befreien.«
Nach drei Umdrehungen konnte Marañón Arme und Beine wieder bewegen. Nur Daniel bemerkte den Blutstropfen, der über die Armlehne lief und leise auf den Boden rann. Dort hinterließ er einen Fleck, dunkel wie die Stellen, an denen der Moder die Kellerwände anfraß.

28

Nachdem die Polizei weg war, verließ Otto Werner seine Büros in der Spanischen Hofreitschule, um sich ein Buch zu kaufen, das er gerade im Internet entdeckt hatte: *Beethovens Frauen*. Er wollte unbedingt wissen, wer sich, in der Absicht, irgendein geheimnisvolles Objekt zu stehlen, unerlaubt in seine Räume geschlichen hatte. Und natürlich, an welche der unzähligen Geliebten des Komponisten der Brief gerichtet war, der unter dem Dielenboden der Schule gelegen hatte. Ersteres war Aufgabe der Polizei, aber das Zweite konnte er möglicherweise selbst enträtseln, indem er alles über die Liebesbeziehungen, die Beethoven im Laufe seines Lebens gehabt hatte, herausfand.

Doktor Werner war kein Beethoven-Experte, doch wie Tausende weiterer Kinogänger kannte er die beiden in den letzten Jahren herausgekommenen Filme über die turbulenten Beziehungen des Genies zum anderen Geschlecht. *Ludwig van B. – Meine unsterbliche Geliebte*, in dem Gary Oldman den großen Musiker verkörpert, stellte die Hypothese auf, dass die Liebe seines Lebens seine Schwägerin gewesen sei. Die krankhaft wirkende Besessenheit, mit der Beethoven versucht hatte, die Vormundschaft über seinen Neffen zu erhalten, wurde im Film damit erklärt, dass dieser in Wahrheit der Sohn war, den Beethoven noch vor dem Tod seines Bruders mit dessen Frau gezeugt hatte. Die Mutter des Kindes wollte ihn jedoch von ihm fernhalten. Die Theorie war zwar nicht zu beweisen, doch zumindest erschien sie einigermaßen glaubwürdig. Denn auch wenn nicht belegt war, ob die beiden eine Liebesbeziehung führten oder nicht, wusste man doch, dass Beethoven tatsächlich eine sehr intensive Hassliebe mit seiner Schwägerin Johanna Reiss verband.

Der andere Film, *Copying Beethoven,* in dem Ed Harris den Komponisten spielt, ging sogar noch weiter: Dort wurde eine vollkommen fiktive Person in eine Phase von Beethovens Leben eingeführt, über die reichlich Information existiert, nämlich die Entstehungszeit der neunten Symphonie. In dem Film unterhielt eine gewisse Anna Holz, Kompositionsschülerin am Wiener Konservatorium, eine platonische Beziehung zu dem Komponisten und half ihm, Particell-Entwürfe oder Einzelstimmen für die verschiedenen Instrumente anzufertigen, damit die Musiker beim Konzert nicht die ganze Partitur auf den Notenständer stellen mussten.

Bevor Otto Werner das Buch kaufte, blätterte er noch durch einige andere, die ebenfalls bei den Musikbiographien standen und die mehr oder weniger dasselbe Thema zum Inhalt hatten. In *Das dunkle Geheimnis eines Genies* zum Beispiel schrieb der Autor über Beethovens Beziehungen zu Prostituierten und zu den Frauen seiner Freunde. Zwar habe die Anzahl der amourösen Beziehungen Beethovens gegen Ende seines Lebens rapide abgenommen, las Werner, seine Libido jedoch nicht – weder durch das Alter noch infolge seiner zahlreichen und häufigen Unpässlichkeiten, die ihn mitunter tagelang ans Bett fesselten. Seinem Freund und Schüler Ferdinand Ries empfahl er einmal vor einem geplanten Besuch bei ihm, gut auf seine Ehefrau aufzupassen, denn auch wenn ihn alle für einen alten Mann hielten, sei er doch in Wirklichkeit ein »alter Junge«. In seinen Konversationsheften – als die Taubheit sich rasant verschlimmerte, benutzte er sie, um sich anderen mitzuteilen – hatte Beethoven Einblicke in sein Privatleben gegeben, die wir niemals hätten, wäre sein Hörvermögen intakt gewesen.

»Wohin sind Sie heute beim Haarmarkt auf den Str… gegangen?«, wurde er zum Beispiel von einem Gesprächspartner gefragt. Und Beethoven antwortete in haarsträubendem Latein *»Culpam trans genitalium«* – »Fleisches Schuld«.

Doch er ging nicht nur zu den Wiener Dirnen. Um Beethoven ihre Reverenz zu erweisen, boten einige seiner Freunde ihm tatsächlich an, mit ihren Frauen zu schlafen. In der Beethoven-Biographie des Wissenschaftlers Maynard Solomon las Doktor Werner kopfschüttelnd, was Karl Peters, ein Freund Beethovens, ihm ins Konversationsheft geschrieben hatte: »Wollen Sie bey meiner Frau schlafen?« Und Solomon fügt hinzu: »Beethovens Antwort hat sich nicht erhalten, aber sie muss wohl positiv gewesen sein, denn Peters schrieb, er werde jetzt ›meine Frau abholen‹.«

Doktor Werner griff zu einer weiteren Biographie, *Das Sublimations-Genie,* in der es hieß, Beethoven sei als Jungfrau gestorben und all seine sexuelle Energie sei in die Musik geflossen. Kein Wunder, denn der Musiker sei unattraktiv gewesen – von kleiner Statur und mit einem von Pusteln übersäten Gesicht. Außerdem hatte er immerzu Wattepfropfen in den Ohren, vollgesogen mit einer gelben Flüssigkeit, und seine Haare fielen ihm als schwarze, zottelige Mähne ins Gesicht. In noch einem anderen Buch wurde behauptet, Beethoven sei homosexuell gewesen und verliebt in seinen Neffen …

Als Werner endlich zur Kasse ging, um das Buch über Beethovens Frauen zu bezahlen, sah er Jake Malinak in der Hörbuchabteilung stehen. Er ging auf ihn zu, und noch bevor er ihn ansprach, sah er, dass dieser dasselbe Buch in der Hand hielt wie er selbst, nur als CD.

»Otto«, rief Malinak, »bist du es?«

Dass der Blinde seine Anwesenheit bemerkt hatte, verblüffte den Veterinär wieder einmal.

»Ja, Jake, ich bin es. Woher weißt du das?«

»Du verbringst den ganzen Tag bei den Pferden, und ich habe einen ziemlich gut entwickelten Geruchssinn«, schmunzelte Malinak.

»Du wirst es nicht glauben, aber ich halte hier dasselbe Buch wie du in der Hand. Durch den Fund dieses Briefs haben wir beide wohl plötzlich unser Interesse an Beethoven entdeckt.«

»Wenn du auch wissen willst, wer die geheimnisvolle Frau war, der Beethovens Nachricht galt – ich kenne da jemanden, der uns eine große Hilfe sein kann.«

29

Als Daniel um Viertel vor fünf im Institut ankam, wurde er in seinem Büro schon von Inspector Mateos erwartet.

Der Polizist hatte sich auf den Schreibtischstuhl gesetzt und das Fenster einen Spaltbreit geöffnet, damit der Rauch seiner Zigarette abziehen konnte. Da er nirgendwo einen Aschenbecher gefunden hatte, benutzte er das Papier, das er aus der Schachtel herausgerissen hatte. Als Daniel hereinkam, stand er auf, nahm die Zigarette in die linke Hand und begrüßte ihn mit einem Händedruck, den Daniel noch mindestens fünf Minuten lang schmerzhaft spürte.

»Vielen Dank, dass Sie mich empfangen. Ich werde Ihnen so wenig Zeit rauben wie möglich.«

»Machen Sie sich darüber keine Gedanken«, sagte Daniel. Er war versucht, ihn darauf aufmerksam zu machen, dass Rauchen im ganzen Gebäude verboten war, tat es jedoch nicht und ärgerte sich über seine Feigheit.

»Können wir uns hier in Ruhe unterhalten?«

»Ja, natürlich. Dies ist mein Büro, hier wird uns niemand stören. Leider kann ich Ihnen gar nichts anbieten, nicht einmal einen Aschenbecher.«

»Kein Problem, ich mache sie schon aus.«

Inspector Mateos zog noch ein letztes Mal an der erst halb aufgerauchten Zigarette und warf sie dann aus dem Fenster, ohne sich darum zu kümmern, ob dort unten gerade jemand lief. Daniel war gezwungen, mit dem Besucherstuhl auf der anderen Seite des Schreibtischs vorliebzunehmen. Der Kriminalbeamte kam gleich zur Sache.

»Ich will offen zu Ihnen sein, Señor Paniagua. Zuständig für die in einem Ermittlungsverfahren notwendigen Untersuchungen zur Klärung der Umstände ist die Polizei. Wenn die Ermittlungen beendet sind, wird eine Dokumentation für das Gericht angefertigt. Doch wenn der Richter, aus welchem Grund auch immer, auf eigene Faust ermittelt – wozu er das Recht hat, weil er als Leiter des Verfahrens im Guten wie im Schlechten tun und lassen kann, was er will – und er es versäumt, der Polizei Informationen weiterzugeben, provoziert er damit ein Durcheinander, das die Ermittlungen nicht gerade vorantreibt.«

»Ich weiß nicht, worauf Sie hinauswollen.«

Der Kommissar nahm eine Visitenkarte aus der Innentasche seiner Jacke und reichte sie Daniel.

»Natürlich wissen Sie das. Hier haben Sie meine Telefonnummern. Von nun an informieren Sie mich bitte über jede weitere Entdeckung im Zusammenhang mit den tätowierten Noten auf Thomas' Kopf.«

Daniel nahm die Karte und legte sie auf den Schreibtisch.

»Ich habe der Richterin nur gesagt, dass die Noten der Tätowierung aus dem *Kaiserkonzert* stammen.«

»Das weiß ich, deshalb bin ich hier. Dies ist zurzeit die einzige Fährte, die uns zu dem Mörder führen könnte. Am Tatort gab es weder Fußabdrücke noch Haare noch Pflanzenfasern. Der Mörder muss die Methoden der Kriminaltechniker sehr gut kennen, denn ihm ist etwas äußerst Schwieriges gelungen: Er hat keine Spur hinterlassen.«

»Ich habe eine Vermutung, was das Tatmotiv angeht.«

Daniel erklärte Inspector Mateos die Theorie, die eigentlich von Marañón stammte, dass die Noten möglicherweise eine Art Karte darstellten, die zum Manuskript der Zehnten führte.

»Und sind Sie in den letzten Stunden zu einem Schluss gekommen, wie diese Noten zu entschlüsseln sind?«

»Nein, leider nicht.«

»Erzählen Sie mir von diesem *Kaiserkonzert*«, forderte ihn der Kommissar auf. »Ich bedaure es, so unwissend zu sein, aber ich muss zugeben, das Einzige, was ich von Beethoven kenne, ist die fünfte Symphonie. Und davon auch nur die ersten vier Noten: TA – TA – TA – TAAA.«

Der Inspector hatte das berühmteste musikalische Motiv der Geschichte kaum zu Ende gesungen, da kam Daniel eine plötzliche Erleuchtung – wie Archimedes, als er feststellte, dass das Badewasser aus seiner Wanne überlief.

»Die fünfte Symphonie! Wie konnte ich nur so blind sein?«

Der Inspector sah, dass Daniel gerade ein großes Licht aufging, doch er ahnte nicht im Geringsten, welche Bedeutung dies für den weiteren Verlauf der Ermittlungen haben würde.

»Habe ich etwas Nützliches gesagt?«

»Die Noten sind … ein Morsecode!«, rief Daniel im Brustton der Überzeugung. »Deshalb hat Thomas die Notenwerte verändert!«

»Entschuldigen Sie, aber Sie müssten mir das Ganze bitte einmal ganz geduldig vorkauen, schließlich bin ich Laie auf dem Gebiet. Was wollen Sie damit sagen – ein Morsecode?«

»Als Sie den Anfang der Fünften gesungen haben, ist mir in den Sinn gekommen, dass die Alliierten diese vier Noten im Zweiten Weltkrieg verwendet haben, um ihre Truppen anzuspornen. TA – TA – TA – TAAA, drei Achtel und eine Halbe, drei kurze und eine lange Note. Im Morsecode wären das drei Punkte und ein Strich, also der Buchstabe V – wie *victory*. Das ist eine sehr bekannte Episode aus der musikalischen Kriegsgeschichte. Sehen Sie die Ironie? Die Musik eines deutschen Komponisten, vom Führer bewundert, wird von der BBC als Erkennungsmelodie verwendet!«

»Haben Sie die Noten von Thomas' Kopf irgendwo schriftlich?«

Daniel zog einen zerknitterten Zettel aus der Tasche. Er legte ihn so auf den Tisch, dass der Inspector ihn richtig herum lesen konnte, und zeigte ihm mit dem Finger, wie die Noten gruppiert waren.

»Sehen Sie? Die Musik fließt nicht, wie in Beethovens Original, sondern wird immer wieder von diesen Pausenzeichen unterbrochen.«

»Meinen Sie diese senkrechten Zeichen, die aussehen wie Fähnchen?«

»Genau. Sie teilen die Noten in Gruppen. Mal sehen, was für Morsezeichen das sind, und dann können wir überprüfen, welchen Buchstaben sie entsprechen: 4 kurze, eine lange – 2 lange, 3 kurze – 2 kurze, 3 lange – 5 lange – eine kurze, 4 lange – 3 kurze, 2 lange – 2 kurze, 3 lange und 5 lange. Insgesamt acht Zeichen. Kennen Sie das Morsealphabet?«

»Wir mussten es lernen, um bei der Polizei aufgenommen zu werden, aber ich muss gestehen, dass nicht viel hängengeblieben ist.«

Daniel stand auf und ging um den Tisch herum, um an den PC zu kommen. Er wusste nicht, ob das Aftershave des

Inspectors billig oder teuer war, doch eins war sicher: Er hatte davon zu großzügigen Gebrauch gemacht …

»Wir sparen Zeit, wenn wir nicht darauf warten, dass Sie sich erinnern, sondern den Morsecode einfach googeln«, lächelte er tapfer.

Innerhalb weniger Sekunden hatten sie eine Seite mit dem Morsealphabet gefunden. Zu beider Überraschung entsprachen die Noten jedoch nicht Buchstaben, sondern Zahlen. Daniel übertrug die Werte der acht Notenblöcke der Tätowierung in den Morsecode, mit folgendem Ergebnis:

»Hm – ein Code mit acht Ziffern: 4 7 2 0 1 3 2 0.«.

»Und haben Sie eine Ahnung, was diese Zahlen bedeuten?«, fragte der Polizeibeamte verwirrt.

»Nicht die leiseste. Natürlich bin ich auch kein Mathematiker – vielleicht ist es ja eine bekannte Folge, wie die von Fibonacci.«

»Sie haben zu viele Krimis gelesen. Wahrscheinlich ist es etwas viel Gewöhnlicheres – eine Telefonnummer zum Beispiel.«

»Thomas war kein gewöhnlicher Mensch. Wir sollten daher keine Hypothese verwerfen. Vielleicht handelt es sich auch um Zahlenmystik … «

»So was interessiert mich nicht.«

»Na ja, zurzeit laufen im Fernsehen unzählige Sendungen über dieses Thema, und einige davon sind sehr gut gemacht. Vor einigen Tagen ging es zum Beispiel um die Zahl des Tieres, 666, aus der hebräischen Zahlenmystik.«

»Stimmt, den Anfang habe ich auch gesehen, aber dann fand ich es langweilig und habe umgeschaltet. Ich habe nur noch mitbekommen, dass 666 die Verschlüsselung von Nero ist, aber nicht mehr, weshalb.«

Daniel holte tief Luft und setzte bereits zu einer Erklärung an, als Inspector Mateos schnell einwarf: »Und wie kann man nun all das auf die Zahlenfolge anwenden, mit der wir es hier zu tun haben?«

»Nicht nur die alten Hebräer wandelten gerne Wörter in Zahlen um, auch Musiker tun dies häufig. Bach zum Beispiel kannte den symbolischen Wert bestimmter Zahlen genau, und er wusste, dass die Buchstaben seines Namens zusammengerechnet 14 ergaben: B = 2, A = 1, C = 3, H = 8.«

»Bitte fahren Sie fort. Jetzt kommen wir der Sache schon näher.«

»Für Bach wurde die Zahl 14 eine Art Unterschrift. Man sagt, als er das Angebot erhielt, in eine der angesehensten Musikgesellschaften von Leipzig einzutreten, habe er den Beitritt so lange hinausgezögert, bis sicher war, dass man ihm die Nummer 14 zuweisen würde. Auf dem Bild, das angefertigt wurde, um es in besagter Institution aufzuhängen, ist er mit einer Jacke mit 14 Knöpfen zu sehen.«

»Die Zahlen der Tätowierung sind 4 7 2 0 1 3 2 0. Welchen Buchstaben sind sie zuzuordnen?«

»Das kommt ganz darauf an, welchen Wert wir der Null geben. Wenn A = 1 ist, hat die Null keine Entsprechung, dann könnte sie meiner Meinung nach eine trennende Funktion haben oder die einer Leerstelle, wie die Pausen in der Musik. Dann hätten wir eine erste Gruppe von drei

Buchstaben, D H B, und eine zweite, ebenfalls mit dreien, A C B.«

»Sieht aus wie ein Autokennzeichen.« Inspector Mateos erhob sich, offensichtlich wollte er aufbrechen. »Sie erweisen sich als unschätzbare Hilfe, Señor Paniagua. Ich werde diese Zahlen unseren Kryptographen zukommen lassen, mal sehen, ob die etwas herausfinden. Und ich betone noch einmal, dass es, unabhängig von den Berichten, die das Gericht von Ihnen erbittet, für einen erfolgreichen Verlauf der Ermittlungen unerlässlich ist, dass jede nützliche Information in Verbindung mit diesem Fall gleichzeitig auch der Polizei mitgeteilt wird.«

»Hm. Wenn das so ist, interessiert es Sie vielleicht auch, dass Jesús Marañón eine Belohnung von einer halben Million für jegliche Information ausgesetzt hat, die ihn zu dem Manuskript der zehnten Symphonie führt.«

»Er strapaziert seinen Geldbeutel nicht über die Maßen, wenn man bedenkt, was diese Manuskripte wert sein können.«

»Sie sollten auch wissen, dass er mir, als ich heute Morgen bei ihm in der Villa war, eine grauenerregende Sammlung von Foltergeräten im Keller gezeigt hat.«

»Das Sammeln von sonderbaren Dingen gilt nicht als Verbrechen«, erwiderte Mateos mit einem rätselhaften Lächeln, als kenne er Marañóns Museum bereits.

»Wo wir gerade von seltsamen Dingen sprechen: Heute Morgen war ich allein bei ihm, und er hat mich mit einem merkwürdigen Händedruck begrüßt.«

»Wirklich?«, fragte der Inspector. »Sagen Sie bloß, er hat mit seinem Daumen Ihr unterstes Zeigefingergelenk gedrückt.«

»Woher wissen Sie das?«

»Das ist ein freimaurerischer Händedruck. Marañón wollte damit herausfinden, ob Sie zur Bruderschaft gehören.«
»Marañón ist Freimaurer?«
»Ja. Wir wissen allerdings nicht, welcher Loge er angehört. Vermutlich der Schottischen Großloge, da seine Mutter von den Stuarts abstammt.«
»Deshalb hat er so ein großes Interesse an der Zehnten!«, rief Daniel aus. »Es ist nicht nur ihr künstlerischer Wert. Er muss der Überzeugung sein, dass sie ein freimaurerisches Werk ist.«
»Wieso?«
»Die Noten, die auf Thomas' Kopf tätowiert sind, und die zehnte Symphonie haben eine Gemeinsamkeit: drei B als Vorzeichen. Möglicherweise betrachtet Marañón die zehnte Symphonie als Beethovens großes Vermächtnis an die Loge.«
»Tun Sie mir einen Gefallen, Señor Paniagua. Liefern Sie Jesús Marañón keine Informationen mehr. Sie bewegen sich auf sehr gefährlichem Terrain.«
»Glauben Sie, dass er mich für seine Loge gewinnen will?«
»Nein, so läuft das nicht. Die Freimaurer fordern nie jemanden auf, Mitglied ihrer Gesellschaft zu werden. Man muss selbst darum bitten. Außerdem ist es nicht so einfach, in eine Loge einzutreten. Doch noch schwieriger ist es, auszutreten, wenn man einmal drin ist.«
»Was ist der Sinn und Zweck dieses Ordens?«
»Theoretisch ist es eine philanthropische Gesellschaft. Angeblich geht es um die Suche nach Wahrheit, das Studium der Ethik und praktizierte Solidarität. Ihre Grundsätze, so behaupten sie, sind wechselseitige Toleranz, Respekt vor anderen und vor sich selbst und absolute Gewissensfreiheit. Aber Sie wissen ja – vom Wort zur Tat …«

»Was unterstellen Sie ihnen denn?«
»In einer jahrhundertealten Organisation mit so vielen internationalen Verzweigungen gab und gibt es, wie Sie sich vorstellen können, von allem etwas. Es ist Ihnen sicher bekannt, dass Freimaurer aus der italienischen Loge P2 Roberto Calvi umgebracht haben, den Direktor der Banco Ambrosiano. Und auch hier in unserem Land haben wir gefährliche Elemente.«
»Ach, ja? Wen denn zum Beispiel?«
Es genügte, dass Mateos den Namen eines berühmten Unternehmers nannte, der Mitglied einer spanischen Loge war, um Paniagua begreiflich zu machen, dass die Klärung des Falls außerordentlich schwierig werden würde, sollten die Freimaurer hinter dem Mord an Thomas stecken.

30

Zurück in Grenoble, hatte Alicia Ríos sich selbst eine Frist von zwei Wochen gesetzt, um über ihre Schwangerschaft zu entscheiden. Schon seit zwei Tagen hatte sie nichts von Daniel gehört. Doch sie war weit davon entfernt, sich zu ärgern, weil sie erst einmal ihre Gedanken ordnen und die Fassung zurückgewinnen musste, bevor sie wieder mit ihm sprach.

Sie war derart durcheinander, dass sie überlegte, ob sie sich Hilfe bei einem Therapeuten holen sollte. Doch am Ende beschloss sie, es würde genügen, wenn ihre Freundin Marie-Christine, die immer mehr zur Vertrauten wurde, ihr in dieser schwierigen Zeit zur Seite stand.

Während ihres kurzen Aufenthalts in Madrid hatte Alicia Daniel absichtlich verschwiegen, dass ihre Schweizer Freundin ein besonderes Porträt von ihr anfertigte, nämlich einen Ganzkörperakt. Das Bild sollte ein Geburtstagsgeschenk für Daniel werden.

Die Sitzungen fanden bei der Malerin zu Hause statt – in einer geräumigen Maisonettewohnung mit großen Fenstern im Obergeschoss, durch die das Licht hereinströmte. Bei diesen Sitzungen, die in unregelmäßigen Abständen stattfanden, da es für keine von beiden einen Grund zur Eile gab, unterhielten sie sich über Gott und die Welt. Nun allerdings ging es verständlicherweise nur noch um eines:

Sie redeten schon beinahe eine Stunde lang über Daniel, Opernhighlights im Hintergrund.
»Weißt du was?«, sagte Marie-Christine und mischte auf ihrer Palette die zwei Farben, mit denen sie die beeindruckende Lockenpracht ihrer Freundin wiedergeben wollte. «Normalerweise würde ich ein Bild wie dieses *alla prima* malen, aber ich unterhalte mich so gerne mit dir, dass ich beschlossen habe, es diesmal anders zu machen.«
»Alla prima?«, wiederholte Alicia und machte eine unwillkürliche Bewegung. Mit einem Handzeichen forderte ihre Freundin sie auf, wieder die ursprüngliche Haltung einzunehmen.
»Das ist die Technik von Landschaftsmalern. Van Gogh zum Beispiel malte ein Werk fast immer in einer einzigen Sitzung und mit vielen schnellen Pinselstrichen. Das Gemälde wirkt auf diese Weise inspirierter und spontaner, weil man den Pinsel zügig und ohne viel nachzudenken führen muss. Ich erziele damit auch bei Porträts weitaus bessere Resultate als mit sorgfältiger ausgearbeiteten Studiobildern. Außerdem ist es natürlich viel erträglicher für das Modell.«
»Mach dir darüber keine Sorgen. Es kommt mir sehr gelegen, dass ich bei diesen Sitzungen mein Herz ausschütten kann.«
Die beiden Freundinnen schwiegen einen Augenblick, um Maria Callas zuzuhören, wie sie die Cabaletta aus *La Traviata* sang:

Sempre libera degg'io
Folleggiar di gioia in gioia,
Vo' che scorra il viver mio
Pei sentieri del piacer.

Von Verdis Musik gewiegt, vermochte Alicia zum ersten Mal, seit sie zornig aus dem Restaurant in Madrid marschiert war, ohne Groll und voll Zärtlichkeit an Daniel zu denken. Sie erinnerte sich, wie er ihr an dem Abend ihres Kennenlernens erklärt hatte, weshalb die Cabalettas so genannt wurden: Im Gegensatz zur Arie wird der Sänger hier vom Orchester in einem Rhythmus begleitet, der dem Galopp eines Pferdes ähnelt.

Marie-Christines Stimme riss sie aus ihren Gedanken:

»Wenn ich du wäre, würde ich das Thema Kind folgendermaßen angehen: Gäbe es Daniel nicht – würdest du dich trotzdem für das Kind entscheiden?«

»Was willst du damit sagen?«, fragte Alicia erschrocken. »Daniel ist doch da, wir sind jetzt schon seit drei Jahren zusammen.«

»Ja, aber du solltest diese Möglichkeit mit einbeziehen – bitte nicht bewegen –, damit du nicht im Fall einer längeren Krise oder gar einer Trennung auf einmal in einem fremden Land und mit einem Kind dasitzt, das du vor allem bekommen hast, um deinen Freund zufriedenzustellen.«

»Jedenfalls werde ich die Schwangerschaft ganz sicher nicht abbrechen, ohne es Daniel vorher zu sagen.«

»Wirst du ihn anrufen?«

»Ich finde, jetzt ist er dran. Wenn er allerdings in einer Woche noch kein Lebenszeichen von sich gegeben hat, bleibt mir nichts anderes übrig, schließlich muss ich eine Entscheidung treffen.«

»Nimm das Haar ein wenig aus dem Gesicht, bitte. Glaubst du denn, dass er anruft?«

»Keine Ahnung. Als ich das letzte Mal mit ihm gesprochen habe, war er mit den Gedanken ganz woanders.«

»Wie läuft es mit seinem Buch über Beethoven?«
»Selbst dieses Buch, das ihn so beschäftigt hat, ist in den Hintergrund getreten. Ihn interessiert nur noch das Manuskript der zehnten Symphonie und die Lösung dieses musikalischen Rätsels im Fall Thomas.«
»Ah, ja, das habe ich in der Zeitung gelesen. Sie wissen immer noch nicht, wer es war, oder?«
Marie-Christine trat ein paar Schritte zurück, um ihr Werk im Ganzen zu betrachten. Dann legte sie plötzlich die Pinsel auf der Staffelei ab und reichte ihrer Freundin einen türkisen Kimono zum Überziehen.
»Ich kann nicht mehr, ich bin einfach nicht gemacht für solche durchgeplanten Bilder.«
»Kann ich es anschauen?«
»Vergiss es. Du wirst es ja bald sehen. Ich schätze, wir brauchen nur noch wenige Sitzungen. Nach Daniels Buch frage ich nur, weil ich heute im Internet etwas entdeckt habe, das ihn sicher interessieren wird.«
Als Marie-Christine Alicia den Artikel zeigte, den sie vor ein paar Stunden ausgedruckt hatte, wusste diese, dass sie, Krise hin oder her, ihrem Freund sofort eine E-Mail schreiben musste.

31

Alicia wollte nicht, dass Daniel wusste, wem er die Nachricht verdankte. Deshalb legte sie eine neue Adresse an, ludwig10@hotmail.com, und ließ ihm die Mail anonym zukommen. Dann recherchierte sie im Netz, wie man eine SMS versendet, ohne dass die eigene Nummer angezeigt wird, und informierte ihn, dass er eine Mail über Beethoven bekommen habe.

Daniel setzte sich sofort an den Computer und öffnete sein Mailprogramm. Er hatte einiges an Spam bekommen, und von seinem Kollegen Villafañe eine Programmdatei, die er nicht öffnete, da ihm dessen pseudowitzige Computeranwendungen ziemlich auf die Nerven gingen. Als Letztes fand er Alicias Mail im Posteingang. In der Betreffzeile stand:

Porträt eines lächelnden Beethoven entdeckt

Und in der Nachricht hieß es:

> MÜNCHEN. *Im nächsten Jahr wird der 150. Todestag des deutschen Malers Joseph Karl Stieler begangen, ein bekannter klassizistischer Porträtmaler, der unter anderem im Auftrag König Ludwigs I. von Bayern arbeitete. Aus diesem Anlass werden in München, wo der Künstler starb, fünfzig seiner Werke ausgestellt.*

Der Kurator der Ausstellung, Professor Hans Rottenhammer, hat einen Katalog mit dem Gesamtwerk Stielers veröffentlicht und die Authentizität aller seiner Gemälde prüfen lassen. Die Hauptattraktion der Ausstellung und eine große Überraschung für die deutsche Kunstwelt ist das Porträt des Komponisten Ludwig van Beethoven, den Stieler 1820 verewigt hat. Das erst kürzlich entdeckte Gemälde, von dem man zunächst angenommen hatte, es stelle einen Arzt oder Rabbiner dar, entstammt der privaten Sammlung des Prinzen Louis-Pierre-Toussaint-Baptiste Bonaparte, der französischer Thronerbe und ein direkter Nachkomme Napoleon Bonapartes ist.
»Das Porträt weist alle typischen Züge des späten Stieler auf, die charakteristische Pinselführung und eine erlesene Farbwahl«, bestätigt Professor Rottenhammer. Von den etwa fünfzehn erhaltenen Beethoven-Porträts ist dies das einzige, auf dem das stets schlechtgelaunte Genie lächelt. Aus diesem Grund war der Abgebildete bisher auch nicht identifiziert worden.

Die Meldung zeigte das Porträt Beethovens in verkleinertem Maßstab. Das Lächeln des Musikers war trotzdem deutlich erkennbar. Es war spöttisch und geheimnisvoll und ließ fast schon an Leonardos *Mona Lisa* denken.
Daniel suchte nach weiteren Informationen im Zusammenhang mit dem Erscheinen des Bildes, doch die Nachricht war ganz neu und hatte in der Internetpresse noch keinen Staub aufgewirbelt. Er erstellte bei Google ein halbes Dutzend News-Alerts, um über jede das Bild betreffende Nachricht auf dem Laufenden zu sein. Es fesselte

ihn. Beethovens Blick war so ausdrucksstark, dass Daniel umgehend entschied, dieses Bild für das Cover seiner Abhandlung über den Komponisten zu verwenden. Er besuchte die Seiten der größten Münchner Museen und fand heraus, dass die Ausstellung in der Neuen Pinakothek stattfand. Was die Malerei des 19. Jahrhunderts betraf, war das Museum das weltweit bedeutendste.
Zufrieden stellte Daniel fest, dass man über die Website des Museumsshops nicht nur ein Poster des Bildes kaufen konnte, sondern auch den Ausstellungskatalog und sogar ein Mousepad. Er plazierte die drei Artikel in seinen Einkaufswagen. Alles zusammen kostete beinahe hundert Euro, was ihn etwas verstimmte. Aber diese Dinge waren für ihn so wertvoll, dass er die Bestellung dennoch aufgab.
Wer hatte ihm wohl die anonyme Nachricht über das Bild zukommen lassen? Es handelte sich offenbar um ein spätes Porträt Beethovens, vielleicht in seinem letzten Lebensjahr gemalt. Doch wenn man nur von dem Gemälde ausging, konnte dies nicht mehr als eine Vermutung sein. Wie ärgerlich, dass es kein Foto war! Beethoven war 1827 mit 56 Jahren gestorben, als die Fotografie noch in den Kinderschuhen steckte. Eines der ersten Fotos war zu jener Zeit von dem französischen Erfinder Nicéphore Niépce bei strahlendem Sonnenschein nach einer Belichtungszeit von acht Stunden aufgenommen worden! Aus nachvollziehbaren Gründen war darauf ein Haus abgebildet. Kein Mensch hätte so lange stillhalten können – und am allerwenigsten der unruhige, jähzornige Beethoven.
Fasziniert betrachtete Daniel erneut das verkleinerte Gemälde auf der Website. Wieso zeigte Beethoven auf der Zielgeraden seines Lebens, als für ihn alles Sorge, Kum-

mer und Krankheit war, ein solches Lächeln? Hatte sich der Maler hier künstlerische Freiheiten herausgenommen, oder gab das Bild tatsächlich den damaligen Gemütszustand des Genies wieder? Es war nicht nur ein spöttisches Lächeln um die Mundwinkel: Daniel war auch aufgefallen, dass Beethovens Stirn, die auf anderen Bildern drohend gerunzelt zum Ausdruck brachte: *Mit-mir-treibt-man-keine-Spielchen,* oder *Ich-habe-das-Schicksal-am-Schlafittchen,* auf diesem Porträt ganz entspannt war. Der Musiker schien tatsächlich auch mit den Augen zu lächeln.
Seit seiner frühesten Kindheit war Beethoven nicht gerade auf Rosen gebettet gewesen. Der Vater war ein Trinker und als Musiker nur mittelmäßig. Seine Haltung zu dem begabten Sprössling war zwiespältig: Einerseits hoffte er, dass der junge Ludwig ein großer Komponist und Musiker werden würde, um als Vater eines zweiten Mozart die Lorbeeren ernten zu können; andererseits versuchte er, die musikalischen Fortschritte seines Sohnes in der Jugend auszubremsen, um nicht am Hof von Bonn, wo er selbst mehr schlecht als recht seinen Lebensunterhalt verdiente, in seinem Schatten zu stehen. Jedes Mal wenn er ihn beim Improvisieren am Klavier überraschte, überkam ihn die Angst, das Talent seines Sohns könnte sich unmäßig entfalten.
»Schon wieder diese Spielchen?«, sagte er dann immer. »Weg vom Klavier, oder ich ziehe dir die Ohren lang!«
Und das, wo die Fähigkeit zu improvisieren in jener Zeit eine Bedingung dafür war, sich einen Ruf als Virtuose zu erwerben – im Gegensatz zu heute, wo die Pianisten an den Noten kleben.
Seine Kindheit war hart, doch die wahre Hölle durchlitt Beethoven bekanntlich in den letzten Jahren seines Le-

bens. Deshalb konnte sich Daniel das rätselhafte Lächeln auf dem Gemälde einfach nicht erklären. Die letzte Etappe im Leben des Komponisten war unter anderem durch den ungeheuren, erbarmungslosen Kampf gegen seine Schwägerin Johanna um die Vormundschaft über seinen Neffen geprägt gewesen, den Sohn seines jüngeren Bruders Karl Kasper, der 1815 an Tuberkulose gestorben war.

Die erbitterten Auseinandersetzungen um den Jungen zogen sich über fünf Jahre hin. Am Ende erreichte Beethoven zwar, dass er recht bekam, doch der Streit hinterließ ihn erschöpft und verhärmt. Zum Beispiel musste er während des unendlich langen Gerichtsverfahrens in einem demütigenden Verhör zugeben, dass er nicht von edler Abstammung war, sondern dass das *van* in seinem ursprünglich flämischen Nachnamen im Gegensatz zu dem deutschen *von* keine adlige Herkunft anzeigte. Diese Tatsache führte dazu, dass sein Fall von einem Gericht niedrigeren Ranges verhandelt wurde, nicht vom Landrecht, wie es in Wien zu Beginn des 19. Jahrhunderts dem Adel zustand.

Schreckliche Durchfallerkrankungen raubten ihm daneben Energie und Kreativität und zwangen ihn, immer wieder Geld für Ärzte und Kuren auszugeben. Ab 1816 war er endgültig taub – nach einem qualvollen, unaufhaltsamen Prozess, der ungefähr um 1795 begonnen hatte und der den Musiker ohnmächtig dem Verlust seines wichtigsten Sinnes auslieferte. Künstlerisch hatte er die höchsten Gipfel erklommen, die ein Komponist erreichen konnte. Dennoch näherte sich Beethoven dem Tod in Verbitterung, weil er immer noch nicht das Etikett eines »Musikers nur für Musiker« losgeworden war, das ihm ausgerechnet seine durchschnittlichsten Gegner gaben. Das heißt, ohne dass sein enormer Fleiß und sein unerschöpfliches Talent geleugnet wurden, warf man Beethoven pauschal vor, seine Werke seien so verworren und schwierig, dass sie nur von seinen Kollegen verstanden und geschätzt werden könnten. Das schmerzte ihn am meisten. Geschuldet war dies größtenteils dem Umstand, dass Beethovens Publikum, seit seiner Ankunft in Wien Ende des 18. Jahrhunderts, aus einer ausgewählten Gruppe von Wiener Adeligen bestand. Angeführt wurde sie von Prinz Lichnowsky, der die Experimente des talentierten jungen Musikers nicht nur duldete, sondern ihn sogar dazu ermunterte. An den musikalischen Soireen, ähnlich der, die Marañón in seinem Haus zur Uraufführung der Zehnten organisiert hatte, nahmen wahre musikalische Feinschmecker mit großem Fachwissen teil. Sie waren begierig, ein Repertoire zu hören, das sich von dem unterschied, was dem Pöbel in den öffentlichen Konzerten, den sogenannten Akademien, geboten wurde.

Wenn Daniel seinen Studenten erklären wollte, was die gefeierten Veranstaltungen im Palast von Lichnowsky für die abendländische Musik bedeuteten, griff er zum Beispiel des Privatfernsehens.

»Diese tollen Serien, die ihr so gerne seht«, pflegte er in seinen Seminaren zu sagen, »von denen ihr ganze Staffeln auf DVD kauft, wurden von der amerikanischen Produktionsfirma HBO, Home Box Office, erfunden. Da diese nicht so sehr dem Druck von Anzeigenkunden unterworfen ist und die Programme von einem kaufkräftigeren, gebildeteren Publikum konsumiert werden, konnten die Produzenten ohne Scheu und Rücksicht auf Political Correctness Dramen voller Sex, Gewalt und Drogen zeigen, in denen auch die Sprache expliziter war als bei den konventionellen Sendern. *Sex and the City*, *Die Sopranos*, *Six Feet Under* … all dies war nur möglich, weil die Produzenten mit Sympathie und Unterstützung der ›Fernsehfürsten‹ rechnen konnten, die sie dazu anregten, die herkömmlichen Grenzen des Mediums zu erweitern oder zu überschreiten. Genauso war es bei Beethoven: Ohne die musikalische Entsprechung zu HBO, sprich die Paläste seiner Wiener Gönner, hätte Beethoven, als er in der kaiserlichen Stadt lebte, seine kühnen klanglichen, melodischen und rhythmischen Ideen niemals verwirklichen können.«

Diese Kühnheiten waren es, die Beethoven zu Beethoven machten. Und sie glaubte Daniel in dem Fragment der Symphonie entdeckt zu haben, das er im Hause Marañón gehört hatte.

Er musste an eine Aufnahme des Konzerts gelangen, koste es, was es wollte.

32

Doña Susana Rodríguez Lanchas hatte die feste Angewohnheit, morgens beim Verlassen des Hauses den Briefkasten zu öffnen, alle Briefe herauszunehmen und sie in die Handtasche zu stecken, um sie dann später in ihrem Büro am Gericht zu lesen. Sie hatte im Laufe ihres Arbeitstages immer mal wieder kurze Pausen, in denen sie das in Ruhe erledigen konnte.

An jenem Morgen war unter den Umschlägen einer von ihrer Bank. Als sie ihn öffnete, befand sich darin jedoch kein Kontoauszug, sondern ein anonymer Brief, verfasst nach der althergebrachten Methode, aus einer Zeitung ausgeschnittene Wörter auf ein Blatt zu kleben. Der Text lautete:

LASS CACABELOS FREI DU SCHLAMPE ODER
WIR BRINGEN DICH UM

Anxo Cacabelos war der Hauptangeklagte in einem verwickelten, seit Monaten laufenden Verfahren wegen Drogenhandels, das die Richterin leitete.

Die Verteidigung dieses galizischen Drogenbosses, mit einem dubiosen Strafverteidiger an der Spitze – zu allem fähig, solange es ihm die Aufmerksamkeit der Medien einbrachte –, hatte seine Freilassung gegen Kaution beantragt.

Dies war von der Richterin bereits mehrmals wegen Flucht- und Rückfallgefahr abgelehnt worden. Doña Susana hatte zwar schon von einigen Kollegen gehört, die in ihrer Laufbahn irgendwann einmal von Angehörigen oder Freunden eines Angeklagten bedroht worden waren, doch für sie selbst war dieser anonyme Brief die Feuertaufe. Beim Lesen begann ihr Herz zu rasen, und sie bekam Atemnot.
Sie stand auf, öffnete das Fenster und sog tief die frische Luft ein. Da hörte sie, wie in ihrem Rücken die Tür geöffnet wurde und jemand das Büro betrat. Sie erschrak aufs Neue. Es war jedoch nur der Gerichtsmediziner Felipe Pontones – der Einzige, der ihr so vertraut war, dass er das Allerheiligste der Richterin betreten durfte, ohne vorher zu klopfen.
Sosehr sie auch versuchte, sich zu beherrschen – als sie sich zur Begrüßung nach dem Mediziner umwandte, sah er ihr an, dass sie völlig aus der Fassung war.
»Was ist los, Susana?«
Die Richterin antwortete nicht, sondern deutete nur mit dem Kopf in Richtung Tisch, auf dem das Schreiben lag. Der Gerichtsmediziner griff danach, hielt jedoch inne, bevor er es berührte. Er zog einen Kugelschreiber aus der Innentasche seiner Jacke, um damit das Blatt so zu drehen, dass er den Text besser lesen konnte.
»Wann hast du das bekommen?«, fragte er ernst.
»Ich habe es gerade geöffnet. Ich dachte, es wäre ein Brief von der Bank.«
Daraufhin untersuchte Pontones den Umschlag der Bank, in dem der Drohbrief gesteckt hatte, auch hier darauf bedacht, ihn nicht anzufassen.
»Diese Schweine kennen deine Privatadresse.«

»Das ist ja das Schlimme. Der Umschlag war in meinem Briefkasten.«
Der Gerichtsmediziner verschwand für einige Augenblicke und kam dann mit seinem Arbeitskoffer zurück. Er entnahm ihm ein Paar Gummihandschuhe und zog sie über, bevor er die Papiere genauer in Augenschein nahm. Außerdem holte er zwei Plastikbeutel für Proben heraus und steckte den Umschlag und den Brief hinein.
»Wenn wir irgendwelche Spuren finden, sind diese Dreckskerle fällig.«
»Mach dir keine Illusionen, Felipe.«
»Na ja, man weiß nie. Ich habe einen Kollegen in der Daktyloskopie, der findet per Ultraschall sogar unsichtbare Spuren. Und wir müssen natürlich umgehend beim Innenministerium Polizeischutz für dich fordern.«
»Ja, natürlich, Polizeischutz«, antwortete die Richterin mit ironisch hochgezogenen Augenbrauen.
»Susana, mit diesen Typen ist nicht zu spaßen.«
»Ja, ja, ich weiß. Warum haben sie es nicht mit Bestechung versucht, bevor sie mir drohen? Wie viel gelegener käme mir jetzt eine Million Euro!«
»Das kommt davon, wenn man als unbestechlich gilt.«
Die Richterin wollte gerade darauf antworten, da steckte ein Angestellter des Gerichts den Kopf durch die angelehnte Tür.
»Frau Richterin, Inspector Mateos ist hier. Er sagt, er brauche nur fünf Minuten.«
»Er soll einen Termin vereinbaren. Ich kann jetzt nicht.«
»Er meint, es sei wichtig.«
»Ich habe nein gesagt. Er soll einen Termin vereinbaren und ein andermal wiederkommen.«
Der Angestellte zog sich zurück und schloss die Tür hin-

ter sich. Sekunden später klopfte es, und herein kam Inspector Mateos.
»Entschuldigen Sie die Störung, Frau Richterin.«
»Wurde Ihnen nicht gerade gesagt, dass es im Moment schlecht passt?«
»Es geht um das Verfahren Thomas, Frau Richterin. Um einen Mordfall, verstehen Sie?«
»Was Sie nicht sagen.«
Die Richterin resignierte vor Mateos' Hartnäckigkeit und setzte sich. Es war wohl tatsächlich das Klügste, das lästige Gespräch mit der Polizei so früh wie möglich hinter sich zu bringen.
»Also gut, dann erzählen Sie mal, was Sie bisher herausgefunden haben.«
Der Inspector sah verstohlen zu Pontones hinüber. Es war ihm unangenehm, sein Scheitern vor einem Dritten zugeben zu müssen, doch da ihm offensichtlich nichts anderes übrigblieb, rückte er schließlich mit der Sprache heraus:
»Nicht mehr, als im ersten Bericht steht. Die Ermittlungen sind ins Stocken geraten.«
»Tja, dann müssen wir den Fall wohl ad acta legen.«
»Aber es gibt eine Sache, die wir noch nicht versucht haben.«
»Kommen Sie mir nicht wieder damit, dass wir Telefone anzapfen sollen, als wären es Bierfässer! Sie kennen den Standpunkt des Obersten Gerichtshofs zu dem Thema.«
»Ja, ich kenne ihn, Frau Richterin, aber ich weiß auch, dass wir hier ein Mordopfer haben.«
Die Richterin kramte in den Papieren auf ihrem Schreibtisch und zog eine Anordnung zur Telefonüberwachung hervor, die sie vor nur zwei Tagen für ein anderes Verfahren diktiert hatte.

Mit spöttischem Unterton, der von einem schiefen Lächeln ihrer intakten Gesichtshälfte noch bekräftigt wurde, sagte sie: »Wie ich hörte, haben Sie Jura studiert, Inspector?«

»Ja, ich bin Jurist«, log Mateos.

»Nun, dann hören Sie mal zu, Herr Jurist, wollen wir doch mal sehen, ob Sie heute nicht noch etwas dazulernen können.«

Die Richterin las aus ihrer eigenen Verfügung:

»›Da der Bericht der Madrider Kriminalpolizei, Morddezernat V, überzeugende Indizien dafür anführt, dass eine Überwachung der Mobiltelefone XYZ, deren nachweislicher Besitzer Soundso ist, wichtige Tatsachen und Umstände im Zusammenhang mit dem Mordfall, in den der oben Genannte möglicherweise verwickelt ist, erhellen könnte, *erscheint die Anordnung einer Überwachung angebracht.*‹ Wie Sie sehen, habe ich nicht immer Bedenken, die Verfassungsgarantien auszusetzen. Doch wie es unsere Gesetze fordern, tue ich dies ausschließlich in begründeten Fällen. Inspector Tinao vom Dezernat V, den Sie sicher kennen, kam neulich hierher und lieferte mir Indizien, nicht nur Vermutungen.«

»Frau Richterin, Don Jesús Marañón hat in seinem Haus eine Sammlung von Folterinstrumenten und Hinrichtungsapparaten, darunter offenbar eine Guillotine.«

»Offenbar? Sie sind sich also nicht einmal sicher?«

»Doch, das bin ich.«

»Und das ist Ihrer Meinung nach ein überzeugendes Indiz dafür, dass er der Mörder sein könnte?«

»Dem Opfer wurde der Kopf mit einer Guillotine abgetrennt.«

»In dem Fall wäre ein Durchsuchungsbefehl angebracht,

um zu überprüfen, ob die Schneide der Guillotine von Marañón dieselbe ist, mit der dieser Musiker enthauptet wurde.«

»Na gut, dann beantrage ich also einen Durchsuchungsbefehl.«

»Antrag abgelehnt. Zuerst müssen Sie mir einmal sagen, welches Interesse Jesús Marañón daran gehabt haben könnte, diesen Unglücklichen zu ermorden.«

»Dieser Musikwissenschaftler, mit dem Sie anscheinend gesprochen haben …«

»Was ist mit dem?«, unterbrach ihn die Richterin.

»Gestern Nachmittag habe ich mich mit ihm getroffen. Er versicherte mir, dass die Noten von Thomas' Hinterkopf ein Morsecode seien. Ihm zufolge entsprechen sie Zahlen.«

»Das ist endlich einmal eine Information. Haben Sie den Bericht dabei?«

»Ich hatte keine Zeit, Frau Richterin. Ich erstatte Ihnen jetzt mündlich Bericht, und morgen früh haben Sie eine schriftliche Fassung auf Ihrem Schreibtisch.«

»Was sind das für Zahlen?«

Der Inspector nahm ein Notizbuch aus seiner Tasche und schlug die Seite auf, wo er sich die von Daniel genannten Ziffern notiert hatte.

Die Richterin betrachtete sie aufmerksam und sagte dann: »Dies erscheint mir eine sehr interessante Entdeckung. Aber wenn die Zahlen nichts mit Don Jesús Marañón zu tun haben, sehe ich keinen Grund, sein Haus zu durchsuchen.«

»Erlauben Sie mir wenigstens, sein Telefon abzuhören.«

»Ich habe nein gesagt.«

»Nur eine Woche lang.«

»Nicht einen Tag.«
»Aber Frau Richterin, er bekommt doch überhaupt nichts davon mit!«
Da herrschte plötzlich betretenes Schweigen im Büro, nur der Gerichtsmediziner stieß ein ungläubiges Lachen aus. Die Richterin dagegen bekam einen stahlharten Blick, und ihr Kollege befürchtete, sie würde den Polizisten kurzerhand in eine Arrestzelle stecken lassen.
»Aus genau diesem Grund – weil derjenige, in dessen Privatsphäre eingedrungen wird, sich nicht dagegen wehren kann – bin ich hier: um seine Rechte zu wahren. Sie müssen einfach mehr und besser arbeiten. Es gibt unzählige Dinge, die Sie tun können, um die Ermittlungen voranzutreiben, ohne dass es nötig wäre, die Verfassungsgarantien auszusetzen. Es ist zum Beispiel unglaublich, dass Sie in der Umgebung der Leiche nicht eine einzige Spur gefunden haben.«
»In dieser Frage sind wir abhängig von den Kriminaltechnikern, Frau Richterin. Wir arbeiten mit deren Berichten. Die haben geschrieben, dass es dort keinen einzigen Fußabdruck, keine Fasern, keine Haare gab.«
»Und niemand hat zu dem Zeitpunkt, als der Körper dorthin geschafft wurde, irgendetwas Verdächtiges gesehen?«
»Da waren nur Prostituierte, die meisten von ihnen ohne Papiere. Die haben Angst, mit der Polizei zu reden. Und aus naheliegenden Gründen wollen natürlich auch ihre Kunden nicht öffentlich machen, dass sie sich in dieser Gegend aufgehalten haben.«
»Haben Sie die Tochter befragt?«
»Ja, aber von ihr kam nichts Aufschlussreiches.«
»Lassen Sie sie überwachen. Schauen Sie, wen sie so trifft, wohin sie geht. Dafür brauchen Sie keine Verfügung. In

dem letzten Bericht stand, das Opfer habe einen Partner gehabt?«

»Ja. Er heißt Olivier Delorme und ist französischer Staatsangehöriger. Wir hoffen, noch diese Woche mit ihm sprechen zu können.«

»Sie haben ihn also noch nicht befragt?«

»Er musste Spanien für eine Weile verlassen.«

»Na, großartig. Die Verdächtigen kommen und gehen, wie es ihnen gefällt, und Sie verschwenden inzwischen Ihre Zeit damit, Telefonüberwachungen unbescholtener Bürger zu beantragen. Muss ich Ihnen etwa sagen, was Sie zu tun haben, Inspector?«

»Nein, Frau Richterin.«

»Sie können sich darauf verlassen: Wenn Sie mir als Ergebnis Ihrer Ermittlungen irgendein Indiz bringen, das auf eine der erwähnten Personen hindeutet, stelle ich Ihnen die Verfügung aus. Felipe, erklär doch bitte dem Inspector, was wir an diesem Gericht unter ›Indiz‹ verstehen.«

»Ich denke, das ist nicht nötig, Frau Richterin«, sagte der Inspector, durch den herablassenden Tonfall der Juristin sichtlich gedemütigt. Doch der Gerichtsmediziner wollte sich die Gelegenheit nicht entgehen lassen, Salz in Mateos' Wunde zu streuen.

»Der Begriff *Indiz,* Inspector, kommt vom lateinischen *indictum,* was so viel bedeutet wie ›offenkundiges und wahrscheinliches Anzeichen für die Existenz irgendeiner Sache‹, und deshalb ist alles sinnlich Wahrnehmbare, also mit den Sinnen Erfassbare damit gemeint, das irgendeine Verbindung zur Straftat aufweist. Das heißt …«

Noch bevor Pontones den Satz zu Ende bringen konnte, hatte der Inspector das Büro verlassen und die Tür hinter sich zugeworfen.

»Er ist nicht nur unwissend, sondern auch noch unhöflich«, bemerkte der Gerichtsmediziner spitz. »Dieser Kerl sollte besser noch mal studieren – und dazu Benimmregeln pauken.«

33

Bevor die Entdeckung des neuen Beethoven-Porträts in der Presse veröffentlicht wurde, war Jesús Marañón schon von einem Bruder aus seiner Loge darüber informiert worden. Der Millionär brauchte das Bild nicht im Internet zu bestellen, sondern er flog mit seinem Privatjet nach München und konnte dank seines Geldes und seiner Kontakte die Ausstellung der Werke von Stieler noch vor der Eröffnung besuchen.

Gebannt stand er nun in der Einsamkeit eines der Gänge der Neuen Pinakothek vor dem Bild. Durch ein starkes Vergrößerungsglas zeigte es sich ihm bis ins kleinste Detail.

Da die Verbindungen Beethovens zur Freimaurerei noch nicht geklärt waren, hoffte der Millionär, nun beweisen zu können, dass auch der größte Musiker des Abendlandes zur Bruderschaft gehört hatte. Deswegen untersuchte er das Porträt genauestens auf freimaurerische Symbole oder Bezüge. George Washington zum Beispiel, der über vierzig Jahre vor Beethoven geborene erste Präsident der Vereinigten Staaten, war manchmal mit einem Freimaurerschurz porträtiert worden, den ihm General Lafayette geschenkt hatte. Das Symbol des Schurzes ging auf die schlichten Arbeitsschürzen der mittelalterlichen Baumeister zurück. Von diesen Männern waren in jener fernen

Vergangenheit die Kathedralen überall in Europa errichtet worden. Marañón versuchte, auf dem Bild den typisch freimaurerischen Fußboden mit den schwarzen und weißen Steinen im Schachbrettmuster zu finden – sie symbolisierten den Wechsel von Licht und Schatten, durch den jede Lehrzeit gekennzeichnet war –, doch er fand ihn nicht. Auch Zirkel und Winkelmaß oder das Allsehende Auge, die ebenfalls als charakteristische Symbole der Bruderschaft galten, waren darauf nicht zu entdecken. Das Porträt von Stieler war beinahe ausschließlich auf die Person des Maestro konzentriert. Wie Bach auf dem berühmten Gemälde von Elias Gottlob Haussmann aus dem Jahre 1746 hielt Beethoven in seiner Rechten eine kleine Notenskizze. Womöglich sollte sie das Werk darstellen, an dem er damals komponierte. Abgesehen von dem Komponisten, gab es noch ein einziges anderes deutlich sichtbares Objekt auf dem Bild, das aber ebenfalls nichts mit Freimaurerei zu tun hatte. Es war das Porträt eines alten Mannes und hing hinter dem Musiker an der Wand des Raums, in dem er posierte.

Marañón fragte sich, weshalb dieses Gemälde ausgerechnet im Palast eines Bonaparte aufgetaucht war, der mit der Familie Thomas in Verbindung stand. Er beschloss, all seine Macht und Energie einzusetzen, um herauszufinden, ob das Erscheinen des rätselhaften Bildes etwas mit dem Manuskript von Beethovens zehnter Symphonie zu tun hatte.

34

Zwei Stunden nachdem er das Gericht verlassen hatte, erhielt Inspector Mateos einen Anruf aus dem Palace Hotel. Der Portier teilte ihm mit, Olivier Delorme sei wieder in Madrid. Mateos ließ sich umgehend mit ihm verbinden. Sehr höflich und mit unverkennbar französischem Akzent gab Delorme ihm eine Adresse, wo er sich den ganzen Morgen aufhalten und ihn gern empfangen werde.

Auf dem Weg dorthin begann Subinspector Aguilar, dem es ernsthafte Schwierigkeiten bereitete, länger als eine Minute am Stück den Mund zu halten, mit seinem Chef zu plaudern:

»Delorme verdient sein Geld mit Billardtischen. Findest du es nicht auch bemerkenswert, dass ein Mann mit komplett rasiertem Schädel sein Geschäft mit Billard macht? Vielleicht soll das eine Art Werbegag sein?«

Mateos grinste, und der Subinspector kombinierte weiter:

»Ob es wohl einen Zusammenhang zwischen der Glatze von Thomas und der von Delorme gibt?«

»Das glaube ich nicht. Als Selbstanklage wäre es etwas übertrieben, meinst du nicht? Wahrscheinlicher ist, dass Delorme sich aus modischen Gründen den Schädel rasiert hat oder weil ihm die Haare ausfallen – oder schlicht und einfach, weil er sein Leben verändern wollte. Es gibt ja

Leute, für die hat eine solche Rasur dieselbe Bedeutung wie eine Rundumerneuerung ihres Kleiderschranks.«
»Oder er praktiziert Transzendentale Meditation. Ich habe gelesen, dass es in Tibet Mönche gibt, die sich den Kopf scheren, um Demut und Ergebenheit gegenüber ihren Göttern zu zeigen.«
»Was hast du über Delormes Geschäft herausgefunden?«, fragte Mateos, um das Gespräch über Glatzköpfigkeit zu beenden. Es machte ihn nervös, weil es ihn daran erinnerte, dass seine eigenen Geheimratsecken sich unaufhaltsam vergrößerten.
»Das Preis-Leistungs-Verhältnis der Tische, die dieser Typ baut«, antwortete Aguilar, »ist anscheinend so zufriedenstellend, dass seine Firma, Billards Delorme in Paris, Aufträge aus aller Welt bekommt. Darum wurden wir in einen Billardclub bestellt, Chef: Er hat dort einen Großauftrag abzuwickeln. Der Club Isidro Ribas ist mit zwölf Karambolage- und sechzehn Poolbillardtischen der bedeutendste in der ganzen Stadt. Ich habe mit einem der Besitzer gesprochen. Er sagte, sie hätten beschlossen, ihre alten Tische, von denen einige seit über zwanzig Jahren genutzt werden, durch neue Modelle von Delorme zu ersetzen. Wir werden unseren Mann also bei der Arbeit antreffen.«
Als Mateos und Aguilar den Club betraten, standen sie in einem gigantischen, fast leeren Raum. Auf dem Teppich, mit dem er ausgelegt war, sah man deutlich die Abdrücke der schon abmontierten Tische. Sie entdeckten Delorme mit seiner polierten Glatze gleich. Er war ganz hinten mit zwei Arbeitern im Blaumann am Werk und verrichtete die letzten Handgriffe an den einzigen beiden Tischen, die sie seit dem Morgen aufgebaut hatten.
Ein starker Geruch nach Teppichkleber verpestete den

ganzen Raum, und Mateos bedauerte es, dass sie dem Treffen mit dem Franzosen an einem solchen Ort zugestimmt hatten. Doch nun gab es kein Zurück mehr – Delorme hatte sie schon bemerkt und winkte sie zu sich.

Da sein Chef die Dienstmarke bei der Begrüßung nicht vorgezeigt hatte, hielt Aguilar es für angebracht, wenn nicht geboten, seine eigene zu zeigen. Er tat es jedoch in dem Augenblick, als Delorme ihm die Hand zur Begrüßung reichen wollte. Der Subinspector nahm die Marke in die linke Hand, um den Gruß zu erwidern, doch da hatte Delorme seine Hand schon wieder zurückgezogen, und Aguilar stand mit ausgestrecktem Arm da.

Um der peinlichen Situation zu entkommen, trat er die Flucht nach vorn an und übernahm das Kommando, wobei er sich Mateos' Floskel bediente: »Wir danken Ihnen vielmals für Ihre Bereitschaft, uns zu empfangen. Wir werden versuchen, Sie so wenig wie möglich zu belästigen.«

Es wirkte nicht so, als habe Delorme ihn gehört, denn der hatte sich schon wieder zu einem der Arbeiter umgedreht und schimpfte wütend auf Französisch mit ihm. Offenbar prüfte der Mann ihm zu oberflächlich, ob die Tische plan waren. Den Arbeiter brachte die Zurechtweisung auf hundertachtzig: Er schleuderte die Wasserwaage, die er in der Hand hatte, auf den Spieltisch und lief hinaus auf die Straße. Dabei fluchte er so wild, dass Mateos den Dolmetscherservice seines Assistenten diesmal nicht benötigte.

Delorme, der stark mitgenommen aussah, sagte entschuldigend: »Ich musste neues Personal anheuern, es gibt viel zu tun. Das war auch der Grund, weshalb ich Sie versetzen musste: Ich bin nach Paris gereist, um diese beiden neuen Monteure anzustellen. Bitte glauben Sie nicht, dass ich Ihnen ausweichen will. Wenn einer daran interessiert

ist, dass Ronalds Mörder gefasst wird, bin ich es – das können Sie sich ja denken.«
Delorme hatte zwar einen ausgeprägten französischen Akzent, doch sein Spanisch war fehlerfrei. Seltsam bei einem Mann mit seiner Körperfülle war nur die hohe Stimme.
»Einige Fragen, die wir Ihnen stellen müssen, sind sehr persönlich, Señor Delorme«, sagte Mateos. »Ich hoffe, Sie verstehen das.«
»Ich möchte die Polizei unterstützen, so gut ich kann. Also fragen Sie, was Sie wollen.«
»Weshalb tragen Sie eine Glatze?«, fragte Aguilar. Mateos war sprachlos. Er hatte nicht vorgehabt, das Thema überhaupt anzuschneiden, geschweige denn die Vernehmung auf diese Weise zu beginnen.
Doch der Franzose beantwortete die Frage, ohne mit der Wimper zu zucken.
»Ronald gefiel es. Wieso? Ist das wichtig für die Ermittlungen?«
»Sind Ihre Rasierutensilien dort, wo sie sein sollen, oder ist etwas verschwunden?«
Der Franzose begriff, worauf der Polizist abzielte, und antwortete wie aus der Pistole geschossen: »Nein, nichts.«
Mateos warf seinem Assistenten einen unmissverständlichen Blick zu. Der kam der stummen Aufforderung nach und trat einen Schritt zurück, als ob er deutlich machen wollte, dass er sich nicht wieder einmischen würde.
»Die Beziehung zwischen Ihnen und Thomas …«
»Wir waren ein Paar, falls es das ist, was Sie wissen wollen.«
»Seit wann?«
»Nächste Woche hätten wir unser Einjähriges gefeiert.« Delorme schluckte.

»Weshalb waren Sie zur Tatzeit in Madrid? Aus geschäftlichen oder privaten Gründen?«

»Beides«, antwortete der Franzose. »Ich habe Ronald auf dieser Reise begleitet, teils, weil ich bei der Uraufführung der Symphonie dabeisein wollte, teils wegen dieses Großauftrags. Doch sein Tod hat mich so aus der Bahn geworfen, dass ich nicht weiß, ob ich es schaffe, die Arbeit zu Ende zu bringen. Ich verliere dauernd die Beherrschung ... Sie haben es ja gerade gesehen. Mein Ausbruch war nicht gerechtfertigt, eigentlich ist dieser Mann hoch qualifiziert.«

»Beim Hereinkommen hatte ich angenommen, das Personal, das hier mit Ihnen arbeitet, sei vom Club. Das Lokal gehört Ihnen nicht, oder?«

»Nein, ich bin nur hier, um die Tische aufzubauen. Ich arbeite immer mit meinen eigenen Leuten.«

Mateos hatte den Eindruck, dass Delormes Augen feucht wurden und dass er jederzeit in Tränen ausbrechen würde. Er hatte den Impuls, ihm freundschaftlich auf die Schulter zu klopfen, doch das erschien ihm unprofessionell, also sagte er: »Wenn Sie erst einmal den Streit mit Ihrem Angestellten bereinigen wollen, können wir später wiederkommen.«

Delorme sah auf die Uhr und nickte.

»Ja, vielen Dank. Kommen Sie in einer halben Stunde wieder. Ich werde mich bei François entschuldigen.«

Als Mateos und Aguilar, nachdem sie einen Kaffee getrunken hatten, in den Billardclub zurückkehrten, sahen sie, dass Delorme sich tatsächlich gefangen hatte. Gerade erklärte er seinem Angestellten etwas, das wohl mit dem Queue zu tun hatte, das er in der Hand schwang.

»Spielen Sie?«, fragte er die beiden Polizisten, als sie bei ihm angekommen waren.
Mateos schüttelte den Kopf. Aguilar war drauf und dran, ja zu sagen: In einigen der Botschaften, in denen sein Vater gearbeitet hatte, gab es Billardtische, und sein Vater hatte die Gelegenheit genutzt, ihm die Grundlagen des Spiels beizubringen. Doch dann hielt er es für klüger, Mateos nicht mit seinen Billardkenntnissen zu reizen, und sagte nur: »Ehrlich gesagt bin ich besser im Kickern.«
»Stört es Sie, wenn ich den Tisch teste, während wir reden? Ich bin mit allem spät dran.«
»Überhaupt nicht«, antwortete Mateos. »Ich bin ein furchtbar schlechter Spieler, aber ich liebe es, die Kugeln über den Spieltisch rollen zu sehen.«
Delorme legte zwei von drei Kugeln in eine der Ecken des Tischs und spielte mit der dritten eine Reihe von Stößen, um zu schauen, wie die Bande ansprach und ob die Winkel parallel zur Spielfläche waren. Genau im richtigen Augenblick fing er sie ab, hielt sie vor den Mund, hauchte sie an und polierte sie mit einem Tuch, bis sie genauso glänzte wie sein Kopf. Dann legte er sie wieder auf den Spieltisch und ließ sie probehalber rollen. Mateos und Aguilar sahen andächtig schweigend zu, mit welcher Meisterschaft Delorme die verblüffendsten Kunststückchen vollführte: mehrfache Bandenstöße, Bogenstöße, Umkehrer ... Es schien keinen Stoß zu geben, den er nicht beherrschte.
»Das könnte ich auch gern – vielleicht habe ich den Beruf verfehlt«, gab Mateos zu.
»Lassen Sie sich nicht vom äußeren Anschein täuschen. Ich bin bloß ein mittelmäßiger Spieler. Hätte ich mehr Talent, würde ich professionell spielen. Sie werden es nicht glauben, aber seit das Fernsehen diesen Sport entdeckt hat,

kann man, wenn man gut ist, ganz ordentlich vom Billardspiel leben. Aber lassen Sie uns jetzt von Wichtigerem reden ...«

»Der Hotelportier hat uns davon unterrichtet, dass Sie am Abend der Tat früh ins Hotel zurückgekehrt sind. Wieso sind Sie nicht zum Fest geblieben?«, fing Mateos an.

»Das wäre mir vorgekommen wie ... Was soll ich sagen? ... wie eine Banalisierung dieses wunderschönen Konzerts. Wer hat schon Lust, nach Beethoven Salsa zu hören? Abgesehen davon hatte Sophie Kopfschmerzen und bat mich, sie zurück zum Hotel zu bringen. Sie können Sophie fragen, wenn Sie möchten.«

»Das ist nicht nötig. Durch die Überwachungskameras auf dem Grundstück wissen wir bereits, wer wann mit wem fortging.«

»Wirklich? Und ist Ronald auch auf diesen Bändern?«

»Selbstverständlich. Er verlässt das Anwesen eine halbe Stunde nach dem Konzert – allein.«

»Möglicherweise hat es ihn auch gestört, dass sein Gastgeber noch eine Band engagiert hat ...«

»Haben Sie an diesem Abend nicht mit ihm gesprochen?«

»Doch, vor dem Konzert. Sophie und ich haben ihn in der Garderobe aufgesucht, um ihm zu gratulieren. Danach habe ich ihn telefonisch nicht mehr erreicht, er hatte anscheinend kein Netz. Das ist fast das Schrecklichste – dass ich ihn nach diesem Triumph nicht einmal mehr sprechen konnte.«

»Sie haben keine Vermutung, wohin er gegangen sein könnte?«

»Nicht die geringste. Soweit ich weiß, kannte er niemanden in der Stadt.«

»Wieso, glauben Sie, hat man Ihren Freund umgebracht?«

»Ich nehme an, es hat etwas mit dieser Sache zu tun, die er in den Kopf tätowiert hatte, oder?«, sagte Delorme unsicher.

»Woher wissen Sie von der Tätowierung? Aus der Presse können Sie es nicht haben.«

»Sophie hat es mir gesagt. Wir haben recht viel Kontakt.«

»Können Sie sich vorstellen, weshalb Ihr Freund sich die Noten in den Kopf tätowieren ließ?«

»Nein, keine Ahnung. Ronald hat mir nie etwas davon gesagt, dass er überhaupt tätowiert war.«

»Was taten Sie, als Sie an dem Abend in Ihr Hotel zurückgekehrt waren?«

»Ich ging direkt auf mein Zimmer.«

»Konnten Sie denn einschlafen, obwohl Ihr Freund noch nicht da war?«

»Nein, ich war tatsächlich noch lange wach. Eine Weile habe ich gelesen, weil ich, wie Sie ganz richtig vermutet haben, beunruhigt war. Und dann kam irgendwann Sophie auf mein Zimmer.«

»Wann war das ungefähr?«

»Gegen halb eins etwa.«

Mateos und Aguilar wechselten einen überraschten Blick.

»Sind Sie sicher, was die Uhrzeit angeht?«

»Es kann auch eins gewesen sein, aber später war es nicht.«

»Haben Sie sie auf Ihr Zimmer gerufen?«

»Nein, wie ich gesagt habe, kam sie zu mir. Unangekündigt.«

»Könnten Sie vielleicht etwas deutlicher werden?«

»Es hatte nichts mit Sex zu tun. Sophie und ich verstehen uns sehr gut, und es gab bestimmte Dinge, über die sie mit mir sprechen wollte.«

»Ging es um ihren Vater?«
»Nein, das waren Herzensangelegenheiten, auf die ich hier nicht näher eingehen werde. Das verstehen Sie hoffentlich.«
»Ja, ja«, grummelte Mateos. Es ärgerte ihn, dass Delorme bei einer Frage mauerte, die er gar nicht hatte stellen wollen.
»Das ist sehr sonderbar, Señor Delorme. Die Bonapartes, Sie sind sicher mit Ihnen bekannt …«
»Diese fragwürdige Ehre habe ich in der Tat.«
»Die beiden behaupten, Sophie sei bis drei Uhr morgens bei ihnen gewesen.«
»Das stimmt nicht.«
»Haben Sie in der Nacht nicht vielleicht einmal den Zimmerservice gerufen? Es wäre doch wunderbar, wenn irgendein Hotelbediensteter Ihre Version bestätigen könnte.«
»Bedaure, aber Sie müssen sich auf mein Wort verlassen.«
»Wie lange haben Sie und Sophie sich unterhalten?«
Delorme, der sich hingekniet hatte, um auf Bandenhöhe über den Tisch zu schauen, richtete sich unvermittelt auf.
»Bis drei Uhr ungefähr. Mich macht dieses Gespräch nervös, Inspector. Ich habe den Eindruck, Sie verdächtigen Sophie.«
Mateos spürte, dass Delorme vollkommen dichtmachen würde, wenn er ihn weiter über Thomas' Tochter ausfragte, und wechselte rasch das Thema.
»Señor Delorme, wir sind der Überzeugung, dass die Tätowierung, die Ihren Partner das Leben gekostet hat, eine verschlüsselte Nachricht ist. Wenn es uns gelingt, sie zu entziffern, führt sie uns aller Wahrscheinlichkeit nach zum Manuskript der zehnten Symphonie Beethovens.«

»Zum Manuskript der … was? Ich verstehe nicht. Ronald arbeitete die ganze Zeit über mit Faksimiles von Beethovens Skizzen. Er hatte sie aus der Deutschen Nationalbibliothek in Berlin.«

»Ich möchte das Andenken Ihres Freundes nicht in den Schmutz ziehen«, sagte der Polizist, »doch ich befürchte, Thomas hat eine Originalpartitur Beethovens als seine Rekonstruktion ausgegeben. Hat er Ihnen nie etwas über ein unveröffentlichtes Manuskript erzählt?«

»Nein, nie. Er hat mit mir ohnehin wenig über Musik gesprochen, weil das immer im Streit endete.«

»Weshalb?«

»Wegen meines Musikgeschmacks. Er zog mich oft damit auf, manchmal willkürlich und verletzend. Also haben wir es vermieden, über Musik zu reden.«

»Und in den letzten Monaten ist Ihnen nichts Ungewöhnliches an seinem Verhalten aufgefallen, irgendetwas, das er sonst nicht tat?«

»Nichts. Außer dass er ein paarmal nach Wien gereist ist. Er wollte nicht, dass ich ihn auf diesen Reisen begleitete. Ich nehme an, er hatte dort irgendein Techtelmechtel. Denn Beethovens Skizzenbücher befinden sich in Berlin, nicht in Wien.«

»Haben Sie irgendwo einen festen Wohnsitz?«

»In Paris. Aber verzeihen Sie, ich habe Ihre Theorie nicht ganz verstanden. Falls Ronald ein unveröffentlichtes Manuskript von Beethoven entdeckt hat, wieso hätte er es nicht an die Öffentlichkeit bringen sollen? Wieso nicht versteigern? Ich bin kein Experte auf dem Gebiet, aber der gesunde Menschenverstand sagt mir, dass ein Beethoven-Manuskript ein Schatz für jeden Sammler ist!«

»Möglicherweise konnte er es nicht verkaufen.«

»Das verstehe ich nicht.«
»Wenn Thomas gesagt hätte: ›Ich habe das Manuskript der Zehnten entdeckt‹, wäre er gefragt worden: ›Schön. Und wo?‹ Und dann wäre noch die heikle Frage gekommen: ›Wem gehört es?‹«
»Sie meinen, Ronald hat das Manuskript gestohlen?«
»Wir arbeiten mit folgender Hypothese: Ihr Freund hat herausgefunden – wie, das wissen wir noch nicht –, wo sich das Manuskript der zehnten Symphonie befand, er verschaffte sich Zugang zu diesem Ort, holte das Manuskript und sagte niemandem ein Sterbenswörtchen. Dann versteckte er es seinerseits an einem verborgenen Ort und ließ sich einen Notencode auf den Kopf tätowieren.«
»Mit der Kombination eines Tresors, meinen Sie?«
»So etwas in der Art.«
»Dann könnte der Mörder der rechtmäßige Besitzer der Partitur sein?«
»Das halte ich für unwahrscheinlich. Wenn der vorherige Besitzer rechtmäßig gewesen wäre, hätte er nach dem Verlust die Polizei informiert.«
»Dann hat er also einen Dieb bestohlen?«
»Wir ziehen besser keine voreiligen Schlüsse. Befindet sich irgendein Dokument oder Ähnliches im Besitz Ihres Freundes, von dem Sie annehmen, dass man damit den Code entziffern könnte? Ich bin sicher, wenn wir das Geheimnis der Noten entschlüsseln, kommen wir auch darauf, wer ihn ermordet hat.«
»Dazu müsste ich unter Ronalds Papieren nachsehen, aber die befinden sich in unserem Pariser Penthouse.«
Plötzlich gab es ein Getöse – einer der Arbeiter hatte auf dem gerade montierten Tisch einen Bogenstoß versucht, doch die Kugel sprang vom Spielfeld und verfehlte Aguilar

nur knapp. Er konnte gerade noch ausweichen. Mateos schaute den Subinspector strafend an, als sei er nicht das Opfer, sondern der Verursacher dieses Unfalls, und setzte die Vernehmung fort. Seine ganze Haltung suggerierte, man müsse eben Geduld haben mit Aguilars vermeintlichem Ungeschick.

»Was für ein Verhältnis hatten Thomas und die Bonapartes?«

»Weshalb fragen Sie?«

»Meine Leute haben mir gesagt, dass Sophie mit ihnen befreundet ist. War Señor Thomas es auch?«

»Sie kannten sich natürlich, aber sie waren keine großen Freunde.«

»Wie haben sie sich kennengelernt?«

»Das ist eine lange Geschichte. Ich weiß nicht, ob Ihnen bekannt ist, dass Sophies Mutter, Thomas' erste Frau, Korsin war?«

»Wieso seine erste Frau? War er mehrmals verheiratet?«

»Nein, aber seine Ehe war nicht die einzige längere Beziehung mit einer Frau. Eine seine Partnerinnen war übrigens Spanierin.«

»Kennen Sie ihren Namen?«

»Nein. Ronald hat nicht gerne mit mir über seine heterosexuelle Phase gesprochen. Doch vielleicht weiß Sophie Bescheid.«

»Woher wissen Sie, dass sie Spanierin war?«

»Einmal, als ich Bankunterlagen suchte, fand ich ein paar Liebesbriefe an Ronald. Sie waren auf Spanisch.«

»Und Sie haben nicht gesehen, von wem sie unterschrieben waren?«

»Nein. Ich habe nur so viel gelesen, dass ich wusste, es handelte sich um etwas Privates. Ich habe es immer vermieden, meine Nase in Ronalds Angelegenheiten zu stecken. Dabei stößt man nämlich manchmal auf Dinge, die man lieber nicht erfahren hätte.«

»Wo sind diese Briefe jetzt?«

»Es ist alles in Paris.«

»In einem Tresor?«

»Nein, wir haben dort keinen Tresor. Tut mir leid wegen Ihres Manuskripts.«

»Für die Klärung des Falls könnte es notwendig sein, diese Briefe zu untersuchen.«

»Warum? Sie sind schon alt.«

»Manchmal kommt die Lösung eines Falls auf dem unwahrscheinlichsten Weg zustande.«

»Ich werde sehen, was ich tun kann.«

»Vielen Dank. Lassen wir die Briefe einmal kurz beiseite. Sie sprachen davon, wie Ihr Partner die Bonapartes kennengelernt hat.«

»Sophies Mutter entstammte einer der reichsten Familien Ajaccios, den Luciani. Ronald lernte sie eines Sommers an der Côte d'Azur kennen, sie verliebten sich und heirateten. Sophie kam zur Welt, und als sie drei Jahre alt war, begann es in der Ehe zu kriseln.«

»Was war das Problem?«

»Untreue. Ronald reiste wegen seiner Konzerte sehr viel herum, und sie nutzte seine häufige Abwesenheit, um sich mit anderen Männern zu vergnügen. Sie wissen schon, genau wie Napoleons Joséphine damals. Aber abgesehen davon, gefiel es ihm auch einfach nicht auf Korsika. Die Sache endete mit einer lukrativen Scheidung.«

»Lukrativ für wen?«

»Für Ronald natürlich. Sie hatten keine Gütertrennung vereinbart, und er bekam die Hälfte ihres Vermögens.«

»Das heißt also, Señor Thomas war sehr reich.«
»Reicher, als es für ein sorgenfreies Leben nötig war, das können Sie mir glauben.«
»Vielleicht erklärt das, warum er die Beethoven-Partitur nicht verkaufte. Er brauchte das Geld schlichtweg nicht.«
»Und hat er den Prinzen erst nach der Scheidung kennengelernt?«, hakte Aguilar nach, der seines Statistendaseins überdrüssig war.
»Nein, das war erst vor kurzem. Sophie hat Korsika immer gemocht. Ich auch, wenn ich ehrlich sein soll. Kennen Sie die Insel?«
»Wir waren leider noch nicht dort. Wobei … Natürlich kann ich nicht ausschließen, dass mein Kollege die Insel doch kennt. Er ist immer für eine Überraschung gut.«
»Nein, Korsika kenne ich nicht, aber wenn es so ähnlich ist wie Sardinien, kann ich nur sagen …«
Mateos schnitt seinem Assistenten das Wort ab:
»Wir sind fast fertig. Wieso holst du nicht schon mal das Auto? Über Sardinien kannst du uns ein andermal berichten.«
»Die beiden Inseln sind nicht zu vergleichen«, sagte Delorme, obwohl Aguilar ihn schon nicht mehr hören konnte. »Korsika betört einen mit seinem Duft. Was für Andalusien die Orangenblüten sind, ist auf Korsika der Geruch der Macchia.«
»Macchia?«
»So nennen die Korsen die Sträucher, die das Dickicht der Insel bilden. Sie verströmen einen Duft, den man, wenn er sich erst einmal hier festgesetzt hat« – Delorme tippte sich mit dem Zeigefinger an die Nase –, »nie wieder vergisst. Sophie hat immer in Ajaccio gelebt, und dort hat sie die Bonapartes kennengelernt. Jeanne hat Sophie sofort sehr

liebgewonnen, sie wurden enge Freundinnen. Und vor einigen Monaten hat Sophie dann ihren Vater nach Korsika und zu einem Abendessen bei den Bonapartes geschleppt.«

»Sie waren nicht dabei?«

»Ich war leider nicht eingeladen. Der Prinz ist sehr altmodisch, verstehen Sie? Und Sophie liebt mich zwar sehr, aber sie wollte ihren Gastgebern auch keine Unannehmlichkeiten bereiten, indem sie den schwulen Freund ihres Vaters mit in die Villa brachte. Es ist wirklich schade, dass ich nicht bei diesem Essen war. Denn sonst könnte ich Ihnen jetzt als Augenzeuge eine interessante Geschichte erzählen, die sich nach dem Essen ereignete.«

»Was ist da passiert?«

Delorme fing an zu erzählen, und Mateos wusste bald, wen er als Nächstes vernehmen musste: Prinz Bonaparte.

35

Das Poster mit dem kürzlich entdeckten Beethoven-Porträt, das Daniel im Internet bestellt hatte, erreichte ihn in perfektem Zustand.
Das Gemälde war herrlich.
Von den vielen erhaltenen Porträts des Komponisten war das bekannteste das von Joseph Karl Stieler: Es zeigte den Musiker leicht schräg von oben, mit finsterem Blick und einem flotten roten Schal um den Hals. In der linken Hand hielt er die Partitur der *Missa solemnis*, op. 123, die seiner Einschätzung nach sein gelungenstes Werk war.
Stieler war außerordentlich stolz auf dieses Gemälde gewesen, schließlich war es das erste Mal, dass das Genie sich bereit erklärt hatte, für ein Porträt Modell zu stehen – und dies auch erst, nachdem seine Freunde und Mäzene, die Brentanos, ihn mit all ihrer Überredungskunst dazu gedrängt hatten. Nur die Hände, die einen Bleistift und die Partitur hielten, musste Stieler aus dem Gedächtnis malen, denn irgendwann war Beethoven nicht mehr dazu zu bewegen gewesen, noch länger still zu sitzen.
Und diese Hände waren es, die nun auf dem neuen Bild Daniels Blick auf sich lenkten. Die Linke ruhte elegant auf dem Klavier, die Rechte hielt ein liniertes, etwa DIN-A4-großes Blatt, auf dem klar und deutlich einige Noten zu erkennen waren.

Diese Melodie war eine der absonderlichsten, die Daniel je gesehen hatte. Am auffälligsten war die zweimalige Verwendung eines Intervalls – einmal am Anfang und einmal am Ende –, das Tritonus genannt wurde, weil die zwei Noten, die es bildeten, drei Ganztonschritte auseinanderlagen. Vom Mittelalter bis zum Barock war dieses Intervall als *diabolus in musica* bekannt, denn man glaubte, es besitze die Kraft, den Teufel heraufzubeschwören.

In einer alten Abhandlung über Musik hatte Daniel gelesen, dass Sänger, die man beim Singen dieses Intervalls ertappte, manchmal gefoltert oder sogar auf den Scheiterhaufen geworfen wurden. Für andere Gelehrte hatte das Intervall einen starken sexuellen Beiklang, was die kirchlichen Autoritäten natürlich zutiefst empörte und dazu führte, dass es in der Kirchenmusik nicht mehr verwendet werden durfte. Möglicherweise war dies der Grund, weshalb Jahrhunderte später Leonard Bernstein den Tritonus als Star-Intervall seines Musicals *West Side Story* benutzte. Hier sollte es die unwiderstehliche Anziehungskraft zwischen Tony und Maria darstellen:
Ma-RIIIII-a. I-JUST met a girl named Maria.
Der Tritonus war hier das Intervall, das die ersten beiden Silben des Namens der Hauptfigur trennte. Auf der dritten Silbe wurde es dann in eine reine Quinte aufgelöst – als erfüllte sich Tonys tiefes Sehnen mit diesem letzten Seufzer. Daniel dachte, dass der Tritonus auch heute noch eine

unwillkürliche Anspannung in den Menschen hervorrief – als wäre er der Vorbote von etwas Unheilvollem.
Daniel merkte, wie seine Gedanken von Beethoven und der Melodie auf dem Bild abschweiften. Er musste versuchen, eine Verbindung zwischen dem *diabolus in musica* auf dem Notenblatt und einer Begebenheit aus Beethovens Biographie herzustellen.
Plötzlich kamen ihm die Illuminaten in den Sinn. Beethoven hatte offen mit dieser Geheimgesellschaft sympathisiert. Im Gegensatz zu den Freimaurern, denen zum Beispiel Mozart angehört hatte, verlangten sie von ihren Mitgliedern nicht, an ein höheres Wesen zu glauben. Dies brachte es mit sich, dass sich in der Sekte der Illuminaten eine beträchtliche Anzahl von Agnostikern und Atheisten sammelte. Dies wiederum verlieh dem Geheimbund ein klares antiklerikales Profil. So waren die katholische Kirche und die großen europäischen Monarchen, die behaupteten, ihre irdische Macht von Gott dem Allmächtigen erhalten zu haben, Widersacher der Illuminaten. Die erbitterten Gegner dieses Geheimbunds setzten in Umlauf, dass seine Mitglieder die Französische Revolution unterstützt oder sogar mit den Jakobinern zusammen geplant hätten. Selbst bei der russischen Revolution 1917 hätten sie ihre schmutzigen Finger im Spiel gehabt. Und jüngst, im Jahr 1983, hatte der damalige Kardinal Ratzinger, der heutige Papst, in einem von der Kongregation der Glaubenslehre veröffentlichten Dokument deutlich gemacht, dass Rom auch mitten im 20. Jahrhundert noch die Aktivitäten solcher Geheimgesellschaften wie der Freimaurer und Illuminaten mit Abscheu betrachte.
War Beethoven als Folge der sich häufenden Zusammenstöße mit der kaiserlichen Macht in Wien von einem blo-

ßen Sympathisanten der Illuminaten zu einem aktiven Mitglied geworden? Hatte er womöglich, ähnlich wie der Freimaurer Mozart für seine Loge, Musik zur Feier besonderer Anlässe für sie komponiert? Konnte es nicht sein, dass er wegen der antiklerikalen Ausrichtung des Ordens den *diabolus in musica,* das seit dem Mittelalter vom Heiligen Vater verbotene Intervall, als Symbol eingesetzt hatte?

Nach all diesen Überlegungen fragte Daniel sich schließlich, ob die Sekte der Illuminaten, die noch immer in vielen Ländern aktiv war, etwas mit dem grausigen Mord an Thomas zu tun haben konnte.

36

Inspector Mateos hatte schon so lange in derselben Haltung dagesessen – die überkreuzten Beine auf dem Schreibtisch und die Arme hinter dem Kopf verschränkt –, dass es Subinspector Aguilar reizte, ihm eine Münze hinzuwerfen. Vielleicht würde er ja dann wie diese lebenden Statuen die Stellung wechseln. Doch letztlich fragte er nur: »Kaffee, Chef?«

Mateos schien ihn nicht gehört zu haben, so sehr war er darin vertieft, Ordnung in die Informationen über den Fall Thomas zu bringen, die sich in seinem Kopf auftürmten. Die Frage erfüllte dennoch dieselbe Funktion wie eine Münze: Kaum war sie gestellt, veränderte Mateos seine Haltung und nahm die Füße vom Tisch.

»Ja, mit Zucker bitte.«

»Mit Zucker? Wirklich?«

»Ja, wirklich. Wenn ich so viel grübeln muss, brauche ich welchen. Das Gehirn ist unser gierigstes Organ, Aguilar. Es verschlingt sechzig Prozent des Zuckers, den das Blut transportiert, an die 450 Kalorien pro Tag!«

»Dann bringe ich dir zwei Beutel mit.«

»Man muss es ja nicht gleich übertreiben.«

Ein paar Minuten später kam Subinspector Aguilar mit zwei Kaffee zurück.

»Und worüber grübelst du so angestrengt, Chef?«

»Als du den Wagen geholt hast, hat Olivier Delorme mir eine Geschichte erzählt, die wir überprüfen müssen. Wir wissen, dass im selben Hotel, in dem die Tochter von Thomas logiert, auch ein Nachfahre von Napoleon Bonaparte wohnt. Um genau zu sein, ist er der Urururenkel von Napoleons jüngerem Bruder und somit einer der rechtmäßigen Thronerben Frankreichs.«
»Aber in Frankreich gibt es doch überhaupt keinen Thron, den er besteigen könnte!«
»Ich weiß. Spanien ist auch keine Republik, und trotzdem haben wir republikanische Parteien.«
In der Nähe heulte die Sirene eines Streifenwagens, und als Aguilar abgelenkt den Kopf wandte, fürchtete Mateos, er werde wie ein Hund anfangen zu jaulen. Er wartete, bis der Wagen vorbeigefahren war, und fuhr dann mit seiner Erzählung fort:
»Dieser Mann besitzt in Ajaccio eine Villa. Dort wurde vor kurzem ein Beethoven-Bild entdeckt, von dem zuvor nie jemand gehört hatte. Und rate mal, wer das Bild entdeckt hat?«
»Thomas?«
»Richtig. Die Bonapartes hatten das Bild schon ihr Leben lang im Haus, doch sie hielten es für das Porträt eines Arztes.«
»Moment mal, ich komme nicht ganz mit. Woher kannte Thomas denn die Bonapartes?«
»Hattest du das nicht mitbekommen? Über seine Tochter, Sophie. Sophie Lucianis Mutter ist Korsin und besitzt auf der Insel eine prächtige Villa. Sophie lebt ebenfalls in Ajaccio, wo sie auch arbeitet. Sie ist bekanntlich Musiktherapeutin. Delorme zufolge ist die Prinzessin Bonaparte eine Hysterikerin sondergleichen und klagt über alle mög-

lichen Wehwehchen, von denen die meisten bloß eingebildet sind. Eine ihrer häufigsten Beschwerden sei Schlaflosigkeit gewesen, die sie nur mit Medikamenten bekämpfen konnte.«

»War die Schlaflosigkeit auch nur eingebildet?«

»Wie bitte?«

»Na, ich frage, ob sie glaubte, nicht schlafen zu können, es aber in Wirklichkeit doch tat.«

»Das soll ein Witz sein, oder?«

»Du hast gerade gesagt, dass die meisten ihrer Leiden bloß eingebildet waren.«

Mateos verdrehte die Augen. »Nein, nein, sie litt unter ganz realer Schlaflosigkeit. Anfangs kämpfte sie mit Tabletten dagegen an, doch das war keine Lösung, denn am nächsten Tag war sie dann müde und reizbar.«

»Außerdem wird man davon abhängig.«

»Du sagst es. Die Prinzessin Bonaparte entwickelte eine derart ausgeprägte Medikamentensucht, dass ihr erschrockener Ehemann die Schlaftabletten eines Tages in den Ausguss warf. Da begannen jedoch erst die wahren Probleme, denn zur Schlaflosigkeit kamen jetzt noch Entzugserscheinungen. Auf dem Höhepunkt der Krise – Delorme sagte, sie sei kurz davor gewesen, sich umzubringen – tat sie vier Tage kein Auge zu, sie halluzinierte, bis sie nicht einmal mehr bis drei zählen konnte – kurz, es war die Hölle. Sie glaubte, ihre Schuhe seien voller Spinnweben und auf ihrem Schreibtisch krabbelten ekelerregende Insekten – wie im Delirium tremens. Damals erzählte ihnen jemand von der Musiktherapeutin Sophie Luciani. Sie gingen zu ihr wie zu einer Kräuterhexe oder Heilerin – wie jemand eben, der von der Schulmedizin längst zum hoffnungslosen Fall erklärt wurde.«

»Offensichtlich hat es etwas genützt.«

»Ja. Delorme erzählte, nach zwei Wochen sei Besserung eingetreten, und nach drei Monaten sei sie bereits vollkommen geheilt gewesen. Nun ist Jeanne-Françoise, wie die Prinzessin heißt, Sophie Luciani auf ewig dankbar, dass sie sie von unsäglichen Qualen befreit hat, und sie wurden enge Freundinnen.«

»Das ist nicht ohne Ironie.« Aguilar seufzte.

»Wieso das denn?«

»Diese Frau wird durch Musikhören von ihrer Schlaflosigkeit geheilt, und ich kann wegen der Musik aus der Kneipe unter mir oft ewig nicht einschlafen.«

»Du bist doch Polizist, nicht wahr? Zeig ihnen, wo der Hammer hängt«, grinste Mateos.

»Dafür tauge ich nicht. Wenn sie das Lokal schließen müssen, kann ich auch nicht schlafen – wegen Schuldgefühlen.«

»Man kann nicht zugleich ein guter Polizist und ein guter Mensch sein, das habe ich dir schon tausendmal gesagt.«

»Wie hat Thomas eigentlich das Bild entdeckt?«, wechselte Aguilar schnell das Thema.

»Vor einigen Monaten lud Prinzessin Bonaparte Sophie und ihren Vater zum Essen ein. Weil Delorme schwul ist, war er nicht eingeladen.«

Für den Bruchteil einer Sekunde war Mateos' Zungenspitze zwischen den Zähnen zu sehen, schwarz vom Kaffee. Aguilar hatte die giftige Zunge einer Echse vor Augen, die ihre Beute wie eine Schlange mit der Zunge witterte.

»Dieses Bild«, fuhr der Inspector fort, »hing in der kleinen Durchgangshalle der Bonaparte-Villa in Ajaccio. Niemand hat es je beachtet. Nach dem Essen wollte die Prinzessin Sophies Vater die Villa zeigen, und als sie an dem

Bild vorbeikamen, weckte es gleich Thomas' Aufmerksamkeit.«

»Hatte er Ahnung von Malerei?«

»Kein bisschen. Doch als er es sah, sagte er zu dem Prinzenpaar, das Gemälde sei sicherlich ein Porträt von Beethoven. Und weil er ein Experte war, Beethoven-Experte, meine ich, glaubten sie ihm sofort. Im Augenblick ist es wegen einer Ausstellung in München.«

»Denkst du dasselbe wie ich, Inspector?«

»Klar: Wenn Prinz Bonaparte ein Porträt von Beethoven in seinem Haus hatte, von dem niemand etwas wusste – wieso nicht auch das Manuskript der zehnten Symphonie?«

37

Jake Malinak war tief beeindruckt, als Daniel Paniagua ihm am Telefon erklärte, bei der Adressatin des Briefs, den er in der Hofreitschule gefunden hatte, könne es sich um die sagenumwobene Unsterbliche Geliebte handeln. Jake, der sich mit dem Thema nicht sonderlich gut auskannte, verband mit dieser Unsterblichen Geliebten nur den Film, in dem Gary Oldman den Komponisten aus Bonn spielt, und eine alte Legende, von der er schon während seines Musikstudiums am Konservatorium gehört hatte. Nachdem Beethoven im März 1827 gestorben war, fand man in seinem Schreibtisch zwei hochinteressante Schriftstücke. Von ihrer Existenz hatten nicht einmal diejenigen gewusst, die dem Genie am nächsten standen. Eines von ihnen war das *Heiligenstädter Testament,* eine Art Abschiedsbrief, in dem Beethoven seinen Brüdern mitteilte, dass er nicht damit leben könne, taub zu werden. Da er sich schließlich doch mit seinem Schicksal abfand, schickte der Komponist diesen Brief nie ab.

Das andere war der leidenschaftliche Brief an die Unsterbliche Geliebte, eine Frau, die nicht namentlich genannt wurde. Viele Forscher hatten sich darüber die Finger wund geschrieben. Es fehlte nämlich nicht nur der Name der Geliebten, sondern auch die Angabe eines Jahres oder Ortes. Glücklicherweise notierte Beethoven jedoch Tag und

Monat und auch den Wochentag – Montag –, was es dem Forscher Maynard Solomon erlaubt hatte, mit an Sicherheit grenzender Wahrscheinlichkeit alle uns bekannten Geliebten des Genies auszuschließen. Bis auf eine: Antonie Brentano.

Paniagua hatte Malinak berichtet, dass der Brief an die Unsterbliche Geliebte eigentlich aus drei einzelnen Schreiben bestand, verfasst innerhalb von weniger als vierundzwanzig Stunden. In den Briefen spricht er sie mit ebendieser Anrede, Unsterbliche Geliebte, an und beteuert, sie sei die Frau seines Lebens. Ihre Liebe mache ihn gleichermaßen glücklich wie unglücklich, da weder sie ganz die Seine noch er ganz der Ihre sein könnte.

»Vermutlich ist das der Grund, weshalb Beethoven in der Notiz, die Sie gefunden haben, schrieb, dass sie sich einige Zeit nicht sehen sollten. In dem Brief an die Unsterbliche Geliebte wird nämlich auch auf ein Hindernis für ihre Liebe angespielt – wahrscheinlich auf den Umstand, dass sie verheiratet war.«

»Nehmen wir an, es handelte sich um Antonie Brentano. Wer war diese Frau?«

»Sie lebte zwischen 1809 und 1812 in Wien und war mit einem reichen Weinhändler aus Frankfurt verheiratet, mit dem sie sehr unglücklich war. Beethoven war ein Freund des Paares. Wenn sie krank war, besuchte er sie zu Hause und brachte ihr ein Ständchen auf dem Klavier, was augenscheinlich recht häufig geschah. Der Brief an die Unsterbliche Geliebte ist vielleicht deshalb in einem so melodramatischen Ton geschrieben, weil Beethoven erfahren hatte, dass Antonie Brentano Wien verlassen und fortan in Frankfurt bei ihrem Ehemann leben würde.«

»Eine Sache verstehe ich nicht«, wandte Malinak ein.

»Wieso wurden diese drei Briefe nachher in Beethovens Schreibtisch gefunden, wenn er sie seiner Geliebten wirklich zukommen ließ? Hätten sie sich nicht in ihrem Besitz befinden müssen?«
»Die Briefe schickte Beethoven ihr aus Teplitz, wo er zur Kur war, nach Karlsbad, wo das Ehepaar Brentano sich aufhielt. Der Musiker traf die beiden ein paar Tage darauf in Karlsbad und hat die Briefe dort wahrscheinlich zurückbekommen. Es wäre sicher zu gefährlich gewesen, wenn Antonie sie noch länger bei sich behalten hätte.«
»Glauben Sie denn, dass Antonie Brentano Beethovens große Liebe war?«
»Ich weiß nur, dass sich in seinem Schreibtisch neben diesen Schriftstücken auch zwei Miniaturporträts befanden. Eins zeigt Therese Gräfin Brunsvik, der Beethoven *Für Elise* gewidmet hatte, und das andere war eine Frau mit den Zügen von Antonie Brentano.«
»Ja, gut, aber was ist Ihre Vermutung?«
»Falls Beethoven Freimaurer gewesen sein sollte, glaube ich kaum, dass er eine Liebesbeziehung mit der Frau eines Freundes eingegangen wäre. Die Freimaurer legen viel Wert auf Tugendhaftigkeit. Aber es wird auch von einer Verbindung Beethovens zu den Illuminaten gesprochen, deren Haltung zum Thema Untreue vielleicht eine andere war.«
»Und wenn der Brief, den ich hier in Wien gefunden habe, an dieselbe Frau gerichtet ist – wie kommt er dann bitte in die Hofreitschule?«
»Wir wissen es nicht. Mit Beethovens Briefen gibt es ohnehin so viele Ungereimtheiten. 1911 zum Beispiel veröffentlichte die Zeitschrift *Die Musik* einen vierten Brief an die Unsterbliche Geliebte und verursachte damit er-

heblichen Wirbel unter Kennern. Nach wenigen Tagen stellte sich jedoch heraus, dass der Brief eine Fälschung war und nur zum Scherz gedruckt wurde.«

»Aber der Brief aus der Hofreitschule ist echt, das hat die Polizei bestätigt. Und es gibt noch etwas, über das wir bisher nicht gesprochen haben: Dort, wo der Brief lag, hat unzählige Jahre lang offenbar noch etwas anderes gelegen. Vielleicht eine Partitur oder Ähnliches. Halten Sie es für möglich, dass irgendjemand die zehnte Symphonie … ich meine, könnte sie dort aufgefunden worden sein?«

Daniel antwortete nicht auf die Frage. Ihn beschäftigte die halbe Million, die Jesús Marañón geboten hatte, wenn er ihm sagen würde, wo sich das Beethoven-Manuskript befand.

38

Das Petit Carlton war eines der vielen Hotels, die in letzter Zeit von der Kette Petit Palais in Madrid eröffnet worden waren. Die Betreiber restaurierten alte, baufällige Gebäude, die die Besitzer nicht verkaufen wollten oder konnten – zum Beispiel wegen Familienstreitigkeiten –, mieteten sie für viele Jahre und wandelten sie in Designhotels um. Das Carlton befand sich in einem komplett umgearbeiteten alten Gasthaus aus dem 17. Jahrhundert und vereinte das Flair einer 400 Jahre alten Herberge mit den Annehmlichkeiten und technischen Errungenschaften des 21. Jahrhunderts.

Schon seit das erste dieser Hotels eingeweiht worden war, hatte Mateos eins von innen sehen wollen, um herauszufinden, ob ein solches Etablissement hübsch genug war als künftiger Ort für seine amourösen Abenteuer. Das Treffen mit den Bonapartes bot ihm einen ausgezeichneten Vorwand dafür, seine Neugier zu befriedigen. Vielleicht hatte er deswegen für diesmal nicht gewollt, dass Aguilar ihn begleitete. Der Prinz hatte darum gebeten, dass die Zusammenkunft im Zentrum stattfand, da er um den Shoppingmarathon seiner Angetrauten an diesem Nachmittag nicht herumkommen würde, und der Inspector hatte die Bar des Petit Carlton als Treffpunkt vorgeschlagen, weil sich das Hotel im Herzen des Einkaufsviertels befand. Der

Franzose saß, in Begleitung seiner Frau, vor einer fast leeren Bloody Mary in der Bar. Als der Inspector sich näherte, standen die beiden auf und gaben ihm höflich die Hand. Mateos bestellte sich einen Wodka auf Eis und folgte sogleich seiner üblichen Taktik bei solchen informellen Vernehmungen – er begann mit dem Satz: »Ich werde versuchen, Ihnen möglichst wenig Zeit zu rauben.«

Der Prinz machte eine undefinierbare Bewegung mit dem Kopf, die sowohl Zustimmung als auch Ablehnung bedeuten konnte.

Mateos' Hauptinteresse war, herauszufinden, ob die Bonapartes die Polizei angelogen hatten oder ob es vielmehr Delorme gewesen war, der sich ein falsches Alibi verschaffen wollte, indem er behauptete, Sophie sei zur Tatzeit bei ihm gewesen. Doch es erschien ihm klüger, dieses Thema nicht sofort anzuschneiden, um sie nicht gleich zu Beginn in die Defensive zu drängen.

»Wie ich Ihnen am Telefon gesagt habe«, fuhr er fort, »ermittle ich im Mordfall Ronald Thomas. Dazu würde ich gerne zwei, drei Punkte mit Ihnen klären.«

»Stehen wir unter Verdacht?«, fragte der Prinz.

Mateos lächelte. »Wieso fragen Sie?«

Die Prinzessin, die bis dahin noch gar nichts gesagt hatte, erklärte nervös: »Mein Mann und ich wollen in keinen Skandal verwickelt werden, Inspector. Louis-Pierre stellt sich in drei Monaten zur Wahl, und jede Nachricht, die ihn mit einem Verbrechen in Verbindung bringt, könnte ihm schaden.«

»Was für Wahlen sind das?«

»Die Bürgermeisterwahlen in Ajaccio, der korsischen Hauptstadt.«

»Haben Sie Chancen, zu gewinnen?«

»Ich habe einen sehr schwierigen Gegner, Gauthier Rossi. Er ist der Enkel des legendären korsischen Sängers und Schauspielers Tino Rossi.«

»Nie gehört, tut mir leid.«

»Die Wahlkampagne wird ausschlaggebend sein, und ich bin bereit, viel Geld zu investieren. Mein Vermögen ist meine Chance, den Gegner auszustechen.«

Mateos nahm einen Schluck von seinem Wodka. Wunderbar.

»Kommen wir zu Thomas. Sie hielten sich an dem Abend seiner Ermordung hier in der Stadt auf, nicht wahr?«

»Ja, mein Mann hatte am Abend zuvor einen Vortrag über Napoleon gehalten.«

»Aus welchem Grund haben Sie danach auf das Konzert verzichtet?«

»Mein Mann fühlte sich nicht wohl«, beeilte sich die Prinzessin zu sagen.

»Lässt du mich vielleicht mal selbst antworten, oder hast du das Gespräch mit dem Inspector für dich gepachtet?«, fuhr der Prinz sichtlich verärgert auf.

»Nur zu, antworte du«, erwiderte die Prinzessin. Sie schien es außerordentlich zu genießen, ihrem Mann die Hauptrolle streitig zu machen.

»Mir ging es nicht gut, und deshalb sind wir auf dem Zimmer geblieben.«

»Wie ich ja schon gesagt habe. Wobei dir an dem Abend nicht das Essen schlecht bekommen ist, sondern dein eigener Wutanfall.«

»Sei still«, blaffte sie der Prinz an. »Du warst nicht einmal dabei.«

Die Prinzessin dachte nicht daran, dem schneidenden, fast militärischen Befehl ihres Ehemannes nachzukommen,

und sprach weiter, als wäre er gar nicht da. »Bei dem Vortrag stellte einer aus dem Publikum die Theorie meines Mannes in Frage, dass Napoleon vergiftet wurde.«
»Der Mann war ein Provokateur. So einer taucht bei jeder meiner öffentlichen Reden auf.«
»Und dann war da noch eine Frau, die der Vergiftungstheorie zwar zustimmte, meinem Mann jedoch widersprach, was den Täter angeht: Er hält den Gouverneur der Insel St. Helena für den Schuldigen, doch die Frau vermutete, es könne Beethoven gewesen sein – mit Hilfe der Illuminaten.«
»Liebling, deine Exkurse interessieren die Polizei nicht.«
»Momentan interessiert mich alles im Zusammenhang mit Beethoven«, stellte Mateos rasch klar. Allerdings zog er es vor, zu verschweigen, dass der Raub der zehnten Symphonie dieses Komponisten für ihn das plausibelste Tatmotiv darstellte.
»Erzählen Sie mir von diesem Beethoven-Porträt aus Ihrer Villa in Ajaccio. Thomas hat es entdeckt, nicht wahr?«
Der Prinz schien überrascht, dass der Inspector über so detaillierte Informationen verfügte.
»Woher wissen Sie das?«
»Das spielt jetzt keine Rolle. Ist es möglich, dass in dem Bild irgendein Dokument versteckt war?«
»Meinen Sie zwischen Leinwand und Rahmen?«
»Ja.«
»An was für ein Dokument denken Sie?«
»Eine Partitur, zum Beispiel.«
»Das weiß ich nicht. An dem Bild hat mich nicht einmal die Vorderseite interessiert – wieso hätte ich die Rückseite untersuchen sollen?«
»Ist Thomas an diesem Abend, als er bei Ihnen zu Gast

war, zu irgendeinem Zeitpunkt alleine bei dem Bild gewesen?«

»Nicht dass ich wüsste. Obwohl, doch. Señor Thomas interessierte sich lebhaft für die Noten, die auf dem Bild zu sehen waren, und bat mich, Stift und Papier zu holen, damit er sie sich aufschreiben konnte. Ich ging kurz weg, um ihm das Gewünschte zu holen. Aber das dauerte nicht länger als zwei oder drei Minuten.«

»Genug Zeit, um die Rückseite des Gemäldes zu untersuchen und einen dort verborgenen Gegenstand an sich zu nehmen. Was sagte Thomas über die Noten?«

»Er meinte, sie könnten zu dem Werk gehören, das Beethoven damals komponierte, und dass dies bei der Datierung des Gemäldes helfen könnte. Ich erinnere mich, dass er von einem berühmten Porträt des Komponisten erzählte, auf dem er das Manuskript der *Missa solemnis* in der Hand hält.«

»Was geschah weiter an dem Abend?«

»Von dem Zeitpunkt an, als Thomas das Bild gesehen hatte, war er aufgeregt, nervös und schien aufbrechen zu wollen. Das tat er dann auch, obwohl Sophie protestierte. Sie warf ihm vor, es sei unhöflich, uns so früh zu verlassen.«

»Gingen die beiden nicht zusammen?«

»Nein, Sophie blieb noch etwa eine Stunde bei uns. Das Ganze war schon ein wenig seltsam, denn während des Essens hatte sich Señor Thomas liebenswürdig und überaus redselig gezeigt. Genau zu dieser Zeit hatte er ja angefangen, an der Rekonstruktion der zehnten Symphonie zu arbeiten, und er hörte gar nicht auf, Geschichten über Beethoven zu erzählen. Er war ein ausgezeichneter *raconteur*.«

»Er hat uns alle auf die Schippe genommen«, ergänzte die Prinzessin. »Aber im positiven Sinne. Er klang oft spöttisch, jedoch nie verletzend oder herablassend. Der Witz, oder die Ironie, wenn Sie so wollen, war seine Art, Zuneigung zu zeigen. Und da mein Mann ein großer Musikliebhaber ist, haben die beiden sich von Anfang an gut verstanden.«

»Warten Sie mal«, unterbrach Mateos und zog leicht die Augenbraue hoch. »Das überrascht mich: ein Bonaparte, der Musik mag?«

»Was das angeht, komme ich nach Jérôme, nicht nach Napoleon. Ich liebe Musik seit jeher.«

»Das kann ich bezeugen«, bekräftigte die Prinzessin. »Mein Mann war es, der mir vorschlug, ein kleines gesundheitliches Problem, das ich vor einiger Zeit hatte, mit Hilfe von Musiktherapie zu lösen.«

»Meine Frau litt unter Schlaflosigkeit«, erklärte Bonaparte, der nicht wissen konnte, dass Mateos durch Delorme bereits mehr als auf dem Laufenden war. »Wir hatten schon verschiedenste Behandlungsmethoden ausprobiert, alle erfolglos. Da fiel mir Bach ein mit seinen *Goldberg-Variationen.* Sie kennen die Geschichte wahrscheinlich.«

»Ist schon länger her …«, log Mateos, um gebildet zu erscheinen. »Ich fürchte, ich habe sie nicht mehr präsent.«

»Es heißt, ein reicher Berliner Aristokrat, Graf Keyserling, der unter schwerer Schlaflosigkeit litt, habe Bach damit beauftragt, ein Stück für Cembalo zu schreiben, das ihm sein Hofcembalist Goldberg nachts vorspielen konnte. Bach soll daraufhin die *Goldberg-Variationen* komponiert haben. Hier in Spanien hat meines Wissens der Kastrat Farinelli für Philipp V. gesungen, wenn der keinen Schlaf fand.«

»Stimmt, das habe ich auch schon einmal gehört«, log der Inspector erneut.

»Als ich erfuhr, dass es eine Musiktherapieklinik in Ajaccio gibt, erzählte ich dies meiner Frau. Ich musste sie im wahrsten Sinne des Wortes dorthin schleppen, doch ich glaube, das war die beste Entscheidung seit Jahren. Hab ich nicht recht, *chérie?*«
Die Prinzessin antwortete nicht darauf. Sie hatte feuchte Augen, schien den Tränen nah zu sein. Die Erinnerung an diese schwierige Zeit in ihrem Leben wühlte sie sichtlich auf.
»Señor Bonaparte, Sie sagten, Thomas habe während des Essens über Beethoven geredet. Er hat dabei nicht zufällig irgendein Manuskript erwähnt, oder?«
»Nein. Er sprach davon, dass er den größten Teil der Musik selbst komponieren müsse, weil er sehr wenig Ausgangsmaterial für die Rekonstruktion vorgefunden habe.«
»Hat er sich dazu geäußert, ob er zufrieden war mit dem, was er bis dahin geschafft hatte?«
»Er sagte ein paarmal so etwas wie ›Beethoven möge mir verzeihen‹; er gab gern zu, dass sein Talent niemals an die Größe dieses Genies heranreichen würde – egal wie sehr er sich auch anstrengte.«
»Sophies Vater schien sich dafür auf sehr vielen Gebieten auszukennen«, ergänzte die Prinzessin. »Als mein Mann zum tausendsten Mal seine Theorie über Napoleons Vergiftung zum Besten gab, sagte Thomas, er habe seine eigene Mutmaßung darüber. Er hatte sich eingehend mit den Giften aus jener Zeit beschäftigt. Ihm zufolge sind sowohl Beethoven als auch Napoleon an einer Vergiftung gestorben. Napoleons Vergiftung soll jedoch eine Art Unfall gewesen sein.«
Mit einem Höllenlärm krachte in diesem Moment ein mit Gläsern voll beladenes Tablett auf den Boden und zog die

allgemeine Aufmerksamkeit auf sich. Es klang, als wäre der gesamte zweite Stock des Eiffelturms samt Restaurant aus seiner Höhe von 125 Metern aufs Marsfeld gestürzt. Niemand eilte herbei, um den Kellner für dieses Missgeschick zu maßregeln. Anscheinend gab es außer ihm keine Angestellten in diesem Hotel. Dies war der Moment, in dem Mateos entschied, das Petit Carlton von seiner Liste der Hotels für zukünftige Liebesabenteuer zu streichen.

Nachdem sie sich von dem Schreck erholt hatten, kam Mateos darauf zurück, was Thomas über Beethoven gesagt hatte.

»Sie sprachen gerade über die Vergiftungen.«

»Sophies Vater«, sagte die Prinzessin, »erklärte uns, dass Arsen, das im 19. Jahrhundert in Kombination mit anderen Substanzen verwendet wurde, um Tapeten zu färben, in dem extrem feuchten Klima von St. Helena vielleicht dem Papier entwichen war und die Luft in dem Haus vergiftet hatte, wo der Kaiser lebte.«

»Und Beethoven?«

»Laut Señor Thomas wurde Beethoven von Salieri vergiftet. Wissen Sie, wer das ist?«

Diesmal musste Mateos nicht lügen, um seine kulturellen Brachen zu verheimlichen, denn Salieri kannte er aus dem Film *Amadeus*.

»Salieri? Soll der nicht Mozart getötet haben?«

»Genau. Aber Thomas behauptete, Salieri habe nicht Mozart, sondern Beethoven ermordet. Um seine merkwürdige Theorie zu untermauern, erzählte er uns zunächst von Beethovens Bleivergiftung. Anscheinend wurden in einem amerikanischen Forschungslabor der Schädel und einige Haare des Musikers untersucht. Man fand heraus, dass die Bleikonzentration in Beethovens Organismus hundertmal höher war als normal. In der Studie wurde dargelegt, dass diese massive Bleidosis noch nicht während seiner Bonner Kindheit oder Jugend in seinem Körper gewesen sein konnte, da sie seine intellektuelle Entwicklung behindert hätte. Die Aufnahme dieses tödlichen Gifts kann also erst ab dem Beginn seiner Wiener Zeit erfolgt sein. Dort begannen seine Verdauungsschwierigkeiten, chronische Bauchschmerzen, Reizbarkeit und häufige Depressionen. Keiner der Ärzte, an die er sich wandte, war in der Lage, ihn wirksam zu behandeln. Die Wissenschaftler konnten laut Thomas übrigens auch mit dem alten Verdacht aufräumen, Beethoven sei an Syphilis gestorben. Man fand in seinen sterblichen Überresten nämlich keine Spuren von Quecksilber, das zu Beginn des 18. Jahrhunderts das gebräuchlichste Mittel gegen diese fürchterliche Geschlechtskrankheit war. Aus diesen Befunden schloss man – zu Unrecht, wie Thomas meinte –, das Blei sei über Wasser, Nahrungsmittel oder Küchengeräte in Beethovens Organismus gelangt. Eine von seinen Lieblingsspeisen war Fisch, und man weiß, dass das Wasser der Donau damals durch die immer zahlreicheren Fabriken in hohem Maße mit Blei verseucht war. Außerdem trank der Musiker regelmäßig Rotwein – wenn man es also für unwahrscheinlich hält, dass die Fische aus der Donau schuld waren, könnte man immer noch annehmen, sie rührte von dem Gebrauch von Zinnbechern her oder möglicherweise von Stoffen, die dem Wein beigemischt wurden, um ihn süßer zu machen. Thomas verwarf sogar eine aktuelle Theorie, die der Chef der Gerichtsmedizin an der Universität Wien vertritt: Einer der Ärzte Beethovens, Doktor Andreas Wawruch, soll ihm gegen seine Bauchschmerzen ein bleihaltiges Medikament verschrieben haben, das die Leiden aber nur verschlimmerte. So habe er ihn in gewisser Weise versehentlich ermordet.«

Die Prinzessin holte tief Luft. Es war mehr als deutlich, dass medizinischen Themen ihre ganze Leidenschaft galt.

»Ich erinnere mich an diese Nachricht«, bestätigte Mateos. »Sie war groß in der Presse. Weshalb hielt Señor Thomas die Theorie einer zufälligen Vergiftung für falsch?«

»Er sagte, Beethoven habe, genau wie er selbst, viele Feinde gehabt. Und in jener Zeit war es sehr leicht, jemanden zu vergiften – die Gerichtsmedizin war damals noch nicht so weit entwickelt, dass man Vergiftungen hätte nachweisen können. So hielt Thomas es für das Wahrscheinlichste, dass Beethoven von jemandem ermordet wurde, den er gegen sich aufgebracht hatte.«

»Ich kann mir kaum vorstellen, dass ein Musiker, der heute für universale Eintracht steht, so viele Feinde hatte.«

»Denselben Einwand hatte ich an dem Abend auch«, nickte Bonaparte. »Doch Thomas meinte, wir sollten uns nicht vom äußeren Eindruck täuschen lassen. Der Komponist habe mit seinen politischen Ideen Hass auf sich gezogen: Beethoven ist immer ein glühender Anhänger der Republik gewesen. Und mit seinem unleidlichen Wesen beleidigte er die Adeligen, die seine Karriere finanzierten, sogar in aller Öffentlichkeit. Mit seinem überbordenden Talent stellte er Dutzende Pianisten und Komponisten seiner Zeit in den Schatten – sie sollen neben ihm geradezu lächerlich gewirkt haben. Und außerdem zitierte Thomas auch noch einen sehr berühmten Brief, in dem Beethoven selbst bekannte, dass es viele Menschen gebe, die ihm übelwollten.«

»Hat Thomas auch darüber geredet, wie Beethoven Salieris Zorn auf sich zog?«

»Es scheint, als habe Mozarts mutmaßlicher Mörder längere Zeit Umgang mit dem Bonner Genie gehabt. Und er ist auf Beethovens Beerdigung gewesen, wo sich die Leute drängten, genau wie bei Mozarts einsamem Begräbnis. Deshalb wurde wild über seine Abneigung gegen ihn spekuliert. Salieri hatte Beethoven einige Jahre lang in Opern- und Vokalkomposition unterrichtet, und wie es scheint, war die Beziehung zu seinem Schüler warm und herzlich. Beethoven widmete ihm sogar einige Sonaten für Violine und Klavier. Doch als der Italiener es wagte, Beethovens einzige Oper, *Fidelio,* zu kritisieren, verschlechterte sich das Verhältnis der beiden, und 1809 bezeichnete Beethoven Salieri offen als Feind: ›Das Witwenconzert hatte den abscheulichen Streich gemacht, aus Haß gegen mich, worunter Herr Salieri der erste …‹«

»Salieri Beethovens Mörder!«, rief Mateos ungläubig. »Thomas hatte doch wohl eine Schraube locker!« Er machte eine Geste, als würde er eine Schraube eindrehen. Nun schien ihm endlich der richtige Zeitpunkt gekommen, die kritischste Frage zu stellen:

»Señor Bonaparte, wieso haben Sie die Polizei belogen?«

»Was meinen Sie?«, fragte der Prinz, um Zeit zu gewinnen.

»Das wissen Sie ganz genau. Sie behaupteten gegenüber meinem Kollegen, Subinspector Aguilar, dass Sophie Luciani in der Mordnacht bis drei Uhr bei Ihnen gewesen sei.«

»Wir haben nichts getan«, gab sich der Prinz kampflos geschlagen. Ihm fehlte anscheinend die Energie, sein falsches Alibi aufrechtzuerhalten.

»Mein Mann möchte nur in Ruhe gelassen werden«, wiederholte sich die Prinzessin. »Er darf jetzt auf keinen Fall in einen Skandal verwickelt werden, wo er gerade in die Politik gehen will.«

»Señor Bonaparte.« Mateos setzte seine strengste Miene auf. »Die Polizei zu belügen ist ein sehr schwerwiegendes Vergehen. Wenn Sie das vor Gericht getan hätten, wären Sie möglicherweise wegen Falschaussage ins Gefängnis gekommen.«

»Aber wir haben kein Alibi«, fuhr der Prinz auf. »Wir haben Angst. Der Mörder hat Thomas mit einer Guillotine umgebracht, das ist eine französische Erfindung. Dieses Gerät wird man mit mir in Verbindung bringen. Es ist schließlich keine Reliquie aus dem 19. Jahrhundert: In meinem Land gab es bis 1939 öffentliche Hinrichtungen. Die letzte Hinrichtung fand erst 1977 statt, als der arme Teufel Hamida Djandoubi guillotiniert wurde. Selbst wenn die Polizei uns nicht als Mörder verdächtigt, wird die Presse anfangen zu spekulieren …«

»Dass Sie kein Alibi haben, könnte unter Umständen Ihr bestes Alibi sein, so paradox Ihnen das auch erscheinen mag«, sagte der Inspector.

»Wie meinen Sie das?«

»Thomas' Mörder ist ausgesprochen hinterlistig und plante das Verbrechen gewissenhaft. Es ist sehr ungewöhnlich, dass die Kriminaltechniker trotz der ausgeklügelten Methoden, die sie mittlerweile anwenden, nicht die geringste Spur am Tatort gefunden haben. Wären Sie der oder die Mörder, hätten Sie sich nicht bei einer so platten Lüge erwischen lassen.«

Bonaparte seufzte erleichtert.

»Ich weiß nicht, wer Thomas ermordet hat, aber ich bin fast sicher, dass das, was er suchte, sich derzeit nur im Besitz einer einzigen Person befinden kann.«

»Aha. Wen meinen Sie?«
Der Prinz schaute seine Frau an und sagte: »Würdest du uns für einen Augenblick allein lassen, *chérie?*«
»Louis-Pierre!« Entrüstet erhob sich die Prinzessin und verließ den Raum.
Der Franzose berichtete Mateos von seiner Vermutung, und diese erschien dem Kommissar ganz und gar nicht abwegig.

39

Da kommen natürlich einige Zufälle zusammen«, sagte die Richterin Rodríguez Lanchas nach Daniels ausführlichem Bericht über alles, was er bisher im Zusammenhang mit Beethoven herausgefunden hatte.
Die Juristin hatte ihn in ihrem Büro empfangen, obwohl sie an diesem Morgen alle Hände voll zu tun hatte – wie unschwer an den häufigen Unterbrechungen ihres Gesprächs zu erkennen war. Es war ein Kunststück, unter diesen Umständen nicht den Faden zu verlieren.
»Das sehe ich genauso«, stimmte Daniel zu. »Zumindest zwischen einigen Ereignissen der letzten Tage muss ein Zusammenhang bestehen: Zuerst ein abgeschlagener Kopf, auf den Noten von Beethoven tätowiert sind, dann findet sich ausgerechnet jetzt ein von ihm handgeschriebener, bisher noch nicht bekannter Brief in Wien, und schließlich ein neues Porträt von Beethoven, auf dem er lächelt.«
»Nicht zu vergessen dein Freund Malinak, der sagte, dass an der Stelle, wo der Brief gelegen hat, außerdem noch der Abdruck eines anderen Gegenstands zu sehen ist – von der Größe eines nicht allzu kleinen Schreibhefts. Und wenn wir von der Existenz einer zehnten Symphonie ausgehen, die gerade entdeckt wurde …«
Die Bürotür ging auf, und herein kam die Gerichtssekretärin.

»Verzeih, Susana, ich wusste nicht, dass du Besuch hast. In zehn Minuten ist die Gegenüberstellung. Ich gehe schon einmal hinunter.«

»Gut, ich komme gleich. Ist Felipe auch da?«

Als ob die bloße Nennung seines Namens genügte, ihn herbeizuzaubern, stand der Gerichtsmediziner in der Tür.

»Hier bin ich«, antwortete er.

Wie selbstverständlich betrat er das Büro der Richterin und holte einige Papiere aus seiner Aktentasche.

»Gute Nachrichten über diesen Toten im Cacabelos-Fall: Bei der Autopsie heute Morgen habe ich keine Stiche von Wespen oder anderen Insekten gefunden, das bedeutet, der anaphylaktische Schock wurde gezielt hervorgerufen. Wie sieht es aus, Susana, gehen wir zusammen essen?«

»Ja, aber so spät wie möglich. Ich muss zuerst noch einen Gefangenen entlassen und dafür überhaupt erst einmal die Anweisung schreiben. Ich spreche übrigens gerade mit Daniel über den Fall Thomas. Es gibt Neuigkeiten.«

Daniel und Pontones gaben sich die Hand, und der Gerichtsmediziner setzte sich auf einen freien Stuhl.

»Dann bleibe ich. Wenn man es genau nimmt, habe ich von uns dreien die engste Beziehung zu Thomas, nicht wahr, die geht unter die Haut, quasi.«

Die Richterin sah ihn missbilligend an, sagte aber nichts.

»Paniagua ist immer mehr davon überzeugt, dass die zehnte Symphonie existiert und dass die codierten Zahlen der Tätowierung uns auf ihre Spur bringen.«

»Das ist ja großartig, Susana! Und Sie, mein Lieber, haben sich eigentlich eine Polizeimarke verdient. Irgendeine Idee, wozu diese Zahlen gehören?«

»Noch nicht. Ich bin auch nicht hundertprozentig sicher, dass Thomas im Besitz des Beethoven-Manuskripts war«, wiegelte Daniel ab. »Dazu müsste ich die Partitur analysieren können, aus der er gespielt hat, oder eine Aufnahme des Konzerts hören. Jesús Marañón sagte, dass er weder das eine noch das andere hat. Aber vielleicht könnte ich es von Thomas' Tochter oder einem der Musiker bekommen.«

Die Juristin öffnete eine Schreibtischschublade und händigte Daniel ein Blatt voller Namen und Telefonnummern aus. »Da hast du die Liste mit den Musikern von Thomas' Orchester. Es sind fast alles Ausländer, Tschechen, glaube ich – die sollen weniger Gage verlangen. Ich nehme an, viele von ihnen sind schon nicht mehr in der Stadt oder nicht einmal mehr in Spanien, sondern auf Tournee. Dir werden sie vertrauen, weil du auch Musiker bist. Versuch, noch mehr herauszubekommen. Möglicherweise hat einer von ihnen Thomas irgendetwas über die Partitur sagen hören oder eine Anspielung auf das Tattoo aufgeschnappt. Um den Raub der Symphonie als Tatmotiv plausibel zu machen, ist es unabdingbar, das Manuskript zu finden. Ich würde als Erstes mit Thomas' Tochter sprechen. Sie wohnt im Palace. Hier ist ihre Zimmernummer.«

»Und Sie haben Susana gesagt, dass die Partitur mit einem Marktwert von bis zu dreißig Millionen Euro gehandelt werden könnte?«, fragte der Gerichtsmediziner merklich aufgeregt.

»Kann sein, dass ich etwas übertrieben habe«, erwiderte Daniel. »Aber wenn es sich um die ganze Symphonie handelt und nicht nur um den ersten Satz, könnte ein fanatischer Sammler unvorstellbare Summen dafür auf den Tisch legen.«

»Das hängt sicherlich auch von der Qualität der Komposition ab, oder?«, fragte Pontones.

»Sei nicht albern, Felipe«, wies ihn die Richterin zurecht. »Wir reden von Beethoven auf dem Gipfel seines Schaffens. Das kann nur ein Meisterwerk sein.«

Daniel konnte sich ein Lächeln nicht verkneifen.

»Habe ich etwas Komisches gesagt?«, fragte die Richterin unangenehm berührt. Beim Thema Musik fühlte sie sich immer unsicher.

»Mir ist nur gerade eingefallen, dass Beethoven auf dem Höhepunkt seines Könnens *Wellingtons Sieg* komponiert hat, ein grässliches Stück. Er selbst hielt es für Schwachsinn.«

»Wessen Sieg?«

»Wellingtons. Das Stück war zu Ehren des berühmten Generals geschrieben, der Napoleon bei Waterloo schlug. Es ist hier auch als *Sinfonía de la Victoria* – Siegessymphonie – bekannt, dabei ist eigentlich Vitoria gemeint, die baskische Stadt, wo Wellington zuvor den Sieg über Joseph von Spanien errang. Mit dieser Schlacht wurden die napoleonischen Truppen von der Iberischen Halbinsel vertrieben.«

»Aber – du hast gesagt, das Stück sei vom reifen Beethoven komponiert worden. All seine Ausdrucksmittel müssen doch schon vollkommen entwickelt gewesen sein.«

»Auf jeden Fall. Wellington besiegte Pepe Botella, den Flaschen-Pepe, wie Joseph hier auch genannt wird, im Juni 1813, zwei Jahre vor der Schlacht von Waterloo. Beethovens Stück wurde im Dezember desselben Jahres aufgeführt. Damals hatte er seine bedeutendsten Werke schon geschaffen: die *Eroica,* die Fünfte, die *Pastorale,* die Siebte, das *Kaiserkonzert.* Er musste niemandem mehr etwas beweisen.«

»Und warum komponierte er dann ›Schwachsinn‹?«

»Aus demselben Grund, aus dem Thomas umgebracht wurde: Geld.«
»Viel Geld?«, fragte der Gerichtsmediziner, dessen Augen bei diesem Thema zu leuchten anfingen.
»Sehr, sehr viel Geld«, bestätigte Daniel. »*Wellingtons Sieg* war damals Beethovens erfolgreichste Komposition, sowohl was die Beliebtheit beim Publikum anging als auch finanziell.«
»Und wie ist es möglich, dass sie so in Vergessenheit geraten ist?«
»Der Erfolg muss wohl eher auf sozialen und politischen Faktoren beruht haben als auf musikalischen. Das ist ähnlich wie mit vielen Fernsehmachwerken heutzutage. Doch im Grunde war es ein völlig substanzloses Werk, und Beethovens Anhänger sorgten dafür, dass es so wenig wie möglich erwähnt wurde.«
»Also, ich persönlich habe schon Lust bekommen, das Stück zu hören«, grinste Pontones.
Die Richterin machte einen vorsichtigen Versuch, sich dem eigentlichen Thema wieder zu nähern.
»*Wellingtons Sieg* wurde also aus finanziellen Gründen komponiert. War Beethoven etwa geldgierig?«
Daniel, der die Chance zu einem weiteren musikhistorischen Exkurs heraufziehen sah, streckte sich kurz, bat um einen Kaffee, den er nicht bekam, weil die Kaffeemaschine defekt war, und fuhr fort:
»Nicht mehr als jeder andere auch. Es hat in seinem Leben eine Zeit gegeben, in der er durch den Tod eines seiner Gönner so in Geldnot geraten war, dass er überlegte, Wien zu verlassen und nach England zu gehen. Es war ja bekannt in Wien, dass Haydn zum Beispiel mit seinen Konzerten und Kompositionen am englischen Königshof ein

wahres Vermögen anhäufte. Wisst ihr übrigens, was ein Metronom ist?«
»Ja, natürlich«, antwortete Pontones. »Das hilft den Musikern, ein gleichmäßiges Tempo beizubehalten, oder?«
»Richtig. Nun, dieser revolutionäre Apparat wurde zu Beethovens Lebzeiten von einem eigentümlichen Menschen erfunden: dem Ingenieur, Erfinder und Schausteller Johann Nepomuk Mälzel. Er genoss Beethovens Vertrauen, weil er ihm mehrere Hörrohre angefertigt hatte, die relativ gut funktionierten. Im Jahr 1812 war die finanzielle Situation der beiden Männer ein Desaster. Mälzel hatte ein Musikinstrument konstruiert, das er Panharmonicon nannte. Es hatte, ähnlich wie die Orgel, ein Gebälge und konnte mit zylindrischen Röhren, die Orgelpfeifen glichen, alle Instrumente einer Militärkapelle nachahmen. Er zeigte es Beethoven und überredete ihn, dafür ein Stück zu komponieren. Der schrieb daraufhin *Wellingtons Sieg*. Es war so erfolgreich, dass Beethoven es für Orchester adaptierte. In dieser Fassung wurde es zu dem beschriebenen Verkaufshit. Doch das Ganze endete damit, dass Beethoven Mälzel vor den Richter zitierte, weil dieser das Werk kommerziell ausschlachtete, als wäre es sein eigenes.«
Die Tür ging auf, und ein Mitarbeiter des Gerichts erschien.
»Frau Richterin, die Strafverteidiger sind da. Wir können mit der Gegenüberstellung beginnen, wenn Sie möchten.«
Doña Susana erhob sich. Zu Daniel, der ebenfalls aufstand, sagte sie:
»Bleib du hier. Erzähl Felipe alles über den finanziellen Wert des Manuskripts. Nachher wird er es mir dann zusammenfassen.«

Eilig verließ die Juristin ihr Büro und begab sich ins Kellergeschoss des Gerichts, wo die Identifizierung stattfand. Daniel und der Gerichtsmediziner blieben allein zurück. Nach einer kurzen Stille sagte Pontones:

»Daniel, Sie meinen also, dass die musikalische Qualität der Symphonie für den Marktwert des Manuskripts ausschlaggebend ist?«

»Das ist zumindest einer der Faktoren.«

»Aber hat Sie das, was Sie bisher hören konnten, nicht überzeugt?«

»Doch, das hat es. Aber nichts garantiert mir, dass der Rest, sofern es ihn gibt, auf demselben Niveau ist. Auch wenn es sein kann, dass die Taubheit Beethovens Stil noch verbessert hat, weil ihn nun nichts mehr von seiner eigenen Musik ablenkte, fiel ihm das Komponieren wegen Depressionen und anderen gesundheitlichen Schwierigkeiten immer schwerer. Und es gibt noch einen weiteren Faktor, der Einfluss auf den Preis haben kann – vor allem, wenn nicht eine öffentliche Einrichtung bietet, sondern ein Privatsammler.«

»Und der wäre?«

»Der Preis kann auch davon abhängen, ob das Manuskript viele Korrekturen aufweist oder nicht. Es erscheint vielleicht überraschend, aber je mehr Streichungen und Randnotizen in der Partitur sind, umso wertvoller ist sie für einen Musikliebhaber. Denn auf diese Weise hat er nicht nur Zugang zu der Musik, sondern auch zu den geistigen Prozessen des Genies.«

»Ich bin mir nicht sicher, ob ich Sie richtig verstehe.«

»Es gibt zum Beispiel ein Manuskript von Beethoven, das vor relativ kurzer Zeit aufgetaucht ist: das Arrangement der *Großen Fuge* für Klavier zu vier Händen, vom Komponisten selbst geschrieben. Es hat bei der Auktion einen exorbitanten Preis erzielt. Dieses Manuskript war 115 Jahre verschollen und wurde 2005 von einem Bibliothekar in Cincinnati entdeckt. Der Fund gilt als der bedeutendste der letzten Jahrzehnte, unter anderem wegen der großen Anzahl an Korrekturen und Verbesserungen durch Beethovens Hand: Beethoven findet eine Lösung und schreibt sie auf, doch dann fällt ihm etwas Besseres ein, er streicht die erste Version durch und ersetzt sie durch die neuen Noten. So kann man seinen gesamten Denkprozess verfolgen bis zum Endergebnis, der großen Errungenschaft. Beethoven hatte das Stück eigentlich als Streichquartett komponiert, doch er wollte diese Fuge den Wienern zugänglich machen, die sie zu Hause spielen wollten, und er schrieb diesen Auszug für Klavier zu vier Händen. Man darf ja nicht vergessen, dass die einzige Möglichkeit, in jener Epoche ohne Radio und Grammophon zu Hause Musik zu hören, darin bestand, selbst zu spielen. Deshalb besaß im 19. Jahrhundert fast jeder Wiener Haushalt ein Klavier …«

»Das ist alles sehr interessant«, sagte der Gerichtsmediziner leicht erschöpft. »Haben Sie nun vor, nach Wien zu reisen, um noch mehr über das Manuskript herauszufinden?«

»Erst einmal versuche ich, an eine Aufnahme von Thomas' Konzert zu gelangen oder an die Partitur, die er benutzt hat«, erklärte Paniagua und hielt das Blatt mit den Namen hoch, das ihm die Richterin in die Hand gedrückt hatte. »Halten Sie es für wahrscheinlich, dass der Mörder die Tätowierung schon entschlüsselt hat?«

»Nein, eher nicht. Wenn es der Polizei mit ihren ausgefeilten Methoden nicht gelingt und Sie als Spezialist in dem

Bereich auch noch nicht durchblicken, kann ich mir nicht vorstellen, dass der Verbrecher, oder die Verbrecher – wir können nicht ausschließen, dass es eine organisierte Bande war –, uns voraus ist.«

»Und was, wenn das doch so wäre?«

»Dann werden wir ihn wohl kaum schnappen«, sagte der Gerichtsmediziner trübsinnig. »Dann ist er schon Tausende Kilometer weit weg und hat die Partitur an irgendeinen Sammler verkauft. Unsere einzige Hoffnung ist, dass der Mörder einen Fehler begeht, wenn er versucht, an den Schlüssel zum Code zu gelangen.«

»Einen Fehler?«

»Dass er versucht, an die Tochter heranzukommen, dass er zum Ort des Verbrechens zurückkehrt oder dass er sogar – in der Hoffnung, dort zu finden, was er so verzweifelt sucht – probiert, in Marañóns Haus einzusteigen. Wer weiß?«

40

Don Jesús, hier ist ein Herr, der zu Ihnen möchte. Er sagt, er sei vom Morddezernat.«

»Führe ihn in die Bibliothek, Jaime«, wies ihn Marañón an.

Der Sekretär des Magnaten ging Inspector Mateos voran. Der Kommissar blieb einige Minuten allein im Zimmer und musterte die vollgestopften Bücherregale. Mateos erschien es nur folgerichtig, dass es viele Bände über Architektur gab. Denn abgesehen davon, dass Marañón einen Großteil seines Vermögens mit Geschäften im Baugewerbe gemacht hatte, lag ja auch der Ursprung der Freimaurerei in den professionellen Vereinigungen der Erbauer von Kathedralen und anderen Tempeln des Mittelalters. Mateos erinnerte sich gelesen zu haben, dass erst mit dem Beginn der Neuzeit in den Logen nach und nach auch Männer Mitglied werden konnten, die nicht Maurer waren. Sie wurden »angenommene Maurer« genannt, waren Advokaten, Ärzte und so weiter. Die Rituale begannen damals, symbolischer zu werden.

Als Marañón sich zu dem Polizisten gesellte, blätterte dieser gerade in einem modernen Klassiker – *Architektur. Von der Kunst, daheim zu Hause zu sein* –, in dem der Autor über die Eigenschaften schrieb, die jedes gute Bauwerk besitzen sollte.

»Von all den Büchern hier ist das vielleicht mein liebstes, Inspector«, sagte Marañón. Mateos zuckte zusammen, da er mit dem Rücken zur Tür stand und ihn nicht hatte eintreten sehen.
Ein energischer Händedruck und ein kurzer, routinemäßiger Austausch über den Stand der Ermittlungen, dann wurde der Inspector gebeten, sich zu setzen, und erklärte Marañón den Grund seines Besuchs.
»Wir haben die Filme aus den Überwachungskameras genauestens untersucht und können nun mit Sicherheit sagen, dass Thomas das Haus an dem fraglichen Abend allein verließ.«
»Und was ist daran so bemerkenswert?«
»Wenn wir richtig informiert sind, hat Olivier Delorme, Thomas' Partner, ihn nach Spanien begleitet und auch das Konzert besucht. Würde man nicht normalerweise davon ausgehen, dass die beiden Ihr Grundstück gemeinsam verlassen haben?«
»Wahrscheinlich schon. Wobei es nach dem Konzert ein Fest mit Salsamusik gab, das bis zum Morgen andauerte. Möglicherweise sind sie nicht zusammen gegangen, weil Thomas von den Proben und Konzertvorbereitungen erschöpft war und daher an dem Abend nicht in Stimmung, wie man so sagt.«
»Hat er sich von Ihnen verabschiedet, als er ging?«
»Ehrlich gesagt, nein. Aber es kann sein, dass er mich gesucht hat, um auf Wiedersehen zu sagen, und mich nicht fand. Dieses Haus ist weitläufig, und ich kümmerte mich mal hier, mal dort um meine Gäste.«
»Sie waren sein Gastgeber. Haben Sie mitbekommen, ob er sich an dem Abend oder in den Tagen vor dem Konzert mit seinem Partner gestritten hat?«

»Nein. Verdächtigen Sie Delorme?«
»Um ehrlich zu sein, haben wir keinen Verdächtigen, Señor Marañón. Doch es kristallisiert sich ein mögliches Tatmotiv heraus.«
»Aber auch die Tatwaffe haben Sie bisher noch nicht gefunden, stimmt's? Und seit es einmal in der Presse veröffentlicht wurde, ist allgemein bekannt, dass ich in meinem Haus eine Guillotine habe, original aus dem Jahr 1792.«
»Sie sagen es.«
»Möchten Sie sie überprüfen?«
»Das weiß ich noch nicht. Sollte ich denn?«
»Wenn es Sie beruhigt ... Sie müssten allerdings ein paar Tage warten, bis ich sie wieder zurückhabe.«
»Haben Sie sie für eine Ausstellung verliehen?«
»Nein, ich lasse sie säubern.«
»Das ist offen gestanden sehr merkwürdig«, sagte Mateos. »In der Stadt wird ein Mord mit einer Guillotine begangen – und kaum haben die Ermittlungen begonnen, lassen Sie die Ihre säubern?«
»Sie werden es mir wahrscheinlich nicht glauben, aber schon vor Monaten habe ich gedacht, dass dieses Juwel meiner Sammlung einmal eine Reinigung und Neueinstellung nötig hat. Folterwerkzeuge unterscheiden sich nicht sonderlich von Musikinstrumenten: Wenn man sie nicht benutzt, gehen sie mit der Zeit kaputt. Ich habe nicht mehr an die Guillotine gedacht, bis mich die Hinrichtung von Thomas daran erinnert hat, dass ich sie einschicken wollte. Ich habe es gern, wenn die Geräte funktionieren.«
»Wen haben Sie mit der Überholung beauftragt?«
»Den Pariser Geigenbauer Alain Sabatier.«
»Die Guillotine ist jetzt also in Paris?«
»Wieso wundert Sie das? Das sind sehr empfindliche Anti-

quitäten, für die ich tief in die Tasche gegriffen habe. Deshalb ist es mir wichtig, sie nur in beste Hände zu geben.«
»Und wieso einem Geigenbauer?«
»Die erste französische Guillotine wurde von einem Instrumentenbauer namens Tobias Schmidt hergestellt, mein lieber Inspector.«
»Ich dachte, von Doktor Guillotin.«
»Guillotin war nur ihr ideologischer Vorläufer. Zur Zeit der Aufklärung brauchten die Revolutionäre ein schnelles, schmerzloses Verfahren, um die Angeklagten hinzurichten. Es sollte nichts mit den barbarischen Methoden des Mittelalters zu tun haben. Den Entwurf des ersten Apparats verdanken wir Doktor Antoine Louis, einem illustren Mitglied der Académie Chirurgicale. Er gab die Pläne an Schmidt weiter, der dann die erste Guillotine baute.«
»Ich kann mir nicht vorstellen, dass die Kriminaltechniker großes Interesse daran haben, Ihre Guillotine zu untersuchen, nachdem sie schon durch die Hände dieses Pariser Experten gegangen ist.«
»Nun seien Sie doch nicht so pessimistisch, Inspector. Die Schneide habe ich nicht auswechseln lassen, nur der Mechanismus sollte gefettet und eingestellt werden. Ein Gerichtsmediziner, der etwas von seinem Fach versteht, könnte jeden kleinen Defekt oder irgendeine Unregelmäßigkeit der Klinge mit einer entsprechenden Wunde am Hals des Opfers in Verbindung bringen.«
Mateos sah ein, dass sein Gesprächspartner recht hatte, und ging zum nächsten Thema über.
»Ich möchte mit Ihnen auch über die halbe Million sprechen, die Sie als Belohnung für die Partitur ausgesetzt haben.«
»Wie ich sehe, stehen Sie in Kontakt mit Daniel Paniagua.«

»Wenn sich herausstellt, dass die Partitur das Tatmotiv ist, gilt sie als Beweismittel. Das bedeutet, dass sie, wenn einer Ihrer Prämienjäger sie aufspürt, als Erstes der Polizei zur Verfügung gestellt werden muss.«

»Selbstverständlich, Inspector. Das Allerwichtigste ist, dass Thomas' Mörder gefasst wird.«

Indem er sich erhob, erklärte Mateos den Besuch für beendet. Doch Marañón bat ihn, noch nicht zu gehen.

»Mir ist zu Ohren gekommen, dass die Noten, die Thomas auf seinen Kopf tätowiert hatte, einem Morsecode mit acht Ziffern entsprechen.«

»Das stimmt, mit dieser Hypothese arbeiten wir. Weshalb erwähnen Sie das?«

»Ich habe eine Theorie, was es mit diesen acht Zahlen auf sich haben könnte«, sagte Marañón mit einem breiten Lächeln. »Wenn Sie so freundlich wären, mir in mein Büro zu folgen, dann erkläre ich es Ihnen gleich.«

41

Daniel folgte der Empfehlung der Untersuchungsrichterin und bat Sophie Luciani um ein Treffen, um von ihr eine Aufnahme des Konzerts oder eine Arbeitskopie der Partitur zu erhalten. Paniagua war überzeugt, dass sich sein Verdacht zweifelsfrei bestätigen würde, wenn er die Gelegenheit bekäme, Thomas' Arbeitsmaterial ruhig und ausführlich zu analysieren – nicht umsonst sagte man ihm profunde Kenntnisse der Beethovenschen Kompositionstechnik nach.

Er war beinahe eine halbe Stunde zu früh am vereinbarten Treffpunkt, der Bar des Palace Hotels. Abgesehen von zwei abgemagerten Teenagern, die am Tresen Coca-Cola tranken und alle paar Sekunden in dummes Gekicher ausbrachen, war die Bar vollkommen leer. Daniel fiel auf, dass der Boden erst vor kurzem gewischt worden war. Der Geruch nach Putzmittel war noch nicht verflogen und bereitete ihm Übelkeit. Er hatte noch nie begriffen, weshalb Hotels dieser Kategorie nicht auf solche Details achteten. Er setzte sich an den Tisch mit den bequemsten Klubsesseln. Der Kellner kam herbei, und Daniel bestellte einen Gin Tonic.

»Soll ich ihn auf die Hotelrechnung setzen, Señor?«

Er war versucht, ja zu sagen und aufs Geratewohl irgendeine Zimmernummer zu nennen. Was hatte er zu verlieren? Wenn der Kellner die Nummer prüfte, konnte er immer noch behaupten, er sei mit seinen Gedanken woanders gewesen, und bar bezahlen. Seine notorische Angst, auf frischer Tat ertappt zu werden, ließ ihn jedoch verneinen – was er sogleich bereute, als er zwanzig Euro für das Getränk berappen musste. Immerhin war der Gin-Anteil so hoch, dass der Kellner nicht mehr als ein paar Tropfen Tonicwater hinzugefügt haben konnte.

Nach zehn Minuten hörte er hinter sich das unvermeidlich schnulzige Geklimper des Hotelpianisten. Diese schienen von ihren Arbeitgebern die Anweisung zu erhalten, weitgehend rhythmusfrei zu spielen, um die Gäste nicht abzulenken – mit dem Ergebnis, dass alles gleich klang, dachte Daniel. Es war das absolute Gegenteil von Beethovens Kompositionsstil. Der hatte den Spitznamen Schwarzspanier nicht nur wegen seines dunklen Teints verdient, sondern auch wegen der außergewöhnlichen rhythmischen Kraft vieler seiner Werke, allen voran der siebten Symphonie, die Wagner die »Apotheose des Tanzes« genannt hatte. Der Bonner Komponist besaß vielleicht nicht das melodische Genie eines Tschaikowsky oder Mozart, doch immer da, wo er es beabsichtigte, brachte er einen dazu, seine energiegeladenen Rhythmen mit den Fingern zu klopfen oder mit den Füßen zu tappen.

Die Hotelmusik dagegen wirkte wie ein Beruhigungsmittel. Also schloss Daniel die Augen, legte seinen Kopf an die Rückenlehne des Sessels und ließ sich von den vorhersehbaren, süßlichen Akkorden wiegen. Und da auch der Gin Tonic schon seine Wirkung tat, war er innerhalb kürzester Zeit tief eingeschlafen. Als er wieder aufwachte, war es zwanzig Minuten über der verabredeten Zeit und von Sophie Luciani noch nichts zu sehen: nur ein paar vornehme schwule Franzosen, die den Glamour der Bar bei weitem überstrahlten, und eine amerikanische Rentnerin mit Schmetterlingsbrille, die ihren Dackel ausschimpfte. Aber keine Spur von der jungen Frau.

Daniel trank den Gin Tonic aus, der mittlerweile vollkommen wässrig war, und bemerkte, dass der Pianist plötzlich aus einem Repertoire schöpfte, das weniger abgedroschen war als Paul Ankas *My Way*. Gerade spielte er die Melodie *Lent et douloureux* der ersten *Gymnopédie* von Erik Satie. Daniel mochte das Stück sehr, und er lauschte konzentriert. Er musste sich eingestehen, dass ihm die Interpretation gefiel. Er wandte den Kopf, um zu sehen, wer spielte, und stellte fest – es war Sophie Luciani selbst.

Sie trug die Haare offen wie am ersten Abend, als er sie gesehen hatte, doch diesmal war sie viel zurückhaltender gekleidet: ein schwarzer Rollkragenpullover, eine ebenfalls schwarze Hose und eine rotmelierte Jacke, die ihr sehr gut stand. Er wartete das Ende des Stücks ab, das mit einigem Applaus von den vier oder fünf Hotelgästen aufgenommen wurde, die zugehört hatten, und dann ging er zum Klavier, um sich vorzustellen. Abgesehen von der Aussprache, die noch schlechter war als die eines Stewards von Iberia, war sein Englisch nicht so übel. Da er außerdem ein paar Brocken Italienisch radebrechen konnte und Durán ihm einige Notfallsätze auf Französisch notiert hatte, war Daniel zuversichtlich, sich mit ihr verständigen zu können.

»Ich bin Daniel Paniagua.« Er beugte sich vor, um sie mit zwei Küssen zu begrüßen.

»Enchantée«, sagte sie. Als Daniel den Kopf nach dem zweiten Luftkuss zurückzog, wurde sie rot, weil sie mit einem dritten gerechnet hatte.

»Entschuldigung«, sagte er, ein wenig zu heftig. »In Spanien sind es nur zwei.«
»In Frankreich ist es total chaotisch. In Paris sind es zwei, aber in manchen Gegenden sogar vier. Also habe ich mich für den Mittelweg entschieden und gebe immer drei.«
»Ich werde beim nächsten Mal dran denken«, versprach Daniel, hin und weg von dem unaufdringlichen Humor der Französin. Um ihr zu schmeicheln, fragte er: »Wie kommt es, dass Sie unsere Sprache so gut beherrschen?«
»Ich hatte einmal einen katalanischen Freund«, antwortete sie. »Er hatte einen lustigen Akzent: halb französisch, halb italienisch. Und mir liegen Sprachen, vielleicht wegen meines musikalisch geschulten Gehörs.«
»Was Sie eben gespielt haben, war wunderschön. Bitte machen Sie doch weiter.«
»Nein, nein«, wehrte sie ab und lächelte über die Häufung von Komplimenten. »Ich wollte mir nur die Zeit vertreiben. Weil der Hotelpianist eine Pause machte, habe ich mir erlaubt, ein bisschen zu spielen. Wo setzen wir uns hin?«
»Verschwinden wir von hier, es stinkt zu sehr nach Putzmittel«, bat Daniel.
Sie verließen die Bar, gingen zu einer Sitzecke unter einer hohen Glaskuppel und setzten sich auf das abgeschiedenste Sofa.
»Duzen oder siezen wir uns?«, fragte sie. »Es kam mir komisch vor, als du mich gesiezt hast.«
»Also gerne ›du‹. Erst einmal herzliches Beileid. Ich hatte zwar nicht das Vergnügen, deinen Vater persönlich kennenzulernen, aber auf beruflicher Ebene habe ich ihn sehr bewundert.«
»Vielen Dank«, sagte sie. »Ich hoffe wirklich, dass sie seinen Mörder bald finden.«

Sie schwiegen lange im Gedenken an den Verstorbenen, und als Daniel die erste Frage stellen wollte, klingelte sein Handy. Er entschuldigte sich bei seiner Gesprächspartnerin. Als er Alicias Nummer auf dem Display sah, entfernte er sich ein paar Schritte.

»Kann ich dich gleich zurückrufen?«, fragte er.

»Ja, aber nicht so spät. Wo bist du?«

»Im Palace Hotel. Geht es dir gut? Ich wollte dich heute Nachmittag anrufen, um ... na, du weißt schon, um die Wogen ein wenig zu glätten.«

»Im Palace Hotel? Was machst du denn da?«

»Ich interviewe jemanden.«

»Wen denn? Kannst du mir das nicht sagen?«

»Sophie Luciani, die Tochter von Thomas.«

Alicia sagte nichts dazu, aber ihr Schweigen zeigte Daniel, dass ihr die Situation nicht gefiel. Sie war eifersüchtig.

»Und du, wie geht es dir?«, fragte sie schließlich. Der lockere Ton sollte ihren Gemütszustand überspielen.

»Ich bin vollkommen eingebunden in die Ermittlungen. Deshalb habe ich dich auch noch nicht angerufen.«

»Erinnerst du dich an unseren letzten Abend im Restaurant?«

»Ja. Ich habe mich wie ein Idiot benommen. Ich glaube, du hast recht: Ich habe mich wirklich zu wenig um dich gekümmert in den letzten Wochen.«

»Lieb, dass du das sagst, aber ich rufe gar nicht an, um über unsere Beziehung zu sprechen oder über die Schwangerschaft.«

«Aber ...«

»Nein, das ist deine Sache. Ich meine, ein bisschen Interesse zu zeigen. Ich rufe an, weil ich glaube, dass ich weiß, womit die Zahlen von Thomas' Kopf übereinstimmen.«

»Phantastisch«, sagte Daniel gespielt enthusiastisch, denn er bezweifelte, dass seine Freundin Erfolg hatte, wo die Kryptologen der Polizei versagten. »Ich ruf dich nach dem Gespräch an.«

»Glaubst du mir nicht?«

Daniel sah zu Sophie hinüber, die sich eine Zigarette angesteckt hatte und auf ihn wartete. Es war klar, dass er auflegen musste. »Ich ruf dich später an. Ciao.«

Er schaltete das Handy aus, damit er nicht noch einmal gestört würde, und setzte sich dann mit einer Entschuldigung wieder zu Thomas' Tochter.

»Ich glaube, ich habe es dir schon am Telefon gesagt, als wir den Termin vereinbart haben, aber egal: Ich bin Musikwissenschaftler, Beethoven-Spezialist.«

»Ah, wie dieser Freund von Charlie Brown, wie heißt der noch mal?«

»Schroeder. Aber ich spiele nicht einmal Klavier, sondern forsche nur über Beethovens Musik – und verehre ihn natürlich als Komponisten.«

»Ich verdiene meinen Lebensunterhalt auch mit Musik«, sagte sie mit ihrem unwiderstehlichen Lächeln, das Daniel erschauern ließ.

»Konzertpianistin?«

»Nein, Musiktherapeutin.«

»Von Musiktherapie habe ich schon gehört, aber ich weiß nicht genau, wie sie angewendet wird. Kann man auch schwere Krankheiten mit Musik heilen?«

»Das nicht, aber man kann den Kranken helfen, den Mut nicht zu verlieren, was sich wiederum aufs Immunsystem auswirkt. Das ist zum Beispiel bei der Bekämpfung eines Tumors sehr wichtig.«

»Arbeitest du in Krankenhäusern?«

»Gelegentlich. Aber da ich nur davon nicht leben kann, habe ich auch Privatpatienten.«
»Bringst du ihnen bei, ein Instrument zu spielen?«
»Das hängt davon ab, was die jeweilige Person braucht. Mit Musiktherapie kann man eine ganze Menge Leiden behandeln, nicht nur Depressionen, sondern auch Suchtprobleme und Essstörungen. Oder man leistet Hilfe in Stresssituationen. Daher lasse ich sie manchmal singen und manchmal einfach nur bestimmte Musik hören.«
»Wie die *Gymnopédie*, die du eben gespielt hast?«
»Zum Beispiel. Aber ich bin nicht auf irgendeinen Komponisten oder eine bestimmte Epoche festgelegt. Es kann ein Stück für Orgel von Leon Battista Alberti sein oder eine Oper von Alban Berg.«
»Die Musiker, die du genannt hast, verbindet etwas Besonderes: Sie waren beide Anhänger der Zahlenmystik.«
»Ich weiß, deshalb mag ich sie. Mich fasziniert die Beziehung zwischen Musik und Zahlen. Das habe ich von meinem Vater.«
»Aber wenn man die Musik auf bloße Mathematik reduziert – nimmt man ihr dann nicht ihre Magie?«
»Was sind die Noten denn anderes als Zahlen? Das A, auf das ein Orchester eingestimmt ist, wird mit 440 Hertz angegeben, die Taktzahlen sind Brüche, und die Notenwerte stehen in einer hierarchischen Beziehung zueinander, die in Zahlen ausgedrückt wird. Auch die Werke selbst werden mit Zahlen bezeichnet: Präludium Nr. 5, Symphonie 41. Etwas anderes ist, dass es Leute gibt, die behaupten, in Zahlen liege keine Poesie. Das ist meiner Ansicht nach Quatsch.«
Daniel nickte. Dieser Einstieg half ihm, ohne Umschweife sein Anliegen vorzubringen.

»Die Polizei hat mir die Tätowierung gezeigt«, sagte Sophie, als Daniel ihr alles erklärt hatte. »Aber ich wusste nicht, dass die Noten für Zahlen stehen. Andererseits erscheint es mir durchaus einleuchtend, denn solche Dinge begeisterten meinen Vater.«

Vor dem Sofa, auf dem sie saßen, stand ein niedriger Glastisch. Ein nachlässiger Kellner hatte einen Bierdeckel vergessen, mit dem Sophie nun herumspielte. Sie warf ihn auf dem Tisch hin und her wie eine Katze, die mit einem Wollknäuel spielt.

Daniel zeigte ihr die Folge der acht Ziffern. Thomas' Tochter betrachtete sie eine Weile, doch sie konnte nichts damit anfangen. Aber dann sagte sie: »Warte mal«, öffnete ihre Handtasche und holte die kleine Alberti-Scheibe heraus, die sie von ihrem Vater geschenkt bekommen hatte.

»Weißt du, was das ist?«

»Natürlich«, antwortete Daniel, fasziniert von dem edlen Objekt. »Aber ich habe noch nie eine so alte gesehen. Ist sie echt?«

»Ich glaube schon. Freunde von mir nehmen an, dass Papa mir die Alberti-Scheibe gegeben hat, falls er mir irgendwann einmal eine verschlüsselte Botschaft zukommen lassen wollte. Mal sehen, ob wir aus den Zahlen, die du da hast, einen Text zusammensetzen können.«

Sie probierten eine Weile mit der Scheibe und den Zahlen des Morsecodes herum, ohne zu einem zufriedenstellenden Ergebnis zu gelangen.

Schließlich fragte sie: »Worum soll es in der Nachricht denn gehen?«

»Sie enthüllt möglicherweise den Ort, wo dein Vater das Originalmanuskript der zehnten Symphonie Beethovens versteckt hat.«

Diese Worte schlugen ein. Sie verwandelten die bisher so kooperative junge Frau in eine äußerst ungehaltene, loyale Tochter. Um Sophie wieder zu besänftigen, musste Daniel aus dem Stegreif einen Vortrag über die Kompositionsweise des Bonner Genies improvisieren.

»Die Takte, von denen dein Vater ausging und die der Beethoven-Forschung wohlbekannt sind, waren keine vollständig entwickelten musikalischen Ideen, sondern bloß Teile eines großen Puzzles, von dem nur Beethoven selbst wusste, wie es zu lösen war. Aus diesen rudimentären Notizen eine Symphonie zu rekonstruieren ist beileibe nicht dasselbe, wie zum Beispiel *Turandot* von Puccini zu vollenden, eine Oper, der nur noch das Ende fehlte – so dass Franco Alfano sie damals sicher in den Hafen bringen konnte. Weißt du ein wenig Bescheid über die Sonatenhauptsatzform?«

»Selbstverständlich weiß ich, was die Sonatenhauptsatzform ist«, knurrte Sophie. »Worauf willst du hinaus?«

»Ich stelle mir eine Sonate gerne als ein musikalisches Drama vor: Da sind ein paar Charaktere, die zu Beginn des Stücks eingeführt werden. Diese Charaktere erleben dann bestimmte Dinge, das ist die Durchführung. Und schließlich löst sich in der Reprise alles zum Guten auf. Darf ich?«

Daniel griff nach dem Bierdeckel, mit dem Sophie herumspielte, und seine Hand streifte flüchtig die ihre. Dann nahm er einen Kugelschreiber aus seiner Jackentasche und skizzierte folgendes Gefüge:

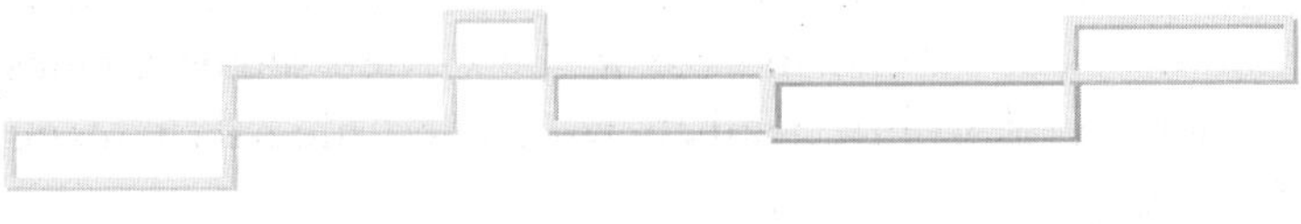

»Beethoven konstruierte seine musikalischen Themen, also die Charaktere, aus kleinen Motiven wie diesen Kästchen, die ich hier gezeichnet habe.«
»Sieht aus wie Legosteine.«
»In gewisser Weise sind sie das auch«, stimmte Daniel ihr zu. »Ein Motiv ist ein Melodiefragment mit eigenen Charakteristika, deswegen ist es leicht wiederzuerkennen und ablösbar vom Hauptgerüst, dem Thema, um wechselnd mit anderen Motiven kombiniert zu werden.«
»Ich weiß. Das ist die ›Durchführung‹. Aber ich sehe immer noch nicht, worauf du hinauswillst.«
»All diese Teilchen kann man auf unterschiedliche Weise, ich würde sogar sagen, in unendlicher Zahl, in einer Komposition miteinander kombinieren. Wenn das ›Legogerüst‹, das wir hier haben, auseinanderbricht, spricht man von ›Fragmentierung‹; wenn es sich leicht verändert, von ›Variation‹, und wenn es auf die dichteste Ausdrucksform reduziert wird, von ›Komprimierung‹. Natürlich gibt es viele weitere Techniken, doch diese drei sind die für Beethoven typischsten. Dies ist einer der Faktoren, weshalb ich immer sicherer bin, dass das Allegro der Zehnten vollständig von Beethoven ist. Ich möchte das Andenken deines Vaters nicht verletzen, aber die Entwicklung des Themas ist so phantasievoll …«
»Dass sie nicht von ihm stammen kann? Da täuschst du dich. Mein Vater war ein viel besserer Musiker, als die Leute denken.«
»Ich glaube, es ist dennoch keine Beleidigung, wenn ich sage, dass Ronald Thomas nicht wie Beethoven komponieren konnte. Niemand hat je die Größe seines Genies erreicht, und wahrscheinlich wird auch niemals jemand dahin gelangen.«

Sophie Luciani schien die Lust verloren zu haben, mit dem Bierdeckel herumzuspielen, und drehte stattdessen langsam eines der Bernsteinarmbänder, die sie am linken Handgelenk trug.

»Und wofür brauchst du mich, wenn du bereits nach einmaligem Hören zu solchen Schlussfolgerungen gelangt bist? Wofür willst du die Aufnahme des Konzerts haben?«

»Gute Frage. Ich gebe dir ein Beispiel: Wenn ich dich jetzt auffordere, die Augen zu schließen und dir eine Person vorzustellen, zum Beispiel den Schauspieler Ed Harris ...«

»Ed Harris? Wieso ausgerechnet den?«

»Weil er in einem Film Beethoven gespielt hat. Aber wenn du Gary Oldman vorziehst ...«

»Schon in Ordnung, Ed Harris. Ja, ich kann sein Gesicht ohne Probleme vor mir sehen. Und jetzt?«

»Du musst nicht einmal überlegen, nicht wahr?«

»Ja, das stimmt. Sein Gesicht ist unverwechselbar.«

»Und du bist vermutlich vollkommen sicher, dieses Gesicht unter einer Million anderer zu erkennen.«

»Ja, klar.«

»Und dennoch: Wenn ich dir mit der Aufforderung, Ed Harris' Gesicht mit Worten zu beschreiben, Stift und Papier in die Hand drücken würde – wetten, das würde dir wesentlich schwerer fallen?«

»Ich weiß nicht.«

»Sei ehrlich. Wenn ich nicht wüsste, wen du beschreibst – könnte ich es nur mit Hilfe deiner Worte erraten?«

»Ich glaube nicht. Aber ich bin auch keine Schriftstellerin.«

»Selbst wenn du eine wärst, glaube ich nicht, dass es funktionieren würde. Alles eine Sache der Gehirnhälften. Wenn ich versuche, Ed Harris' Gesicht mit Worten zu beschreiben, wird die Hirnaktivität von der rechten, bildgesteuerten, auf die linke Gehirnhälfte verlagert, die in Worten denkt, und sie setzt die rechte dabei für einen Augenblick außer Kraft. Das ist es, was mir gerade mit der Musik passiert, die ich bei dem Konzert gehört habe. Ich muss die Partitur oder die Aufnahme eingehend untersuchen, um der Richterin sagen zu können, aus dem und dem Grund ist das so und so.«

»Der Richterin? Du hast mir gesagt, du seist Musikwissenschaftler. Bist du etwa an den Ermittlungen beteiligt?«

»Nur an der Entschlüsselung der Noten.«

»Nun, es tut mir leid, ich besitze weder die Partitur noch eine Aufnahme.«

»Sophie, wenn ich dir sage, dass wir mit der Analyse dieses Materials einen Riesenschritt in Richtung Lösung des Falls tun könnten – wäre deine Antwort immer noch dieselbe?«

Sophie Luciani dachte eine Weile nach. Dann seufzte sie.

»Warte fünf Minuten. Ich gehe eben hoch in mein Zimmer und hole dir die MP3-Aufnahme, die ich bei der Generalprobe gemacht habe.«

42

Jesús Marañón ging Inspector Mateos voraus in sein Büro, wo er ihm einen Stockinger-Tresor mit Elektronikschloss zeigte, das mit einer Kombination von mehreren Ziffern zu öffnen war.

»Hier drin bewahre ich nur Firlefanz auf«, kommentierte der Millionär. »Ein paar Münzen, einige Wertpapiere, die nicht viel hergeben, und ein Brillantcollier meiner Frau. Die Pläne für die Errichtung der Neuen Weltordnung und die Übernahme der Weltherrschaft verwahre ich im Tresor meiner Loge, der ist sicherer.«

»Und wie sehen die aus?«, stieg Mateos auf Marañóns Witzeleien ein. »Nein, im Ernst, weshalb zeigen Sie mir Ihren Tresor?«

»Ich wollte Sie darauf hinweisen, dass man ihn über diese Tastatur mit einer achtstelligen Kombination öffnen kann: laut unserem Freund Paniagua exakt die Anzahl der Ziffern, die sich aus den Noten der Tätowierung ergeben.«

»Sie wollen mir doch nicht etwa sagen, dass sich Ihr Tresor mit den Zahlen, die ich hier habe, öffnen lässt?«

»Probieren Sie's aus«, schlug Marañón mit einem spöttischen Grinsen vor.

Er gab Mateos eine Fernbedienung mit Zahlentastatur für das Tresorschloss. Der Polizist schaute in sein Notizbuch und tippte Thomas' acht Ziffern ein:

Kaum war er fertig, da leuchtete ein rotes Licht an der Tresortür auf, und ein durchdringendes Piepen begann. Marañón schien seinen Spaß an der Szene zu haben:
»Unser kleiner Freund sagt uns, dass die Zahlenfolge von Thomas nicht die richtige ist. Und er bestraft uns dafür, dass wir versucht haben, ihn mit einer falschen Kombination zu öffnen: Wenn wir nicht innerhalb von einer Minute den korrekten Code eingeben, wird ein stiller Alarm aktiviert, der zu der Sicherheitsfirma führt, die ich unter Vertrag habe.«
»Wozu brauchen Sie die denn? Merkt der Tresor etwa nicht, dass die Polizei schon da ist?«, scherzte Mateos.
Dann sah er, dass Marañón plötzlich das Architekturbuch, in dem er selbst vorhin geblättert hatte, in der Hand hielt. Der Millionär schlug es in der Mitte auf und nahm ein Lesezeichen heraus, auf dem, wie Mateos bemerkte, mit Kugelschreiber ein paar Zahlen geschrieben waren.
»Ich muss zugeben, dass ich es nie schaffe, meinen Tresor ohne diese Hilfe zu öffnen. Könnte sein, dass Thomas genauso unfähig war wie ich, sich acht Zahlen zu merken, oder?«
Er gab die richtige Kombination ein, und das Piepen war vorbei. Stattdessen konnte man hören, wie sich das Schloss öffnete. Gleichzeitig blinkte eine grüne Leuchtdiode auf.
»Wenn ich Ihnen einen Rat geben darf, Inspector: Finden Sie heraus, wo sich Thomas' Tresor befindet, und versuchen Sie, ihn mit den acht Zahlen von seinem Kopf zu öffnen.«
»Ich werde Ihren Rat befolgen, Señor Marañón. Sagen Sie, wieso haben Sie eben die Welteroberungspläne erwähnt?«

»Ach, ich wollte nur ein wenig dem Klischee entsprechen. Schauen Sie, Inspector, wir Freimaurer – Sie können jetzt auch aufhören, so zu tun, als wüssten Sie nicht, dass ich einer bin – sind immer die bösen Buben. Sogar Sie scheinen ja überzeugt davon zu sein, dass es meine Guillotine war, die Thomas den Hals abgetrennt hat – obwohl Sie mir bisher nicht einmal erklärt haben, weshalb.«

»Ich habe es ja auch nie behauptet. Aber ich würde meine Arbeit nicht gut machen, wenn ich Sie nicht nach ihr gefragt hätte.«

»Heute kann jeder eine Guillotine bauen, wussten Sie das nicht? Die Pläne werden im Internet verkauft. Es stimmt, dass es sich um verkleinerte Nachbildungen handelt, aber es genügt, die Angaben mit drei zu multiplizieren, und voilà – schon haben Sie den Apparat, der allein während der Französischen Revolution beinahe vierzigtausend Menschen einen Kopf kürzer gemacht hat. Und ich sage ›allein‹, weil es nicht dabei blieb. Ich nehme an, Ihnen ist bekannt, dass die Guillotine in Frankreich noch während der Amtszeit Giscard d'Estaings verwendet wurde? Erst François Mitterrand schaffte sie ab.«

»Auch ein Freimaurer, nehme ich an.«

»Darauf können Sie Gift nehmen. Wir waren es, die sie erfunden haben, und wir haben sie auch wieder abgeschafft. Bis zum Sturm auf die Bastille wurden Exekutionen auf zwei Arten durchgeführt: Es gab Enthauptung mit der Axt oder dem Schwert für den Adel und Erhängen für den Pöbel. Beides gleichermaßen blutig. Wussten Sie, dass Maria Stuart zum Beispiel erst nach drei Axthieben starb? Bis zum dritten war sie noch bei Bewusstsein. Der erste Schlag traf sie am Hinterkopf, der zweite schlug in die Schulter ein und zertrennte die Unterschlüsselbeinarterie, woraufhin das Blut anfing, in alle Richtungen zu spritzen. Erst der letzte Hieb trennte den Kopf ab. Nur ein paar Knorpel waren noch übrig, die der Henker mit der Axt durchsägen musste. Die Bruderschaft, der Doktor Guillotin angehörte …«

»Wir sparen Zeit, wenn Sie von denen erzählen, die *keine* Freimaurer waren, Señor Marañón«, lächelte der Inspector.

»Glauben Sie mir nicht? Lesen Sie über die Loge La Parfaite Union d'Angoulême nach, dann sehen Sie, dass ich nicht lüge. Guillotin trat sehr früh in die Bruderschaft ein. Von Kindesbeinen an war er besessen davon, die Todesstrafe humaner zu gestalten. Es heißt nämlich, er selbst sei zu früh zur Welt gekommen, weil seine Mutter die Qualen eines zum Tode Verurteilten mit ansah. Ich habe gerade gesagt, dass die Nichtadeligen erhängt wurden, aber die Richter konnten unter Umständen auch andere Hinrichtungsmethoden wie Kochen, Ertränken, Verbrennen mit Öl oder Kreuzigung anordnen. All dies empörte den guten Doktor, der ein egalitäreres Hinrichtungssystem wollte: Dank der Guillotine würden alle auf dieselbe Weise sterben, vom König bis zum Bettler. *Tout condamné à mort aura la tête tranchée,* verkündeten die Revolutionäre, und dieser bejubelte Satz war bis zur Abschaffung der Todesstrafe 1981 Teil des französischen Strafrechts.«

»Darf ich Sie etwas Persönliches fragen? Sie bekennen sich dazu, Freimaurer und folglich ein Gegner der Todesstrafe zu sein. Wieso sammeln Sie dann diese Geräte?«

»Das fragt meine Frau auch. Die einfache Antwort ist, dass ich ihren Gebrauch moralisch verurteile, sie jedoch als antiquarische Gegenstände ästhetisch ansprechend finde. Deshalb kann ich auch nicht verstehen, warum Frankreichs Guillotine nicht ausgestellt wird. Sie wäre doch eine erstklassige Touristenattraktion.«

»Sagten Sie nicht gerade, es gibt dort keine mehr?«

»Sie wurde abgebaut und in einer Kiste in den Keller von Schloss Fontainebleau, etwa fünfzig Kilometer von Paris, verbracht. Die Verfassung der Fünften Republik sieht ihre Verwendung in Kriegs- oder Krisenzeiten immer noch vor. Dazu braucht es nur einen Erlass des Präsidenten.«

»Sagen Sie mir Bescheid, wenn Ihre Guillotine aus Paris zurück ist?«, bat Mateos, um den Besuch nun tatsächlich zu beenden.

»Selbstredend, Inspector. Wie ich gesagt habe, werde ich die Ermittlungen bis zum Ende unterstützen.«

Als der Millionär und der Kommissar sich zum Abschied die Hand gaben, war von weit her, aber deutlich vernehmbar, der markerschütternde, herzzerreißende Schrei einer Frau zu hören, so dass Mateos glaubte, in irgendeinem fernen Winkel der Villa werde jemand gefoltert. Marañón brach in schallendes Gelächter aus, als er Mateos' zwischen Erstaunen und Entsetzen schwankenden Gesichtsausdruck sah, und sagte:

»Kein Grund zur Aufregung, das ist nur meine Frau. Ich habe ihr vorhin die Centurion Card von American Express sperren lassen. Sie ist jetzt nicht mehr eine der zehntausend Glücklichen auf der Welt, die sie besitzen.«

43

Daniel hatte das Hotel verlassen und wollte Alicia anrufen, doch der Straßenlärm war ohrenbetäubend. So beschloss er zu warten, bis er im Institut war, wo er in Ruhe mit ihr reden konnte.

Als er den Helm aufsetzte, war ihm, als sehe er im Rückspiegel seines Motorrads in ungefähr zwanzig Metern Entfernung die Silhouette eines Mannes, der ihn beobachtete. Doch als er sich umwandte, um herauszufinden, wer es war, hatte der Typ sich in Luft aufgelöst – und Daniel vergaß ihn bald darauf.

Im Büro benutzte er das Festnetztelefon, um seine Freundin anzurufen, so dass das Telefonat auf Kosten des Erziehungsministeriums ging.

»Das hat aber lange gedauert. Wie war's mit Sophie Luciani?«

»Sehr gut. Ich habe bekommen, was ich wollte.«

»Ich habe ihr Foto in der Zeitung gesehen. Sie ist sehr hübsch.«

»Ja, ziemlich«, gab Daniel ihr recht und erzählte, dass sie ihm zu einer Aufnahme des Konzerts verholfen hatte. Es machte ihn nervös, über Sophie Luciani zu sprechen, deshalb wechselte er das Thema.

»Mit dem Buch komme ich übrigens prima voran. Und du, wie sieht's bei dir aus?«

»Gut. Aber ich habe eben schon gesagt, dass ich nicht deswegen angerufen habe.«
»Ist denn alles in Ordnung?«
»›Alles in Ordnung‹ bezieht sich wohl auf die Schwangerschaft, oder?«
»Wie gut du mich kennst. Und, ist denn nun alles in Ordnung?«
»Ich habe sie nicht abgebrochen … Wie gesagt, habe ich mir ein paar Tage Zeit gegeben, um darüber nachzudenken.«
»Ich war ein wenig zu starrköpfig, was das Thema angeht. Vielleicht hast du recht, und es ist nicht der richtige Zeitpunkt.«
»Ja, du hast dich schon etwas danebenbenommen. Ich will einfach keine überstürzten Entscheidungen treffen.«
»Wann kann ich dich besuchen kommen?«
»Dieses Wochenende nicht, aber am nächsten. Ich habe eine Überraschung für dich.«
»Kommst du zur Hochzeit von Cristina und Humberto?«
»Das wird schwierig, aber ganz ausgeschlossen ist es nicht.«
»Ich vermisse dich.«
»Das habe ich gemerkt. Deshalb musste ich dich anrufen … Hast du die Nachricht mit dem Bild bekommen?«
»Du warst das? Warum hast du mir nichts gesagt?«
»Ich war zu wütend auf dich. Aber ich dachte, du könntest es gut für dein Buch gebrauchen, und ich hätte es gemein gefunden, es dir zu verheimlichen. Hat es dir was genützt?«
»Ja, sehr sogar.«
Daniel erzählte Alicia, was er über die Noten auf dem

Beethoven-Porträt herausgefunden hatte, und als er damit fertig war, fragte sie: »Möchtest du nicht wissen, was ich entdeckt habe?«

»Natürlich. Aber dass eins klar ist: Ich hätte dich heute Abend auch angerufen …«

»Es ist nur eine Theorie«, setzte sich Alicia über Daniels Beteuerung hinweg und stieg gleich ins Thema ein. »Aber es kann einfach kein Zufall sein.«

»Hat es etwas mit den Zahlen zu tun, die ich dir in der Trattoria gezeigt habe?«

»Ja. Du weißt, was ich beruflich mache, oder?«

»Wenn du kein Doppelleben führst, ja: Du bist Systemingenieurin.«

»Richtig, aber habe ich dir jemals wirklich erklärt, worin meine Arbeit besteht?«

»Du hilfst den Leuten, Kommunikationssysteme und Computernetzwerke zu optimieren.«

»Genau das. Die Geschichte über den Sklaven, der von diesem griechischen König benutzt wurde, um sich heimlich mit seinem Verbündeten auszutauschen, fand ich auch aus beruflicher Sicht spannend. Und als du sagtest, dass die Noten auf dem Kopf ein Morse-Zahlencode sind, habe ich mich an den PC gesetzt und ein wenig herumgerechnet.«

»Ich habe die acht Ziffern bei Google eingegeben, und mir wurden nur Börsenseiten angezeigt. Was hast du denn herausbekommen?«

»Ohne dir auf den Schlips treten zu wollen – die Programme, die ich benutze, sind ein bisschen ausgeklügelter und umfangreicher. Zum Beispiel haben wir eine Software, die heißt Kepler, wie der deutsche Mathematiker. Neben hundert anderen Dingen kann sie Zahlenfolgen auf beliebige

Weise ordnen, doch immer so, dass sie irgendeinen Sinn ergeben.«

»Das heißt, wenn du meine Telefonnummer rückwärts eingibst, bekommst du die richtige heraus?«

»Ganz so ist es nicht. Es müssen schon Zahlenfolgen sein, die nationale oder, besser noch, internationale Bedeutung haben. Wenn ich Kepler befehle, die Zahlen 2 8 0 6 5 2 6 1 3 0 zu sortieren, sucht das Programm in seiner Datenbank nach internationalen Kennzahlen oder Nummern, die aus zehn Ziffern bestehen. Bei einer zehnstelligen Zahl wie in unserem Beispiel teilt Kepler uns mit, dass es eine amerikanische Telefonnummer sein kann, aber dass auch die ISBN, die internationale Nummer, mit der Bücher gekennzeichnet werden, aus zehn Ziffern zusammengesetzt ist. In diesem Fall weiß ich, dass es eine ISBN ist, denn aus dem Grund habe ich diese Zahl gewählt, also befehle ich dem Programm, dass es in diesem Bereich suchen soll.«

»Woher kommt die Zahlenfolge, die du genannt hast?«

»Sie ist nur ein Beispiel, hab ein wenig Geduld. Ich muss dir das alles erklären, damit du es am Ende besser verstehst. Im Restaurant hast du mich doch gebeten, dir beim Nachdenken zu helfen, oder?«

»Ja, natürlich. Du hast mich einfach nur neugierig gemacht ... und beeindruckt.«

»Wart's ab«, sagte Alicia stolz. »Das Beste kommt noch. Nachdem Kepler seine Berechnungen angestellt und alle Möglichkeiten durchprobiert hat, was teilweise mehrere Stunden in Anspruch nehmen kann, gruppiert und ordnet es die Folge, die ich eingegeben habe, und teilt mir mit, dass die Nummer folgender ISBN entsprechen könnte: 0-613-28065-2. Da die ISBN international gültig ist, kann kein Buch dieselbe Nummer haben wie ein anderes. Man muss also nur noch im Internet nachschauen, welches Buch gemeint ist.«

»Und welches ist es?«

»Sitzt du vorm Computer?«

»Ja.«

»Gib die Zahl doch einfach in eine Suchmaschine ein, dann weißt du es.«

Daniel bat sie, die zehn Ziffern zu wiederholen. »*Das Schweigen der Lämmer* von Thomas Harris!«, rief er aus.

»So ist es. Doch die Folge, um die es geht, hat keine zehn, sondern acht Ziffern – es kann sich also nicht um ein Buch handeln. Kepler sagt, dass eine international gebräuchliche achtstellige Zahlenfolge zum Beispiel die geographischen Koordinaten sind. Wie du weißt, bestehen diese aus vier Zahlenpaaren, die einen Ort mit Graden und Minuten angeben. Die Ausgangspunkte sind zum einen der Äquator, zum anderen der Nullmeridian. Mir gefällt diese Möglichkeit, die Zahlen zuzuordnen, weil wir Thomas' Tätowierung von Anfang an als eine Art Schatzkarte betrachtet haben. Wenn ich die Folge in ein Navigationssystem eingebe, kommt heraus, dass die Zahlenfolge des Tattoos – 4 7 2 0 1 3 2 0 – mit den geographischen Koordinaten von Österreich korrespondiert: 47° 20´ nördlich des Äquators und 13° 20´ östlich des Nullmeridians.«

Daniel schwieg einige Augenblicke, während er die vielen Informationen von Alicia verarbeitete.

»Das ist sensationell!«, rief er dann.

»Meinst du wirklich? Schau, Österreich ist nicht gerade klein ....«

»Zumindest könnte das bedeuten, dass die Partitur Österreich nicht verlassen hat. Thomas hätte sie schließlich mit nach Neuseeland nehmen oder sie irgendwo hier in Spanien verstecken können. Aber ich verwette meinen Kopf darauf, dass sie in Wien ist.«

»Mit der Wette riskierst du was«, sagte Alicia, »wenn man bedenkt, dass bereits jemand enthauptet wurde.«

44

Subinspector Aguilar brachte Inspector Mateos eine Tasse Kaffee mit zwei Beutelchen Zucker.

»Wie war's bei Marañón?«

»Ich könnte jetzt aus dem Stand einen Vortrag über die Todesstrafe in Frankreich halten. Aber abgesehen davon – nichts. Wir haben immer noch keine klare Spur.«

»Und die Guillotine? Lässt er sie uns untersuchen?«

»Zu spät. Sie ist in Paris, bei einem Geigenbauer. Dort wird sie eingestellt und gereinigt.«

»Womit dann jedes Fitzelchen DNA verschwunden wäre. Reicht ein derart verdächtiges Verhalten nicht aus, um die Richterin nochmals um eine Genehmigung für die Telefonüberwachung zu bitten?«

»Ich schreibe jetzt einen Bericht, und wenn ich den zum Gericht bringe, versuch ich es noch mal. Aber mach dir keine Illusionen. Seit dem letzten Fall hat diese Frau uns auf dem Kieker. Es wird schwierig, sie zur Zusammenarbeit zu bewegen. Und du? Bist du weitergekommen?«

»Mir ist etwas zum Handy des Opfers eingefallen.«

»Und was?«

»Wenn jemand eine SMS schreibt und sie nicht sofort abschicken kann, wird sie doch bei den meisten Handys als Entwurf gespeichert.«

»Ich habe den Bericht der Kriminaltechniker über das Handy gelesen. Mir ist nichts aufgefallen.«

»In dem Ordner mit nicht gesendeten Nachrichten war nur eine einzige: QEEGXFZ FXDW.«
»Das ist doch keine Nachricht.«
»Wenn das keine Nachricht ist, was macht es dann im Ordner ›Entwürfe‹?«

45

Daniel hatte von Sophie Luciani die ersehnte CD mit der Aufnahme der Probe ihres Vaters erhalten.
Kaum war er an diesem Abend nach dem Gespräch mit Alicia zu Hause angekommen, legte er die Scheibe in den Rechner. Die Audiodatei war sehr groß, beinahe 60 MB, und hatte eine Spieldauer von 1 Stunde und 25 Minuten. Das Erste, was ihm auffiel, war, dass das Mikrophon unweit des Dirigentenpults aufgebaut gewesen sein musste, denn Thomas' Stimme war nah und deutlich zu vernehmen.
Während der ersten Viertelstunde hörte man nur ein Durcheinander von Instrumenten, die gestimmt wurden, und einige Scherze des Dirigenten über die Perücken und Gehröcke, die sie am Tag der Premiere würden tragen müssen. Und dann, nach genau 16½ Minuten: ein paar Schläge mit dem Taktstock aufs Pult, Grabesstille – und der Beginn des ersten Satzes von Beethovens zehnter Symphonie.
Während die Musik sich entfaltete, machte Daniel sich in einem kleinen Heft Notizen, und er hörte einige Passagen an die zehn Mal, um sich seiner Einschätzungen vollkommen sicher zu sein. Als er fertig war, sah er sich durch die konkreten musikalischen Daten bereits imstande zu beweisen, dass die Partitur nur von Beethoven komponiert sein konnte. Obwohl es schon recht spät war, rief er sofort

Richterin Rodríguez Lanchas auf dem Handy an – die Nummer hatte sie ihm gegeben – und überbrachte ihr die gute Nachricht:
»Ich habe nun die Generalprobe des Konzertes mehrere Male angehört und kann zweifelsfrei bestätigen, dass die Partitur von Beethoven ist. Sie kann nicht von Thomas komponiert worden sein.«
»Das ist ja großartig, Daniel. Dann bräuchte ich jetzt ein Sachverständigengutachten mit deinen Schlussfolgerungen.«
»Ich habe keine Ahnung, wie man so etwas macht.«
»Du schreibst auf ein Blatt die vorausgegangenen Umstände …«
»Was soll das heißen?«
»Du musst beschreiben, wie du an das Beweisstück gelangt bist, das du analysiert hast. Etwa vier Zeilen, keinen Roman. Dann machst du einen neuen Absatz mit den Beobachtungen.«
»Und was soll darin stehen?«
»Du beschreibst, was du mit dem Beweisstück gemacht hast, in dem Fall also mit der Aufnahme.«
»Aber ich habe sie doch einfach nur zehnmal hintereinander gehört.«
Die Richterin verdrehte die Augen. »Dann formulierst du das eben so: dass du nach mehrmaligem Hören dieses und jenes herausgefunden hast. Und an den Schluss kommen die Ergebnisse und deine Schlussfolgerungen. Wenn du noch weitere Bemerkungen zu machen hast, setzt du sie in einem zusätzlichen Abschnitt ans Ende des Gutachtens. Dann musst du es noch unterschreiben. Aber erklär mir bitte jetzt schon mal, wieso du meinst, dass nur Beethoven der Komponist sein kann.«

»Oh, da gibt es so viele einzelne Anzeichen. Weißt du, was Modulationen sind?«
»Ich habe nicht die leiseste Ahnung.«
»Bist du schon mal in der Oper gewesen?«
»Ja, irgendwann einmal. Wieso?«
»Du hast sicherlich bemerkt, dass die Sänger in der Oper ab und zu ein paar sehr schöne Lieder singen …«
»Ja, Arien. So viel weiß ich auch.«
»Genau. Und manchmal sprechen sie gewissermaßen singend – das sind die sogenannten Rezitative. Das sind Passagen in der Musik, in deren Verlauf etwas geschieht. Die Arien drücken dagegen statisch einen Seelenzustand aus, zum Beispiel Traurigkeit: *Che farò senza Euridice*.«
»Diese Arie kenne ich.«
»Nun, und in der Instrumentalmusik sind die Themen einer Symphonie das Äquivalent zu den Arien. Die Themen sind es, die man pfeift, wenn man aus dem Konzert kommt. Doch dann gibt es auch hier Passagen, die nicht singbar sind und während deren sich Dinge ereignen, wie bei den Rezitativen. Diese Passagen nennt man Modulationen, sie treiben die musikalische Handlung voran.«
»Was soll denn eine musikalische Handlung sein – das verstehe ich nicht so recht.«
»Da die Musik eine abstrakte Sprache ist, besteht die Handlung im Übergang von einer Tonart in die nächste. Im Drama wäre das zum Beispiel der Wechsel von einer Szene, in der die Tochter kurz vor der Hochzeit steht, zu der, die das von ihrem Verlobten verlassene Mädchen zeigt.«
»Verstehe.«
»Was Thomas zur Verfügung hatte, waren, um beim Opernbeispiel zu bleiben, die Arien, also die Melodien der Symphonie – in einem sehr frühen Stadium zwar, aber das

ist nicht so wichtig. Doch dann braucht das Ganze einen dramatischen Aufbau, und auch wenn Beethoven eingängige Melodien komponiert hat, ist er nicht ihretwegen in die Geschichte eingegangen. Sein größtes Talent lag darin, ausgehend von einem winzigen Baustein, einem Motiv, wahre Klangkathedralen zu bilden.«

»So etwas wie die berühmten ersten vier Noten der fünften Symphonie?«

»Ja, so etwas meine ich. Und die Art und Weise, wie das motivische Material im ersten Satz entwickelt wurde, ist das Werk eines Genies. Ich schreibe das Gutachten jetzt gleich. Morgen früh bringe ich es dir dann ins Gericht.«

Als Daniel gerade auflegen wollte, fiel ihm Alicias Theorie ein, dass die Zahlen geographische Koordinaten sein könnten, und er erzählte der Richterin davon.

»Soll ich das auch in den Bericht schreiben?«

»Nein, das sind zwei verschiedene Dinge. Aber ein interessanter Anhaltspunkt allemal. Ich rufe Mateos an und informiere ihn darüber – nicht ohne ihm die Hölle heißzumachen. Ich finde es unglaublich, dass eine einzelne Frau von Grenoble aus mehr herausbekommt als alle Kriminaltechniker zusammen.«

»Du kennst eben meine Freundin nicht«, sagte Daniel. »Und manchmal glaube ich, ich auch nicht.«

Als Daniel das Gutachten für die Richterin geschrieben hatte, war es nach drei Uhr. Er fühlte sich völlig erschöpft, denn während der Ausarbeitung des Berichts hatte er das musikalische Fragment noch ein halbes Dutzend Mal gehört. Doch er war zufrieden. Folgendes würde die Richterin zu lesen bekommen:

Vorausgegangene Umstände

Im Zusammenhang mit dem Mord an dem britischen Staatsbürger Ronald Thomas erbittet die das Ermittlungsverfahren leitende Richterin, Doña Susana Rodríguez Lanchas, die Analyse einer Aufnahme mit der gesamten Generalprobe des ersten Satzes von Beethovens zehnter Symphonie.

Ich habe die Aufnahme von Sophie Luciani, Tochter des Verstorbenen, erhalten. Sie hat sie zum privaten Gebrauch mit einem MP3-Player aufgezeichnet. Es handelt sich um eine auf CD gebrannte exakte Kopie des digitalen Originals, zurzeit im Besitz von Señorita Luciani. Ziel der Analyse ist es, die Urheberschaft des Stücks auf der CD festzustellen. Zunächst wird davon ausgegangen, dass Thomas und Beethoven sich diese teilen.

Beobachtungen

Nach wiederholtem Hören des musikalischen Fragments lassen sich folgende stilistische und kompositorische Elemente festhalten, die charakteristisch sind für eine ausgereifte Beethovensche Technik:

1) *In der Einleitung, die dem anfänglichen Andante vorangeht, findet sich eine abrupte Modulation, wie sie typisch ist für Beethovens eruptiven Stil: Er erreicht die neue Tonart über einen verminderten Septakkord, in welchem einer der Töne – der Grundton – enharmonisch verwechselt wird (als ob er die Septime eines anderen verminderten Akkords wäre) und auf diese Weise in einer anderen Tonart aufgelöst werden kann.*

2) *Die Überleitung vom ersten zum zweiten Thema*

im zentralen Allegro wird durch eine phantasievolle Melodie mit Motiven des Themas in der Tonika und in der parallelen Durtonart gestaltet. Diese einfallsreiche Verwendung des kompositorischen Ausgangsmaterials ist typisch für Beethoven und wird über den ganzen Satz hinweg mittels Umkehrungen, Verminderungen und Erweiterungen der Ursprungsmelodien fortgeführt, die immer wieder in veränderter Form auftreten.

3) Das zweite Thema des Allegros, das den Regeln der Sonatenhauptsatzform entsprechend in der parallelen Durtonart der Tonika, also in Es-Dur, stehen müsste, erklingt jedoch in f-Moll – dies allerdings nur bei seinem ersten Erscheinen in den Violinen. Wenn sich das Thema in den Bläsern wiederholt, geschieht das in der korrekten Tonart, in Es-Dur. Beethoven mochte solche tonalen Überraschungen, denn er liebte es, sein meist gebildetes Publikum zu verwirren. Das Publikum zu jener Zeit war bestens vertraut mit der Sonatenhauptsatzform und mit den musikalischen Konventionen. Es erwartete an dieser Stelle das Thema in der parallelen Durtonart, und nur deswegen konnte die Tonart f-Moll hier Aufsehen erregen. Indem er das zweite Thema in der richtigen Tonart wiederholt, teilt Beethoven seinen Anhängern mit: Ich weiß, was ihr erwartet habt – hier ist es. Doch vorher verwirrt er sie. Das ist ein subtiles psychologisches Spiel mit der Musik: Zunächst enttäuscht der Komponist die Erwartungen der Zuhörer und erfüllt sie dann, wenn sie schon nicht mehr bestehen. Das kann, nach Ansicht des Sachverständigen, nur ein äußerst raffinierter musikalischer Geist hervorbringen.

4) In der Kadenz, mit der die Exposition des besagten Allegros abschließt, findet sich eine der kraftvollen Beethovenschen Hemiolen. Hemiolen sind rhythmische Muster, bei denen sich die Betonungen in zwei Takten so verschieben, dass 1,2,3 – 1,2,3 zu 1,2 – 1,2 wird. Das bedeutet, dass der Komponist – wiederum in einer genialen Zurschaustellung seines Talents – beim Zuhörer den Eindruck erweckt, dass er den Takt ändern würde, ohne es jedoch tatsächlich zu tun.

5) Eine ausführliche Coda bildet den Schluss des Allegros in c-Moll. Dies ist ebenfalls typisch für Beethoven. Für andere Komponisten der Klassik wie Haydn oder Mozart war die Coda nur ein dekoratives Element, das dem Allegro der Sonate ein deutlicher abschließend wirkendes Finale verschaffte. Doch hier haben wir es mit einer langen, 2½-minütigen Coda zu tun, in welcher der Komponist weiterhin das Material umformt, das er schon in der Durchführung des besagten Allegros verwendet hat. Das bezeugt einen Überfluss an Ideen, den man lediglich einem wahren Titanen der Kompositionskunst zutrauen kann.

6) Was die Instrumentierung angeht, erscheint staunenswert, wie der Komponist den Einsatz bestimmter Instrumente – wie Piccoloflöte und Posaune – bis zum letzten Teil des Satzes hinauszögert, um ihn dann als Überraschungsmoment zu gestalten.

Auswertung

Die Autorschaft Ludwig van Beethovens bezüglich des thematischen Materials dieses ersten Satzes stand von vornherein nicht in Frage, da die Themen (d. i.

die wichtigsten Melodien) denen gleichen, die sich in verschiedenen Kompositionsheften in Berlin, Bonn und Wien finden lassen.
Was hier geklärt werden sollte, war die Frage, ob der Rest des Stücks – wozu die Entwicklung des motivischen Materials und, in vielen Fällen, die Orchestrierung und Harmonisierung des ganzen Satzes gehört – das Werk des Opfers, Ronald Thomas, sein kann, oder ob die für die Vollendung verwendeten Mittel im Gegenteil nicht dessen begrenzte technische Kapazitäten übersteigen. Die Analyse der Aufnahme, die ich zur Verfügung hatte und die ich diesem Sachverständigengutachten beifügen werde, bestätigt, dass es sich um Musik handelt, die vollständig von Beethoven entwickelt, orchestriert und harmonisiert wurde, so dass die Möglichkeit, Señor Thomas könne Koautor der Partitur sein, gänzlich auszuschließen ist.

Bemerkung

Da die Analyse der Probenaufnahme gezeigt hat, dass es sich um den authentischen ersten Satz von Beethovens zehnter Symphonie handelt – in der Form, in der sie vom Komponisten entworfen wurde –, liegt der Gedanke nahe, dass die übrigen Sätze (vermutlich vier, auch wenn das nicht zweifelsfrei nachzuweisen ist) sich ebenfalls im Besitz von Señor Thomas befanden. Es ist daher nicht auszuschließen, dass das Tatmotiv die Entwendung der Partitur war, deren Preis in die Millionen Euro gehen kann – vor allem, wenn es sich um eine handschriftliche Fassung handelt.

46

Daniel brachte das Sachverständigengutachten und eine Kopie der CD ins Gericht und wurde dann in Duráns Büro vorstellig. Dessen Sekretärin Blanca hatte ihm mitgeteilt, der Chef wolle ihn sprechen.

Durch die geschlossene Bürotür drangen ohrenbetäubend die Anfangsakkorde des Klavierkonzerts Nr. 1 von Tschaikowsky.

»Er dirigiert«, erklärte Blanca. Ihr leicht spöttischer Unterton war nicht zu überhören. »Aber du kannst hineingehen.«

Daniel öffnete die Tür. Sein Chef war vollkommen versunken in die Musik und stand in Hemdsärmeln – zum ersten Mal sah ihn Daniel ohne Jacke – wild gestikulierend auf dem Besuchersofa. Die Schuhe hatte er immerhin vorher ausgezogen. Daniels Eintreten störte ihn nicht im Geringsten, er spielte weiterhin mit ganzem Herzen und vollem Körpereinsatz seine Pantomime – bis Daniel die Lautstärke der Anlage auf ein annehmbares Maß heruntergedreht hatte.

»Die Bläser bleiben hinter den Streichern zurück«, sagte Daniel streng, genau wie sein Professor am Konservatorium. »Du musst mehr auf das Gleichgewicht im Orchester achten.«

»Ich muss mir wirklich einen Taktstock kaufen«, antwortete Durán. »Ohne Taktstock nehmen einen die Musiker nicht ernst.«

»Du bekommst einen von mir, keine Sorge. Auch wenn es nicht vom Taktstock abhängt, ob man gut oder schlecht dirigiert. Dieser Dirigent zum Beispiel, Valery Gergiev« – Daniel nahm die CD-Hülle des Tschaikowsky-Konzerts –, »dirigiert ohne Taktstock, und er hat das St. Petersburger Orchester zu einem der weltbesten gemacht.«

»Sag, was du willst, aber ich bleibe dabei: Ein Taktstock ist unverzichtbar. Und sei es nur, weil er dir bei einem Crescendo plötzlich aus der Hand fliegen und jemandem das Auge ausstechen könnte. Das wissen die Musiker, und da keiner erblinden will, sind sie die ganze Zeit hochkonzentriert, schauen dich unentwegt an, und keine deiner Anweisungen entgeht ihnen. Komm, hilf mir mal.«

Daniel half ihm vom Sofa herunter – Durán wäre noch imstande gewesen, sich in seinem Eifer das Bein zu brechen.

»Du wolltest mich sprechen?«

»Ja. Setz dich.«

»Willst du mir kündigen?«

»Kündigen? Nein. Willst du aufhören?«

»Auch nicht. Obwohl es nicht schlecht wäre, wenn du mir ein bisschen mehr bezahlen würdest.«

»Geld, Geld. Du bist nicht hier wegen des Geldes, sondern weil du Musik magst und gerne unterrichtest. Was ist los? Brauchst du Geld?«

»Ja, als Anerkennung für meine Leistung. Und natürlich ist es möglich, dass ich mir bald eine Eigentumswohnung zulegen muss.«

»Das heißt, Alicia und du, ihr habt euch entschieden und bekommt das Kind?«

»Wir sind noch dabei, uns zu entscheiden. Ich bin dafür, aber sie hat das letzte Wort.«
»Hast du Angst? Was bedeutet es für eure Beziehung, wenn sie sich dagegen entscheidet?«
»Nichts Gutes.«
»Würdest du sie verlassen?«
»Ich weiß es nicht. Ich möchte keine ›Zukünftigkeiten hypothetisieren‹, wie dieser Politiker mal gesagt hat.«
»Alicia ist eine Traumfrau.«
»Genau deshalb will ich, dass sie die Mutter meines Sohnes wird.«
»Aha, du bestimmst also doch alles allein – auch das Geschlecht des Kindes und so.«
»Ach – ich hätte einfach gerne einen Jungen.«
»Um ihn stundenlang ans Klavier zu setzen, nicht wahr? Und vielleicht wird ja ein Beethoven daraus. Armes Ding, wenn es wüsste, was es erwartet. Ich glaube, es sollte besser nicht auf die Welt kommen …«
Sie schwiegen, und Daniel versank in einen Tagtraum, in dem Alicia, er und das Kind glücklich mit Kinderwagen und allem Drum und Dran am See im Retiro-Park spazieren gingen – bis Durán ihn aus seinen Träumereien riss.
»Also, zur Sache. Ich möchte aufs Laufende gebracht werden. Erzähl mir bitte, wie die Ermittlungen laufen – dafür hab ich dir das Ganze schließlich zugeschanzt. Wer hat deinen Namen genannt, als Marañón sagte, dass die Richterin einen Sachverständigen benötigte?«
Daniel legte Durán seinen Verdacht über die Rekonstruktion der Symphonie dar und sprach mit ihm über das Auftauchen des Beethoven-Bilds und die seltsame Melodie darauf.
»Ich hatte noch keine Gelegenheit, es zu sehen«, sagte

Durán. »Ich verbringe den ganzen Tag damit, mit irgendwelchen Bürokraten essen zu gehen, und die wirklich wichtigen Dinge entgehen mir. Du hast nicht zufällig einen Ausdruck dabei?«

»Nein, aber du kannst es dir auf der Homepage der Neuen Pinakothek ansehen.«

»Warte mal kurz.«

Durán betätigte die Gegensprechanlage, die ihn mit seiner Sekretärin verband, und fragte: »Blanca, wissen Sie, wie mein Drucker funktioniert?«

Blanca schnaubte und ließ ohne ein weiteres Wort den Knopf der Anlage los.

Durán warf Daniel einen »Was muss man nicht alles aushalten«-Blick zu und drückte wieder den Knopf.

»Wenn Sie wissen, wie mein Drucker funktioniert, wären Sie dann bitte so freundlich, in mein Büro zu kommen und mir beim Ausdrucken eines Fotos behilflich zu sein? Danke sehr.«

Wenige Augenblicke später öffnete sich die Bürotür, und Blanca kam herein. An ihrem Zeigefinger klebte ein Post-it. Sie sagte immer noch nichts, nahm das Post-it mit der anderen Hand vom Finger und klebte es auf Duráns Schreibtischplatte. Dann drehte sie sich um, schloss die Tür hinter sich und ging zu ihrem Schreibtisch zurück.

»Gestern habe ich sie gebeten, mit meinen Hunden zum Tierarzt zu gehen, und es gab einen kleinen Zwischenfall mit Talión. Na ja, er hätte ihr beinahe den Finger abgebissen«, war Duráns Erklärung dafür, dass seine Sekretärin so kurz angebunden, ja unhöflich war.

Blanca hatte auf dem Post-it alle notwendigen Schritte für das Drucken eines Dokuments notiert. Durán begann, die Anweisungen laut vorzulesen, bis Daniel ihn beherzt

beiseitedrängte. Innerhalb von dreißig Sekunden hatte er die Abbildung des Porträts im Internet gefunden und sie in Farbe und in recht guter Qualität ausgedruckt.
»Sicher, dass das Beethoven ist?«, fragte Durán nach eingehender Betrachtung des Bildes.
»Daran besteht kein Zweifel.«
»Aber dieser Mann hier hat gute Laune! Na gut, das wäre vielleicht zu viel gesagt. Aber zumindest ist er nicht griesgrämig.«
»Ja, aber das ist trotzdem Beethoven. Warte, ich zeig dir die Details, anhand deren die Experten das nachgewiesen haben. Man sieht es besser auf dem Bildschirm.«
Daniel vergrößerte das Bild mit dem Zoom der Fotosoftware, um Durán die Einzelheiten zu zeigen, die er meinte.
»Zum einen haben wir hier das Klavier.«
»Aber Beethoven spielt nicht darauf. Und im 19. Jahrhundert stand in unzähligen Haushalten ein Klavier.«
»Das stimmt. Aber achte mal auf die Wand im Hintergrund: Da hängt ein Porträt. Ein Bild im Bild. Ich kann es nicht näher heranholen, dafür ist die Auflösung nicht hoch genug, aber ich glaube, in dieser Größe kann man es schon ganz gut erkennen.«
Durán, der neben Daniel stand, ging mit dem Gesicht so nah an den Bildschirm heran, dass er ihn beinahe mit der Nase berührte.
»Jetzt kann ich es sehen. Und was für eine Bedeutung hat es?«
»Es ist ein Porträt von Beethovens Großvater. Er achtete ihn sehr, und dieses Porträt war eins seiner wichtigsten Besitztümer. Sooft Beethoven auch innerhalb Wiens umzog, das Bild seines Großvaters nahm er immer mit und hängte es jedes Mal in sein Arbeitszimmer.«

»Sieht gar nicht aus wie sein Großvater. Eher wie seine Großmutter.«
Daniel schmunzelte über Duráns Bemerkung. Er hatte nicht unrecht. Der Großvater des Genies hatte mit einer kolossalen femininen Pelzmütze posiert. Zusammen mit seinen nicht eben männlichen Gesichtszügen verlieh sie ihm das Aussehen einer älteren Dame.
»Sein Name war Louis van Beethoven, das ist dasselbe wie Ludwig van Beethoven, nur auf Französisch.«
»Ist der Nachname Beethoven nicht flämisch?«
»Doch. *Beet* ist ein flämisches Wort und heißt ›Rübe‹. Und *hoven* ist die Mehrzahl von ›Hof‹. Beethoven bedeutet also ›Rübenhöfe‹. Aber Ludwig, der Enkel, unterschrieb auch gelegentlich mit Louis – wahrscheinlich als Hommage an seinen Großvater. Du weißt ja, er soll ein hervorragender Dirigent gewesen sein – andernfalls hätte er nicht den Posten des Musikdirektors am Hof von Bonn bekommen.«
»Weißt du, was mir schwerfällt, Daniel? Mir ein Bild von Beethoven im Hause eines Bonaparte vorzustellen.«
Durán spielte auf Beethovens Wutanfall 1804 an, als er erfuhr, dass Napoleon sich in Notre-Dame zum Kaiser hatte krönen lassen. Napoleons Machtgier war so groß, dass er sich die Krone nicht von Papst Pius VII. aufsetzen ließ, sondern es selbst tat. Seinen berühmten Ausspruch »Gott hat sie mir gegeben, wehe dem, der sie berührt!« hob er sich allerdings für das darauffolgende Jahr auf, als er sich in Mailand zum König von Italien erklärte.
Auf Empfehlung des französischen Botschafters in Wien, Jean-Baptiste Bernadotte, hatte Beethoven Jahre zuvor angefangen, eine Napoleon gewidmete Symphonie zu schreiben. Der Komponist hatte eingewilligt, weil er zu jener Zeit, als Napoleon noch Erster Konsul war, zu seinen

Bewunderern zählte: Napoleon stand für die demokratischen und republikanischen Ideale der Französischen Revolution. Außerdem hatten sie sich beide aus eigener Kraft hochgearbeitet: Napoleon hatte sich dank seines Talents und seines Ehrgeizes an die Spitze des Heeres gesetzt – Beethoven hatte Wien erobert: ohne Beziehungen und Pfründen, einzig und allein durch sein Klavierspiel, seine unglaubliche Improvisationskunst und seine Kompositionen, die denen von Haydn und Mozart an Einfallsreichtum in nichts nachstanden oder diese sogar übertrafen.

Von 1803 an lag also die dritte Symphonie, die damals noch den Titel *Symphonie Bonaparte* trug, auf dem Arbeitstisch des Komponisten. Er wartete auf einen geeigneten Moment, um sie dem Widmungsträger zu präsentieren. Die Krönung Napoleons Ende des folgenden Jahres verärgerte Beethoven jedoch – bezeugte sie doch für ihn unwiderleglich, dass der französische Revolutionär sich immer nur danach gesehnt hatte, einer sozialen Schicht anzugehören, der seine Landsleute den Kampf angesagt hatten. »Ist der auch nicht anders wie ein gewöhnlicher Mensch! Nun wird er auch alle Menschenrechte mit Füßen treten, nur seinem Ehrgeize frönen; er wird sich nun höher wie alle andern stellen, ein Tyrann werden!«, so habe Beethoven getobt, wie ein Schüler von ihm bezeugte. Er sei an den Tisch getreten, habe das Titelblatt der Symphonie genommen, es in zwei Teile zerrissen und auf den Boden geworfen.

»Wenn Beethoven Bonaparte verachtete, so wird es doch umgekehrt genauso gewesen sein? Vor allem, wenn man bedenkt, welche ›Hochachtung‹ der Kaiser der Musik entgegenbrachte …«

»Aber das Bild ist in dem Palast eines Bonaparte aufgetaucht, dessen Ururururgroßvater eben doch Musikliebhaber war: Jérôme Bonaparte nämlich. Er wollte Beethoven sogar als Musikdirektor an seinen Hof von Westfalen holen.«
»Das Bild ist sehr schön«, sagte Durán versonnen.
»Schön und geheimnisvoll. Und das Bemerkenswerteste habe ich dir noch gar nicht gezeigt. Schau, was Beethoven in der rechten Hand hält: ein Blatt mit klar und deutlich lesbaren Noten.« Daniel fing feierlich an zu singen.
»Was für ein schräges Liedchen«, beklagte sich Durán, als er bei der letzten Viertelnote angelangt war. »Für mich ist das keine Musik.«
»Was hast du gesagt?«
»Dass das keine Musik ist.«
Da ging Daniel plötzlich auf, welches Geheimnis sich hinter der Melodie auf dem Bild verbarg.

47

Inspector Mateos stimmte mit Aguilar überein, dass die Nachricht, die Thomas als Entwurf in seinem Handy gespeichert hatte, nähere Betrachtung verdiente. Also vereinbarte er erneut ein Treffen mit Thomas' Tochter – im selben verglasten Rundbau, wo sie sich mit Paniagua unterhalten hatte – und reichte ihr ein Kärtchen, auf dem die Buchstaben QEEGXFZ FXDW zu lesen waren.

»Señorita Luciani«, sagte der Inspector, »die Kriminaltechniker haben im Handy Ihres Vaters diese Nachricht entdeckt. Sehen Sie darin irgendeine Bedeutung?«

Sophie Luciani warf einen raschen und widerwilligen Blick auf die Karte, wie eine Zeugin, die den Verdächtigen auf dem Foto eigentlich nicht wiedererkennen will.

»Nein, überhaupt keine. Warum?«

»Sind Sie sicher? Wollen Sie nicht ein wenig länger überlegen? Wir nehmen an, dass es sich um eine verschlüsselte Nachricht Ihres Vaters handelt, die er nicht mehr vervollständigen konnte. Vielleicht, weil er vorher seinen Mördern in die Hände fiel.«

Sophie antwortete nicht, aber sie öffnete ihre Handtasche und holte die kleine Alberti-Scheibe heraus, die sie zuvor auch schon Daniel Paniagua gezeigt hatte.

Inspector Mateos hatte dergleichen noch nie gesehen. Sophie erklärte ihm, dass dies ein Geschenk ihres Vaters war.

Die Bonapartes seien bereits auf die Idee gekommen, Thomas habe ihr möglicherweise einen Code übermitteln wollen, um die Tätowierung zu entschlüsseln.
»Könnten Sie mir mal vorführen, wie das funktioniert?«, bat Mateos.
»Es ist ein einfacher Substitutionscode. Er wurde im 15. Jahrhundert von Leon Battista Alberti entwickelt: Man verschlüsselt die Nachricht, indem man die Buchstaben der oberen Scheibe durch die der unteren ersetzt.«
»Würden Sie einmal ausprobieren, ob der Entwurf Ihres Vaters damit einen Sinn ergibt?«
Sophie las den Code von der Karte ab und drehte entsprechend an den Rädchen. Es dauerte keine zwei Minuten, da hatte sie Mateos' Wunsch erfüllt.
»Ich glaube, ich hab's.«
»Und, was bedeuten die Buchstaben?«
»Account numb.«
»›Kontonummer‹ auf Englisch!«, übersetzte Mateos aufgeregt. »Ihr Vater ist wahrscheinlich mitten im Wort ›number‹ unterbrochen worden und speicherte die Nachricht als Entwurf.«
»Kontonummer? Was soll das heißen? Um welches Konto geht es denn?«
»Señorita Luciani, höchstwahrscheinlich wollte Ihr Vater Ihnen verschlüsselt mitteilen, in welchem Banksafe er das Beethoven-Manuskript versteckt hatte, das ihn das Leben kostete. Die meisten dieser Safes sind an ein Girokonto angeschlossen.«

48

Um Durán den Zusammenhang zwischen den Noten auf dem Beethoven-Porträt und den Buchstaben des Alphabets verständlich zu machen, hatte Daniel unter jede Viertelnote den jeweiligen deutschen Notennamen geschrieben:

»Beba de Casas?«, fragte der Direktor des Musikwissenschaftlichen Instituts verwundert. »Was zum Teufel soll das denn heißen?«

»Beba ist genauso wie Bea eine Verkleinerungsform von Beatriz. De Casas oder de las Casas ist doch hier in Spanien ein ziemlich häufiger Familienname. Beba de Casas wird also der Name einer Frau sein, vermutlich einer weiteren Geliebten des Komponisten, und mit ziemlich großer Sicherheit ist sie diejenige, der das rätselhafte Lächeln auf dem Porträt gilt.«

»Darf man fragen, wie du zu diesem überraschenden Schluss gekommen bist?«

»Seit ich das Bild zum ersten Mal gesehen habe, gehen mir diese elf Noten nicht aus dem Kopf. Wegen der vielen Dissonanzen, genauer gesagt der zwei Tritoni, dachte ich anfangs, Beethoven habe mit den Illuminaten zu tun gehabt und deshalb die Kirche provozieren wollen. Doch als du eben sagtest, die Melodie sei überhaupt keine Musik, hab ich gedacht: ›Er hat recht. Das ist keine Musik, sondern ein Code aus Noten. Vielleicht wollte er damit der Frau, die ihm gerade den Kopf verdrehte, seine Ehrerbietung erweisen.‹ Dass ich erst jetzt darauf gekommen bin – schließlich rede ich mit meinen Studenten seit Wochen über diese Codierungen …«

»Beatriz de Casas. Hast du eine Idee, wer diese Frau gewesen sein könnte?«

»Nein. Aber Beethoven hatte Beziehungen mit Italienerinnen wie Giulietta Guicciardi, Ungarinnen wie Gräfin Erdödy, Französinnen wie Almerie Esterházy. Warum also nicht auch mit einer Spanierin?«

»Weil man davon wüsste«, wandte Durán ein. »Beethovens zahlreiche Liebesbeziehungen werden seit Jahrhunderten studiert.«

»Ach, ja? Und wie steht es mit der Unsterblichen Geliebten? Über die Identität dieser Frau wird immer noch gestritten.«

»Meinst du, Beatriz de Casas könnte diese Unsterbliche Geliebte sein?«

»Beethovens Verbindungen zu Spanien sind wesentlich enger, als man so denkt. Es geht sogar das Gerücht um, dass seine Großmutter Spanierin gewesen ist.«

»Das hab ich ja noch nie gehört.«

»David Jacobs schreibt in seinem Beethoven-Buch von 1970, dass Maria Josepha Pols, die Mutter von Beethovens Vater, aus Katalonien stammte. Allerdings war sie wohl schon vor ihrer Hochzeit deutsche Staatsbürgerin geworden. Sie könnte mit ihrer Familie wegen der Niederlage

Erzherzog Karls im Spanischen Erbfolgekrieg nach Deutschland ausgewandert sein.«

»Hat man ihn deshalb Schwarzspanier genannt?«

»Das ist anzunehmen. Erwiesen ist auch die enge Freundschaft Beethovens mit einer Spanierin namens Fanny del Río. Sie war die Tochter von Cajetan Giannatasio del Río, einem spanischen Hauslehrer, der 1798 in Wien eine Privatschule gegründet hatte. Als Beethovens Neffe Karl in seinem Schutz und Gewahrsam stand, schickte ihn der Komponist auf dieses Internat. Zwischen ihm und del Río gingen eine Menge Briefe hin und her. Und dann ist da natürlich noch *Fidelio*. Der Schauplatz dieser Oper ist Sevilla.«

»Sollte sich deine Theorie über Beatriz de Casas bestätigen, käme das wie gerufen für dein Buch. Aber wozu hält der Komponist diese Noten mit dem Namen seiner Geliebten in der Hand?«

»Vielleicht wollte er ihr das Bild schenken. Manche Männer lassen sich ja auch den Namen der Frau, die sie lieben, auf den Körper tätowieren. So weit ging Beethoven natürlich nicht, aber dass er ihren Namen in Notenform in sein eigenes Porträt einbrachte, heißt doch so viel wie: ›Dein Name ist wie Musik für mich.‹«

»Wie und wo hätte Beethoven denn in Wien eine Spanierin kennenlernen können?«

»Vielleicht über die Schule von del Río … aber es gibt noch eine andere Möglichkeit: Hast du schon mal von der Spanischen Hofreitschule gehört?«

49

Wien, März 1826

Ludwig van Beethoven hatte seine Wohnung in der Schwarzspanierstraße 15 verlassen, um für das Pferd, das ihm einer seiner besten Freunde, Stephan von Breuning – Widmungsträger des einige Jahre zuvor komponierten Violinkonzerts in D-Dur –, geschenkt hatte, Unterkunft und Pflege zu suchen. Von Breuning, der nur knapp eine Straße weiter wohnte, wusste, dass Beethoven ein großer Naturliebhaber war. Er hatte dem Musiker ein Reitpferd geschenkt, damit dieser seine alte Gewohnheit, sich auf der Suche nach Inspiration für seine Musik in den Wäldern um Wien zu ergehen, wieder aufnahm. Er wusste zwar, dass Beethoven schon vor Jahren einmal ein Pferd besessen hatte, allem Anschein nach jedoch kein einziges Mal darauf geritten war. Schließlich hatte sich einer seiner Bediensteten das Tier angeeignet.

Doch nun, dachte der Adelige, waren die Umstände ganz andere: Bevor Beethoven so kränklich geworden war, hatte er täglich ausgedehnte schöpferische Wanderungen unternommen, von denen er jedes Mal euphorisch zurückkehrte: Das Thema einer Symphonie hatte dann seine endgültige Gestalt angenommen, oder er hatte die Kadenz eines Klavierkonzerts entworfen. Seine gesundheitlichen Probleme wurden jedoch immer schwerwiegender, und ihm fehlte es an Kraft, diese langen Spaziergänge zu Fuß

zu machen. Da seine besten Ideen aber stets im Kontakt mit der Natur entstanden waren, ließ seine Kreativität allmählich nach.
Beethoven selbst flößten diese Tiere einigen Respekt ein, zumal einer seiner größten Unterstützer, Fürst Kinsky, durch einen Reitunfall zu Tode gekommen war. Dennoch freute er sich ausgesprochen über Breunings Geschenk. Fidelio sollte das Tier heißen – genau wie der Held seiner einzigen Oper. Noch stand in den Sternen, ob er wirklich regelmäßigen Gebrauch davon machen würde, doch eins war sicher: Diesmal würde er nicht zulassen, dass ein skrupelloser Diener die Situation ausnutzte.
Daher machte er sich nun selbst auf die Suche nach einer vertrauenswürdigen Bleibe für das Tier. Und welche Institution konnte besser qualifiziert sein, hier Rat zu erteilen, als die Spanische Hofreitschule am Michaelerplatz? Es verstand sich von selbst, dass Beethoven sein Pferd dort nicht unterstellen konnte: Die berühmte Schule, 1526 gegründet, nahm nur Lipizzaner auf. Sie wurden so genannt, weil die Stuten und Hengste, von denen sie abstammten, in der alten italienischen – heute slowenischen – Stadt Lipizza beheimatet waren. Beethoven kannte aber den Veterinär, der sich um die Gesundheit dieser fabelhaften Schaupferde kümmerte, denn dieser Mann war ein ausgemachter Musikliebhaber und mehr als einmal bei seinen Konzerten gewesen. Er würde ihm eine geeignete Person oder Einrichtung nennen können, bei der Fidelio die nötige Fürsorge zuteilwurde.
Kaum war der Musiker auf die Straße getreten, sprach ihn der kleine Gerhard von Breuning an, der zwölfjährige Sohn seines Freundes Stephan. Der Junge war einer seiner glühendsten Bewunderer.

»Hallo, Ludwig, bist du auf dem Weg zu Fidelio?«, fragte er, überaus stolz, dass er Beethoven duzen durfte.
Der Komponist war schon stocktaub und konnte nicht hören, was der Kleine sagte, doch seinem strahlenden Gesicht entnahm er, dass er nach dem Pferd gefragt haben musste.
»Wieso spielst du hier auf der Straße? Müsstest du nicht in der Schule sein?«, schimpfte Beethoven.
Gerhard grinste, weil der Musiker viel zu laut gesprochen hatte, und er bedeutete ihm, sein Konversationsheft hervorzuholen.
Diese Konversationshefte waren schlichte Notizbücher, die Beethoven immer bei sich trug, wenn er aus dem Haus ging, um sich mit seinen Mitmenschen verständigen zu können. Die Taubheit war ganz langsam und schrittweise schlimmer geworden, deshalb hatte er sich einige Jahre zuvor noch mit den Hörrohren behelfen können, die sein Freund Mälzel für ihn gebaut hatte. Doch im März 1826 war es nun schon zehn Jahre her, dass Beethoven aufgehört hatte, vor Publikum Klavier zu spielen, weil er nahezu vollkommen taub geworden war. Seither verließ er das Haus nie ohne diese wertvollen Schreibblöcke.
Auf eine leere Seite schrieb Gerhard: »Ich darf zwei Tage nicht zur Schule gehen.«
Beethoven lachte herzhaft bei dem Gedanken, dass man versuchte, einen Zwölfjährigen mit zwei Tagen schulfrei zu bestrafen.
Wenn der Musiker in sein unnachahmliches Gelächter ausbrach, schien es Gerhard immer, als würden dessen kleine braune Augen durch die Gesichtsmuskeln nach innen gedrückt und dadurch buchstäblich verschwinden.
Die meisten Wiener hätten wohl keine Antwort auf die

Frage gewusst, wann sie sich mehr vor Beethoven fürchteten: wenn er mit einem zugleich wilden und gequälten Ausdruck die Stirn runzelte, oder wenn er schallend lachte und sich sein Gesicht dabei zu einer grotesken Maske verzerrte, aus der auf einmal jegliche Intelligenz verschwunden war.

»Wofür wirst du denn bestraft? Hast du schon wieder im Unterricht gesungen?«

Gerhard nickte, und Beethoven strich ihm komplizenhaft über das Haar. Er war es, der die unzureichende musikalische Ausbildung, die der Junge in der Schule erhielt, ergänzte.

»Ich gehe zur Hofreitschule. Wir wollen doch mal sehen, ob wir nicht einen guten Stall für Fidelio finden. Wenn du möchtest, kannst du mitkommen.«

Natürlich war der Junge einverstanden, und so machten sich die beiden gemeinsam auf den Weg zur Hofburg.

Es war nicht einfach, auf der Straße neben Beethoven zu gehen. Sein Neffe Karl weigerte sich tatsächlich schon seit geraumer Zeit, seinen exzentrischen Onkel irgendwohin zu begleiten, da ihm dessen ständiges Singen und Zetern in der Öffentlichkeit peinlich war. Im besten Fall erntete der Komponist nur Blicke und Kommentare von Passanten, doch häufig war er auch die Zielscheibe von Spott und Lästereien der Gassenjungen und Halbstarken. Hinzu kam, dass er an manchen Tagen seine Körperpflege vernachlässigte und es ihm gleichgültig war, was er anhatte. Kein Wunder, dass Beethoven kaum jemanden fand, der freiwillig auf seinen Spaziergängen mit ihm kam. An jenem Morgen jedoch hatte er sich dazu entschlossen, sich zu rasieren, seine imposante Mähne zu kämmen und einen sauberen und gebügelten eleganten Anzug zu tragen – als

ahnte er, dass das heutige Treffen sein Leben verändern würde.
Der kleine Gerhard von Breuning bewunderte Beethoven ungeachtet seiner äußeren Erscheinung von ganzem Herzen, und es bereitete ihm Vergnügen, dass der Komponist sich über die gesellschaftlichen Gepflogenheiten ungestraft hinwegsetzen konnte und die Straßen von Wien als sein erweitertes Zuhause betrachtete. Beethoven hatte seinerseits echte Zuneigung zu dem Jungen gefasst und nannte ihn »meinen Hosenknopf«, so unentbehrlich war er ihm. Der Junge machte unzählige Besorgungen für ihn, half ihm mit seiner Korrespondenz und beim Instandhalten seiner geräumigen Achtzimmerwohnung.
Während sie die Währinger Straße hinunter Richtung Hofburg liefen, erzählte Beethoven Gerhard von seinen derzeitigen musikalischen Projekten. Beethoven arbeitete meist an vielen Kompositionen gleichzeitig.
»Ich habe eine neue Symphonie entworfen! Hat dich dein Vater nicht vor ein paar Jahren zur Premiere meiner Neunten mitgenommen?«
Der Kleine schüttelte den Kopf.
»Das hätte er mal tun sollen! Das war ein absoluter Erfolg. Das hat mich dazu ermuntert, die Wiener mit einer zehnten Symphonie zu beglücken. Willst du wissen, wie das Hauptthema klingt?«
Beethoven blieb mitten auf der Straße stehen, ohne sich darum zu scheren, ob er die übrigen Passanten behinderte, und sang für Gerhard die ersten Takte seines neuen Werks. Der Junge grinste, und Beethoven dämmerte, dass es vermutlich eher ein Gebrüll gewesen war. Deshalb zog er aus einer Tasche seines Gehrocks sein Heft mit Entwürfen, in das er die musikalischen Ideen eintrug, die ihm auf seinen

Wanderungen kamen. Er blätterte eine Seite auf und zeigte dem Kleinen, der seit seinem sechsten Lebensjahr Noten lesen konnte, den Entwurf der neuen Symphonie. Der Junge studierte ihn konzentriert und gab das Heft dann seinem Besitzer zurück. Sein leuchtendes Gesicht verriet, wie sehr ihn das Gesehene beeindruckt hatte.
Das Kind und der Mann nahmen ihren Weg wieder auf, und Beethoven erzählte noch mehr Einzelheiten über das Werk: »In der Neunten habe ich den Chor erst im letzten Satz singen lassen, aber hier soll er mehr im Mittelpunkt stehen. Kann sein, dass ich ihn schon ab dem zweiten Satz einsetze. So komme ich außerdem um die Proteste der Sänger herum, dass sie zu lange unbeschäftigt auf der Bühne stehen müssen. Und dann tu ich es dem alten Bach nach, der ein Konzert für vier Cembali geschrieben hat, und setze im Scherzo vier Klaviere ein. Ach, was sag ich da? Vier? Nein, mindestens acht!«
Der kleine Gerhard hatte das Konversationsheft behalten, falls er dem Komponisten noch Fragen stellen wollte. Nun zog er ihn am Gehrock, damit er stehenblieb, und schrieb: »Darf ich auf Fidelio reiten?«
»Natürlich. Aber zuerst müssen wir uns versichern, dass er gut erzogen ist und weiß, wie man sich mit Kindern benimmt. Glaub mir, ich bin einige Male vom Pferd gefallen, und das ist keine Erfahrung, die ich noch einmal machen wollte.«

Währenddessen, ganz in der Nähe, hatte Don Leandro de Casas y Trujillo, Chefveterinär der Spanischen Hofreitschule, gerade Incitato II abgehört, einen der dreißig Lipizzaner aus der Gala-Equipe der renommierten Institution.

Sein Reiter, François Robichon de la Guérinière, Enkel des legendären Reiters mit demselben Namen, der 1733 die Pferdezucht und -dressur mit seinem Buch *École de la Cavalerie* revolutioniert hatte, sah dem Veterinär schon an, dass er die befürchtete Diagnose stellen würde:
»Er hat eine Kolik. Sie muss sofort behandelt werden.«
Der Reiter tätschelte sanft den Pferdehals und sagte: »Ich habe es befürchtet. Seit zwei Tagen frisst er nicht richtig, schaut immer auf seinen Bauch und versucht, sich mit dem Maul zu scheuern.«
»Er hat wohl einmal nach dem Reiten zu viel Wasser bekommen. Wie oft muss ich euch das noch sagen? Wenn ihr die Pferde zu sehr verwöhnt, sind sie es, die darunter leiden.«
Robichon schluckte und fragte den Arzt reumütig: »Wird er wieder gesund?«
»Natürlich wird er das! Nicht zuletzt, weil ich das Buch deines Großvaters auswendig kenne und daher weiß, was in solchen Fällen zu tun ist. Ich gebe ihm etwas Krampflösendes und ein Schmerzmittel, damit er aufhört, sich herumzuwälzen. Und dann gilt natürlich: kein Futter und kein Wasser, bis ich etwas anderes sage. Habe ich mich deutlich genug ausgedrückt?«
»Ja, Don Leandro«, antwortete der Reiter wie ein Sünder, dem vom Beichtvater die Buße auferlegt wird.
»Wenn ich dich dabei erwische, dass du hier herumlungerst, um ihm Wasser oder Zucker zu geben, reiße ich dir alle Knöpfe einzeln vom Waffenrock ab. Der Darm dieser Tiere ist 35 Meter lang, es nimmt also nicht wunder, dass dies ihr empfindlichster Körperteil ist. Wenn man bedenkt, dass sie dazu noch einen kleinen Magen haben und deshalb ihr Futter kaum verdauen, ist klar, dass sie anfällig für

Darmprobleme sind. Das sind wahre Rührmichnichtan, diese Tiere.«

»Was sind sie?«

»Das sagt man so in Spanien, wenn jemand sehr empfindlich ist.«

»Ah, bon«, antwortete der Franzose zufriedengestellt. »Ist Beatriz zu Hause?«

»Ja. Aber ich rate dir, komm ihr nicht zu nah.«

Der Reiter wunderte sich, denn in diesen Worten lag nichts Aggressives oder Drohendes. Sie klangen eher väterlich.

»Und weshalb soll ich mich Ihrer Tochter nicht nähern?«

Don Leandro blickte sich um, ob niemand ihn hörte, und flüsterte ihm etwas ins Ohr. Bevor François reagieren konnte, wurden sie von dem Jungen unterbrochen, der den großen Sandplatz der überdachten Reitbahn in Schuss hielt. Die Halle mit den wunderbaren Verzierungen des Barockarchitekten Joseph Emanuel Fischer von Erlach aus der Zeit zwischen 1729 und 1735 war zunächst für die Reitstunden der Adeligen reserviert gewesen. Nun fanden dort dreimal wöchentlich vor einem ausgewählten Wiener Publikum und Gästen aus aller Welt, die eigens dazu anreisten, die grandiosen Pferdevorführungen statt.

»Entschuldigen Sie, Don Leandro«, sagte der Bursche. »Da ist ein Herr an der Tür, der nach Ihnen fragt. Es ist dieser verrückte Musiker, Ludwig van Beethoven.«

Als hätte er den Namen des Komponisten erkannt und wüsste auch über dessen Ruhm Bescheid, wieherte Incitato II ungeduldig. Und das Gesicht des Arztes hellte sich auf.

»Beethoven hier in der Schule? Hat er gesagt, was er will?«

»Nein, Herr de Casas. Ich weiß nur, dass er in Begleitung eines Jungen gekommen ist.«

»Gut, lass sie sofort herein.«
Robichon wollte das interessante vorangehende Thema noch vertiefen, aber der Veterinär verabschiedete ihn mit an Unverschämtheit grenzender Eile.
»Und Beatriz …«
»Später, später, François. Und denk daran: kein Wasser und kein Futter für Incitato, bis ich es dir erlaube.«
Mit diesen Worten verließen Bursche, Reiter und Arzt die Stallungen der Schule.

»Was genau haben Sie mit dem Pferd vor, Herr van Beethoven, und wo ist es zurzeit untergebracht?«, fragte Don Leandro, als der Musiker und das Kind es sich in seinem Büro bequem gemacht hatten.
Der kürzlich verwitwete Veterinär war der einzige Angestellte der Hofreitschule, der, auf ausdrücklichen Wunsch des Kaisers, in einem Flügel der Hofburg wohnte. Falls ein Pferd erkranken sollte, konnte es auf diese Weise sofort medizinisch versorgt werden.
Lipizzaner waren außergewöhnliche Kreaturen, deren besondere Dressur Jahre in Anspruch nahm, und die liebevolle Fürsorge, die sie erhielten, hätten die meisten Einwohner der Stadt selbst gerne genossen. Die Räumlichkeiten des Veterinärs umfassten fünf Zimmer: zwei Schlafzimmer, eins für ihn und eins für seine einzige Tochter, die dreiundzwanzig Jahre alt war und am Wiener Konservatorium Komposition studierte, eine Küche, ein Zimmer für das Gesinde und das Studierzimmer, in dem Don Leandro Beethoven und seinen jungen Begleiter empfangen hatte.
Der kleine Gerhard zog das Konversationsheft des Komponisten aus der Tasche und reichte es Don Leandro.

»Sie müssen hier hineinschreiben, was Sie Herrn Beethoven sagen wollen, er ist nämlich stocktaub«, erklärte er, stolz auf sein Wissen.
Beethoven las die Frage in dem Heft und teilte seinem Gesprächspartner mit, dass sich das Pferd noch auf dem Gut seines Freundes von Breuning befand, ungefähr vierzig Kilometer von Wien entfernt, und dass er erschwingliche Unterkunft und Pflege in erreichbarer Nähe suchte.
»Aber ich will nicht, dass das Tier gequält wird«, stellte der Musiker klar. »Schon weil der kleine Gerhard das nicht zulassen würde.«
»Beabsichtigen Sie, das Pferd häufig zu nutzen?«, fragte der Veterinär schriftlich.
»Verzeihen Sie den billigen Scherz, aber ich bin kein junger Hengst mehr«, antwortete der Musiker mit einem melancholischen Lächeln.
Don Leandro hörte sich mit unerschütterlicher Miene Beethovens Klagelitanei über seine schwache Gesundheit an und schrieb dann in das Heft: »Haben Sie schon einmal von Hippotherapie gehört?«
Beethoven schüttelte den Kopf.
Der Veterinär erklärte, dass die Hippotherapie eine neuartige Behandlungsmethode sei, die darauf basiere, dass die Bewegungen des Pferdes zur Stimulierung der Muskeln und Gelenke des Patienten genutzt würden.
»Meine Probleme, Herr Doktor, betreffen aber den Unterleib«, merkte der Komponist an.
»Schon, aber Sie haben gerade gesagt, dass Sie wegen Ihres schlechten Gesundheitszustands oft nicht in der rechten seelischen Verfassung sind, zu komponieren.«
»Das ist wohl wahr. Es gibt Tage, an denen bin ich buchstäblich so niedergeschlagen, dass meine Kraft nicht ein-

mal dazu reicht, dem kleinen Gerhard Unterricht in Harmonielehre zu geben.«
Der war aufgestanden und schnüffelte ganz ohne Scheu, wie es sich nur Kinder erlauben können, zwischen den verschiedenen, im Studierzimmer verteilten Gegenständen und Stichen herum, die fast alle mit Pferden zu tun hatten.
»Die Hippotherapie, Herr Beethoven«, fuhr der Veterinär fort, »kann Ihnen helfen, Ihren Gemütszustand erstaunlich zu verbessern. Dies wiederum stärkt Ihr gesamtes System, so dass Sie weniger anfällig sind für die Magen-Darm-Leiden, die Sie so plagen.«
»Aber wie funktioniert das?«, fragte der Komponist, denn nach den wenigen Ausritten in seinem Leben hatte er jedes Mal Schmerzen im Steißbein verspürt.
»Als Erstes müsste man Ihnen beibringen, korrekt aufzusitzen. Das kann Ihnen hier in der Schule jeder zeigen. Doch wenn Sie erst einmal geübter mit dem Tier umgehen, werden Sie gleich sehen, wie sich Ihr körperliches und geistiges Befinden verbessert. Im Trab spürt der Reiter die insgesamt hundertzehn Bewegungen, die das Pferd pro Minute macht. Durch sie werden ohne Ausnahme alle Muskeln und Bereiche des Körpers, vom Steißbein bis zum Kopf, angeregt. So verbessern sich Gleichgewicht und Beweglichkeit des Patienten. Doch auch auf der Ebene des Gemüts …«
Der ungewöhnliche schriftlich-mündliche Dialog wurde von einer Frauenstimme hinter der Tür unterbrochen.
»Papa?«
»Komm nur herein, Liebes. Hier ist jemand, den du sicher kennenlernen möchtest«, sagte Don Leandro zu seiner Tochter.

»Papa, bitte, kommt einmal kurz heraus«, kam es dringlicher.
Der Arzt erhob sich etwas gereizt und warf Beethoven einen entschuldigenden Blick zu. »Tut mir leid, es wird nicht lange dauern.«
Don Leandro verließ das Zimmer und traf seine Tochter bebend vor Wut an.
»Ihr habt zu François gesagt, ich hätte die Blattern?«
»Doch nur, damit er dich in Ruhe lässt, mein Kind. Du hast selbst gesagt, dass er dir auf die Nerven fällt.«
»Wenn ich Eure Hilfe brauche, um die Burschen loszuwerden, lass ich es Euch wissen. Aber erzählt keine Lügen mehr in meinem Namen. Stellt Euch nur vor, diese Nachricht würde ans Konservatorium gelangen, und ich müsste in Quarantäne!«
»Ist ja gut, liebes Kind, ich werde mich nicht mehr in deine Angelegenheiten einmischen. Und nun komm mit ins Studierzimmer. Ich möchte dich jemandem vorstellen, von dem du schon so oft erzählt hast, als würdest du ihn bereits kennen.«
Vater und Tochter betraten das Zimmer, wo der Musiker wartete, und der Veterinär sagte mit von Vaterstolz geschwellter Brust: »Herr Beethoven, das ist meine Tochter, Beatriz de Casas.«

50

Wien, September 1826

Sehe ich wieder aus wie ein Griesgram?«, fragte Beethoven, der zähneknirschend die letzte Sitzung für das Porträt, das sein Freund Joseph Karl Stieler von ihm anfertigte, über sich ergehen ließ. »Als du vor einigen Jahren Kaiser Franz I. gemalt hast, hast du dir alle Mühe gegeben, damit Seine Majestät so heiter wie möglich wirkte. Aber aus mir macht ihr immer einen alten Menschenfeind, gequält und krank.«

Der Maler hatte gerade den letzten Pinselstrich am sicherlich letzten Porträt Beethovens zu dessen Lebzeiten getan. Er legte Palette und Pinsel auf einen Tisch in der Nähe, und obwohl er wusste, dass der Musiker ihn nicht hören konnte, sagte er: »Ich weiß nicht, was in mich gefahren ist, dass ich Porträtmaler geworden bin. Ich sollte Seestücke oder Stillleben malen, dann würde ich nicht jedes Mal, wenn ich jemanden porträtiere, einen Freund verlieren.«

Er wischte sich die Hände an einem Lappen ab und bedeutete dem Genie, näher zu treten, um das vollendete Gemälde zu betrachten.

Stieler war zweifellos ein großer Porträtist. Charakteristisch für ihn war, dass er der Persönlichkeit des Porträtierten große Bedeutung beimaß. Dekorative Details, die bei manch anderem Maler nicht weniger wichtig waren als der

porträtierte Mensch, gab es in seinen Bildern praktisch nicht.
Stattdessen bediente sich der Künstler eines sehr kontrastreichen Lichts, das die Gesichtszüge des Modells in den Vordergrund rückte, während der Hintergrund nahezu vollständig im Dunkeln lag.
Hochkonzentriert bewunderte Beethoven das Gemälde einige Augenblicke lang. Dann brach er wieder einmal in sein unverkennbares Gelächter aus.
»Ich lächle ja! Warum das? Hast du mich ein einziges Mal lächeln sehen, seit ich für dich posiere?«
»Louis«, schrieb Stieler ins Konversationsheft, »ich habe dich nicht so gemalt, wie ich dich sehe, sondern wie du mir erscheinst. Und da du von nichts anderem sprichst als von dieser Frau, dieser Spanierin …«
»Beatriz de Casas.«
»Immer, wenn du sie erwähnst, strahlst du. Es ist nur ein kurzes Aufblitzen, denn du setzt jedes Mal gleich wieder dein verschlossenes, mürrisches Gesicht auf, aber ich habe es bemerkt und wollte es auf dem Bild festhalten. Ich glaube, du bist in diesem Augenblick deines Lebens so glücklich, wie ein Mann es nur sein kann, der das erleidet, was du zu erleiden hast.«
Beethoven lächelte, als er die Worte seines Freundes auf dem Schreibblock las.
Der berühmte Porträtist nahm einen ganz feinen Pinsel und malte in die Hand im Vordergrund ein kleines Blatt mit Notenlinien. Dahinein zeichnete er sorgfältig die Noten, aus denen sich der Namen *Beba de Casas* ergibt.
»Ich wusste gar nicht, dass du Ahnung von Notenverschlüsselung hast«, sagte der Maestro erstaunt.
»Du hast mir beigebracht, Namen in Notenform zu

schreiben, als ich dich mit der *Missa solemnis* in der Hand abgebildet habe, erinnerst du dich nicht?«
Doch Beethoven versuchte nicht einmal, ihn zu verstehen, sondern hob das Bild von der Staffelei und eilte damit zu seiner tief verehrten Beatriz.

51

Daniel Paniagua berichtete Inspector Mateos seine Theorie über Beatriz de Casas am Telefon, doch Doña Susana wollte er sie persönlich erzählen. Nachdem er sich vergewissert hatte, dass die Richterin an diesem Morgen in ihrem Büro war, machte er sich auf den Weg. Da er noch einen Augenblick warten musste, nutzte er die Zeit, um sich ausführlich in dem Büro umzusehen, wo die elf Angestellten arbeiteten, die die Richterin bei den Ermittlungen in den verschiedenen Prozessen unterstützten. Die meisten von ihnen waren Frauen mittleren Alters, die versuchten, ihren Unmut wegen des Rauchverbots in öffentlichen Gebäuden mit Humor zu verbrämen.

»Gib mir noch einen Zug«, sagte eine Dicke zu ihrer Kollegin rechts neben ihr. »Sonst spring ich aus dem Fenster.«

Die Angesprochene kam der Bitte nach und atmete mit Genuss einen Mundvoll unsichtbaren Rauch aus.

Die Knappheit der Geldmittel in der spanischen Justiz im Allgemeinen und an diesem Gericht im Besonderen machte sich durch den Mangel an Aktenschränken bemerkbar – die verschiedenen Papiere und Aktenstöße stapelten sich auf den Tischen und Stühlen der Angestellten –, und man sah es auch am erbarmungswürdigen Zustand der Computer. Einige von ihnen hatten noch Schwarzweißmonito-

re, deren Rahmen teilweise mehrfach mit schwarzem Isolierband umwickelt waren, damit sie nicht vor Altersschwäche auseinanderfielen.
Als Daniel sich gerade die Zeit damit vertreiben wollte, Speicherplatz in seinem Handy zu schaffen, öffnete sich die Bürotür, und zwei Männer in Trenchcoats kamen heraus. Daniel hatte schon Typen gesehen, die mehr nach Polizei aussahen als diese beiden.
Doña Susana hingegen war seelenruhig auf dem Weg ins Bad. Als sie Daniel erblickte, sagte sie:
»Geh schon mal rein und setz dich. Bin gleich wieder da.«
Als er das Büro betrat, sah er, dass er nicht alleine war: Der Gerichtsmediziner saß auf einem Stuhl und erhob sich nun, um ihm herzlich die Hand zu schütteln. Dann aber verstrich die Zeit, ohne dass Pontones den Mund aufmachte, also übernahm Daniel es, das angespannte Schweigen zu brechen und Konversation zu treiben.
»Ich wollte schon immer mal wissen, wie die Fälle an die Gerichte kommen. Ist jeder Richter auf ein bestimmtes Delikt oder einen bestimmten Typus von Kriminellen spezialisiert?«
»Nein«, antwortete der Gerichtsmediziner. »Die Fälle werden durch ein strenges Losverfahren auf die Gerichte verteilt. Sonst könnte theoretisch ein Verbrecher um einen bestimmten Richter ›bitten‹, oder umgekehrt – mit wenig wünschenswerten Folgen für die Rechtsprechung, wie du dir vorstellen kannst.«
»Das heißt, ihr habt den Fall Thomas rein zufällig bekommen?«
»Ja, so war es. Der Zufall wollte, dass Susana und ich an dem Tag, als man Thomas ermordete, Bereitschaftsdienst

hatten. An dem Gericht, das Bereitschaftsdienst hat, bleibt der Fall dann sozusagen hängen.«
»Und findet ihr es spannend, dass ihr ihn habt?«
»Ja und nein. Der Fall ist, wie du ja weißt, sehr komplex. Vom kriminalistischen Standpunkt aus ist dieses Ermittlungsverfahren zugegebenermaßen äußerst anregend, und sei es nur, weil es sich von den übrigen 90 Prozent unterscheidet, mit denen wir es sonst zu tun haben: Drogen, Drogen und nochmals Drogen.«
Nach dieser Erläuterung verfielen sie wieder in ein unbehagliches Schweigen, das diesmal keiner der beiden auflöste. Dann endlich ging die Tür hinter ihnen auf, und Doña Susana war zurück. Die Richterin setzte sich hinter ihren Schreibtisch.
»Hast du den Scheck erhalten?«, erkundigte sie sich.
»Welchen Scheck?«
»Für das Sachverständigengutachten.«
»Nein. Ich dachte, ich würde das Geld von dir bekommen.«
»Das fehlte noch, dass ich auch für Buchhaltung und Kasse zuständig bin!«, sagte die Richterin gutgelaunt. Sie hielt die Hand vor den Mund, um ihr schiefes Lächeln zu verbergen, und fügte hinzu: »Frag gleich Alejandra danach, das ist die etwas Rundliche, die dahinten sitzt.«
»Ja, die hab ich schon gesehen.«
»Also gut. Was gibt's Neues?«, erkundigte sich die Juristin geschäftsmäßig.
Daniel sah fragend zu dem Gerichtsmediziner hinüber, unsicher, ob er in seiner Gegenwart offen reden konnte. Doch Doña Susana beruhigte ihn mit einem Lächeln.
»Du kannst ganz offen sein. Felipe gehört zum Team.«
Er zog ein Papier aus der Tasche, auf dem die Noten und

ihre Namen standen, und breitete seine Theorie über Beatriz de Casas in allen Einzelheiten aus.

»Wir haben dir auch etwas mitzuteilen«, sagte der Gerichtsmediziner nach Daniels Bericht. »Die Polizei nimmt an, dass sich das Manuskript der zehnten Symphonie in einem an ein Girokonto angeschlossenen Safe befindet.«

»Wie seid ihr darauf gekommen?«

»Durch eine Nachricht in Thomas' Handy«, erläuterte Pontones. »Und da wir durch deine großartige Arbeit wissen, dass die Noten auf Thomas' Kopf die geographischen Koordinaten von Österreich sind, gehen wir davon aus, dass der Safe zu einer Bank in Wien gehört. Da ist allerdings ein kleines, bisher noch unüberwindliches Hindernis: Die Noten geben nur acht Ziffern her.«

»Und ein Bankkonto hat zwanzig Stellen«, ergänzte Daniel Pontones' Gedanken.

»Das stimmt nicht ganz. In Österreich besteht die Kennziffer nicht aus zwanzig Ziffern, wie in Spanien, sondern nur aus sechzehn. Die ersten fünf identifizieren das Bankinstitut, und die übrigen sind die Nummer des Girokontos.«

»Gibt es da keine Prüfziffer?«

»Nein. Auch die Bankfiliale wird, anders als bei uns, nicht angegeben.«

Die Juristin nahm einen Kugelschreiber und ein leeres Blatt, auf das sie einige Zeichen schrieb:

ESPP BBBB GGGG kkKK KKKK KKKK
ATPP BBBB BKKK KKKK KKKK

»Jetzt versteh ich gar nichts mehr.«

»Das kann ich mir vorstellen. Wenn die Zahlen, die du uns

gegeben hast, von einem internationalen Code sind, wird die Sache nämlich noch komplizierter«, sagte die Richterin. »Weißt du, was die IBAN ist?«

»Die International Bank Account Number«, kam die Antwort von dem Gerichtsmediziner, ehe Daniel reagieren konnte. »Mit der kann man ein bestimmtes Konto an einem Finanzinstitut auf der ganzen Welt identifizieren.«

»Die erste Reihe hier ist eine spanische IBAN«, erklärte die Richterin. »Die Buchstaben ES zeigen an, dass das Konto ein spanisches ist, dann folgen die zwei IBAN-Prüfziffern und dann die zwanzig Ziffern der Kontonummer. Die zweite Reihe ist eine österreichische IBAN. AT ist die Abkürzung für Österreich, dann kommen die zwei Prüfziffern, danach die fünfstellige Bankleitzahl und schließlich die elf Ziffern des Girokontos.«

»Insgesamt zwanzig Zeichen«, sagte der Gerichtsmediziner. »Auf Thomas' Kopf sind jedoch nur acht Ziffern. Wo sind die restlichen zwölf?«

52

Wien, November 1826

Acht Monate nachdem Beethoven die junge Beatriz de Casas in der Spanischen Hofreitschule kennengelernt hatte, waren die beiden ein Paar geworden.

Ein Vorwand, sich zu treffen, ohne Gerüchte aufkommen zu lassen – der Altersunterschied zwischen ihnen betrug über dreißig Jahre –, war schnell gefunden: In ganz Wien war bekannt, dass Beethoven die Angewohnheit hatte, Ideen, die ihm bei seinen Spaziergängen kamen, in ein Notizbüchlein einzutragen, das er immer dabeihatte, wenn er außer Haus ging. Die Themenbruchstücke oder einfachen Motive aus drei oder vier Noten waren größtenteils mit Bleistift geschrieben und in einer Schrift, die Beethoven selbst manchmal nur mit Mühe entziffern konnte. Da Beatriz am Konservatorium studierte, war es Beethoven ein Leichtes, ihrem Vater klarzumachen, dass er ihre Hilfe als Kopistin brauchte, um die ungeheure Menge an Material zu bewältigen, die er mit fieberhaft arbeitendem Geist hinkritzelte, wenn ihm eine Eingebung kam. Das Problem mit dem Pferd war übrigens gelöst – Beethoven hatte es schließlich zu einem Spottpreis verkauft, um einen Gläubiger bezahlen zu können. Nun vereinbarte der Musiker mit Beatriz – und mit vollem Einverständnis ihres Vaters, der seine Arbeit bewunderte –, dass sie dreimal in der Woche in seine Wohnung in der Schwarzspanierstraße kom-

men und als Kopistin für ihn arbeiten sollte. Die Straße hieß so, weil die spanischen Benediktinermönche von Montserrat, die wegen ihrer schwarzen Kutten Schwarzspanier genannt wurden, dort einmal ansässig gewesen waren.
Nach so vielen Jahren ohne jegliche Liebesbeziehung blühte der alte Beethoven nun wieder auf, unwiderstehlich angezogen von Beatriz' Sensibilität und ihrem Mut. Häufig musste er über ihre Bemerkungen zu den verschiedensten Themen lächeln, und sie wogen ihr etwas mageres Äußeres auf, das sie in den Augen manch anderer Männer nahezu unsichtbar machte.

Doch Beethoven war wieder einmal verliebt.
Hätte ihn einer der wenigen Freunde aus seinem engsten Vertrautenkreis gefragt, mit wie vielen Frauen er seit seiner triumphalen Ankunft in Wien im November 1792 eine Affäre gehabt hatte – er hätte es selbst nicht zu sagen vermocht. Die Frauen interessierten sich beinahe ausschließlich wegen seines außergewöhnlichen musikalischen Talents für ihn. Seine Spezialität waren ohne Zweifel die Klavierschülerinnen. Unter ihnen stach die sehr junge italienische Gräfin Giulietta Guicciardi besonders hervor. Als sie sich in Beethoven verliebte, war sie gerade einmal sechzehn Jahre, und er doppelt so alt. Dem Musiker bedeutete diese Beziehung so viel, dass er seiner Geliebten die wohl bekannteste seiner Sonaten, die *Mondscheinsonate*, widmete. Seinem Freund Doktor Wegeler berichtete Beethoven einmal brieflich:

> *... du kannst es kaum glauben, wie öde, wie traurig ich mein Leben seit 2 Jahren zugebracht, wie ein Ge-*

spenst ist mir mein schwaches Gehör überall erschienen, und ich flohe – die Menschen, mußte Misantrop scheinen, und bins doch so wenig, diese Veränderung hat ein liebes zauberisches Mädchen hervorgebracht, die mich liebt, und die ich liebe, es sind seit 2 Jahren wieder einige seelige Augenblicke, und es ist das erstemal, daß ich fühle, daß – heirathen glücklich machen könnte …

Beethoven spürte, dass nun Beatriz de Casas die Erlöserrolle übernehmen könnte, die einmal Giulietta Guicciardi für ihn gespielt hatte.
»Wieso hast du nie eine der Frauen geheiratet, mit denen du ein Verhältnis hattest?«, fragte Beatriz eines Nachmittags unvermittelt, während sie dem Maestro dabei half, den letzten der ungewöhnlicherweise sieben Sätze seiner großartigen zehnten Symphonie ins Reine zu schreiben. Beinahe den ganzen Nachmittag lang hatte Beethoven nichts gesagt und über den winzigsten Details der Instrumentierung seines Werks gebrütet. Die schriftlich gestellte Frage seiner Geliebten riss ihn aus seiner Selbstvergessenheit.
»Du sollst nicht reden, während du die Abschriften anfertigst«, wies sie der Maestro zurecht und versuchte das private Konversationsheft zu schließen, über das sie zu Hause miteinander kommunizierten. »Am Ende machst du einen Fehler und musst eine ganze Seite neu schreiben.«
»Wenn ich schon seit einer Woche unbezahlt als Kopistin für dich arbeite«, gab sie zurück und hielt das Heft offen, so gut sie konnte, »könntest du wenigstens ein bisschen mitteilsamer sein.«
Beethoven fuhr sich durch seine imposante Haarpracht,

die er nun jedoch sauberer und ordentlicher trug, um Beatriz zu gefallen. »Ich bezahle dir die Rückstände, sobald ich mit meinem Herausgeber wegen der nächsten Quartette übereingekommen bin.«

Beatriz schrieb noch einmal: »Wieso hast du nicht geheiratet?«

»Wieso ich nicht geheiratet habe? Vielleicht, weil ich nie die Frau gefunden habe, die mir das geben konnte, was du mir gibst. Das muss dein Zigeunerblut sein.«

»Ich bin keine Zigeunerin«, stellte sie klar. »Mein Vater ist aus Nordspanien, aus einer Stadt namens Bilbao. Wir nennen sie El Botxo, das bedeutet ›das Loch‹.«

»Weil es eine unterirdische Stadt ist?«

»Nein, weil sie von Bergen umgeben ist.«

»Botxo, Bonn, unsere Geburtsstädte beginnen beide mit B. Und wie nennt man euch? ›Botscher‹?«

»Ja, so ähnlich: Bocheros oder Chimbos, nach den Vögeln aus der Gegend. Wieso wirst du Schwarzspanier genannt? Hast du spanisches Blut?«

»Um das herauszufinden, bleibt dir wohl nichts anderes übrig, als dich hierherzusetzen«, sagte Beethoven, und es war durchaus als schlüpfrige Anspielung gemeint. Beatriz blieb auf ihrem Stuhl sitzen, als wäre sie misstrauisch.

Den Musiker belustigte der Argwohn des Mädchens.

»Wovor hast du Angst?«

»Ich habe keine Angst, aber alles zu seiner Zeit. Jetzt reden wir. Und du hast meine Frage von eben noch nicht beantwortet: Wieso hast du nie geheiratet?«

Beatriz hätte die Frage kein weiteres Mal mehr aufschreiben müssen – Beethoven verstand sehr wohl, dass sie auf eine Antwort bestand und sich diesmal nicht abspeisen lassen würde.

Der Musiker schwieg eine Weile, während Beatriz' Blick erwartungsvoll auf ihm ruhte. Er wollte sich der Antwort nicht entziehen, doch er suchte nach einer Formulierung, mit der er die Gefühle der Frau nicht verletzen würde. Schließlich sagte er: »Für mich ist die Musik das Wichtigste.«

Die Antwort schien Beatriz zu empören. »Das ist vollkommener Blödsinn.«

»Ich wusste, dass wir darüber nicht sprechen sollten. Los, schreib die letzten Takte ab, die noch verbleiben.«

»Nein, zuerst erklärst du mir, was das heißen soll: ›Für mich ist die Musik das Wichtigste‹. War Bach etwa nicht verheiratet und hatte zwanzig Kinder?«

»Doch, aber …«

»Und Mozart? Und Haydn? Sie waren alle verheiratet, und keinem von ihnen wäre es eingefallen, die Ehe nicht einzugehen, weil sie die Musik für ›das Wichtigste‹ hielten.«

Beethoven hob zu einer Antwort an, doch ihm fiel nichts darauf ein.

»Waren denn alle Frauen, denen du im Leben begegnet bist, eigensüchtige, egozentrische Hexen, die von dir verlangt haben, dass du dich Tag und Nacht nur um sie kümmerst?«

»Nein. Ich war es, wegen dem letztlich jede einzelne dieser Liebesgeschichten gescheitert ist.«

»Aber warum?«

»Ich glaube nicht an die Ehe. Oder, wenn dir das lieber ist, ich glaube an die Liebe, aber nicht ans Zusammenleben.«

»Wie kannst du sagen, dass du nicht an etwas glaubst, das du nie erlebt hast?«

»Von klein auf hörte ich meine Mutter zu ihren Freundinnen sagen: ›Wenn Sie aber meinen guten Rat annehmen wollen, bleiben Sie ledig, so haben Sie das wahre ruhigste, schönste, vergnügteste Leben … Denn was ist Heiraten? Ein wenig Freud, aber nachher eine Kette von Leiden.‹ Und meine Mutter war eine kluge Frau.«

»Aber mit einem Trinker verheiratet.«

»Das stimmt. Sag mal, wieso reden wir überhaupt übers Heiraten? Willst du, dass ich bei deinem Vater um deine Hand anhalte?«

In dem Augenblick klopfte es an die Wohnungstür. Beethoven hörte freilich nichts davon, obwohl sehr kräftig geklopft wurde. Er war nun praktisch völlig taub. Seine junge Geliebte musste ihn darauf aufmerksam machen, dass sie Besuch bekamen.

Beethoven öffnete die Tür, und unerwartet stand ihm dort Beatriz' Vater gegenüber. Er war nicht gerade allerbester Laune.

»Herr Beethoven, ich weiß, dass meine Tochter hier ist. Sie wird jetzt mit mir kommen.«

Beethoven gab ihm zu verstehen, dass er seine Worte nicht hören konnte.

»Dann lassen Sie mich durch«, sagte Don Leandro. Gewaltsam schob er den Musiker zur Seite und drang in dessen Wohnung ein.

Beethovens Haus hatte acht Zimmer: Küche, Wasch- und Bügelzimmer und einen Schlafraum für die Bediensteten. Die übrigen Räume nutzte er selbst. Sie waren alle der Musik gewidmet – sogar das Schlafzimmer, in dem, weil es der größte Raum war, seine zwei Klaviere standen.

Don Leandro machte sich daran, die Hauptzimmer des Komponisten zu durchsuchen, und ekelte sich sichtlich vor der Unordnung und dem Schmutz, die ihm dort in fast jedem Winkel entgegenstarrten.

»Ist das hier ein Saustall! Wie können Sie es nur wagen, meine Tochter unter solchen Bedingungen arbeiten zu lassen?«

Beatriz' Vater war bei den Zimmern der Bediensteten angelangt. Doch dort fand er nur eine Dienstmagd, über ein Waschbrett gebeugt, und gab die Suche auf.

Er wandte sich Beethoven zu, den ausgestreckten Zeigefinger auf ihn gerichtet, als wolle er ihn erschießen, und sagte: »Beethoven, bis jetzt habe ich Sie als Komponist sehr verehrt. Doch ich muss sagen, dass mir nun sogar Ihre Musik verabscheuenswert erscheint.«

Der Komponist konnte nichts von dem, was ihm der Mann entgegenschleuderte, verstehen und wandte ihm auf der Suche nach einem Konversationsheft den Rücken zu. Don Leandro aber packte ihn am Arm und zwang ihn mit einer solchen Heftigkeit, sich zu ihm zu drehen, dass der Maestro beinahe hingefallen wäre.

»Es ist mir einerlei, ob Sie mich hören können oder nicht. Ich weigere mich, diese schmuddeligen Hefte zu benutzen, diese Krücken! Denn genau das sind Sie: ein Krüppel! Ein widerwärtiger, perverser Krüppel, der meint, nur weil er ein großer Komponist ist, könne er sich alles erlauben. Aber da irren Sie sich. Meine Frau, Gott hab sie selig, und ich haben unsere Tochter nicht in die Welt gesetzt, damit sie eine Mischung aus schlechtbezahlter Krankenschwester und Kurtisane im Dienste eines verrückten, tauben und dreckigen Alten wird, wie Sie es sind!«

Wieder wollte sich Beethoven umdrehen, doch de Casas schüttelte ihn aufs Neue – und diesmal verlor der Musiker wirklich das Gleichgewicht und fiel zu Boden. De Casas machte keine Anstalten, ihm aufzuhelfen, im Gegenteil, er verhöhnte ihn noch: »Ich bin nicht gekommen, um Sie auf dem Hintern zu sehen, Herr Beethoven, sondern auf Knien! Auf Knien vor mir und bettelnd, dass ich meine Kontakte im Palast nicht verwende, um Sie aus Wien zu vertreiben und Sie vor allen Bürgern der Stadt lächerlich zu machen.«

Tief gedemütigt sah Beethoven auf. Er blieb am Boden liegen, denn er hielt es für klüger, angesichts der Kraft, die dieser Rasende entwickelte, im Moment keinen Versuch zu unternehmen, aufzustehen. Er fragte sich, wo Beatriz wohl war, in welchem dunklen Schrank oder Winkel sie sich verbarg, dass ihr Vater sie bei seiner Razzia nicht gefunden hatte.

Don Leandro schien zufrieden zu sein, nun, da Beethoven ganz unten war, und es wirkte so, als ob er die Strafexpedition beenden würde.

In einem gemäßigteren, doch gerade dadurch vielleicht noch beunruhigenderen Ton sprach er nun jedes Wort überdeutlich, damit der andere ihm von den Lippen ablesen konnte: »Beethoven, ich weiß nicht, wo meine Tochter gerade ist – wobei ... Ich könnte mir vorstellen, so schamlos, wie Sie sie ausnutzen, dass sie nun auch noch Botengänge für Sie erledigt. Ich wette, sie ist auf dem Markt und kauft für Sie ein. Sie verstehen immer noch nicht, was ich sage? Also gut, ich schreibe es Ihnen auf.«

Don Leandro griff nach einem der Konversationshefte, die auf Beethovens Arbeitstisch lagen, und schrieb: »Wenn Sie sich jemals wieder mit meiner Tochter treffen, bringe ich Sie um.« Und dann warf er das Heft dem Komponisten ins Gesicht, drehte sich um und schlug die Tür mit einer solchen Wucht zu, dass das goldene Plättchen, mit dem das Schloss außen verziert war, sich löste und mit einem leisen metallischen Klirren zu Boden fiel.

Beethoven wartete ein paar Sekunden, bevor er aufstand. Wer wusste schon, ob Don Leandro nicht auf dem Absatz kehrtgemacht hatte, um die Tür aus den Angeln zu heben und ihn erneut anzugreifen? Dann rief er laut nach Beatriz.

Sie kam, gekleidet wie eine Magd, aus dem Dienstbotenbereich der Wohnung.

»Wir sollten uns einige Tage nicht treffen, bis wir einen Ausweg wissen«, keuchte Beethoven.

»Es gibt keinen Grund, sich einschüchtern zu lassen. Was kann mein Vater uns schon groß antun?«, schrieb Beatriz unbeeindruckt.

»Aber meine Liebe, dein Vater hat Kontakte im Palast, möglicherweise sogar bis hoch zum Kaiser selbst.«

»Ja, und? Wir sind zwei freie Bürger, wir können tun und lassen, was wir wollen.«

»Ganz so einfach ist es nicht. Metternichs Polizei hat mich bisher in Ruhe gelassen, weil man mich für einen alten, vollkommen harmlosen Spinner hält. Aber wenn sie mir etwas anhängen wollen, finden sie Dutzende Zeugen, die mich unzählige Male in Gasthäusern und Schenken gegen die Regierung und den Kaiser haben wettern hören.«

»Wer würde es wagen, dich ins Gefängnis zu werfen? Du bist eine Institution in der Stadt.«

»Ich war es vor einigen Jahren. Aber mein Stern ist am Sinken.«

Beethoven ging an den Tisch, an dem Beatriz die Takte der zehnten Symphonie ins Reine geschrieben hatte, und begann seine musikalischen Skizzen zu ordnen. Er band sie zusammen und legte sie in das große, rechteckige Heft mit der noch unvollständigen Reinschrift.

»Hier«, sagte er zu Beatriz und gab ihr das ganze Material.

»Das Wichtigste ist nun, dass du meine zehnte Symphonie abschreibst. Nimm das alles mit nach Hause. Ich werde versuchen, das Manuskript in ein paar Tagen so unauffällig wie möglich zurückzubekommen.«
Das klang für Beatriz nach endgültigem Abschied.
»Versprich mir, dass wir uns wiedersehen«, sagte sie mit ungläubig aufgerissenen Augen.
Beethoven gab darauf keine Antwort. Er nahm eine große Gänsefeder von seinem Arbeitstisch, schlug die erste Seite der Partitur auf und schrieb in Schönschrift folgende Worte auf Italienisch:

Sinfonía Decima in do minore Op. 139
composta per festeggiare la beltà della mia amata immortale.

Und darunter:

Dedicata a Beatriz de Casas, i cui occhi ridenti e fuggitivi ispirarono queste pagine. *

Nun fiel kein Wort mehr zwischen den beiden. Zum Abschied küssten sie sich lange und voller Leidenschaft.

* *Zehnte Symphonie in c-Moll, op. 139, geschaffen, um die Schönheit meiner unsterblichen Geliebten zu feiern. Beatriz de Casas gewidmet, deren lachende und lebendige Augen mich zu diesen Seiten inspirierten.*

53

Wien, Dezember 1826

Eine Woche nachdem ihr cholerischer Vater in Beethovens Wohnung eingedrungen war, ihn zu Boden geworfen und ihm mit Metternichs Polizei gedroht hatte, hatte Beatriz de Casas die letzten Takte der zehnten Symphonie abgeschrieben. Die Liebenden hatten sich seitdem nicht wiedergesehen, doch der Komponist ließ ihr durch den kleinen von Breuning ausrichten, sie solle ihm das Manuskript dieser – ungewöhnlich avantgardistischen und dissonanten – Symphonie nicht zurückgeben, da ihm die Erfahrung mit der *Großen Fuge* immer noch in den Knochen stecke und er eine solche Demütigung um keinen Preis ein weiteres Mal erleben wolle.

Die *Große Fuge* war ursprünglich als letzter Satz seines Streichquartetts op. 130 entstanden, doch in dem Stück wimmelte es von technischen Klippen für die Ausführenden, und für die Ohren der stets konventionellen Wiener war es zu sehr gespickt mit Dissonanzen und abrupten Wechseln, so dass sein Herausgeber ihn angefleht hatte, einen anderen, sanfteren Schlusssatz für das Quartett zu schreiben.

Beethoven willigte ein, nachdem er mit eigenen Augen die entsetzten und angewiderten Gesichter der Zuhörer bei der Uraufführung gesehen hatte. Der Musiker bezeichnete sie als Dummköpfe; dennoch stimmte er zu, die Fuge

aus der endgültigen Fassung herauszunehmen, sie als einzelnes Werk zu veröffentlichen und für das Streichquartett einen eingängigeren Schlusssatz zu komponieren.
Beethovens Plan war, die Partitur bis nach seinem Tod in Beatriz' Obhut zu lassen. Dann sollte sie das Werk an seinen Verleger schicken, und der sollte es postum herausgeben. Er wollte nicht, dass sich die Symphonie in seinem eigenen Haus befand, denn er traute seinem Freund Schindler zu, das Werk eigenmächtig zu vernichten, damit es mit seinem fremdartigen Klang nicht als schwarzes Schaf den symphonischen Zyklus des Komponisten beflecke.
Die zehnte Symphonie war nicht nur aus sieben Sätzen aufgebaut – eine Struktur, die Beethoven nie zuvor verwendet hatte –, sondern sie wies musikalische Innovationen und Harmonien auf, die mehr als fortschrittlich waren: zum Beispiel das fünfminütige Paukensolo im Scherzo oder die bitonalen Passagen im abschließenden Rondo, in denen einander überlagernde Akkorde in den Tonarten C-Dur und Fis-Dur die Experimente, die Strawinsky hundert Jahre später in seinem Ballett *Petruschka* machen würde, vorwegnahmen. Im sechsten Satz, dem Andantino con variazioni, hatte Beethoven pentatonische Skalen und Passagen mit so viel tonaler Mehrdeutigkeit geschaffen, dass man mit Fug und Recht behaupten könnte, dass die Revolution, die Debussy später mit seinem *Prélude à l'après-midi d'un faune* anzetteln sollte, in Wahrheit schon mit der zehnten Symphonie begonnen hatte. Im zweiten Satz, dem Allegro con brio, gab es Passagen, in denen eine einzige Melodie in leichten Variationen bis zu dreißigmal hintereinander wiederholt wurde. Diese absichtlichen Wiederholungen ließen den Satz wie ein Pionierstück der

Minimal Music erscheinen. Die sieben Sätze standen nicht unverbunden nebeneinander, wie sonst bei Symphonien üblich, sondern sie waren durch Trugschlüsse und andere technische Mittel miteinander verbunden, deren sich Beethoven bedient hatte, um aus seiner letzten, monumentalen Symphonie ein anderthalb Stunden dauerndes musikalisches Kontinuum zu schaffen. Die Zehnte war ein Werk, das auf ewig zeitgenössisch sein sollte.
Stolz betrachtete Beatriz erneut die Widmung auf der ersten Seite, die beinahe einer Schenkung gleichkam, und sie suchte jede Ecke ihres Zimmers nach dem besten Versteck für die Partitur ab. Sie wollte vermeiden, dass ihr Vater – der Beethoven von heute auf morgen nicht mehr huldigte, sondern seine erhabensten Werke bis in jede Achtelnote verabscheute – das Manuskript fand und blind vor Zorn ins Feuer warf. Einen kurzen Moment lang überlegte sie, alles in ihr Schreibtischfach einzuschließen, versteckt unter anderen Schriftstücken, doch dann kam sie zu dem Schluss, dass ihr Vater früher oder später alle Papiere, die sie in ihrem Zimmer hatte, durchsuchen würde, um sich zu überzeugen, dass sie und der Musiker sich keine Briefe schrieben. Dann überlegte sie, es unter ihre Matratze zu schieben. Das schien ihr im Augenblick als das beste, wenn auch provisorische Versteck. Als sie sich hinkniete, um die Partitur unter die Matratze zu klemmen, bemerkte sie, dass eins der schweren Dielenbretter des Holzbodens in ihrem Zimmer lose war. Sie versuchte, es mit den Händen anzuheben, um zu schauen, wie viel Platz darunter war, doch dabei brach sie sich einen Nagel ab und zog sich einen Splitter in den Daumen, den sie sich mit einer Nähnadel entfernen musste. Wild entschlossen ging sie daraufhin hinunter in die Schmiede. Aus den Werkzeugen zum

Beschlagen der Pferdehufe wählte sie ein Stemmeisen, einen Hammer und eine Zange. So würde sie die Diele auf jeden Fall lösen können.
Sie hatte gerade angefangen, das Holz zu bearbeiten, als ihr Vater, irritiert durch die Hammerschläge, ohne zu klopfen, in ihr Zimmer kam.
Beatriz war wie versteinert und wusste nicht, wie sie erklären sollte, was sie dort auf Knien und mit einem Schmiedewerkzeug in der Hand tat.
Der Tonfall und ein harter Zug um seine Mundwinkel verrieten, dass Don Leandro de Casas immer noch verärgert war.
»Darf man erfahren, was du da tust?«
»Vater, wieso betretet Ihr mein Zimmer, ohne anzuklopfen?«
Der ignorierte ihre Frage und ging energischen Schrittes auf sie zu. Zwei Handbreit vor dem Dielenbrett, das sie anzuheben versuchte, blieb er stehen.
»Ein loses Brett? Letzten Monat hätte mich so ein Ding fast umgebracht. Ich schicke einen der Burschen hoch, der soll es festnageln.«
Don Leandro musterte das Zimmer seiner Tochter mit einem schnellen, forschenden Blick und sah, dass der Tisch voller Partituren war.
»Ich habe heute Morgen mit Herrn Golerich gesprochen. Er hat mir gesagt, dass du beachtliche Fortschritte in Harmonielehre und Kontrapunktik machst.«
»Ich habe einen guten Lehrer, Vater.«
Sie hatte es kaum ausgesprochen, da wurde Beatriz klar, dass sie mit ihrer Antwort in ein Fettnäpfchen getreten war. Einen Moment lang schwebte der Geist Beethovens durch den Raum. Don Leandro runzelte die Stirn, machte

kehrt und schloss die Tür mit so viel Schwung hinter sich, dass man es fast als Türenknallen interpretieren konnte. Beatriz hörte, wie er die Treppe hinunter in Richtung Haustür lief. Sie trat ans Fenster und vergewisserte sich, dass er wirklich das Gebäude verließ. Als er sich einige Meter Richtung Heldenplatz entfernt hatte, nahm sie ihre Arbeit an dem Dielenbrett wieder auf. Innerhalb von fünf Minuten schaffte sie es, das Holzbrett ein wenig anzuheben, und stellte fest, dass darunter in der Tat genügend Platz war, um das umfangreiche Manuskript Beethovens zu verstecken.
Sie zog die Partitur unter der Matratze hervor und legte sie in den Hohlraum, nagelte das Brett wieder fest und markierte die Stelle deutlich mit einem B, um auf keinen Fall zu vergessen, wo sich das Manuskript befand. Als sie hochzufrieden zu den Ställen ging, um die Werkzeuge zurückzubringen, hörte sie vom großen Sandplatz her ein Pferd wiehern.

François Robichon de la Guérinière hatte Don Leandros Abwesenheit ausgenutzt und in krassem Widerspruch zu seinen Anweisungen – der Veterinär wollte nicht, dass die Reiter die Pferde ohne Grund übermäßig beanspruchten, weil sie dadurch anfälliger wurden für Verletzungen und Erkrankungen – Incitato II gesattelt. Er führte ihn in die beeindruckende Reithalle, die so elegant und majestätisch wirkte, dass sie vor nicht allzu langer Zeit während des Wiener Kongresses für die Festessen und Galaempfänge der Gesandten genutzt worden war. Sie war rechteckig, mit zwei Reihen weißer Balkone an den Seiten, in denen zehntausend Zuschauer Platz finden konnten. Tagsüber kam Licht durch die über zwei Dutzend Fenster an den

Längsseiten herein, und nachts erleuchteten Hunderte von Kerzen in den Armen der vier riesigen Kronleuchter, die unter der Decke hingen, das gesamte gigantische Szenario.

Jedermann in der Spanischen Hofreitschule wusste, dass die für Publikum offenen Dressurübungen der Lipizzaner morgens stattfanden und es den Reitern strengstens verboten war, die Pferde ohne die Erlaubnis Don Leandros nachmittags wieder herauszuholen. Deshalb rief Beatriz vom unteren Balkon aus: »Wenn mein Vater das erfährt, ist der Teufel los!«

Robichon hatte Beatriz nicht kommen sehen, ließ das Pferd langsamer gehen und trabte dann zu ihr hinüber, mit einem breiten Grinsen auf dem Gesicht.

»Beatriz! Schon wieder gesund? Dein Vater hat mir erzählt, dass du ein paar gesundheitliche Probleme hattest.«

»Meine Gesundheit braucht dich nicht zu interessieren, François, wohl aber die deines Pferdes. Mein Vater ...«

»Dein Vater weiß viel über Pferde, das leugne ich ja gar nicht«, unterbrach sie der Reiter mit einer gewissen Härte. »Doch derjenige, der täglich vier Stunden auf Incitatos Rücken verbringt, bin ich.«

»Ich weiß, aber ...«

»Lass mich ausreden. Ich bin es, der dafür verantwortlich gemacht wird, wenn das Pferd, wie letzte Woche während der Großen Quadrille, seine Bewegungen nicht absolut perfekt ausführt.«

Die Große Quadrille mit den sechzehn besten Lipizzanern war die Starnummer des Spektakels, ein perfekt choreographiertes Pferdeballett, das zu den Klängen eines erstklassigen Kammerorchesters aufgeführt wurde.

»Außerdem«, fügte er hinzu, »merkt man sofort, wenn ein

Pferd erschöpft oder nervös ist. Und schau ihn dir doch an – sieht er aus, als ginge es ihm nicht gut?«
Beatriz schwieg und warf einen raschen Blick auf das Pferd. »Nein, dem Tier geht es gut. Aber bring es jetzt trotzdem sofort in den Stall.«
Robichon fand Beatriz' starken Charakter anziehend. Er sah sie als eine Art Wildstute, von der er glaubte, sie zähmen zu können. Deshalb sagte er: »Ich bringe Incitato nur unter einer Bedingung in den Stall: Du steigst zu mir aufs Pferd und begleitest mich.«
»Glaubst du, ich habe Angst, aufzusitzen?«, fragte die junge Frau gelassen.
»Nein, ich glaube, dass ich es bin, vor dem du Angst hast.«
Beatriz zögerte kurz.
»Na gut. Damit ich nicht ertragen muss, wie mein Vater eine Woche lang darüber tobt, was Incitato alles hätte zustoßen können, tu ich es. Warte, ich bin sofort unten.«
Das Pferd war es nicht gewohnt, das Gewicht und die Bewegungen von zwei Menschen auf dem Rücken zu spüren. In dem Moment, als Robichon ihm die Sporen geben wollte, damit es sich in Bewegung setzte, bockte es deshalb urplötzlich, warf die Hinterbeine fast bis zum Balkon hoch, und Beatriz, die darauf nicht vorbereitet war, flog in hohem Bogen in den Sand der Reitbahn.
Ein solcher Sturz endete meistens mit einem Bruch des Schlüsselbeins oder mehrerer Rippen, doch Beatriz stand sofort wieder auf und klopfte sich den Staub vom Kleid.
»Hast du dir nichts gebrochen?«, fragte der Reiter besorgt. Er war vom Pferd gestiegen, um ihr aufzuhelfen.
»Das hat ganz schön weh getan, aber mein Vater hat mir schon als Kind beigebracht, mich vom Pferd fallen zu lassen. Sonst hätte ich mir bestimmt den Schädel gebrochen.«

»Dieser verdammte Incitato hat immer noch nicht kapiert, wie man eine Dame behandelt.«
Robichon schlug das Pferd zur Strafe grob aufs Maul. Das gefiel dem Tier gar nicht, es bleckte drohend die Zähne.
»Und du hast immer noch nicht gelernt, wie man ein Pferd behandelt«, sagte Beatriz empört. »Es soll dich respektieren, nicht fürchten.«
Sie bückte sich, um die Zügel aufzuheben – und das Pferd, das nach dem brutalen Schlag von Robichon in Abwehrhaltung war, erschrak und biss Beatriz in den Nacken.
Die Wunde war harmlos, außerdem befürchtete Don Leandros Tochter, dass der Reiter wieder auf das Tier losgehen würde, weil es sie angegriffen hatte, also spielte sie den Vorfall herunter.
»Lass mich sehen, was er da gemacht hat«, sagte Robichon mehrmals.
»Er hat mich nur ganz leicht gekniffen. Incitato wollte mir nichts antun, sondern nur zeigen, dass er wütend war, weil du ihn geschlagen hast. Los, bring ihn jetzt endlich in den Stall.«
Der Reiter gehorchte und verabschiedete sich von Beatriz. Drei Tage lang sah er sie nicht mehr – bis sich ihr schlechter Gesundheitszustand in der Schule herumsprach.

Diesmal war das Leiden der jungen Frau keine List ihres Vaters, um die Burschen abzuschrecken, die sie manchmal umschwirrten. Nein, diesmal war es echt.
Anfangs klagte Beatriz über Schmerzen beim Schlucken, dann wurde ihr Kiefer steif. Don Leandro ließ sofort den Palastarzt kommen, der eine sichere, unabänderliche Diagnose stellte.
Clostridium tetani, wie das Tetanusbakterium auf Latei-

nisch heißt, sollte erst gegen Ende des 19. Jahrhunderts entdeckt werden, doch die Mediziner kannten den tödlichen Zusammenhang zwischen bestimmten Wunden und der Muskelstarre schon seit langem.
Nachdem Beatriz' Vater die Diagnose gehört hatte – er wusste nur zu gut, wie man diese gefürchtete, noch namenlose Krankheit bekam, und kannte auch ihre unheilbringenden Folgen –, ging er sofort noch einmal mit dem Arzt zu seiner Tochter, die sich schon unter ersten Muskelkrämpfen auf dem Krankenbett wand.
»Beatriz, das ist sehr wichtig: Hast du dich in den letzten Tagen verletzt?«
»Nein, Vater«, antwortete sie schwach. Durch die Muskelstarre fiel ihr das Sprechen schwer.
»Vor kurzem hast du doch wegen des Bodens in deinem Zimmer mit Hammer und Nägeln herumhantiert – bist du ganz sicher, dass du dich nicht an irgendeiner rostigen Spitze verletzt hast?«
»Ich bin ganz sicher, Vater. Ich habe nur einen kleinen Pferdebiss hier am Hals.«
Beatriz nahm das Tuch ab, unter dem sie Incitatos Biss verborgen hatte – schließlich hätten böse Zungen behaupten können, den Biss habe ihr ein allzu leidenschaftlicher Liebhaber zugefügt –, und ihr Vater sah die bisher sorgfältig versteckte Wunde zum ersten Mal.
»Schauen Sie sich das einmal an, Herr Doktor.«
Der Arzt inspizierte die Wunde und bestätigte, dass die Infektion von ihr ausgegangen sein konnte: »Es handelt sich um irgendein anaerobes Bakterium«, erklärte er. »Wenn die Wunde ordentlich blutet und dann mit Wasser und Seife ausgewaschen und nicht verbunden wird, infiziert sie sich nicht so leicht, denn diese Mikroorganismen

gehen unter aeroben Bedingungen ein. Doch wie ich sehe, hat Ihre Tochter die Wunde einige Tage lang bedeckt. Sie ist zwar nicht sehr tief, aber offensichtlich ist nicht genügend Luft daran gekommen.«

Don Leandro verbarg das Gesicht in den Händen, ohnmächtig und verzweifelt. Eine Weile rührte er sich nicht; dann fragte er, ohne darauf zu achten, dass seine Tochter ihn hören konnte: »Wird sie sterben, Doktor?«

Dem Arzt widerstrebte es, die Prognose im Beisein der jungen Frau abzugeben, und er antwortete nicht. Als Don Leandro keine Antwort erhielt, erhob er sich von der Bettkante, wo er gesessen hatte, packte den Palastarzt voller Wut am Revers und schüttelte ihn.

»Antworte, Quacksalber! Ich habe gefragt, ob sie sterben wird!«

»Vater, ihn trifft keine Schuld!«, keuchte Beatriz, der selbst in ihrem bejammernswerten Zustand der Ausbruch Don Leandros bei ihrem geliebten Beethoven noch allzu deutlich vor Augen stand.

»Du hast ja recht«, gab Don Leandro zu und ließ den Mediziner los, der auf Zehenspitzen stand, damit sein Rock nicht riss. »Sag mir, welches Pferd das war! Sag mir, wer dich gebissen hat!«

»Vater, was habt Ihr vor?«

»Ich bringe diese Bestie um! Sag mir den Namen! Auf der Stelle!«

Selbst wenn Beatriz Incitato und seinen Reiter, Robichon de la Guérinière, hätte verraten wollen, wäre es ihr nicht möglich gewesen, denn in diesem Moment durchfuhr sie ein heftiger Schmerz in der Bauchgegend – als hätte man an ihr einen Kaiserschnitt ohne Betäubung durchführen wollen. Mit Laudanum konnte der Arzt dieser ersten

Schmerzattacke beikommen, doch dagegen, dass sich im Laufe der nächsten Stunden die charakteristischen Symptome häuften und immer stärker wurden, konnte er nichts tun.

»Wenn das Pferd sie nicht in den Nacken gebissen hätte, in so unmittelbarer Nähe des zentralen Nervensystems«, gestand der Arzt, »hätte ich vielleicht noch etwas ausrichten können. Doch nun ist es zu spät. Die Krankheit hat sich schon im gesamten Organismus ausgebreitet.«

Achtundvierzig Stunden nach der Diagnose starb Beatriz de Casas unter entsetzlichen Zuckungen und Atemnot, hervorgerufen durch die unaufhaltsam fortschreitende Lähmung der Atemwege.

Auch Beethoven kam zu der Aufbahrung, für die der Leichnam bedeckt wurde, da das Nervengift im Gesicht der jungen Frau grausige Spuren hinterlassen hatte: Beatriz' Gesichtsmuskeln waren zu einem fratzenhaften Grinsen verzogen.

Das Schicksal wollte es, dass Beatriz de Casas, die Frau, die Beethoven zu seiner revolutionärsten Symphonie inspiriert hatte, an einem 17. Dezember starb. Am selben Tag im Jahr 1770 war der Komponist geboren worden.

54

Zwölf Ziffern. Noch zwölf Ziffern trennten Daniel nach Ansicht der Richterin und des Gerichtsmediziners von dem Safe, in dem die Partitur der zehnten Symphonie lag. In irgendeiner österreichischen Bank – vermutlich in Wien – hatte Thomas das wichtigste musikalische Manuskript der letzten Jahrhunderte gelagert. Und im Augenblick hatte niemand den Schlüssel, um herauszufinden, welche Bank es war. Es fehlten zwölf Ziffern, die theoretisch in der Tätowierung auf dem Kopf des ermordeten Musikers codiert waren und die Daniel einfach nicht entschlüsseln konnte, soviel er auch darüber nachdachte. Und wenn sie sich alle irrten und der Rest des Codes woanders war, zum Beispiel auf einem weiteren Tattoo? Nein, das war höchst unwahrscheinlich, dachte Daniel. Thomas' Körper war sicher von Pontones' Team gründlich abgesucht und bis in die letzte Hautfalte inspiziert worden. Und wenn der Mörder den Code schon entziffert hatte und mit der Partitur bereits Tausende Kilometer weit weg war? Dann musste er vorher in der Bank gewesen sein, um die Partitur zu holen, und die Angestellten würden eine genaue Beschreibung seines Aussehens geben können. Es wurde immer deutlicher: Die vollständige Dechiffrierung der Noten war der Weg, um den Mörder des Musikers zu finden.

Als er Doña Susanas Büro verlassen hatte, rief Daniel als Erstes seinen Freund Malinak an, um in Erfahrung zu bringen, ob der Name de Casas irgendwie in Verbindung mit der Spanischen Hofreitschule stand. Dann hörte er seine Mailbox ab, auf der zwei Nachrichten waren, und rief zunächst Humberto zurück. In drei Tagen würden er und Cristina heiraten.

»Und noch was: Sie wollte zwar, dass es ein Geheimnis bleibt, aber du bist mein Freund, und ich muss es dir einfach sagen – Alicia kommt zur Hochzeit, und was noch viel unglaublicher ist ...«

»Was? Sie hat mir gar nichts davon gesagt!«, unterbrach ihn Daniel.

»... es soll eine Überraschung für dich sein.«

»Das heißt, wenn ich Alicia sehe, stelle ich mich dumm und tu so, als hätte ich nicht gewusst, dass sie kommt?«

»Wovon redest du denn da? Es geht um was ganz anderes: Daniel, deine Freundin will euer Baby bekommen!«

Seit ihrem Gespräch über die Koordinaten, die sich aus der Tätowierung ergaben, hatte Daniel nicht wieder mit Alicia gesprochen und dachte erst, sein Freund würde ihm einen Bären aufbinden. Doch eigentlich war dies keine Angelegenheit, über die Humberto Witze machen würde.

»Wann hat sie dir das gesagt?«

»Mir überhaupt nicht – Cristina. Aber ich hatte den Hörer abgenommen, weil ich telefonieren wollte, und habe erst nicht gemerkt, dass die Leitung nicht frei war. So hab ich es zufällig mitbekommen.«

»Weißt du vielleicht auch noch, ob es ein Junge oder ein Mädchen wird?«

»Wofür hältst du mich? Für eine Nachrichtenagentur? Für den Gynäkologen?«

»Ich ruf sie sofort an.«
»Das lässt du schön bleiben. Dann bin ich geliefert!«
»Doch, ich ruf sie an, aber sage nichts davon, dass ich Bescheid weiß.«
»In Ordnung. Aber wehe, du verplapperst dich! Dann lass ich dich vor allen Leuten irgendeine Schnulze singen. Wie wär's mit *Blanca y radiante va la novia?*«
Direkt nachdem Daniel sich von Humberto verabschiedet hatte, rief er Alicia an. Sie unterhielten sich eine halbe Stunde lang sehr liebevoll, und es gelang ihm, kein einziges Mal darauf anzuspielen, dass sie bald nach Spanien kommen würde – und auch nicht darauf, dass sich ihr Leben nun bald von Grund auf verändern würde.
Am Ende sagte er: »Dann sehen wir uns also nächstes Wochenende in Grenoble?«
»Ja«, antwortete sie. »Jetzt bist du mal dran mit Fliegen.«
Daniel war so aufgeregt wegen Alicias Kommen und ihrer Entscheidung für das Kind, dass er die andere Nachricht auf seiner Mailbox vollkommen vergaß. Sie war von Durán. Der rief ein paar Stunden später noch einmal an, verärgert, weil Daniel sich nicht gemeldet hatte.
»Ich war im Gericht und konnte nicht … Weißt du, was? Ich werde Vater!«
»Glückwunsch«, sagte Durán und versuchte nicht einmal, enthusiastisch zu klingen. Er war mit dem Kopf bei anderen Dingen und gratulierte Daniel in etwa so, als habe er im Lotto seinen Einsatz zurückgewonnen.
»Marañón erklärt die ›Trauerzeit‹ nach Thomas' Tod für beendet und hat wieder ein Konzert in seinem Haus organisiert. Diesmal sind wir beide offiziell eingeladen.«
»Wann ist es?«
»Morgen Abend.«

»So bald schon? Dann ist es wohl ein improvisiertes Konzert.«
»Ja, ganz und gar. Stell dir vor, er hat Isaak Abramowitsch dafür engagiert.«
»Das kann nicht sein«, antwortete Daniel. »Abramowitsch spielt morgen im Auditorio Nacional die drei letzten Klaviersonaten von Beethoven.«
»Er hat das Konzert dort abgesagt, weil die Direktorin ihm keine Proben am Morgen gestattet hat. Als Marañón das erfuhr, setzte er sich umgehend mit Abramowitschs Manager in Verbindung und bot ihm die doppelte Gage, wenn er in seinem Haus spielen würde.«
»Die letzten drei Sonaten! Obwohl Marañón wahrscheinlich hauptsächlich die letzte hören möchte, die Nr. 32. Sie ist in c-Moll, der Tonart mit den drei B, in der auch die Zehnte steht.«
»Findest du das nicht gruselig?«
»Meinst du wegen der Freimaurersymbolik?«
»Quatsch, nein. Marañón ist davon überzeugt, dass Thomas' Mörder die Tätowierung noch nicht entschlüsselt hat. Es ist also sehr wahrscheinlich, dass morgen unter den Konzertgästen die Person sein wird, die ihm den Kopf abgehackt hat, und nach einer Spur sucht, die sie zum Schlüssel des Codes führt.«

55

Am Morgen des Konzerts erhielt Inspector Mateos einen gefütterten Umschlag aus Paris. Der Absender lautete:

Billards Delorme
56, Rue des Filles du Ste. Genèvieve-du-Mont

Als er das Kuvert öffnete, kamen ihm ein Dutzend Liebesbriefe entgegen. Sie waren von der spanischen Frau, die Delorme vor Tagen erwähnt hatte, an Ronald Thomas gerichtet.

Genau wie die Briefe Beethovens an seine geheimnisvolle Unsterbliche Geliebte waren auch diese nur mit Monat und Wochentag datiert. Unterschrieben waren sie mit dem Buchstaben L. Sie stammten alle aus derselben Zeit. Damals erholte sich die Frau offenbar von einer Krankheit, während deren Thomas sie gepflegt hatte. Erst als es ihr besserging, hatte er sich wohl getraut, sie für einige Tage zu verlassen. Doch die Häufigkeit, mit der sie sich schrieben, zeigte, dass sie einander sehr eng verbunden waren und dass er sich ernstlich um ihre Gesundheit sorgte.

Der erste Brief begann wie folgt:

Hallo, mein Käferchen, wie geht es Dir? Wie war Dein Tag? Ich hoffe, bei Dir ist alles in Ordnung und

Du ruhst dich schön zu Hause aus … Was soll ich Dir erzählen? Mir geht es schon viel besser – dank Dir, weil Du mich so verhätschelt hast.
Ja, ich muss nur an Deine Fürsorglichkeit denken, und schon geht es bergauf mit mir …

Mateos fand in den Briefen keinen Anhaltspunkt für die Identität der Frau, doch einmal wurde ein ungewöhnlicher Schneefall in der Sahara erwähnt, der sich anscheinend einige Tage zuvor ereignet hatte.
Dadurch konnte der Inspector feststellen, dass die Briefe von 1979 waren: Er sah alte Kalender durch und fand heraus, dass der 12. März in jenem Jahr auf einen Montag gefallen war. Das war der Tag, an dem es in der Sahara geschneit hatte. Die Frau nahm dieses Ereignis zum Anlass, einige Zeilen aus einem Lied beizufügen, das sie anscheinend sehr mochte:

Und wenn das Feuer unserer Liebe
uns zu verzehren droht,
bete ich zum Himmel,
dass er Schnee fallen lässt in der Sahara.

Da er dem Inhalt der Briefe keine weiteren Informationen entnehmen konnte, begab sich Inspector Mateos zur Dienststelle der Kriminaltechniker. Sein Freund Salmerón, ein wahrer Zauberkünstler in der graphologischen Analyse, sollte ihm Auskunft über die Persönlichkeit der Briefschreiberin geben. Salmerón war so erfolgreich auf seinem Gebiet, dass er an die Spitze des ersten Teams von Spezialisten in arabischer Graphologie gesetzt worden war: Wegen der zunehmenden Probleme mit islamischem Funda-

mentalismus hatte diese Disziplin an Bedeutung gewonnen und war mittlerweile wichtiger denn je.
Als Mateos ankam, unterhielt Salmerón sich gerade mit einem Algerier, der offensichtlich die Arbeit der Einheit beaufsichtigte. Doch als er Mateos erblickte, verabschiedete er sich sofort und kam näher.
»Was führt dich denn her?«, fragte er und schüttelte ihm kräftig die Hand.
»Kannst du mal einen Blick auf diese Briefe werfen?«, bat ihn Mateos und zeigte ihm das Bündel, das Delorme geschickt hatte.
»Puh, ich stecke zurzeit bis zum Hals in Arbeit. Ist es sehr dringend?«
»Es geht nicht so sehr um die Dringlichkeit. Aber wenn ich die Briefe den offiziellen Weg gehen lasse, bekommt sie vielleicht ein anderer Graphologe als du.«
»Ganz sicher sogar, denn ich mache nur noch kriminalistische Schriftvergleiche, und dazu noch arabische. Was willst du denn wissen?«
»Ich versuche herauszufinden, wer dies geschrieben hat. Da ich die Schreiberin nicht ermitteln kann, wüsste ich zumindest gerne, was für eine Persönlichkeit dahintersteckt.«
»Das ist meine Spezialität, auch wenn meine Chefs mich zwangsbefördert haben. Hier mache ich nur als Sachverständiger Schriftanalysen, du weißt schon, Vergleich von Handschriften, um die Urheberschaft festzustellen, Echtheit von Unterschriften prüfen, etc. Aber das wirklich Spannende an meinem Beruf ist die Graphologie.« Seine Augen leuchteten. »Mehr als einmal habe ich Männer, die ihre Frauen misshandelt haben, durch die Analyse der Schrift erwischt – und die einstweilige Verfügung wurde

erlassen, noch bevor die psychologische Untersuchung stattgefunden hatte …«

Mateos wedelte mit dem Briefbündel und fragte: »Nicht mal ein kurzer Blick, hm?«

Salmerón nahm die Briefe. Er schaute sich um; die vielen Leute störten ihn.

»Gehen wir woandershin, wo wir mehr Ruhe haben.«

Die zwei Polizeibeamten schlossen sich in ein Büro ein und ließen die Rollläden herunter. Der Graphologe ordnete die zwölf Briefe sorgfältig in zwei übereinanderliegende Reihen. Er studierte sie eine Weile schweigend und nahm dabei gelegentlich eine starke Lupe zu Hilfe. Dann setzte er schließlich die Brille ab.

»Ich habe, glaub ich, genug gesehen.«

»Und was?«

»Wer diese Frau auch immer ist, du solltest sehr vorsichtig sein mit ihr. Die Schrift ist scheinbar fröhlich, wie von einer kontaktfreudigen Person, aber eben nur scheinbar. In Wahrheit hast du es mit einem kalten, introvertierten Charakter zu tun. Siehst du? Die Schrift neigt sich nach links. Die Person ist raffiniert und verschwiegen, das sind die zwei typischsten Charakteristika bei Kriminellen. Siehst du, wie sie die ›O‹s formt? Sie schließen sich zu einem perfekten Kreis, was auf jemanden schließen lässt, der gerne Dinge verbirgt. Auch die Punkte auf den ›I‹s sind bogenförmig geschlossen, das deutet auf Verstellung und Reserviertheit hin. Die ›T‹s sind besonders aussagekräftig, denn die Querstriche kreuzen den Stamm überhaupt nicht. Das weist auf eine emotional gequälte Person hin, ohne ein klares Bewusstsein für Gut und Böse.«

»Und das ist alles wissenschaftlich erwiesen?«

»In der Schrift eines Menschen kann man um die dreihundert Merkmale ausmachen. Natürlich sind nie alle auf einmal zu sehen – wenn man sie einzeln analysiert, sagen sie womöglich nicht viel aus. Aber wenn man sie zusammen anschaut und jedes Merkmal das vorhergehende bestätigt, dann sind die Schlüsse, zu denen man gelangt, durchaus verlässlich.«

»Bitte mach weiter.«

»Nimm die Lupe und betrachte den Endstrich des ›T‹: Er drückt Feindseligkeit und Rachsucht aus. Die Schrift ist stark auseinandergezogen, was auf den Wunsch hindeutet, Aufmerksamkeit zu erregen, oder zumindest darauf, dass sie will, dass man sich immerzu um sie kümmert. Das ist auf die Schnelle alles, was mir daran auffällt. Aber mit etwas mehr Zeit könnte ich dir noch einiges mehr sagen. Woher sind die Briefe?«

»Sie haben mit einem Fall zu tun, in dem ich gerade ermittle.«

»Ich habe diese Schrift schon mal irgendwo gesehen. Für uns Graphologen ist die Handschrift eines Menschen wie für andere ein Gesicht. Wir vergessen sie nie.«

»Kann es nicht sein, dass es eine ähnliche Schrift war? Schau, diese Briefe sind von 1979. Da warst du noch ein Baby, oder?«

»Hm. Trotzdem …«, antwortete Salmerón. »Lass mich noch ein paarmal drüberschauen, und wenn ich die Schrift jemandem zuordnen kann, ruf ich dich an.«

Nun verließ er eilig das Büro. Mateos blieb allein zurück mit einem Bündel Briefe, die ihn, davon war er immer mehr überzeugt, auf die Spur von Ronald Thomas' rätselhaftem Mörder bringen konnten.

56

Wegen eines Missverständnisses kam Paniagua zu spät zum Konzert bei Marañón: Durán und er hatten beide angenommen, dass sie vom anderen mit dem Taxi zu Hause abgeholt würden. Schließlich machte er sich allein auf den Weg; seine Verspätung hatte jedoch keine besonderen Auswirkungen, da das Konzert, in dem der große Klaviervirtuose Isaak Abramowitsch die letzten drei Sonaten von Beethoven spielen würde, noch nicht angefangen hatte. Der allseits als exzentrisch bekannte Abramowitsch war wahrscheinlich der einzige Pianist ersten Ranges, der sein Klavier eigenhändig stimmte. Als er eine Saite des Instruments gespannt hatte, die seiner Meinung nach zu tief klang, war diese gerissen, wie eine kleine Peitsche durch die Luft geschnellt und ins Gesicht des Virtuosen geschlagen. Sie hinterließ nur eine kleine, augenscheinlich oberflächliche Wunde an der Augenbraue, dennoch hatte Marañón es vorgezogen, den Musiker in die Notaufnahme des nächsten Krankenhauses bringen zu lassen und mit dem Konzert erst zu beginnen, nachdem die Wunde fachgerecht von einem Arzt versorgt worden war.

In der Zwischenzeit war ein Imbiss aufgetragen worden, um die Wartezeit zu verkürzen, und die Konzertbesucher plauderten angeregt miteinander. Die meisten von ihnen hatten ein Glas in der Hand und standen in kleinen oder größeren Gruppen in dem weiträumigen Salon, der als Konzertsaal diente. Über Lautsprecher wurde als Hintergrundmusik eins der letzten Beethoven-Quartette eingespielt.

Um den Gastgeber herum standen der Prinz Bonaparte – diesmal hatte er der Einladung folgen können –, eine Frau mittleren Alters, von der Daniel glaubte, sie schon bei Thomas' letztem Konzert gesehen zu haben, und die Richterin Rodríguez Lanchas.

Durán war noch nicht da.

Marañón lud ihn ein, sich zu ihnen zu gesellen, und sagte verbindlich: »Susana kennen Sie ja schon.«

»Aber sicher«, sagte die Juristin und begrüßte ihn herzlich mit den obligatorischen Luftküssen. »Daniel hilft mir schließlich bei einem meiner Fälle.«

Bevor der Millionär Gelegenheit hatte, ihm die Übrigen aus dem Kreis vorzustellen, ergriff die Frau, die – wie Daniel später erfuhr – Nelsy hieß und mit dem spanischen Generaldirektor eines amerikanischen Erfrischungsgetränkekonzerns verheiratet war, das Wort:

»Wo wir gerade von Kriminalfällen reden: Wie es scheint, gibt es noch keine einzige Festnahme im Fall Thomas. Das ist doch ein Skandal! Wenn wir wirklich in Europa angekommen wären, wie die Regierung behauptet, würde der Mörder schon längst hinter Gittern sitzen, so viel steht fest.«

Eine angespannte Stille folgte.

Niemand wusste, ob der Frau nicht bekannt war, dass Doña Susana den Fall leitete – und sie daher unwissentlich ins Fettnäpfchen trat –, oder ob sie die Richterin absichtlich provozierte. Diese Unsicherheit hielt nicht lange an, denn die Juristin antwortete sogleich klar und deutlich:

»Darf ich Sie darauf aufmerksam machen, Señora, dass die Leiterin des Ermittlungsverfahrens in dem erwähnten Fall vor Ihnen steht.«

Man hätte den Eindruck bekommen können, sie fletsche die Zähne – wenn ihr Gesicht nicht halb gelähmt gewesen wäre.

»Das wusste ich nicht«, erwiderte die Frau. Ihre Unwissenheit wirkte aufrichtig, doch übermäßig peinlich schien ihr der Lapsus auch nicht zu sein. »Wenn das so ist, bitte ich um Verzeihung, obwohl meine Kritik nicht persönlich gemeint war, sondern sich ganz allgemein gegen das Chaos richtet, das in den Gerichten herrscht, seit die neue Regierung im Amt ist.«

Marañón sah, dass die Richterin streitlustig wurde, und griff ein: »Verderben wir uns nicht den Abend, Susana.«

»Ja, sind wir nicht hergekommen, um uns zu entspannen?«, sprang ihm Bonaparte bei. »Es bringt doch nichts, sich unnötig aufzuregen.«

»Und erst recht nicht an einem solchen Abend«, fügte Marañón hinzu. »Merkt ihr das? Irgendetwas liegt in der Luft; etwas Unheilvolles, könnte man meinen. Erst verletzt sich unser Künstler, und nun geraten sich auch noch zwei meiner besten Freundinnen grundlos in die Haare.«

»Etwas Unheilvolles?«, wiederholte der Prinz. »Sind Sie etwa abergläubisch?«

Der Gastgeber lächelte bei dieser Frage.

»Überhaupt nicht, mein lieber Prinz. Ganz im Gegenteil, alles, was mit Bauernfängerei zu tun hat, regt mich auf. Was ich sagen wollte: Die Luft ist heute Abend wegen des bevorstehenden Gewitters elektrisch aufgeladen, mit Kationen, und obwohl man diese Ladung ›positiv‹ nennt, ist sie doch extrem negativ und schädlich für den Menschen:

Sie ist der Grund für Erschöpfung, Reizbarkeit und Schlaflosigkeit.«

»Lieber Jesús«, sagte Nelsy, »wie kommt es dann, dass es in deiner fabelhaften Villa noch keinen Ionisator gibt?«

»Es gibt ja einen, Nelsy, aber er wird so viel genutzt, dass er ausgerechnet heute den Geist aufgegeben hat. Nun bleibt zur Reinigung der Luft nur noch eins: dass sich das heraufziehende Gewitter so bald wie möglich entlädt.«

Marañóns Sekretär trat unbemerkt von hinten an ihn heran und flüsterte ihm etwas ins Ohr.

»Gute Neuigkeiten: Jaime hat mir gerade gesagt, dass Abramowitsch wiederhergestellt ist und nun von meinem Chauffeur hierhergebracht wird«, verkündete Marañón und schaute auf die Uhr. »Es ist sehr spät geworden. Aber zumindest für Beethovens letzte Sonate reicht die Zeit noch. Daniel, wieso erzählen Sie uns nicht ein wenig über die Nr. 32?«

»Gern. Sie ist in c-Moll, wie alle besonders impulsiven Werke Beethovens: die fünfte Symphonie, die zehnte, deren erster Satz vor einigen Wochen hier aufgeführt wurde …«

»Und die, wie man sich erzählt, diesen armen Mann das Leben gekostet haben soll«, unterbrach Nelsy.

Die Richterin musste sich auf die Lippen beißen, um nichts zu sagen. Daniel fuhr fort:

»Beethovens letzte Sonate ist aus vielen Gründen interessant, vor allem aber, weil der Komponist hier eine perfekte Synthese aus den beiden musikalischen Formen erreicht hat, die er am meisten schätzte: aus der Fuge und der Sonatenform.«

»Daniel, mein Lieber, ich glaube, das musst du uns etwas genauer erklären, wenn du uns nicht dumm sterben lassen willst«, bat ihn die Richterin.

»Die Sonatenhauptsatzform ist eine Methode, die Töne so zu organisieren, dass eine Melodie – das Thema in der Tonika, also der Grundtonart – sozusagen einer anderen Melodie gegenübergestellt wird, dem Thema in der Dominante. Es handelt sich dabei um eine Übertragung des Operndramas in abstrakte Töne. Stellen Sie sich auf der einen Seite Tristan, auf der anderen Isolde vor, und dazu ein Publikum, das darauf wartet, dass diese zwei Figuren etwas erleben.«

»Und wer ist Tristan in dieser Sonate?«, wollte der Prinz wissen.

»Das Thema der Tonika, das in c-Moll steht. Sie haben es sicher schon einmal gehört.«

Daniel summte die drei unheilverkündenden Noten des Themas aus dem Allegro con brio, und den Gesichtern seiner Zuhörer war anzusehen, dass jeder von ihnen dieses Motiv kannte.

»In dieser Sonate ist das Thema der Tonika – Tristan – allerdings keine einfache Melodie, sondern eine Fuge.«

Bei Daniels letzten Worten öffnete sich eins der beiden großen Fenster des Salons ein wenig – es war das, unter dem der Flügel stand – und wurde von einer wütenden Böe geschüttelt.

Der Wind brach mit solcher Wucht in den Saal ein, dass einer Frau, erschreckt durch das plötzliche Getöse, ein durchdringender Schrei entfuhr, der den Anwesenden das Blut in den Adern gefrieren ließ. Es war, als schliche eine unsichtbare, bösartige Kreatur durch das riesige Fenster herein.

Natürlich wurde es unverzüglich von einem Bediensteten Marañóns geschlossen, und die Gäste nahmen ihre Gespräche wieder auf. Auch die Gäste in der Gruppe um

Marañón erholten sich gerade wieder von dem Schreck, als sie bemerkten, dass der Prinz verschwunden war.
»Wie unhöflich«, fand Nelsy.
Marañón bückte sich, um einen trockenen Zweig vom Boden aufzuheben, den der Wind dorthin gefegt hatte. Er zeigte ihn den anderen und sagte lächelnd:
»Dies ist anscheinend alles, was von dem armen Bonaparte geblieben ist.«
»Wahrscheinlich holt er sich noch ein Glas«, mutmaßte Nelsy. »Er ist ja offensichtlich nicht so trocken wie dieser Zweig: schon drei Wodka Lemon, seit er bei uns steht.«
Marañón hatte sich für einen Augenblick von der Gruppe entfernt, um Durán zu begrüßen, und hörte ihren neuerlichen taktlosen Kommentar nicht.
Die beiden Männer hatten sich lang nicht gesehen und umarmten sich überschwenglich. Dann nahm Marañón Durán beim Arm und führte ihn zu der Gruppe.
»Ich weiß nicht, ob du Susana kennst?«, fragte der Gastgeber. »Wir haben uns angefreundet, weil ein Neffe meiner Frau, ein Gerichtsmediziner, in ihrem Team arbeitet.«
Durán wirkte nicht so, als ob er ihm zuhörte: Seine Augen wanderten ruhelos suchend umher.
»Hat er hier gespielt?«
»Wer? Thomas? Nein, in dem Salon nebenan, der ist größer. Seitdem wurde er nicht mehr benutzt.«
»Weiß man noch nicht, wer es gewesen sein könnte?«
Bevor Nelsy reagieren konnte, sagte die Richterin:
»Nein, aber wir werden ihn erwischen. Schon seit einigen Jahren gibt es für die Strafverfolgung keine Grenzen mehr. Thomas' Mörder könnte zum Beispiel in Frankreich sein – dann wäre die Kriminalpolizei dieses Landes dafür verantwortlich, dass dieser gewissenlose Verbrecher noch

Wochen nach der Tat die Polizei an der Nase herumführt.«
Niemand konnte auf die Bemerkung der Richterin eingehen, denn nun kehrte Abramowitsch im Triumph zurück. Auf seiner rechten Augenbraue klebte ein kleines Pflaster. Einige der Anwesenden applaudierten sofort, als sie ihn durch die Tür eintreten sahen. Marañón wechselte ein paar Worte mit ihm und sagte dann mit besorgter Miene zu den versammelten Gästen:
»Schade: Er wird die Nr. 32 zwar spielen, doch er möchte aus den Noten spielen.«
Durán hob missbilligend die rechte Augenbraue.
»Nicht auswendig? Dann sind die Gerüchte also wahr. Abramowitsch hat diese Sonate tausendmal gespielt. Er muss in einer Selbstbewusstseinskrise stecken. Das endet wohl in einem Rückzug à la Horowitz …«
Durán sprach von dem Nervenzusammenbruch des ukrainischen Pianisten Vladimir Horowitz im Jahre 1953, nach dem dieser zwölf Jahre lang keine Bühne mehr betrat.
»Das ist jetzt nicht der Augenblick, um über Abramowitschs Karriere zu spekulieren«, sagte Marañón. »Er hat mich gerade gefragt, ob jemand die Seiten für ihn umblättern kann. Daniel, trauen Sie sich das zu?«
Paniagua zögerte. Er wusste, worum ihn sein Gastgeber damit bat: Zum Umblättern musste man nicht bloß Noten lesen können, sondern sich auch in höchstem Maße konzentrieren, damit man im entscheidenden Moment weder zu früh noch zu spät dran war. Jegliche Abgelenktheit konnte sich verhängnisvoll auswirken. Für Abramowitsch zu blättern, der nicht nur einer der ganz Großen der Gegenwart war, sondern auch noch der launischste und verschrobenste Pianist der letzten zehn Jahre, war ein großes

Wagnis, und Daniel sträubten sich schon beim Gedanken daran, auf der Bühne einen Fehler zu machen, die Nackenhaare.

»Daniel, niemand hier kennt diese Sonate besser als Sie«, drängte ihn Marañón. »Wenn Sie es nicht machen, können wir davon ausgehen, dass es heute kein Konzert gibt.«

Da nahm Paniagua seinen Mut zusammen: »Na gut. Ich geb mein Bestes.«

Marañón brachte Daniel zur Bühne und stellte ihn Abramowitsch vor, der ihm, wie es seine Gewohnheit war, nicht die Hand reichte. Der Pianist zeigte ihm die Noten und gab ihm mit gesenkter Stimme ein paar Hinweise, die Paniagua konzentriert anhörte.

Das Publikum setzte sich. Der Pianist wurde von oben angeleuchtet, ansonsten war die Bühne dunkel. Abramowitsch brachte seinen Hocker in die richtige Position, und Daniel setzte sich ungefähr einen Meter vom Flügel entfernt hin. Er saß diskret im Hintergrund, außerhalb des Lichtkegels.

Genau in diesem Moment, Sekunden bevor der Pianist zu spielen begann, entlud sich endlich das Gewitter, das sich seit Stunden zusammengebraut hatte.

Der erste Blitz erleuchtete einen Augenblick lang den ganzen Saal wie der Blitz einer Kamera. In diesem plötzlichen Aufleuchten sah Daniel den Gerichtsmediziner Felipe Pontones in einer der vorderen Reihen sitzen. Es schien, als ob er nicht den Pianisten anschaute – sondern ihn.

Wenige Sekunden darauf folgte der Donner, der Jesús Marañóns imposante Villa bis in die Grundmauern zu erschüttern schien.

Bevor der Pianist die ersten Töne spielte, blitzte es noch einmal, und diesmal erblickte Daniel hinten im Saal den

Prinzen Bonaparte – so blass, dass er kaum zu erkennen war. Die Richterin saß in der ersten Reihe und konnte Daniel sehr gut sehen, obwohl er nicht im Licht saß. Sie schien bemerkt zu haben, dass etwas hinten im Saal seine Aufmerksamkeit erregt hatte, denn sie wandte den Kopf in dieselbe Richtung.

Im Licht der aufeinanderfolgenden Blitze und von seiner erhöhten Position auf der Bühne aus konnte Daniel die geisterhaften Gesichter der Konzertbesucher gut erkennen. Da war Sophie Luciani in einem Cocktailkleid aus dunklem Satin, das ihre zarte Figur sinnlich hervorhob, oder Prinzessin Bonaparte, die für diesen Anlass ein silbergraues Abendkleid mit rundem Ausschnitt und schmalen Trägern gewählt hatte.

Alle lauschten hochkonzentriert Abramowitschs Interpretation. Dieser hatte das Konzert überraschend begonnen, indem er nach Gutdünken die langsame Einleitung – das Maestoso – der Sonate wegließ, die voll von düsteren verminderten Septakkordsprüngen war, und attacca in das Thema der Fuge in c-Moll einstieg. Er machte seinem Ruf als Exzentriker am Klavier alle Ehre und spielte das Allegro con brio ed appassionato so bedächtig, dass Beethovens herrliche Musik in diesem langsamen Tempo ihren eigentlich vorwärtsdrängenden Impuls und ihren strukturellen Zusammenhalt verlor und beinahe bis zum Stillstand erlahmte. Daniel hatte schon von Abramowitschs seltsamer Technik am Klavier gehört, doch nun, wenige Zentimeter hinter ihm sitzend, konnte er sie in allen Einzelheiten studieren: Die Hand befand sich fast immer unterhalb der Tastenhöhe, die Finger waren ungewöhnlich gerade ausgestreckt, um die Akkorde anzuschlagen, und der kleine Finger der rechten Hand war, solange er nicht gebraucht wurde, zusammengerollt, um dann – zack! – wie der Stachel eines Skorpions hervorzuschnellen.

Paniagua gratulierte sich selbst dazu, wie gekonnt er seine heikle Aufgabe erledigte. Gleichzeitig musste er an den Ausspruch eines berühmten, von ihm sehr verehrten Pianisten denken: Der rühmte sich, aus einer Tradition zu stammen, in der das Meisterwerk dem Interpreten vorgibt, was er zu tun hat, und nicht etwa umgekehrt der Interpret dem Stück seinen Willen aufzwingt oder gewissermaßen dem Komponisten vorführt, wie er hätte komponieren sollen.

Und dann geschah es.

In der ersten Reihe begann, schrill und penetrant wie ein hungriges Baby, ein Handy zu klingeln. Wegen der Dunkelheit dauerte es eine Weile, bis Daniel die Person erkannte, die das Konzert störte. Zum ersten Mal in seinem Leben empfand er das Telefonklingeln als Segen – Abramowitsch zerstörte mit seinen kapriziösen Ritardandi und Accelerandi Beethovens Sonate Nr. 32 ähnlich wie jener geistesgestörte Ungar die *Pietà* von Michelangelo, als er im Jahr 1972 mit wütenden Hammerschlägen und dem Schrei »Ich bin Jesus Christus!« seine Wut an dem Kunstwerk ausließ.

In der ersten Reihe suchte die neben dem Gastgeber sitzende Richterin Rodríguez Lanchas verzweifelt jeden Winkel ihrer Tasche nach dem Handy ab.

Anfangs hatte der Pianist das fürchterliche Geräusch ignoriert und – in dem Glauben, Marañón werde schon dafür sorgen, dass die Störquelle schnell ausgeschaltet würde – einfach weitergespielt. Doch das Klingeln war laut und wollte kein Ende nehmen, so dass er schließlich doch aufhörte und der Suche nach dem Handy ohnmächtig zusah.

Doña Susana war gezwungen, den Inhalt ihrer Handtasche vollständig auf dem Boden auszuleeren, da sich das Telefon wie ein Tiefseetier in der dunkelsten Höhle einer Seitentasche verkrochen hatte und sich weigerte, zum Vorschein zu kommen.
Als es endlich draußen war, musste Marañón den Apparat ausschalten, denn die Richterin hatte die Nerven vollkommen verloren und war nicht einmal mehr in der Lage, die richtige Taste zu drücken. Als Letztes half ihr der Millionär, das Sammelsurium, das nun auf dem Boden lag, wieder in die Tasche zu räumen: Brieftasche, Portemonnaie, Zigarettenetui, Haustürschlüssel, Autoschlüssel, Büroschlüssel, Sonnenbrille, iPod, Handy, Taschentücher, feuchte Tücher, noch ein Schlüssel mit einem Endstück in Kleeblattform, eine Feile, ein Mäppchen mit Schere, Nadel und Faden, ein Necessaire mit Kopfschmerztabletten, Pflaster, Kugelschreiber, Kamm, Lippenstift, Parfümfläschchen, Haarklammern, ein kleiner Spiegel, Brille, Kaugummis und ein paar Zuckerbeutelchen.

Das Konzert war vorbei. Abramowitsch hatte dem Stück mit der Arietta und den Variationen des zweiten und letzten Satzes buchstäblich ein Ende gemacht. Doch nicht das Konzert selbst war danach das Hauptthema – es hatte das Publikum unerklärlicherweise im Großen und Ganzen überzeugt –, sondern der Vorfall mit dem Handy der Richterin.
Marañón gratulierte Daniel zu seiner hervorragenden Arbeit für diesen eigenwilligen Musiker. Doch der hörte das Kompliment kaum – eine merkwürdige Angelegenheit erregte seine Aufmerksamkeit: Ein Kellner war mit einem Tablett voller Gläser an ihre Gruppe herangetreten, doch

bevor irgendjemand sich bedienen konnte, drehte er sich um und ging auf eine andere Gruppe zu. Es schien Daniel, als habe der Kellner auf ein kaum merkliches Zeichen Marañóns reagiert.

Die Richterin war sichtlich angeschlagen wegen des Vorfalls. Sie erholte sich erst, als sie einen Gin Tonic vom Tablett genommen hatte – auf ihren Wunsch mit reichlich Gin. Ungefähr zwanzig Minuten danach war Doña Susana auf einmal unwohl. Der Erste, der dies bemerkte, war Marañón selbst. Er empfahl ihr, an einem offenen Fenster frische Luft zu schnappen – schließlich war diese nun voller wohltuender Anionen.

»Vielleicht habe ich es mit dem Gin Tonic übertrieben«, sagte die Richterin matt.

»Willst du dich kurz hinlegen?«, schlug Marañón vor. »Wahrscheinlich lässt jetzt die Anspannung nach.«

»Ja, bitte, ich würde mich gerne ausstrecken. Meine Beine …«

Sie konnte den Satz nicht zu Ende bringen – als wäre die Sauerstoffzufuhr zum Gehirn plötzlich unterbrochen worden, sackte sie in sich zusammen. Nur Marañóns schneller Reaktion – er legte ihr stützend einen Arm zwischen die Schulterblätter – war es zu verdanken, dass sie nicht polternd zu Boden stürzte.

Als der Millionär die Richterin zu Boden hatte gleiten lassen, verscheuchte er als Erstes die Neugierigen, die sich innerhalb weniger Sekunden um das Opfer geschart hatten, um bei diesem Spektakel in der ersten Reihe zu stehen. Sie raubten der Richterin jegliche frische Luft, die doch bei Ohnmachtsanfällen so wichtig war.

»Zurückbleiben, bitte! Sie muss atmen können!«, rief Marañón.

Sogleich erschien Felipe Pontones, der Gerichtsmediziner, auf der Bildfläche und wies ihn an, ihre Beine hochzulegen, damit das Blut wieder leichter ins Gehirn fließen konnte. Dann versuchte er, wie die Männer mit den weißen Handschuhen in der U-Bahn von Tokio, die Menschen zurückzudrängen. Er wehrte die aufdringlichen Leute mit einer solchen Vehemenz ab, dass Handgreiflichkeiten früher oder später unvermeidlich schienen.

»Legen Sie sie auf die Seite«, ordnete er an, »damit ihre Zunge nicht die Luftröhre verschließt.«

Marañón gehorchte seinen Anweisungen und drehte die Richterin auf die rechte Seite. In dem Augenblick erwiderte einer der Gäste Pontones' Grobheit mit einem heftigen Stoß, und dieser fiel geräuschvoll zu Boden.

Marañón erfasste die Lage sofort und hob die Richterin mit beiden Armen vom Boden hoch. Ihr Gesicht war vollkommen leblos. Sie sah aus wie tot.

Der Millionär befahl seinem Sekretär, der immer im richtigen Augenblick zur Stelle war: »Hol den Wagen heraus, Jaime. Ich fahre Doña Susana nach Hause.«

Während Marañón zur Tür eilte, den reglosen Körper der Richterin in den Armen, lag Pontones wie eine Schildkröte auf dem Rücken und versuchte einen Mann loszuwerden, der doppelt so schwer war wie er und offensichtlich beschlossen hatte, ihm hier und jetzt einen Denkzettel zu verpassen, um damit seine Angetraute zu beeindrucken.

Obwohl sich das Gewitter bereits entladen hatte, lag somit immer noch etwas Bedrohliches in der Luft.

57

Am Tag nach dem Katastrophenkonzert erschien Inspector Mateos im Musikwissenschaftlichen Institut. Er hatte sich Paniagua vorher nicht angekündigt und erwischte ihn deshalb mitten im Unterricht: Gerade erklärte er seinen Studenten die Kriterien, nach denen Komponisten die Tonarten für ihre Stücke wählten. Im Augenwinkel sah Paniagua, wie Mateos durch die runde Glasscheibe in der Tür spähte. Er kam mit dem Gesicht so nah an das Glas heran, dass es von seinem Atem beschlug. Der Polizist wischte mit dem Ärmel seines Jacketts die Scheibe sauber und führte seinen rechten Zeigefinger und den Daumen dicht zusammen: Damit wollte er Daniel zu verstehen geben, dass er sein Seminar nur kurz unterbrechen sollte.

Doch der wollte den begonnenen Gedankengang erst noch zu Ende führen, bevor er den Polizisten empfing.

»Bei Instrumenten wie der Geige oder der Gitarre ist es einleuchtend, dass der Komponist die Tonart danach aussucht, wie das Instrument gestimmt ist. Bei der Gitarre zum Beispiel sind zwei der sechs Saiten E-Saiten. Dadurch ist diese Tonart einerseits für den Gitarristen leicht zu spielen, darüber hinaus klingt sie aber auch schöner und volltönender. Die Geige ist in den Quinten G, D, A und E gestimmt – es ist also nicht verwunderlich, dass Beethoven sein berühmtes Violinkonzert in D geschrieben hat. Es gibt jedoch auch Fälle, in denen der Komponist eine bestimmte Tonart aus außermusikalischen Gründen wählt. *Die Zauberflöte* von Mozart steht in Es, der Tonart mit den drei B. Die Zahl Drei hat eine große Bedeutung für die Freimaurer, denen der Komponist mit diesem Werk huldigen wollte ... So, das war's schon für heute, ihr müsst mich nun bitte entschuldigen: Ich habe mich um eine wichtige Angelegenheit zu kümmern.«

Doch Sotelo hob die Hand und wollte noch eine letzte Frage stellen.

»Also gut, aber schnell«, sagte Daniel, weil Mateos nicht mehr zu sehen war.

»Man sagt ja, dass die Tonarten für Musiker wie Beethoven auch eine emotionale Bedeutung haben – was heißt das genau?«

Daniel antwortete, während er seine Blätter und Bücher in eine kleine schwarze Aktentasche räumte.

»Ist das nicht offensichtlich? c-Moll zum Beispiel assoziierte Beethoven mit Aufgewühltheit, deshalb verwendete er diese Tonart für die fünfte Symphonie.«

»Könnte es nicht auch andersherum sein? Dass die Fünfte aufwühlend ist, weil er sie in c-Moll geschrieben hat?«

»Das glaube ich nicht«, antwortete Paniagua, »denn eigentlich bedeutet c-Moll nichts. Oder, besser gesagt, bedeutet es für einen Musiker des 21. Jahrhunderts etwas anderes als für einen, der zu Beginn des 19. Jahrhunderts gelebt hat, weil sich die Frequenz des Stimmtons A im Laufe der Zeit verändert hat.«

Er bezog sich darauf, dass die Instrumente in den Orchestern seit dem 17. Jahrhundert immer höher gestimmt wurden, um einen immer strahlenderen Ton zu erreichen –

zum Leidwesen der Sänger, denen es dadurch zunehmend Mühe bereitete, die hohen Töne zu singen.
»Man hat in der Dresdner Oper Stimmgabeln von 1815 mit 423,20 Hertz gefunden. Beethoven war damals noch quicklebendig«, erklärte Daniel. »Nur zehn Jahre später stimmte man dort jedoch nach einem A mit 451 Hertz. Den ersten Versuch, das 440-Hertz-A allgemein festzulegen, unternahm der nationalsozialistische Propagandaminister Joseph Goebbels. Er organisierte 1939 einen internationalen Kongress zu diesem Thema.«
Paniagua nahm ein Stück Kreide und begann eine Reihe Zahlen an die Tafel zu schreiben. Mateos blickte wieder durch das runde Fenster und öffnete schließlich vor lauter Ungeduld die Tür.
»Ich bin gleich bei Ihnen«, beschwichtigte ihn Daniel. Er hatte die Zahlen schon angeschrieben und klopfte sich den Kreidestaub von den Händen.

C = 261,63 Cis = 277,18
A = 440 A (19. Jh.) = 451

»Wie ihr seht, hatte das A zu Beethovens Lebzeiten über 15 Schwingungen mehr als das heutige. Das ist ein beträchtlicher Unterschied, denn wenn ihr mal schaut: Nur ungefähr 15 Schwingungen sind es, die das C vom Cis unterscheiden – womit wir schon einen Tonartwechsel hätten.«
»Das heißt also«, schloss Sotelo daraus, »würde Beethoven heute leben und die Fünfte komponieren, wäre sie einen Halbton tiefer?«
Mateos ging nun entschlossen auf Paniagua zu, damit dieser nicht auf die Idee kam, seine Erklärungen noch weiter

auszuführen. Die Studenten sahen, dass der Unterricht endgültig vorbei war, und verließen schleunigst den Seminarraum.

Als sie alleine waren, sagte Mateos zu Paniagua: »Wir haben einen begründeten Verdacht, wer Thomas ermordet haben könnte. Sie müssen uns helfen, den Täter zu schnappen.«

Doch als Mateos Daniel sagte, wen er verdächtigte, hielt der das Ganze für einen schlechten Scherz.

58

Nach Inspector Mateos' Besuch fühlte Daniel sich verpflichtet, sofort im Gericht anzurufen und Doña Susana von dem sonderbaren Gespräch zu berichten. Er fasste kurz zusammen, was der Polizist gesagt hatte, und erkundigte sich nach ihrem Befinden.

Die Stimme der Richterin klang schwach; man merkte deutlich, dass sie sich von dem Zusammenbruch am Abend zuvor noch nicht wieder erholt hatte.

»Die letzte Zeit war sehr stressig«, erklärte sie. »Wir sind wegen der knappen Mittel schlecht besetzt, und die Arbeit häuft sich an. Aber ich will nicht, dass man uns vorwirft, wir seien langsam oder würden hier Däumchen drehen. Seit einigen Wochen nehme ich Medikamente gegen die Nervosität. Offenbar hat die Mischung aus Anxiolytika und Alkohol diesen Stromausfall bewirkt.«

»Du solltest mal Urlaub nehmen. Wenn du so weitermachst, bringst du dich ja um!«

»Felipe meint, Nelsy sei schuld an dem Schwächeanfall. Dieses unverschämte, rücksichtslose Weibsstück!«

»Ja, je dümmer, desto dreister«, pflichtete Daniel ihr bei.

»Vergessen wir diese Frau und sprechen über unsere Angelegenheiten«, sagte die resolute Richterin. »Ich würde gerne persönlich mit dir über dein Gespräch mit Mateos reden. Wann hast du Zeit?«

»Wenn du willst, komm ich noch heute Vormittag vorbei«, bot Daniel an – immer bestrebt, Doña Susanas Wünschen so schnell wie möglich nachzukommen.
»Dummerweise hat es gerade eine Messerstecherei in unseren Zellen gegeben, und einer von meinen Gefangenen ist schwer verletzt. Wie sieht es heute Abend aus?«
»Um sechs gebe ich ein Seminar, aber danach habe ich nichts mehr vor. Ich könnte um halb acht in deinem Büro sein.«
»Was hältst du davon, zu mir nach Hause zu kommen? Nach fünf ist das Büro finster und trostlos, und ich könnte dir nicht einmal einen Kaffee anbieten. Weißt du, wo ich wohne?«, fragte sie und erklärte ihm den Weg zu ihrem Haus in der Siedlung Entrambasaguas.
»Es gibt auch einen Eingang, der zur Casa de Campo liegt, wenn das praktischer für dich ist.«

Daniels Orientierungssinn war ausgesprochen schlecht. Er musste die Richterin zweimal auf dem Handy anrufen und erneut nach dem Weg fragen. Schließlich hatte er das Haus gefunden. Er stand vor einer 250 Quadratmeter großen Villa, umgeben von einer efeubewachsenen Mauer. Es war das letzte Haus in der Straße. Das Gartentor war nur angelehnt, also ging Daniel hinein, ohne anzuklingeln. An die Haustür war mit einem Reißnagel ein Zettel gepinnt, auf dem er angewiesen wurde, einmal ums Haus herum zur Hintertür zu gehen.
Dort war ein kleiner Wintergarten mit unzähligen Töpfen, in denen die verschiedensten Pflanzen und Blumen wuchsen.
An einem Tisch, den Laptop vor sich, saß Doña Susana. Sie wandte der Tür den Rücken zu und grüßte Daniel den-

noch so, als ob sie ihn hätte eintreten sehen. »Ich bin gleich fertig, muss nur noch eben eine E-Mail schreiben.«

Daniel ließ den Blick schweifen und entdeckte, halb verborgen zwischen zwei Geranientöpfen, ein Metallkästchen mit Antenne. Es sah aus wie ein Prozessor oder ein Router. »Ist das eine Festplatte?«

»Nein, ein Störsender zum Schutz gegen Bomben. Ich habe mit einem Ermittlungsverfahren um einen sehr gefährlichen Drogenboss zu tun, und das ist die einzige Möglichkeit, sicherzugehen, dass mich beim Öffnen meines Briefkastens kein ungebetenes Geschenk empfängt.«

»Und warum steht er hier, zwischen den Blumentöpfen?«

»Weil es ein hässliches Gerät ist, das ich nicht im Haus haben will. Ich weiß, ihr Männer findet Elektronik schön, aber ich nicht. Hier muss ich das Teil wenigstens nicht sehen.«

Mit ihrem verunsichernden Lächeln wandte sich die Richterin Daniel zu.

»Du brauchst nicht hier zu warten. Geh hinein und bedien dich. Wenn du kein Eis findest, frag Felipe. Er macht sich gerade einen Gin Tonic.«

Wie die Richterin gesagt hatte, traf Daniel den Gerichtsmediziner in der Küche an und wurde freundlich von ihm begrüßt. Sie wechselten ein paar belanglose Worte, dann erschien die Richterin und hieß ihn offiziell in ihrem Haus willkommen – mit einem breiten Lächeln und ein paar herzhaften Küssen.

»Wo wollen wir reden?«, fragte Daniel, dem die Neuigkeiten auf der Seele brannten.

»Gleich hier«, antwortete die Richterin. »Aber bitte entschuldige mich noch einen Augenblick – ich geh schnell hinauf und schließe die Dachbodenfenster. Ich fürchte, es wird wieder Sturm geben, und neulich ist der Dachboden schon einmal mit Wasser vollgelaufen. Wenn du magst, kannst du mitkommen, dann zeige ich dir ein wenig das Haus. Was ich an diesen Villen liebe, ist der kleine, geschlossene Innenhof. Siehst du?« Sie trat an ein Fenster. »Hier kommt sehr viel Licht herein. Mit meinem habe ich besonderes Glück: Auf der einen Seite ist nur der Park, und in dem Nachbarhaus auf der anderen Seite wohnt seit mindestens zwei Jahren niemand mehr.«

»Das Haus steht schon seit einer Ewigkeit zum Verkauf«, sagte der Gerichtsmediziner. »Aber bei dem Vermögen, das sie dafür verlangen, finden sie keinen Käufer.«

»Ich würde es selbst gerne kaufen und mit meinem verbinden. Aber mit den 3000 Euro im Monat, die ein Richter verdient, habe ich schon genug Mühe, die Hypothek für dieses hier abzuzahlen. Ich beschwere mich nicht, versteh mich nicht falsch – aber im Vergleich zu dem, was ein guter Jurist auf dem freien Markt verdienen kann, ist mein Gehalt ein Witz.«

»Stellen Sie sich vor, Daniel«, erklärte Pontones, »Sie wären nicht nur schlecht bezahlt, sondern müssten auch noch wie Susana überall – im Café, in der Bar, im Büro – hören, dass ihr Musikwissenschaftler den ganzen Tag auf der faulen Haut liegt oder alle eine Macke habt, oder gar, dass ihr Faschisten seid.«

»So schlimm wird es doch nicht sein«, meinte Daniel skeptisch.

»Dann lesen Sie mal die Umfragen, die jedes Jahr in den Zeitungen veröffentlicht werden«, gab Pontones zurück. »Unter den öffentlichen Institutionen kommen die Gerichte immer am schlechtesten weg – schlechter als die Ombudsleute oder sogar das Militär.«

»Wer den Schaden hat, braucht für den Spott nicht zu sorgen«, sagte die Richterin.
Sie hatten bereits den ersten Stock erreicht, und Doña Susana blieb kurz stehen. »Unten sind eine Sauna – die ich allerdings fast nie benutze –, der Heizungsraum und die Garage. Hier haben wir, wie du siehst, nur zwei Schlafzimmer: meins und das Gästezimmer, das Felipe benutzt, wenn er über Nacht hierbleibt. Schlafen, also richtig schlafen, kann ich nämlich nur alleine.«
»Hm, ich kann es mir vorstellen«, sagte Daniel. Langsam fühlte er sich wie ein Kaufinteressent, der die Villa noch einmal begutachtet, bevor er die Anzahlung leistet. Nebenbei war ihm natürlich nicht entgangen, dass die Richterin ihm nicht nur ihr Haus zeigte, sondern ihm auch zu verstehen gab, dass sie und der Gerichtsmediziner ein Liebespaar waren. Doch er ließ sich nichts anmerken und schwieg dazu.
»Hier geht es zum Dachgeschoss«, sagte Pontones und öffnete eine Luke, aus der sich eine Treppe aufklappte.
Zuerst kletterte er selbst hinauf, dann half er Doña Susana, indem er ihr die Hand reichte. Als Letzter folgte Daniel. Oben schlug ihm tatsächlich noch die Feuchtigkeit des letzten Unwetters entgegen.
Das große Dachgeschoss lag zwar im Dunkeln, doch die Jalousie an einem der schrägen Fenster war ein wenig hochgezogen und ließ etwas Licht herein. Mitten im Raum waren die Umrisse eines großen Gegenstands auszumachen. Daniel musste sich nicht besonders anstrengen, um zu erkennen, was es war, denn die Richterin hatte bereits das Neonlicht angeschaltet.
»Und hier ist sie«, sagte sie, ihr halbes Lächeln auf den Lippen. »Unsere Freundin, die Guillotine.«

59

In diesem Augenblick erhielt Daniel einen gewaltigen Schlag auf den Hinterkopf. Als er nach ein paar Minuten das Bewusstsein wiedererlangte, sah er als Erstes ungefähr zweieinhalb Meter über sich das dreieckige Fallbeil der Guillotine. Seine Angreifer hatten ihn mit dem Gesicht nach oben auf dem Brett positioniert, so dass er gezwungen war, die scharfe Schneide unentwegt anzusehen, die ihm jeden Moment den Kopf abtrennen konnte. Er hörte Schritte hinter sich. Dann erschien in seinem Blickfeld die unverwechselbare Gestalt des Gerichtsmediziners, und er erkannte dessen weiße Haarsträhne, die ihn schon immer an ein Stinktier erinnert hatte. Pontones beugte sich so über ihn, dass seine kleinen Zähne, spitz und gelb, für Daniel in der oberen Gesichtshälfte zu sehen waren und die buschigen Augenbrauen unten, die in dieser Position wie dichte, finstere Wimpern wirkten.

»Du hast etwas geblutet«, sagte der Gerichtsmediziner. »Mir ist ein wenig die Hand ausgerutscht, ich geb's zu, aber keine Sorge, ich hab die Wunde ordentlich behandelt.«

Daniel wollte die Wunde am Hinterkopf ertasten, aber er konnte die Hand nicht heben: Seine Hände waren hinter dem Rücken gefesselt.

»Na, wie gefällt dir unser Modell?«, fuhr Pontones fort und tätschelte den Rahmen der Guillotine. »Ich habe sie selbst gebaut – mit meiner eigenen Hände Arbeit. Sie ist baugleich mit der im Donkmeer-Museum in Belgien.«

»Was soll das? Warum haltet ihr mich hier fest?«, fragte Daniel. Sein Mund war so trocken, dass er kaum einen Ton herausbrachte.

»Was das soll?«, echote der Gerichtsmediziner und unterdrückte ein Lachen. »Der Herr möchte wissen, was das soll? Ich werde dir sagen, was das soll – wenn du uns die Zahlen lieferst, die wir brauchen.«

»Mateos hatte also recht! Dabei … dabei hat er doch bloß ein paar alte Briefe gefunden. Ich hielt das Ganze für dermaßen albern, dass ich dachte, er wäre verrückt geworden, und beschloss, die Sache Doña Susana anzuvertrauen. Wo ist die überhaupt? Ich will auf der Stelle mit ihr sprechen!«

Noch bevor sie etwas sagte, wusste Daniel, dass sie sich im Raum befand: In der kurzen Stille nach seiner Forderung hörte er, wie sie den Rauch ihrer Zigarette ausstieß.

»Ich bin hier, Daniel. Hör Felipe zu, hör dir sein Angebot an.«

»Nein, ich will nicht mit ihm sprechen, sondern mit dir. Du musst dich noch heute Abend der Polizei stellen, ihr beide müsst euch stellen. Die Strafe wird viel geringer ausfallen, wenn ihr nicht wartet, bis Inspector Mateos euch festnimmt.«

»Der arme Mateos«, sagte Pontones, »kann uns gar nicht festnehmen. Wie du schon gesagt hast, hat er nur ein paar lächerliche alte Liebesbriefe in der Hand. Und was beweisen die schon? Dass Susana Thomas gekannt hat? Absolut beweiskräftig …«

»Nein, es sind nicht nur die Briefe. Mateos hatte euch schon im Verdacht, seit ihm klarwurde, wie nachlässig ihr die Ermittlungen geführt habt. Ihr habt keine Telefonüberwachung zugelassen. Ihr habt nicht zugelassen, dass Marañóns Keller durchsucht wird, obwohl er in seiner Sammlung eine Guillotine hat. Es wirkte die ganze Zeit so, als hättet ihr gar kein Interesse daran, den Schuldigen zu finden.«

»Na komm, Daniel. Wenn dir das alles so verdächtig vorkam – warum hast du dann Susana angerufen, um es ihr zu erzählen? Du selbst hast gesagt, dass dir Mateos' Verdacht absurd erschien. Und da ist noch etwas, das du nicht wissen kannst: Unser Inspector macht allen Gerichten nur Probleme. Überall ist bekannt, dass ihn seine Abneigung gegen die Richter antreibt. Wer sollte ihm also nun diese Geschichte glauben?«

»Wir haben darüber nachgedacht, Marañón die Schuld in die Schuhe zu schieben«, sagte die Richterin. »Aber Felipe musste erst noch eine Möglichkeit finden, ihn zu belasten.«

Der Gerichtsmediziner war für einen Augenblick aus Daniels Blickfeld verschwunden und tauchte nun wieder auf.

»Marañón hat uns sehr geärgert: Indem er seine Guillotine nach Paris geschickt hat, verhinderte er, dass ich mich in sein kleines Gruselkabinett einschleichen und ihm dieses kleine Andenken dalassen konnte.«

Pontones hielt Daniel ein kleines Fläschchen vors Gesicht, mit etwas Blut und einem weißen Haarbüschelchen.

»Das ist von Thomas. Wir haben an alles gedacht.«

Instinktiv wandte Daniel den Blick von der abstoßenden Probe ab und richtete ihn wieder auf das grausige Fallbeil der Guillotine. Geduldig wartete es dort oben auf den Moment, in dem der Henker es aus seiner Verriegelung befreien würde.

»Keine Angst, Daniel. Es kann sich auf keinen Fall von selbst lösen, siehst du?«
Energisch rüttelte der Gerichtsmediziner an dem Holzrahmen, und mit ihm erzitterte Daniels auf dem Brett festgebundener Körper.
»Du kannst dein Köpfchen heute Abend also nur verlieren, wenn Susana oder ich Lust bekommen, diesen Hebel zu betätigen, durch den der schwere Klotz gelöst würde, an den die Schneide angeschraubt ist. Die Franzosen nennen das Ding *mouton,* Hammel – weiß Gott, warum. Es ist dreißig Kilo schwer. Dazu kommen die sieben, die das Fallbeil wiegt. Die drei Schrauben, mit denen es am *mouton* befestigt ist, wiegen auch noch jeweils ein Kilo. Diese vierzig Kilo fallen mit einer derartigen Geschwindigkeit auf dich herunter, dass dein Kopf bis zu dreißig Sekunden, nachdem er abgetrennt wurde, bei Bewusstsein bleibt. Sollen wir es einmal ausprobieren?«
»Sind Sie vollkommen wahnsinnig geworden?«, schrie Daniel.
»Als wir Thomas den Kopf abgetrennt haben, um ihn bequemer rasieren zu können, versuchte er sogar, etwas zu sagen – erinnerst du dich, Susi? Ich glaube, er wollte etwas Unflätiges sagen, aber der arme Teufel konnte nur die Lippen bewegen. Selbst wenn die Stimmbänder noch intakt gewesen wären – was nicht der Fall war –, hätten sie ohne die Luft aus der Lunge nicht vibrieren können. Und die ist natürlich auf der anderen Seite der Lünetten geblieben.«
Pontones pulte sich mit dem kleinen Finger in den oberen Backenzähnen herum.
»Was wollt ihr von mir?«, keuchte Daniel. Ihn ekelte die Zahnreinigung seines Entführers, als hätte er keine anderen Sorgen.

»Den Schlüssel zur Entzifferung des Codes, Daniel«, antwortete die Richterin.
»Ich habe ihn nicht. Ich habe dir doch gesagt, dass ich nur einen Teil entziffern konnte.«
»Also bitte, wer sollte dir nach deinem Gespräch mit Inspector Mateos noch Glauben schenken?«, sagte Pontones.
Er nahm ein Blatt Papier aus einer Tasche seines Jacketts und hielt es Daniel vors Gesicht. Es war die Abschrift der Noten, die sich Thomas auf den Kopf hatte tätowieren lassen.
»Wir benötigen zwölf weitere Zahlen, Champion. Denke, grüble, sinniere. Kurbel deine musikwissenschaftliche Denkmaschine an, wenn du sie nicht heute Nacht noch verlieren möchtest.«
Höhnisch wedelte er mit dem Blatt vor den Augen seines Opfers herum. Auf einmal schimmerte Wahnsinn durch: Er schien ganz zu vergessen, dass er mit Daniel sprach, und wandte sich in verändertem Ton an seine Komplizin:
»Was meinst du, Susana, hätten wir die Guillotine nicht lieber rot anstreichen sollen?«
Und dann, wieder zu Daniel:
»Anfangs wurde sie nämlich in dieser Farbe gestrichen, wusstest du das? Rate mal, was es mich gekostet hat, die Pläne für so ein Schätzchen zu bekommen, das dir schneller, als du blinzeln kannst, den Kopf abschneidet? 38 Dollar! 38 läppische Dollar, und schon hast du einen authentischen Nachbau eines Modells von 1792 im PDF-Format.«
Wieder stocherte sich der Gerichtsmediziner im Mund herum, bevor er weitersprach: »Das hier ist natürlich eine etwas kleinere Ausführung. Der Dachboden ist zwar recht

hoch dort, wo die Schrägen zusammenlaufen, aber ich musste den Rahmen trotzdem einen halben Meter kleiner bauen. Eine, sagen wir, ordnungsgemäße Guillotine misst vier Meter. Du fragst dich, ob die Tatsache, dass die Schneide aus geringerer Höhe fällt, Auswirkungen auf die Schlagkraft hat? Nun, mit Thomas' Hals gab es keine Probleme, nicht wahr, Susana? Denn dieser Mistkerl hatte einen schlanken Hals, nicht so einen Stiernacken wie du. Bei dir müssen wir das Beil möglicherweise zweimal fallen lassen.«

Daniel versuchte das Gerede nach Möglichkeit auszublenden und überlegte fieberhaft, wie er den beiden zwölf möglichst plausible Zahlen nennen konnte, um seine Haut zu retten. Das Wissen um seinen möglichen nahen Tod bewirkte einen Adrenalinausstoß, der seine Denkfähigkeit verzehnfachte.

»Zeig mir die Noten noch einmal«, bat er Pontones.

Der hielt sie ihm wieder vor die Nase.

»Das *Kaiserkonzert* von Beethoven«, begann Daniel mit leiser Stimme, »ist das Konzert Nr. 5, op. 73. Erst dachte ich, Thomas habe dieses Werk wegen des Freimaurerzusammenhangs gewählt, aber anscheinend habe ich mich geirrt. Das sind also schon drei weitere Ziffern: 5, 7 und 3.«

»Gut, dann haben wir also elf – fast die Hälfte. Kluges Köpfchen! Fehlen nur noch neun.«

60

Draußen vor der Villa stellte der in einem Observationsfahrzeug wartende Inspector Mateos gerade fest, dass die Signale des Minisenders, den Daniel bei sich trug, durch einen Störsender behindert wurden.
»Was machen wir jetzt, Chef?«, fragte ihn Subinspector Aguilar, der mit im Wagen saß. »Gehen wir rein?«
»Ohne Durchsuchungsbefehl? Ohne richterliche Anordnung oder eindeutige Hinweise darauf, dass Gefahr im Verzug ist, können wir ein Haus nicht einfach so betreten – und erst recht nicht, wenn es sich um das Haus eines Untersuchungsrichters handelt. Na los, schick schon ein Fax an das diensthabende Gericht und bitte um einen Durchsuchungsbefehl.«
»Verzeihung, Chef, aber ich glaube, wir sollten da reingehen. Möglicherweise ist Paniagua in Gefahr.«
Inspector Mateos platzte beinah der Kragen, aber er konnte sich halbwegs zusammenreißen und sagte nur in lehrerhaftem Ton: »Es gibt keine Anzeichen dafür, dass Gefahr im Verzug ist. Also können wir nicht rein. Muss ich dich daran erinnern, dass ›Gefahr im Verzug‹ ein juristischer Terminus ist? *Periculum in mora* auf Latein.«
»Du kannst das ja noch auswendig!«
»Klar, hab ich doch gerade erst gelernt.«
»Gerade erst …? Äh … Hm. Das heißt also, wir gehen nicht rein?«

»Streng doch mal dein Köpfchen an, Aguilar: Hörst du Schreie? Schüsse? Siehst du, wie einer versucht, jemanden zu erwürgen?«
»Nein.«
»Na also: Wir haben keinerlei Beweise dafür, dass Gefahr im Verzug ist. Wenn wir jetzt hineingehen und sie gemütlich im Wohnzimmer sitzen und plaudern, können wir einpacken. Jetzt lass dir schon den Durchsuchungsbefehl schicken, aber dalli!«
Der Subinspector setzte das Fax auf, doch ihm war anzusehen, dass ihm noch eine Frage auf der Zunge lag. Mateos registrierte es und fragte:
»Was ist jetzt schon wieder?«
»Nichts, ein dummer Gedanke, Chef. Ist nicht so wichtig.«
»Doch. Spuck's aus.«
»Na gut, wenn du meinst: Ich habe mich gefragt, ob es nicht riskant ist, zu behaupten, du hättest Jura studiert, wenn du noch gar keinen Abschluss hast.«
Mateos schaute ihn lange an und sagte schließlich:
»Die Gefahr ist äußerst gering im Vergleich zu der, in der du von nun an schwebst: Wenn du dich verplapperst, hat dein letztes Stündlein geschlagen.«

Drinnen wurde der Gerichtsmediziner Felipe Pontones inzwischen merklich ungeduldig. Er spielte nervös an der Halterung herum, mit der das Fallbeil festgehalten wurde.
Instinktiv zog Daniel den Kopf ein – wenn das Beil in diesem Augenblick gefallen wäre, hätte es in sein Kinn eingeschlagen.
»Wir haben nicht unendlich viel Zeit, Champion.«

»Ich weiß, ich denke ja nach.«

»Es empfiehlt sich, das Richtige zu denken. Wenn sich herausstellen sollte, dass du's nicht auf die Reihe bekommst und wir dir den Hals durchschneiden müssen, nützt es dir nämlich nicht viel, den Kopf einzuziehen, verstehst du? Wir machen es dann wie bei Thomas und teilen uns die Arbeit: Susana betätigt den Hebel, und ich komme von der anderen Seite und ziehe an deinen Haaren – dann ist dein Hals schön lang, und die Schneide geht sauber durch.«

»Ich habe nichts anderes von Ihnen erwartet«, sagte Daniel und überlegte gleichzeitig fieberhaft, wie die fehlenden Ziffern lauten könnten.

»Thomas hat natürlich auch versucht, seinen Kopf aus den Lünetten zu ziehen, genau wie du, aber er hatte kürzere Haare, deswegen musste ich ihn an den Ohren packen. Dafür ist übrigens dieses Teil hinter dir – ach, du kannst es ja gar nicht sehen. Nun, es verhindert jedenfalls, dass der Helfer des Henkers sich mit Blut bespritzt.«

»Lass ihn nachdenken, Felipe«, sagte die Richterin. »Wenn du die ganze Zeit redest, sind wir morgen früh noch hier.«

»Aber es ist doch wunderbar, Daniels ohnehin schon großen Horizont noch ein wenig zu erweitern – nicht wahr, mein Lieber?«

»Das Konzert …«, sagte Daniel zögerlich, und die Gedanken rasten in seinem Kopf. Er musste sein Leben retten. Er musste einfach. »Das Konzert ist in Es. Der Ton Es ist nichts anderes als eine Frequenz, die durch Zahlen ausgedrückt wird.«

»Was für Zahlen?«

»Ich weiß es nicht. Aber die Anzahl der Schwingungen

werden in der Musik immer mit fünf Ziffern bezeichnet: Drei vor und zwei hinter dem Komma.«

»Ich glaube dir nicht«, antwortete Pontones. »Das denkst du dir gerade aus, um hier irgendwie herauszukommen.«

»Nein, ich schwöre es, das ist wahr. Die einzige Frequenz, die mit einer ganzen Zahl bezeichnet wird, ist der Kammerton A mit 440 Hertz. Bei jedem Klangkörper, der diesen Ton hervorbringt, vibriert entweder eine Saite oder eine Luftsäule 440-mal pro Sekunde.«

»Vielen Dank für diese Information, aber das A ist gerade nicht von Interesse. Erzähl mehr über das Es.«

»Ich habe doch gesagt, ich weiß die Frequenz nicht auswendig, aber sie ist leicht herauszufinden: Gehen Sie an den Computer und geben Sie in irgendeine Suchmaschine ›Frequenz Note Es‹ ein, dann erhalten Sie die fünf Ziffern – womit wir nur noch vier weitere herausfinden müssen.«

Der Gerichtsmediziner wechselte einen kurzen Blick mit der Richterin und ließ die beiden dann allein.

Nach einigen Sekunden Stille sagte Susana, die immer noch hinter Daniel saß:

»Ich nehme an, dir gehen gerade jede Menge Fragen durch den Kopf.«

»Woher wusstest du, dass Thomas die Zehnte gefunden hatte?«

»Er hat es mir gesagt. Durch die Briefe, die Mateos dir gezeigt hat, weißt du ja, dass Ronald und ich vor vielen Jahren ein Paar waren. Den Unfall, der mir das Gesicht für immer zerstört hat, haben wir zusammen erlitten. Ronald saß am Steuer. Wir fuhren auf einer ruhigen Landstraße. Er hatte vorher beim Essen zu viel getrunken und machte Faxen mit dem Auto. Da tauchte plötzlich ein Traktor hinter einer Kurve auf … Ronald ist mit ein paar leichten

Verletzungen davongekommen, aber ich bin durch die Windschutzscheibe geflogen und beinahe über den Jordan gegangen.«

»Du machst ihn verantwortlich für den Unfall!«

»Natürlich«, antwortete die Richterin. »Wäre er nicht alkoholisiert gewesen und hätte er nicht leichtfertig mit dem Lenkrad herumgespielt, hätte er dem Traktor problemlos ausweichen können. So aber haben wir uns unzählige Male überschlagen – und mein Gesicht ist zu dieser grotesken Maske geworden.«

Der Gerichtsmediziner kam die steile Leiter hinauf, doch er steckte nur den Kopf hinein.

»Was ist los?«, fragte Doña Susana.

»Ich brauch das Passwort für deinen Laptop. Ich hab schon einiges ausprobiert – deinen Namen, dein Geburtsdatum, sogar den Namen deiner Mutter –, um nicht hinauf- und wieder hinunterlaufen zu müssen, aber ich lag jedes Mal daneben. Welches ist es nun?«

»Beethoven.«

»Hätte ich mir denken können.«

Pontones schnaufte erschöpft und kletterte wieder hinunter.

Daniel fuhr fort, die Richterin auszufragen.

»Wann hat Thomas dir erzählt, dass er die Zehnte gefunden hat?«

»Nach dem Unfall trennten wir uns. Ich war wegen dem, was passiert war, furchtbar wütend auf ihn. Mit der Zeit begriff ich jedoch, dass der Groll mich innerlich aufzufressen drohte, und eines Tages rief ich ihn an, um ihm zu sagen, dass ich ihm verziehen hatte.«

»Und dann seid ihr wieder zusammengekommen?«

»Nein, das war nicht mehr möglich. Aber wir haben über

all die Jahre den Kontakt gehalten, und manchmal war ich für ihn so etwas wie eine Rechtsberaterin.«

»Was war mit Beethovens Symphonie?«

»Ronald erzählte mir vor über einem Jahr, dass er ein Bild gefunden hatte, das die Identität einer bis dahin unbekannten Geliebten Beethovens enthüllte. Er ging nach Wien und forschte dort monatelang, bis er der geheimnisvollen Frau auf die Spur kam. Er fand die Partitur in einem Gebäude der Spanischen Hofreitschule und entwendete sie. Das Manuskript hatte einen eindeutigen Besitzer, der Name stand auf dem Titelblatt: Beatriz de Casas, deren Nachfahren heute in Spanien leben. Er konnte nicht sagen, dass er im Besitz der Zehnten war, denn dann hätte er erklären müssen, woher er sie hatte, und sie den rechtmäßigen Besitzern zurückgeben. Deshalb fragte er mich, wie er aus diesem juristischen Schlamassel herauskommen könnte. Ich verlangte für meine Hilfe und als Wiedergutmachung für das, was er mir angetan hatte, die Hälfte des Geldes, das er für das Manuskript bekommen würde. Das war er mir schuldig. Doch dann machte Felipe mir klar, dass fünfzig Prozent nicht genug sind, sondern dass mir alles zusteht.«

Wieder war zu hören, wie Pontones die Leiter hochkletterte, und wieder steckte er bloß den Kopf durch die Luke.

»Wo ist das Netzteil von dem verdammten Ding? Mitten beim Suchen hat der Akku schlappgemacht!«

»Das muss in dem Korb neben dem Kamin sein«, antwortete die Juristin.

»So werden wir nie fertig!«, sagte der Gerichtsmediziner hitzig, während er die Leiter wieder hinabstieg.

»Und das Konzert, das er bei Marañón gegeben hat?«

»Ronald arbeitete seit Jahren an einer Rekonstruktion der zehnten Symphonie. Er hat wackere Arbeit geleistet, aber mit mittelmäßigem Ergebnis. Komponieren war nicht seine Stärke. Als er dann die echte Partitur Beethovens in den Händen hielt und noch nicht entschieden hatte, was er letztlich damit tun würde, konnte er der Versuchung nicht wiederstehen, den ersten Satz – dessen Rekonstruktion er bereits angekündigt hatte – bei der Uraufführung als Frucht seines Geistes zu präsentieren. Der Arme war, wie gesagt, kein herausragender Komponist, und dies war seine Form, es allen zu zeigen. Denn bis dahin waren die Uraufführungen seiner zahlreichen eigenen Werke immer vollkommen gleichgültig aufgenommen worden.«

»Wie hast du es nur fertiggebracht, ihn kaltblütig zu ermorden?«

»Felipe hat mich davon überzeugt. Ich hätte nicht die Courage dazu gehabt. Ronald hatte mir gesagt, dass er die Partitur in einem Safe aufbewahrte. Den Code für den Safe habe er sich eintätowieren lassen, damit er ihm niemals abhandenkäme. Du weißt ja, viele Banken sind so diskret, dass die Kunden nicht einmal ihren Namen angeben müssen: Ein Zahlencode und ein Schlüssel genügen.«

»Das bedeutet, wenn es mir heute Abend gelingt, den Code zu entziffern, habt ihr damit Zugriff auf das Originalmanuskript?«

»So ist es.«

»Aber wenn ich den Code nun für mich entziffert und versucht hätte, die Symphonie an mich zu bringen, ohne irgendjemandem etwas davon zu sagen?«

»Dazu hättest du das hier benötigt.«

Doña Susana erhob sich, um ihm den Safeschlüssel zu zeigen.

»Ronald trug ihn immer um den Hals. Wir haben ihn ihm in der Nacht weggenommen, als wir ihn umbrachten. Ohne diesen Schlüssel ist der Safe nicht zu öffnen.«

»Das Perverseste an der ganzen Sache ist, dass du in dem Fall ermittelst, in dem du die Mörderin bist. Ich kann mir nicht erklären, wie du zufällig …«

Daniel unterbrach sich selbst, denn plötzlich verstand er: »Es war kein Zufall! Du hast den Bereitschaftsdienst auf den Konzerttag gelegt! Als wir neulich im Gericht auf dich gewartet haben, hat Pontones mir erklärt, dass der Richter, der Bereitschaft hat, die Fälle bekommt, die zu dieser Zeit reinkommen.«

»In Wirklichkeit war es andersherum«, korrigierte ihn Doña Susana. »Wir Richter können einen Dienst nicht so einfach tauschen wie die Ärzte. Sonst könnten sich die Täter mit einem bestechlichen Richter absprechen und die Tat an dem Tag begehen, der am besten passt. Was ich getan habe, war, Ronald dazu zu überreden, das Konzert am Vorabend meines Bereitschaftsdienstes zu geben. Das war nicht weiter schwierig: Ich sagte ihm einfach, dass ich nur an jenem Tag zum Konzert kommen könnte und dass er dafür sorgen solle, dass es dann stattfand.«

»Du bist also nicht zu dem Konzert gegangen, weil du Bereitschaftsdienst hattest.«

»Nein, ich ging nicht hin, damit mich niemand mit Ronald in Verbindung bringen konnte. Mein Dienst begann erst um neun Uhr am nächsten Morgen. Felipe versteckte die Leiche frühmorgens unter etwas Laub und rief einige Stunden später anonym bei der Polizei an, damit sie gefunden würde, während ich Dienst hatte.« Sie grinste schief. Daniel fürchtete, nicht mehr lang durchzuhalten, während er sich Frage um Frage abrang.

»Wie habt ihr es geschafft, Thomas zu entführen und hierherzubringen?«

»Das war nicht nötig. Nach dem Konzert rief ich Ronald von einer Telefonzelle aus an, entschuldigte mich, dass ich nicht hatte dabei sein können, und bat ihn, bei mir vorbeizukommen.«

»Und mit welchem Vorwand hast du ihn hierhergelockt? Sex?«

»Red keinen Quatsch. Ich behauptete, mit Fieber im Bett zu liegen – allein und ohne Medikamente –, und fragte ihn, ob er an einer Apotheke vorbeifahren und mir welche bringen würde.«

»Und wenn er nein gesagt hätte?«

»Seit dem Unfall fühlte sich Ronald mir gegenüber in der Schuld. Ich wusste, dass er nicht nein sagen konnte.«

Daniels Situation war vorher schon alptraumartig genug gewesen, doch nach Doña Susanas ausführlichem Bericht erschauerte er. Die Wut packte ihn ob der Grausamkeit und Kaltblütigkeit der Juristin.

»Du hast den Hebel betätigt! Du hast Thomas den Kopf abgetrennt, und wenige Stunden später warst du bei der Leichenschau dabei!«

Pontones kam wieder zurück und blieb diesmal bei ihnen.

»Susana, dein Sachverständiger möchte offensichtlich seine Haut retten – die Frequenz der Note Es kann man tatsächlich leicht im Internet finden: 311,13. Uns fehlen also noch vier Zahlen.«

»Nein, nur zwei«, sagte Daniel, dem schlagartig ein neuer Gedanke gekommen war. »Wenn ihr die Noten der Tätowierung anschaut, seht ihr zwei Vieren am Anfang. Das ist der Takt, in dem das *Kaiserkonzert* geschrieben ist.«

»Nicht schlecht, der Kerl«, sagte der Gerichtsmediziner. »Die Angst zu sterben weckt den Kryptologen in ihm. Dann, mein Lieber, verrate mir mal, wo die beiden letzten Zahlen noch zu finden sind.«

»Ich habe keine Ahnung«, stöhnte Daniel. »Ich habe die Noten im Geiste unzählige Male abgesucht und keine weitere Zahl gefunden.«

»Also gut, du hast es so gewollt«, sagte der Gerichtsmediziner und streckte die Hand nach dem Hebel aus.

»Warte, Felipe!«, rief die Richterin. Sie grübelte schon seit einer Weile. »Er findet die Zahlen nicht, weil es keine Zahlen sind: Es sind Buchstaben!«

Sie stand auf und blickte sich nach einem Aschenbecher um, fand jedoch keinen und ließ deshalb den Stummel einfach fallen. Da sie keine Anstalten machte, die Zigarette auszutreten, übernahm Pontones das mit seinen Bootsschuhen.

»Was soll das heißen: ›Buchstaben‹?«, fragte er angespannt. Ihm ging die ganze Kryptographie mittlerweile auf die Nerven.

»Wir haben bereits herausgefunden, dass die Zahlen sehr wahrscheinlich von einer internationalen Kontonummer beziehungsweise der IBAN einer Bank in Wien stammen, nicht wahr?«

»Ja. Und?«

Die Richterin holte ein Moleskin-Notizbuch mit angehängtem kleinem Kugelschreiber aus ihrer Tasche und schrieb:

ATPP BBBB BKKK KKKK KKKK

Dann sagte sie: »Wir haben die 18 Ziffern und die zwei Buchstaben der IBAN bereits, denn die acht Ziffern im Morsecode teilen uns zugleich mit, dass es sich um eine österreichische Bank handelt. Wir haben den Code der Bank, wo Ronald die Partitur versteckt: AT, Österreich, im Morsecode mit seinen geographischen Koordinaten bezeichnet: 47 20 13 20. Dann die zweistellige Prüfziffer. Wo finden wir in den Noten ein Zahlenpaar?«

»In der Taktbezeichnung«, sagte Daniel erleichtert. »Die zwei Vieren sind die einzigen Zahlen, die doppelt auftreten.«

»Gut. Also haben wir schon AT 44. Nun müssen wir nur noch die Zahlen hinzufügen, die sich aus dem Titel des Konzerts – Nr. 5, op. 73 – ergeben:

AT 44 573

– und die Zahlen der Frequenz der Note Es:

AT 44 5733 1113

– und schließlich die acht Ziffern im Morsecode –

AT 44 5733 1113 4720 13 20 –,

die uns außerdem sagen, in welchem Land sich die Bank befindet.«

»Und was ist, wenn die Reihenfolge der Zahlen nicht stimmt?«, fragte Pontones nervös. »Ich meine, wenn die Zahlen richtig sind, aber eine Art numerisches Anagramm bilden?«

»Ronald war sehr zerstreut, deshalb hat er sich den Code

ja eintätowieren lassen«, antwortete die Richterin. »Ich kann mir nicht vorstellen, dass er die Reihenfolge der Zahlen verändert hat, denn dann hätte er sich noch einen weiteren Code für die richtige Reihenfolge ausdenken müssen. Die acht Ziffern des Konzerttitels – Konzert Nr. 5, op. 73, in Es – bilden einen Block:

57331113

Auch die acht Ziffern der Noten gehören zusammen:

47201320.

Die Frage ist nur, ob nach AT 44 zuerst die Zahlen des Morsecodes kommen oder die des Konzerttitels. Aber das sind nur zwei Möglichkeiten, und darüber mache ich mir überhaupt keine Sorgen: Wenn eine Kombination nicht stimmt, kann es nur die andere sein«, triumphierte die Richterin. »Wenn der erste Versuch falsch ist, sagen wir in der Bank eben, wir hätten uns vertan. Schließlich darf man am Bankautomaten auch dreimal die falsche PIN eingeben, und es passiert überhaupt nichts. Wir haben den Schlüssel für den Safe – also wird uns niemand Probleme bereiten, da bin ich mir sicher.«

»Was habt ihr mit mir vor?«, fragte Daniel. Ihn entsetzte die Vorstellung, dass er für die beiden nun nicht mehr von Nutzen war.

Der Gerichtsmediziner näherte sich der Guillotine, strich mit der Hand über die Halterung des Fallbeils und begann mit samtiger Stimme: »Ich stecke in einer Zwickmühle, Daniel, denn ich bin ein Mann, der sein Wort hält. Auf der einen Seite habe ich dir versprochen, dass du deinen Hals aus der Schlinge ziehen kannst, wenn du mit uns zusammenarbeitest. Aber ich habe nicht bedacht, dass ich Susana schon mein Wort gegeben hatte. Ich habe ihr gesagt, dass sie nichts zu befürchten hätte, wenn wir meinen Plan minutiös befolgen, weil das Ganze dann niemals herauskommt. Dieses Versprechen habe ich zuerst gegeben und weiß, dass ich es nicht einhalten kann, wenn ich dir das Leben schenke, denn du würdest alles der Polizei erzählen. Ich betrachte also unsere Abmachung als nichtig, weil sie mich daran hindern würde, die vorher getroffene Absprache mit Susana einzuhalten. Das verstehst du doch, oder?«

Sein nahes Ende vor Augen, fiel Daniel nun nichts anderes mehr ein, als um sein Leben zu schreien. Beim ersten Laut zog der Gerichtsmediziner sofort einen Revolver aus dem Halfter unter seinem Jackett und schlug Daniel mit dem Griff so heftig ins Gesicht, dass die Nasenscheidewand brach und er völlig benommen war. Er blutete heftig.

Pontones nahm ein Taschentuch und eine Rolle Isolierband und knebelte ihn.

Zu Doña Susana sagte er: »Hol schon mal das Auto aus der Garage. Ich möchte es dir nicht zumuten, das hier ein zweites Mal über dich ergehen zu lassen. Der ist groggy, das bekomm ich alleine hin.«

Thomas' Enthauptung war der Richterin als die fürchterlichste, grausamste Erfahrung erschienen, die ein Mensch in seinem Leben machen konnte. Daher ließ sie sich nicht lange bitten, sondern saß wenige Augenblicke später in ihrem 3er-BMW und öffnete das automatische Garagentor.

Der Gerichtsmediziner zog einen Metallstift heraus, der an einer kleinen Kette hing und die Halterung des Fallbeils sicherte, und griff nach dem Hebel.

Er vergewisserte sich, dass Daniels Kopf in der richtigen Position lag. Dann betätigte er, ohne mit der Wimper zu zucken, den Hebel, der das schwere Fallbeil der Guillotine aus seiner Halterung löste.

61

Aus dem getönten Fenster des Observationsfahrzeugs beobachteten Mateos und Aguilar, wie sich das Garagentor öffnete und diskret ein blauer BMW herausglitt, in dem außer dem Fahrer niemand saß.

»Was machen wir jetzt, Chef? Sie fliehen.«

»Ist der Durchsuchungsbefehl angekommen?«

»Noch nicht.«

»Okay, die Herrschaften Richter und ihre Strafprozessordnung können mich jetzt mal. Schnapp dir dein Eisen – wir gehen rein.«

Das Auto der Richterin stand mit laufendem Motor vor dem Eingang zur Villa. Sie saß da und wartete darauf, dass der Gerichtsmediziner seine finstere Tat vollbrachte. Doch dann sah sie die zwei Polizisten mit gezogener Waffe auf das Haus zulaufen und begriff, dass alles verloren war. Sie trat aufs Gaspedal, dass die Reifen quietschten, und raste die Straße hinunter.

Drinnen hatte der Gerichtsmediziner das ohrenbetäubende Geräusch gehört. Irgendetwas lief falsch. Er gab sich jedoch nicht die Mühe, herauszufinden, was es war, denn im Augenblick musste er sich um Wichtigeres kümmern: Während des Unwetters am Vortag war so viel Feuchtigkeit in den schlecht isolierten Dachboden gelangt, dass das Holz der selbstgebauten Guillotine aufgequollen war und

sich gewölbt hatte und das Fallbeil deshalb nicht durch die Schienen gleiten konnte. Pontones – immer nervöser, weil Daniel langsam das Bewusstsein wiedererlangte – brachte den Hebel wieder in die Ausgangsposition und betätigte ihn erneut mit ganzer Kraft. Der gesamte Apparat erzitterte. Doch das Fallbeil glitt nur ungefähr zehn Zentimeter herab und blieb dann wie ein störrischer Esel stehen. Für einen dritten Versuch blieb dem Gerichtsmediziner keine Zeit mehr, denn unten öffnete Aguilar das Türschloss mit zwei Schüssen, und die beiden Polizisten stürmten das Haus: »Keine Bewegung! Polizei!«
Obwohl Pontones bewaffnet war und ihnen vielleicht Widerstand hätte leisten können, entschied er sich zu fliehen. Dies war vom Dachboden aus recht einfach zu bewerkstelligen: Eins der schrägen Fenster war schon halb geöffnet – deswegen war es auf dem Dachboden so feucht –, so dass Pontones nur ein paar schwere Kisten aufeinanderstapeln und über diese improvisierte Treppe auf das Dach klettern musste.
Daniel war indessen wieder zu sich gekommen. Unten hörte er unruhiges Getrappel und Mateos, der seinen Namen rief. Doch er konnte nicht antworten, weil er immer noch den Knebel im Mund hatte. Außerdem wagte er nicht, die Aufmerksamkeit der Polizisten auf sich zu lenken, indem er mit den Füßen trampelte – aus Angst, mit der kleinsten Bewegung den Fall des Beils auszulösen. Für wenige Sekunden verstummten die Stimmen, und das Hin und Her der beiden Polizeibeamten durch die Räume der Villa hörte auf, denn sie hatten den Dachboden entdeckt und berieten sich nun darüber, wie sie dort hinaufkommen konnten, ohne in einen Hinterhalt zu geraten.
In dieser Stille hörte Daniel die Dachziegel knacken, über

die Pontones kletterte – vermutlich, um in den Innenhof des Nachbarhauses zu springen.
Mateos wies seinen Assistenten an, im Bad einen Spiegel zu suchen. Mit dessen Hilfe vergewisserten sich die Polizisten, dass sie auf dem Dachboden keine unangenehme Überraschung erwartete, und stiegen die Leiter hinauf.
Oben befreiten sie innerhalb weniger Sekunden Daniels Hals aus den Lünetten und nahmen ihm den Knebel ab.
»Er ist über das Dach geflohen«, krächzte dieser als Erstes, nachdem sie ihm das Taschentuch aus dem Mund entfernt hatten. »Und er ist bewaffnet.«
Paniaguas blutüberströmtes Gesicht mit der eingeschlagenen Nase erschreckte Mateos. Er befahl Aguilar, unverzüglich einen Krankenwagen zu rufen und Verstärkung anzufordern.
»Versuch die Blutung zu stillen«, war das Letzte, was er sagte, bevor er durch das Dachbodenfenster verschwand, um sich an Pontones' Fersen zu heften.
Aguilar versuchte, Paniaguas Nase mit dem Taschentuch, das zuvor als Knebel gedient hatte, zu verbinden. Doch Daniel brachte seine Schmerzen derart deutlich zum Ausdruck, dass der Subinspector von weiteren Behandlungsversuchen absah.
»Geht's einigermaßen?«, fragte er ihn. »Sie verlieren viel Blut.«
»Ich glaube, ich kann es noch aushalten«, antwortete Daniel – und fiel bewusstlos zu Boden.
Der Aufprall war so heftig, dass das Fallbeil der Guillotine, das bisher nur einige Zentimeter hinabgerutscht war, schwer in den Schienen bebte und dann mit einem *Wuuusch*, das Aguilar erschauern ließ, senkrecht nach unten sauste.

Wenn Pontones keine Schuhe mit Gummisohle getragen hätte, wäre er auf den feuchten, glitschigen Dachziegeln ernsthaft in Not gewesen – nur zu leicht hätte er einen fatalen Fehltritt machen können.
Mateos dagegen trug Schuhe mit Ledersohlen und sah, kaum hatte er das Dach betreten, dass ihn die Verfolgung des Gerichtsmediziners das Leben kosten könnte, wenn er nur einen einzigen falschen Schritt machte. Also zog er sich Schuhe und Strümpfe aus und folgte sehr vorsichtig Pontones' Spur. Dieser war bereits auf der anderen Seite des Dachs angelangt, so dass Mateos ihn selbst nicht sehen konnte. Doch unter seinen Füßen hatten sich die Ziegel gelockert, und so war deutlich zu erkennen, wo er entlanggegangen war.
Mateos erreichte den Dachfirst in dem Augenblick, als der Gerichtsmediziner auf das Dach der Nachbarvilla sprang, um sich dort am Regenrohr hinunter in den Innenhof zu hangeln. Der Kommissar setzte sich trotz des hohen Risikos auf die Ziegel und nutzte sie als Rutsche zum Vordach. Um ein Haar nur konnte er einen Sturz in die Tiefe vermeiden. Doch als er das Vordach erreicht hatte, sah er von diesem erhöhten Standpunkt aus, wie Pontones – der aus einer Höhe von fünf Metern in den Innenhof gesprungen war – sich elendig mit gebrochenem Schienbein dahinschleppte und eine Tür oder ein Fenster suchte, um aus dieser Mausefalle zu entkommen. Alles war verschlossen – wie die Richterin Paniagua erzählt hatte, stand die Villa leer.
Mateos zog seine HK USP Compact 9 mm aus dem Halfter und hielt auf den Gerichtsmediziner, der von dieser Position aus eine ideale Zielscheibe bot.
»Halt!«, rief der Inspector. »Hände hoch, oder ich blas dir den Schädel weg.«

Widerwillig gehorchte Pontones und hob langsam die Hände.
»Ich weiß, dass du bewaffnet bist, du Scheißkerl – wenn du dich bewegst, schieße ich. Hol jetzt mit der linken Hand ganz langsam die Waffe heraus und leg sie auf den Boden.«
Der Gerichtsmediziner tat, wie Mateos ihm befohlen hatte. Der traute sich nicht, hinunterzuspringen, um ihm Handschellen anzulegen, denn er fürchtete, sich bei dem Sprung ebenfalls ein Bein zu brechen. Deshalb setzte er sich hin, hielt die Pistole im Anschlag und wartete auf Verstärkung.
Nach etwa einer Minute hatte sich Pontones wieder gesammelt und nahm an, Mateos würde es nicht wagen, auf einen Unbewaffneten zu schießen. Mit dem rechten Ellbogen zerschlug er ein Fenster und versuchte, in das leerstehende Haus zu gelangen.
»Halt!«, rief Mateos wieder und feuerte einen Warnschuss ab.
Dem Gerichtsmediziner war es nicht gelungen, das Fensterglas vollständig herauszubrechen. In seiner Situation wäre es lebensgefährlich gewesen, sich durch das Glas hindurchzuschlängeln. Als ihm klarwurde, dass nun alles verloren war, schnellte er herum und griff nach der Waffe auf dem Boden.
Diesmal ging Mateos kein Risiko ein – und schoss ihm zweimal in die Brust.

62

Weit entfernt von diesem Schauplatz und in Tausenden Kilometern Höhe teilte Jean-François Haissant – seit einem Jahr Küchenchef an Bord von Marañóns Privatjet – dem Millionär mit, dass die Blutente, die er auf dem Flug zu speisen gewünscht hatte, serviert werden konnte.

Vor einer halben Stunde hatten sie Wien in Richtung Madrid verlassen. Auf dem Sitz neben Marañón lag ein großer schwarzer Aktenkoffer mit dem Manuskript von Beethovens zehnter Symphonie. Der Millionär hatte sich aus naheliegenden Gründen in der Bank mit einer dunklen Brille und einem dichten grauen Schnurrbart getarnt – die Beschreibung, die der Angestellte, der ihn bedient hatte, bei der Europol abgeben könnte, wäre also absolut wertlos.

Der Millionär strich mit seiner beringten Hand über das schwarze Handköfferchen, in dem die Partitur lag. In der »freimaurerischen« Tonart c-Moll geschrieben, war dieses Stück eine wahre künstlerische Trophäe für die Bruderschaft. In ihrer Obhut würde sich die Symphonie von nun an befinden und bei geheimen Riten gespielt werden. Die zehnte Symphonie, Beethovens nie zur Uraufführung gekommenes Glanzstück, war zweihundert Jahre verborgen gewesen und würde es für die folgenden Jahrhunderte wieder sein.

Mit Hilfe seiner Brüder aus der Loge, die es seit ewigen Zeiten gewohnt waren, Nachrichten zu chiffrieren und zu dechiffrieren, war es Marañón gelungen, die Noten von Thomas' Kopf zu entschlüsseln – nachdem ihn Paniagua auf die erste bedeutende Fährte, den Morsecode, gebracht hatte. Er wusste also, dass Thomas das Manuskript in einem Safe der Wiener Kreditanstalt aufbewahrte. Um einen Safe in einer solchen Bank zu öffnen, benötigt man jedoch zwei Dinge: die Kontonummer und den Schlüssel – und der Schlüssel fehlte ihm noch. Er musste sich auf jeden Fall in der Gewalt von Thomas' Mörder befinden. Doch obwohl der Millionär zwei Detektive mit dem Fall beauftragt hatte, war es ihm nicht gelungen herauszufinden, wer den Musiker getötet hatte.
Der Zufall hatte ihm schließlich den Schlüssel – und damit auch das Wissen über die Identität des Täters – in die Hände gespielt: Als Doña Susana während des Abramowitsch-Konzerts nach ihrem klingelnden Handy gesucht hatte, war sie gezwungen gewesen, den gesamten Inhalt ihrer Handtasche auszuleeren, und Marañón, der neben ihr gesessen hatte, hatte den Safeschlüssel mit seiner charakteristischen Kleeblattform und dem eingravierten Namen der Bank bemerkt. Danach musste der Millionär nur noch seinem Sekretär auftragen, Doña Susana ein starkes Schlafmittel zu verabreichen und ihre Tasche in dieser Nacht zurückzubehalten, als hätte sie sie wegen ihres Schwächeanfalls vergessen. Am folgenden Morgen ließ er gleich in der Frühe bei einer auf Kopien von Sicherheitsschlüsseln spezialisierten Firma ein Duplikat anfertigen und sandte dann seinen Chauffeur unverzüglich mit der Tasche und dem Schlüssel darin zur Richterin, damit die ihn nicht vermisste.

Es waren noch zweieinhalb Stunden bis zur Landung, und Marañón schickte sich an, seine heißbegehrte Errungenschaft mit einem Gericht zu feiern, das er schon so viele Male in seinem Pariser Lieblingsrestaurant La Tour D'Argent bestellt hatte: Blutente. Seit dem La Tour Mitte der Neunziger ein Michelin-Stern aberkannt wurde, hatte er das Restaurant nicht mehr besucht und diese Delikatesse nicht mehr genossen.

Marañón war sich sicher, das legendäre Restaurant von Claude Terrail bald, wenn es den verlorenen Stern wiedergewonnen hätte, wieder aufsuchen zu können – doch zu seiner Überraschung straften die Franzosen das Etablissement 2006 mit der Aberkennung eines weiteren Sterns. Der Millionär liebte Blutente abgöttisch, doch er hatte nicht die Absicht, sich in einem Restaurant zweiter Kategorie zu zeigen – geschweige denn, dort fotografiert zu werden. Also hatte er bei Sotheby's zu einem astronomischen Preis eine der wenigen Entenpressen, die es in Europa gab, ersteigert und einen der besten Köche der Welt unter Vertrag genommen, damit dieser für ihn persönlich das legendäre, seit dem Mittelalter bekannte Gericht zubereitete.

Vor dem Start hatte Marañón angeordnet, dass das Ausquetschen der Karkasse in der silbernen Presse, wie es bei diesem Rezept üblich war, vor seinen Augen geschehen sollte, denn die Funktionsweise des mechanischen Apparats hatte ihn seit jeher fasziniert.

Der Küchenchef wartete nun auf das Signal des Millionärs, mit der Prozedur zu beginnen. Jedem Beobachter dieser Zeremonie hätte sich wohl der Vergleich zu einer öffentlichen Hinrichtung mit der Garrotte aufgedrängt. Bloß dass das Tier bereits tot war – erstickt, damit es keinen einzigen Tropfen Blut verlöre – und dass das Gerät nicht mit einem Hebel, sondern einem kleinen Rad betätigt wurde.

Als Haissant alles Blut aus der Ente gepresst hatte, vermischte er es mit Cognac und Portwein. Anschließend wurde die Mischung auf einem kleinen Kocher erhitzt, um daraus die Soße zu gewinnen, mit der nachher die Entenbrust gewürzt wurde.

Als der Chef den Gaskocher mit seinem Feuerzeug entzündete, blickte Marañón gerade aus dem Fenster rechts neben sich – und glaubte, im Fensterglas spiegelten sich die Flammen des Kochers.

Was er sah, war jedoch etwas vollkommen anderes: Ein Triebwerk brannte lichterloh.

Epilog

Drei Tage nachdem die Polizei Daniel aus dem Haus der Richterin Rodríguez Lanchas befreit hatte, wollte er seine Joggingrunde im Park in der Nähe des Musikwissenschaftlichen Instituts wiederaufnehmen. Doch noch schmerzte seine Nase zu sehr beim Laufen, so dass er beschloss, bloß einen Spaziergang in Straßenkleidung zu machen. Den MP3-Player hatte er an diesem Tag im Büro liegengelassen und hörte daher sofort die bekannte Stimme hinter ihm, die seinen Namen rief: »Señor Paniagua!« Daniel blieb stehen und schaute, wer ihn gerufen hatte. Es war der Mann vom Hotdog-Stand.

»Sie sind ja kaum wiederzuerkennen! Was haben Sie denn da an der Nase?«

»Eine Schiene. Vor ein paar Tagen hat man mir beinahe die Nasenscheidewand eingeschlagen.«

»Oje. Aber Sie sind eine Berühmtheit! In der Presse habe ich gelesen, dass Sie eine entscheidende Rolle bei der Ergreifung der Guillotinen-Mörder gespielt haben.«

»Um die Wahrheit zu sagen, Antonio, hätte ich lieber eine weniger entscheidende Rolle gespielt und dafür keine Angst um mein Leben gehabt.«

»Möchten Sie einen Hotdog?«, fragte der Verkäufer und toastete bereits das Brötchen, ohne Daniels Antwort abzuwarten. »Und jetzt sind Sie also Millionär? In der

Zeitung stand, dass Sie das Versteck der zehnten Symphonie entdeckt haben.«

»Dummerweise ist mir jemand zuvorgekommen: Als die Europol den Safe in der Bank geöffnet hat, war er leer.«

»Und Sie gucken in die Röhre.«

»Mehr oder weniger«, antwortete Daniel.

»Da stand, dass der eine Mörder von der Polizei erschossen wurde. Was ist mit der Frau? Ist sie geschnappt worden?«

»Ja, heute Morgen – in Almería. Sie wollte sich auf einer Fähre nach Marokko einschiffen. Das hat mir der Inspector, der für die Ermittlungen zuständig ist, eben am Telefon erzählt. Heute Abend können Sie es sicher in den Nachrichten sehen. Sie wurde entdeckt, weil ein Graphologe der Polizei ihre Schrift in ein paar dreißig Jahre alten Briefen erkannt hat. Er konnte sie den Unterschriften der Richterin unter verschiedenen Verfügungen und Bescheiden zuordnen. Sie unterschrieb die Briefe mit einem L für Lanchas. Ronald Thomas, der früher einmal ihr Liebhaber war, hatte sie bei ihrem Nachnamen genannt; das tun ja manche Paare.«

»Der enthauptete Musiker war mit der Richterin zusammen? Ich dachte, er wäre schwul gewesen.«

»Thomas hatte eine ähnliche Geschichte wie Leonard Bernstein.«

»Wer ist das denn?«

»Sie kennen doch bestimmt das Musical *West Side Story*. Die Musik ist von Bernstein: *I like to be in Ame-ri-ca / Okay, by me in Ame-ri-ca …*«

Der Hotdog-Verkäufer lächelte, als Daniel das berühmteste Lied aus dem bekanntesten Musical aller Zeiten sang.

»Bernstein«, erzählte Daniel weiter, »war viele Jahre mit

der Chilenin Felicia Montealegre verheiratet. Sie hatten drei Kinder. Als er älter wurde, fühlte er sich stark genug, seine Frau zu verlassen, um mit dem Radio-Musikdirektor Tom Cothran zusammenzuleben. Der Unterschied zwischen Bernstein und Thomas ist, dass Ersterer zu seiner Frau zurückkehrte, als er erfuhr, dass sie Krebs hatte, und sich bis zu ihrem Tod um sie kümmerte. Thomas dagegen schienen nie Schuldgefühle wegen des Unfalls, bei dem seine damalige Freundin verstümmelt wurde, zu plagen. Während der ganzen Monate, die sie im Krankenhaus in Almería lag, besuchte er sie kaum einmal.«

»Was für ein Schweinehund!«, rief der Mann vom Hotdog-Stand aus. »Kein Wunder, dass sie sich rächen wollte!«

»Diesen schrecklichen Autounfall hatten sie 1980. Er brach sich dabei bloß das Schlüsselbein und das linke Schien- und Wadenbein und musste am Kopf genäht werden. Sie dagegen war vollkommen zerstört, vor allem von der Hüfte aufwärts: Ihr Gesicht war von da an halb gelähmt, und man musste ihr eine Brust abnehmen. Sie war wohl einmal eine sehr attraktive Frau – und nur weil diese Kanaille einen über den Durst getrunken hat, verwandelte sich ihr Leben in einen Alptraum. Wenn sie nicht vor wenigen Tagen versucht hätte, mich einen Kopf kürzer zu machen, würde ich fast sagen, diese Frau tut mir leid.«

»Und die anderen Beteiligten? Da gab es ja anscheinend noch einige: die Tochter des Toten, seinen Liebhaber, dieses Prinzenpaar, den Direktor von Ihrem Institut, den Millionär …«

»Die Polizei sagte mir, dass die Tat ausschließlich von der Richterin und dem Gerichtsmediziner geplant und ausgeführt wurde. Von dem Millionär habe ich nichts gehört«, log Daniel. »Die Tochter ist wohl schon wieder auf Korsika, ihr konnte nichts nachgewiesen werden, genauso wenig wie Thomas' Partner. Mein Chef ist mein Chef, der lebt nur für seine Hunde. Und Prinz Bonaparte muss noch in Spanien sein, denn er hat heute Morgen ein Interview im Radio gegeben. Er hat vor, ein Buch darüber zu schreiben, wie er die zehnte Symphonie Beethovens entdeckt hat.«

»Ach, das waren gar nicht Sie?«

»Doch. Er hat nicht einmal das Bild mit dem Hinweis auf Beethovens spanische Geliebte in seinem Haus bemerkt. Aber Sie wissen ja, wie das mit den Franzosen ist: immer die Ersten, wenn es darum geht, die Lorbeeren zu ernten ...«

Antonio reichte Daniel den Hotdog und bemerkte, als er über dessen Schulter blickte, dass eine Frau auf sie zukam.

»Sie kriegen Besuch«, sagte er. »Ist das Ihre Freundin?«

Daniel drehte sich herum und sah Alicia, die in den Park gekommen war, um ihn zu suchen.

»Was machst du denn hier?«, fragte er sie nach einem Begrüßungskuss und nachdem er sie dem Verkäufer vorgestellt hatte. »Waren wir nicht für zwei Uhr zu Hause verabredet?«

»Doch. Aber ich habe eben einen Blick in deinen Kleiderschrank geworfen und gesehen, dass du kein einziges Jackett hast, mit dem du heute Nachmittag bei der Hochzeit von Cristina und Humberto aufkreuzen kannst. Deshalb gehen wir jetzt einkaufen.«

Also verabschiedete sich Daniel von seinem Bewunderer, und die beiden gingen schnellen Schrittes in Richtung Parkausgang.

Eine Weile sprachen sie nicht, dann brach Daniel das

Schweigen: »Wenn es ein Junge wird, soll er Richie heißen.«
»Richie? Wieso das denn? Richie. Das ist ein total alberner Name.«
»Aber er passt sehr gut: Als ich eine Einzahlung bei der Bank machen wollte, habe ich gesehen, dass Marañón mir eine halbe Million überwiesen hat.«
Alicia griff nach Daniels Arm, damit er stehenblieb.
»Das gibt's doch nicht!«
»Wieso wundert dich das so? Ohne uns hätte er das Rätsel nie gelöst. Also, wenn es ein Junge wird, heißt er Richie, denn er wird Geld wie Heu haben. Sofern ihm sein Vater etwas übriglässt – etwas habe ich nämlich schon ausgegeben.«
»Wofür? Hast du mir ein Geschenk gekauft?«, fragte Alicia mit leuchtenden Augen.
»Nicht bloß irgendein Geschenk, *das* Geschenk. Erinnerst du dich an die Armani-Jacke, die dir so sehr gefallen hat?«
»Sag bloß, du hast dir das gemerkt? Aber das ist doch Wahnsinn, die kostet ein Vermögen!«
»Och. Wenn du mich mal eine Nacht mit deinem Aktbild alleine lässt, sind wir quitt. *Das* ist nämlich der Wahnsinn.«
Daniels Handy klingelte. Alicia fiel sein neuer polyphoner Klingelton auf – diese Klänge hatte sie zuvor noch nie gehört.
»Was ist das für Musik?«
»Jetzt rate mal. Beethoven ist es. Beethovens zehnte Symphonie.«

Dank

Ohne die klugen juristischen Ratschläge von Conchita, José Ignacios künstlerischen Rat und Albertos und Raquels Textarbeit wäre dieses Buch nicht möglich gewesen. Ihnen allen gilt mein herzlicher Dank.

Joseph Gelinek

Vena Cork
Bühne des Todes

Psychothriller

Die grünäugige Stella bringt die Männer an der ehrwürdigen Universität Cambridge reihenweise um den Verstand – nicht nur Studenten verfallen ihren Reizen. Doch die junge Frau spielt ein tödliches Spiel: Eines Morgens wird auf der Theaterbühne die Leiche einer Kommilitonin gefunden, die Stella zum Verwechseln ähnlich sieht. Hat der Mörder die Falsche erwischt?

»Vena Cork schreibt echte Pageturner –
und der sarkastische Witz der Erzählerin
liest sich dabei besonders genüsslich …«
The Guardian

Wir wissen, wo. Wir wissen, wann.
Doch wir wissen nicht, was …

David Zurdo • Ángel Gutiérrez

Janus
Im Zeichen des Sturms

Thriller

Etwas Schreckliches wird passieren, so viel ist sicher. Eine Forschungsabteilung des FBI, spezialisiert auf die Vorhersage von Katastrophen, hat ein alarmierendes Computersignal erhalten. An der Grenze zu Kanada wird es geschehen, und 26 Stunden bleiben, um es zu verhindern. Doch was? FBI-Agentin Kens und der IT-Spezialist Moone, der sein eigenes Geheimnis hütet, liefern sich im Schneesturm des Jahrhunderts einen mörderischen Wettlauf mit der Zeit.

Ein atemberaubender Wissenschaftsthriller
von den Autoren des Bestsellers
616 – Die Hölle ist überall.